人与鸟

◉ 刁成国 著

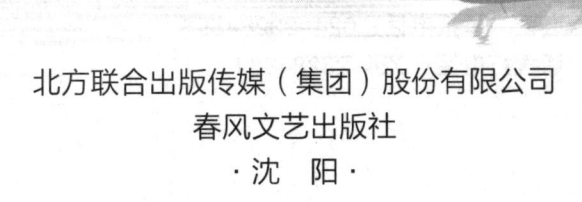

北方联合出版传媒（集团）股份有限公司
春风文艺出版社
·沈 阳·

图书在版编目（CIP）数据

人与鸟 / 刁成国著. — 沈阳：春风文艺出版社，2019.12（2021.1 重印）

ISBN 978-7-5313-5695-0

Ⅰ.①人… Ⅱ.①刁… Ⅲ.①长篇小说—中国—当代 Ⅳ.①I247.5

中国版本图书馆 CIP 数据核字（2019）第 222071 号

北方联合出版传媒（集团）股份有限公司
春风文艺出版社出版发行
http://www.chunfengwenyi.com
沈阳市和平区十一纬路 25 号　邮编：110003
永清县晔盛亚胶印有限公司印刷

责任编辑：	刘　维	助理编辑：	余　丹
装帧设计：	谦　谦	责任校对：	曾　璐
印　张：	22.5	幅面尺寸：	170 mm×240 mm
版　次：	2019 年 12 月第 1 版	字　数：	400 千字
书　号：	ISBN 978-7-5313-5695-0	印　次：	2021 年 1 月第 2 次
定　价：	48.00 元		

版权专有　侵权必究　举报电话：024-23284393
如有质量问题，请拨打电话：024-23284384

目录

第一章 天降飞鸟人无情

一、明亮和菁菁……………… 002

二、午夜提灯照鸟…………… 008

三、放学架网赶鸟…………… 019

四、三人夜晚远行…………… 025

五、神往蓝天赛鸽…………… 030

六、迎娶洋新娘……………… 035

七、大洋马"联姻"…………… 040

八、粼光海滩叉鱼…………… 044

九、被禁止的早恋…………… 054

第二章 战天斗地乐无穷

一、燎原之火………………… 060

二、菁菁加入造反团………… 062

三、离校回乡务农…………… 064

四、海猫岛和蛇岛…………… 070

五、粉坊里的笑声…………… 077

六、惩罚治保主任…………… 086

七、雪夜下的鹌鹑…………… 094

八、会战大水塘……………… 100

九、参观日俄监狱…………… 108

十、难舍难离话分别………… 113

第三章 溟蒙之中人顿悟

一、珍宝岛反击战…………… 120

二、跟随连队下农场………… 123

三、一顿麻雀饺子…………… 131

四、参加狩猎队……………… 136

五、明亮被彻查……………… 143

目录

六、母熊拼命护崽……………… 146

七、被窒息的生命……………… 154

八、菁菁移民日本……………… 159

九、小中苏北上找妈妈………… 163

十、修长白山水电站…………… 169

十一、野猪疯狂攻击…………… 176

第四章　人鸟和谐天地明

一、从部队回到地方…………… 192

二、悲伤离奇的年月…………… 201

三、外国模特演出……………… 203

四、退职承包山林……………… 214

五、人救鹰狗救人……………… 222

六、金雕戴标志环……………… 231

七、和鸣婚礼大聚会…………… 242

八、水塘救起郭翠华…………… 255

九、放飞丹顶鹤………………… 260

十、花花吃毒肉………………… 266

十一、白天鹅救黑额雁………… 272

十二、吃水别忘打井人………… 277

十三、红红传喜讯……………… 284

十四、莫斯科找妈妈…………… 291

十五、母子喜相逢……………… 299

十六、回归旅顺口……………… 308

十七、重温逝去的岁月………… 316

十八、天赐机缘相聚首………… 326

十九、四方亲人俱开颜………… 339

二十、激情燃烧的时刻………… 347

尾　声………………………… 353

第一章
天降飞鸟人无情

秋天，南飞的大雁一会儿变成"一"字形，一会儿又变成"人"字形……

在一夜间迁徙来的苍鹰、雀鹰、赤腹鹰、斑鸠等在老铁山的上空盘旋着，森林中鸟啾啾地啼鸣，欢快地轻歌曼语，让人犹如置身鸟的王国，情不自禁地陶醉于鸟庞大的交响乐之中，聆听着"百鸟朝凤"的交响曲……

但生活在这里的人们，却好似发现天赐良机一般，疯狂地向鸟扑去，在豆趟子、苞米趟子、柳趟子等地四处架网，"嘿唠嚎嚎喂……嘿唠嚎嚎喂"，轰赶着鸟进网；人们在树上挂着一盘盘吊网，"守株待鸟"，等待斑鸠、老鸹子、苍鹰、赤腹鹰自投罗网；午夜时，漫山遍野的灯光，像飞舞的萤火虫，那是对鸟围追堵截的捕鸟大军……

一、明亮和菁菁

初秋，几场霜过后，绿绿的草地就被染成了金黄色。

草柔软得像绵羊的绒毛，暖暖的，滑滑的，躺在上面既舒服又惬意。

赵明亮和潘菁菁每人背着一大捆蒿草，从山沟下好不容易地爬到坡顶。两人一下子坐到草地上，背倚着一大捆蒿草，大口大口地喘着粗气。他们不时用袖口抹着满脸的汗水，让晚风尽快冷却浑身蒸腾的热汗。赵明亮从绳套中把两只胳膊抽出来，躺倒在草地上，抚摸着干爽、舒服的草地，向潘菁菁嚷嚷着："菁菁，快躺下！哎呀，太舒服了。比绒毛毯子还舒服，找找感觉，来享受一下。"

"别瞎掰了，比绒毛毯子还舒服？你这是累大了，心里产生的错觉。这就像是人饿大了吃什么都香，是一个道理。"菁菁讥讽了明亮几句。

潘菁菁虽然嘴上说着，但还是学着赵明亮的样子，把整个身子仰倒在草地上，用手揪起一个草茎放在嘴里嚼了起来，甜丝丝的气息顿时溢满口鼻。

"你还别说，还真挺舒服的！"

"是不是，是瞎掰吗？你就会跟我较劲儿。"明亮嘟囔着。

"嘿嘿，歇着吧！留点劲儿好往家背草哇！"菁菁甩过来一句。

就在这时，一阵凉风吹过，惊起了一阵啾啾的鸟叫声。

灰蒙蒙的天空，不时传来大鸟嗷嗷的召唤声。紧接着，近处、远处一阵阵的啾啾声，此起彼伏，似乎形成了灰色的云团，覆盖着整个天空，像一支庞大的交响乐队，奏响了"百鸟朝凤"的交响曲，让人不自觉地陷入令人陶醉的天籁之中。

"菁菁，你听，这嗷嗷的叫声，就是领头的长脖鸟，它这是在吹响集结号。那一阵阵的啾啾声，就是不同鸟类集合的队伍，正在空中盘旋待命。只要头鸟一声令下，随着它的引领，大部队就要跨海南移了。今天晚上，北方又会有一大批鸟，降落在咱们老铁山下。"明亮手指着天空说。

"嗯，一到这个季节，咱老铁山就开始热闹起来了。"菁菁眼望着天空。

"因为它们是'随阳之鸟'嘛！所以到了这个季节就飞过来了。"明亮随意说了一句。

"啊？'随阳之鸟'？"菁菁不禁愣了一下。

"'随阳之鸟'就是鸟追逐温暖的气候，随季节南北迁徙，不失时节地向温暖的地方飞去。"明亮认真地解释着。

"是呀！这么说，咱老铁山是鸟南下越冬和春天北回的必经之路了？"菁菁问。

"你真聪明，咱旅顺的老铁山是东北三省的最南端，三面环海。要飞过这几百里渤海湾到达对面的山东半岛，这里是最佳线路，刚好够鸟飞行一夜的时间。鸟的习性是白天歇息，除了大雁、天鹅，其他候鸟，大都是夜行晓宿，背驮着星光，飞渡万重山和宽广的海峡……所以，咱老铁山就成了鸟栈。我们每年就会领略这遮天蔽日的苍鹰、雀鹰、赤腹鹰、斑鸠在空中盘旋、翱翔；当你伫立在森林中，你会聆听到轻歌曼语的啼鸣，就像陶醉在梦幻的鸟的王国，身临鸟的乐园；那曼妙、和谐、自由、欢快的奏鸣曲，好像拨动着你的心弦，那才叫壮观、气派，让你久久不想离去；这就是我们老铁山人独享的眼福，这才是……"明亮还要继续说下去，被菁菁给打断了。

"哎哎，你说得真带劲儿，还带抒情的。那我问你：春天为什么看不到这样壮观的场景呢？"菁菁问到了春天鸟的迁徙。

"你想啊，春天鸟回迁，飞越渤海湾之后就全是陆地了，它不再害怕宽广大海的威胁，愿在哪儿歇息就在哪儿停留，视自己的体力而定。那些体力健壮的大鸟，可以飞得更远一些再歇息；那些体力差的，过了渤海湾一落地就会停歇。所以，大批的鸟咱们就见得少了，它们看自己的体力能飞多远就飞多远了。可南迁就不同了，它们必须在老铁山下休整，做好体力的充分储备，准备飞越宽广的渤海湾，所以我们就见到了漫天遍野的候鸟。"明亮耐心地解释着。

"哎，还别说，你讲得还真有点道理。"菁菁称赞着明亮。

"怎么还有点道理，就是这么回事。这是因为地理环境、自然条件形成的规律……"明亮继续说道。

"得了得了，没完没了啦！夸你两句，就不知道自己姓什么了是吧？"菁菁又打断了明亮的话。

"不是……你不服是吧？我跟你说，咱们旅顺老铁山的候鸟历史可悠久了，不说远的，单说近的清朝吧……"明亮要开始引经据典。

"怎么的？清朝的皇帝喜欢吃咱们这里的老鸹子、黄懒子……"菁菁揶揄地说道。

"你就知道吃。那不是吃，而是用……"明亮有些不耐烦。

"用鸟的羽毛絮棉衣、棉裤、被褥？"菁菁自以为是。

"嘿！用鸟的羽毛絮棉衣、棉裤是咱们当地人的习惯。朝廷用的……是官员头上的顶戴花翎……"明亮说。

"哦？那可是凶猛的猛禽类花翎才能用啊！"菁菁瞪大了眼睛。

"是呀！在清朝康熙年间，规定每年向朝廷上缴很多重尾雕翎、芝麻雕翎、虎斑雕翎、鹤雕翎、皂雕翎等，来供不同官员佩戴。这些雕翎由官府派给猎户，进行捕获选定。你说，旅顺当年老铁山的珍禽该有多少吧！"明亮如数家珍。

"这么多呀？那……老铁山当年，候鸟一定比今天多多了。"菁菁说。

"那还用说，那时候的秋天，鸟们才叫铺天盖地！现在，虽然有时也遮天蔽日，可大型的猛禽类肯定没有那时候多。清朝当时要的那么多种猛禽的羽毛做顶戴花翎，有好多种我是根本没听说，更没有见过！"明亮遗憾地说。

"对，你刚才说的那些，我就知道有老鸹子、雀鹰、斑鸠……其他都没听说过。"菁菁晃着脑袋。

"不用说别的,听说民国年间就有山东、安徽的鹰客,每年一到白露时节就纷纷来到老铁山下,每个村子都能住上十个八个捕鹰的。卖鹰是论斤计算的,越重价钱越高。那时五十斤装的一袋白面需要两块大洋,一只鹰值十多袋白面的价钱。你说这鹰该有多贵吧!"明亮说得津津有味。

"他们捕鹰做什么?"菁菁纳闷。

"有什么用?因为山东、安徽大山多,野鸡、兔子就多,鹰客捕鹰回去是为了驯养,之后逮兔子。一只驯好的苍鹰,一年能抓个百八十只兔子。"明亮说得活灵活现。

"啊!一只鹰能逮那么多兔子?"菁菁瞪大了眼睛。

"可不,这些鹰客从白露时节来,到降雪时老鹰走光了才启程回老家,就是为了抓鹰。其实,驯养的鹰最多能活五年,第一年是小鹰,这时候最能抓兔子,也是最受鹰客喜欢的;第二年叫"破花",还能卖出去;第三年叫"转苍",鹰客就不收了,因为带回去也没大用。那时候,一个鹰客一年连捕带收几十只鹰,你说咱老铁山该有多少鹰吧!"明亮瞅着菁菁。

"是吗,那鹰也真是多呀!"菁菁感慨。

"不管怎么说,咱这里过去真是挺有名的,要不诗人会有这样的描述吗?"明亮故弄玄虚。

"诗人说什么了?"菁菁追问。

"蝉噪林愈静,鸟鸣山更幽。"明亮好似品尝着美酒。

"哟,瞧你那个酸样!这两句诗是说咱老铁山的?"菁菁撇着嘴问。

"虽然不是说老铁山，但有异曲同工之妙……"明亮辩解着。

"得了得了，就能瞎掰！"菁菁不屑。

"我不跟你说了，我得赶紧回家休息，半夜还有行动呢！"明亮急着起身。

"哎，你今晚上是不是要照黄懒子？我得跟你去！"菁菁问。

"这怎么行！哪有女孩子深更半夜出去的？再说了，传出去一名二声来，那还了得！"

"怕什么，这不有你吗？我凭什么不能去！"菁菁急了。

"再说了，你跟我……这算怎么回事嘛！"明亮担心别人说闲话。

"怎么个意思，我挡你的道了，不想带我去是吧？好，权当咱俩不认识，谁也别理谁！"菁菁生气地转过身子。

说着，她把胳膊伸进绳套，就要起身走人。可拱了几下身子，怎么也起不来。明亮急忙在旁边帮忙提了一下，菁菁这才站起了身子。

"行了，今晚上带你去还不行吗？别动不动就甩脸子，多伤人哪！咱可说好了，可是你自己要去的，不能往我身上推。"明亮说着软话。

"行，放心吧！好汉做事好汉当，你别娘儿们叽叽的。"菁菁嘲讽着明亮。

"我是娘儿们，你是爷们儿？动不动就瞪着两只大眼睛，像电灯泡似的，谁不知道你眼睛大呀！"

"有的人还就是喜欢我这双大眼睛，怎么甩也甩不掉，总愿意跟我在一起。"菁菁得意扬扬地说。

"得了吧，谁愿意跟你在一起，今晚上你别跟我出去照鸟啦！"

"你敢，看你敢甩掉我！"菁菁撇着嘴瞅着明亮。

"好好好……真拿你没办法！"明亮嘟囔着。

菁菁背转过身子，嘴角偷偷地翘了起来。两人背着大捆的蒿草，向山下炊烟缭绕的小山村走去。

二、午夜提灯照鸟

菁菁的精神头还真挺足，不到十二点半就敲起赵明亮屋子的窗户："明亮，到点了，山上有亮光了！"

"我马上来，你稍等一会儿！"明亮应声坐起。

赵明亮急忙爬了起来，里外多套上几件衣服，因为秋天的夜晚格外凉。接着，他给瓦斯灯添上水，拧开水阀点上灯。又往兜里揣了一盒火柴，把网兜系在腰上，一切准备得妥妥当当，才拎起卡网奔出门外。

"你怎么这么黏糊，让我好等。你不知道今天晚上多凉啊！"菁菁埋怨起来。

明亮看菁菁嘴里呵着气，双脚一个劲儿踱步，赶忙回转身子，进屋拎出一件厚厚的外衣，递给了菁菁："都深秋了，还穿这么俏，要给谁看哪？"

"要给谁看？就要给你看！怎么了？"菁菁不满明亮的责备。

"好好，你是要给我看的。知道遭罪的滋味了吧？让你别跟着出来，今天就让你尝尝遭罪的滋味。快点走，快走还能暖和些。"

"这话我愿意听，这我心里就暖和多了。"菁菁脸上露出了笑容。

"你跟家里人打招呼了吗？"明亮想起了什么。

"打招呼还能出来？！"菁菁反问。

"那……"明亮欲言又止。

"那什么那？别娘儿们叽叽的，快走！"菁菁不耐烦了。

天上星光点点，地上灯光闪闪。

黑黢黢高大的山影兀立在面前，起起伏伏的坡岭蜿蜒逶迤，泼墨似的树林罩着山岗，沟壑隔断了坡坡岭岭，林木更显浓密，沟壑更显深不可测。远处的海浪轻拍岸边，轻推慢拉的沙沙声，随风细微地送入耳畔，构成了一幅奇异、美妙的夜色图景。

漫山遍野的灯光像田野间飞舞的萤火虫。成年人都是一只手掌着灯，一只手擎着卡网捕捉黄懒子。这对半大孩子有些特别，两个人共掌一灯，各擎一个卡网。

灯光和灯光打着照面的时候，还真分不出是成年人还是半大孩子，好似谁也看不清谁的真容。灯光把人给长高了，把一切给放大了。白天看到的山坡，灯光闪过，显得陡峭难走；白天看到的沟沟坎坎，显得幽静深邃；白天触手可及的树木，显得高不可攀；手中举起的卡网像孙悟空手中会变的金箍棒，在灯光映照下变得又长又大。两人不禁对笑起来，菁菁心里有说不出的美滋滋和兴奋。

"明亮，你这灯光真亮，比别人的灯可亮多了。"菁菁来了兴致。

"你真有眼光，别人的灯碗是铁皮做的，刷上一层白油漆，也就能照亮六七垄地。我这灯罩是我爸在汽车修配厂弄的汽车前灯碗，既亮、光照面积又大，能晃得人睁不开眼睛。这可是山上独一无二的灯光，能照过十三垄苞米地呢！"明亮沾沾自喜。

"你爸真行。哎，前面是不是果园子边上的坟茔地呀？"菁菁手指前方。

"是呀，怎么，害怕了？"明亮回头看着菁菁。

"还是别去了，我一见了坟茔地，心里就打怵。"

"怕什么，这不有我嘛！再说了，庄稼地、地隔堰子都让别人驱溜一遍了，只有坟茔地没人去，一准有黄懒子。"

"别人不敢去，你偏偏要去，就显你能啊！不去。"菁菁有些胆怯起来。

"你记着，越是没人去的地方，越要闯一闯，一定会有收获，还有种豪迈感。"明亮给菁菁打气。

"那……就去吧！"

明亮知道，什么鬼呀神哪，都是胡说八道。人死如灯灭，这是千真万确的。

明亮家的扫墓祭奠，甚至迁坟捡尸骨都是他一个人的事，他早就不害怕什么坟茔地了。夜间照黄懒子，他还格外关注坟茔地，蹚了几回都是收获颇丰。他特意拉菁菁进坟茔地，一是叫号菁菁的胆量；二是显摆自己的胆量；三是要在坟茔地有所收获。

菁菁拽着明亮的衣角，畏首畏尾地贴着明亮的身子，挪着小步。

其实，明亮心里一直打鼓：今晚上，菁菁是跳窗跑出来的，要是家里人发现她不在家出来找，麻烦可就大了。既来之则安之，已经出来了，也管不了那么多了。

正想着，他们已经踏入了坟茔地。明亮被菁菁的疑神疑鬼，也闹得起了一身鸡皮疙瘩。坟茔地格外静谧，好像掉下一根针都能听见。

突然，扑棱棱一阵响，吓得菁菁一下子抱住了明亮，她咚咚的心跳声，从明亮的后背传到了他的前胸。

"你想吓死人哪！就是只野鸽子，不用害怕！咱俩得分一下工，你盯着树上，我盯着坟地，一有情况你立马拽我。"明亮抖擞起精神，两人重新专注起来。

"嗯！"菁菁应承着。

走着走着，明亮突然放慢了脚步，他急速地将灯光闪回。

一个草坑里，有一个异样的光影……黄褐色的羽毛闪动着彩色的斑点，亮晶晶的小眼睛不停地眨动，在金黄软草的衬托下，精灵一样更显漂亮，眼看着它蹲坐起飞的架势……

说时迟那时快，只听啪的一声，卡网扣住了黄懒子。

"快！菁菁，把黄懒子摘下来。"

菁菁急忙跑上前去，一把按住上蹿的黄懒子，小心翼翼地掀开卡网把它摘了下来。

"哎呀，好热乎哇！它的小心脏怦怦跳得真厉害，给它吓坏了吧！"

"你进坟地都害怕，它见捉它的人，能不怕吗？"

"我挺佩服你的，你的灯光左右一闪就发现了东西。"菁菁不好意思地赞美明亮。

"灯光急闪，不管是人还是动物，眼前都会瞬间发黑，不信我照你试试？"

"你拿我当黄懒子呀！"菁菁有些生气了。

"我说的是真话……"

"这照鸟的技巧是你自己发明的，还是跟人家学的？"

"去年照鸟的时候，我向村里大队长王良请教过。别说，按他教的方法做，我每次夜里上山都很有收获。"

"看来你还是个很用心的人，做事都知道提前做功课了……"

"你的意思是平时我学习不用功呗？你放心，今后我认真做功课，一定不落在你后面。"明亮突然表决心，让菁菁很是高兴。

有人说明亮我行我素、不好管教，这也从另一面说明这个男孩子有主见，以后没准大有作为。

在菁菁眼里，明亮聪明、机灵、爱好广泛，什么钓鱼、网鸟、种菜，家里家外都是一把好手，看外表嘻嘻哈哈，可心里有主意，说话算话，让人放心。

而菁菁从不多言多语，不笑不说话，一笑俩酒窝。她见人害羞、稳重、不张不狂。可见了明亮就不一样了，也不知道哪儿来那么多话，有时候还冷嘲热讽几句。

男人欣赏女人的标准不同，但是漂亮、贤惠始终是最重要的衡量标准之一。

女人欣赏男人的标准，英俊、帅气是一个方面，但更重要的是男人驾驭事情的能力，更要是家里的顶梁柱。

菁菁突然一转身，用手捅了一下明亮。明亮顺着她手指的方向，发现了一只黄懒子。

他手起网落，菁菁急忙跑上前。

"哎呀……"菁菁发出惊叫声。

"怎么了？"

菁菁甩了甩手，向后挪了挪身子："是只癞蛤蟆！"

"哈哈哈……"明亮乐得前仰后合。

"我让你捡笑，我让你……"她追打着明亮。

"好了好了……哎，你看！"

两人定住脚步，看到两米远的一只小兔子。

明亮把灯光急速回闪过来，兔子被灯光突然一晃，蹲坐在那里不动了，眼睛闪着不知所措，身体不停地颤动着。

明亮一个箭步冲上前去扣住了它。一只脚踩住网框，一只手抓住兔子耳朵。小兔子急促地蹬着后腿，惊恐地瞪大眼睛，鼻孔喷着慌张的气息。

明亮兴奋地举起兔子："菁菁，咱俩太厉害了。谁能想到咱俩能照着兔子呀！这可是村里的一大新闻，我们菁菁第一次出场就逮着一只大家伙。你掂掂，得有二斤来重啊！"

"我不掂，万一跑了多可惜呀！"菁菁退后了一步。

"你不知道，一个秋天下来，谁要能在晚间照着兔子，在树上扇下野鸽子，逮着刺猬，这都是咱村子的新闻。"

"看把你乐的，都忘了自己姓啥了是吧？"

"嘿，你不乐呀！这不是一件容易的事，懂吗？"

"一个人哑巴悄声地做事，不张扬显摆，才是有大能耐的人。"

"我知道了，别显摆，别嘚瑟，假装成熟……对吧？"

"什么叫假装成熟，那是老成持重。"菁菁较起劲儿来。

"老是教训人的口气，真是的……"

"不愿意听我说话了是吧？"菁菁质问起来。

"我不是那个意思……来，咱来处理这只兔子吧！我把它摔死，你提着它。"

"不行不行！"菁菁说啥也不干。

"假慈悲，你就装吧！"明亮拿眼白了一下菁菁。

说着，明亮提起兔子两条后腿，照着石头上摔去。

明亮把兔子挂在腰上，回头看了看菁菁，只见她低头不语。明亮端起瓦斯灯，继续向前大面积地扫视着。

这时，就见前面不远处有个东西缓慢移动，他们不由得停住了脚步。这东西看似鬼鬼祟祟，却对周围没有任何警觉，一门心思左右寻觅着，还不停拱着东西。

蜷缩的身体一身针刺，那是……刺猬！

怎么办？刺猬可不好对付，甭管石打棍敲，就是一个刺球，什么食肉动物都拿它没有办法，不知从何下口，只能放弃。

明亮犹豫了起来：听大人说，刺猬是专吃粮食的，浑身除了肉都是油。那可金贵了，还能炼出斤八两的油，炒菜可就有油水了……明亮的两眼顿时放光。

不能放弃，要把它弄回家，不信就没有办法制它！

明亮轻轻向刺猬靠近……猛地扣下了卡网。一阵风似的声响，惊得它迅速蜷缩成球状不动了。

"嘿，小家伙还挺灵敏，一有动静就蜷成球了。是你提着还是我提着？"明亮瞅着菁菁。

"你怎么净给我出难题？我怕什么你就弄什么，我不行！"菁菁背转过身子。

"我要拿它咱们就得往回走了！"明亮不甘心回去。

"刚来点情绪，你又……"菁菁很不情愿。

"这样，我把它放在你的卡网里，你在肩膀上扛着行吧？"明亮哀求菁菁。

"它扎人你不是不知道，要扎着我你不心疼啊！"菁菁有些撒娇。

"扛着卡网离你身子能有二尺远，怎么会扎着你呢！"

"那……好吧，罪全让我一个人遭啦！你也不可怜我。"菁菁嘟着小嘴。

"就是心疼你，才让你扛着它，不会碰到你的！"

"行了行了，别娘儿们似的磨叽，耽误了宝贵的工夫。"菁菁接受了。

"就是，菁菁是个识大体顾大局的人，我特别欣赏你这一点！"明亮假意地夸奖。

"你少来这一套，就会拿嘴甜乎人，你这个手法对我不好使！"菁菁假装生气。

"好好好，我不惹你大小姐生气了，行了吧！"明亮把刺猬放在菁菁的卡网里。

"到头来，我还得听你的。"菁菁把卡网扛在肩上。

"走了，咱们再遛几圈，看看还能照着什么，咱俩今天的收获还真是不小。"明亮有些得意。

菁菁不言语地跟在后面。

一阵冷风吹过，天上的星星不见了，天空布满乌云，像一口黑锅似的扣在头顶上。

霎时间，豆大的雨点像爆豆子似的倾盆而下，两个人急忙向苞米撑子跑去。明亮急忙拨开几捆苞米秸子，又在里面铺上几捆，就催着菁菁钻了进去，他却站在外面没动。

"你咋在外面淋雨？"菁菁催着明亮。

"你在里面，我在外面保护你！"明亮找了个借口。

"你犯傻呀！咱俩在一起有什么？要不，我也出去！"菁菁钻了出来。

"别别，我进去……"明亮把菁菁推了进去。

他一边关了灯光，一边用鞋带把刺猬牢牢地捆绑在卡网上，随后也钻了进来。

一场急雨，把山上照鸟的人全给浇跑了，一盏灯光也没有了。

雨，打得苞米撑子噼啪作响。一会儿，头上的水滴就滴落下来。明亮赶紧脱下外衣，用卡网撑起一把伞似的，罩在菁菁的头上。

"冷吧？你靠近我身子取暖。我们家里人都说我是火娃，我身上的火力可足了。"

菁菁不停地哆嗦着，牙齿咯咯作响。她只好抱住明亮，把身子紧紧贴在他的后背，哆嗦的身子在他的后背颤动着。明亮身上的热度，使她慢慢暖和起来，浑身松缓了下来。

"怎么样，暖和一些了吧？"

"好多了，真暖和，你身上像个炭火炉似的。"菁菁很是享受。

"是不是，我不夸张吧！我妈妈说我像个火娃，一小就热得爱蹬被子，大冷天光膀子也不觉得冷。"明亮吹嘘起自己。

"嗯……等我将来冷的时候，可有搂的了……"菁菁含混不清地说。

"啊……"明亮咂摸着菁菁说的话。

菁菁搂得更紧了，搂得明亮一颗心怦怦直跳，两颗心跳的声音也听得清清楚楚。

明亮顿时感到周身热血沸腾，两只手心都攥出汗了。少男少女第一次近距离接触，激动得心都要蹦到嗓子眼了。刹那，嗓子发干，身上发热，不由自主地紧张、兴奋不已，可谁也不敢主动伸出手，就那么静静地憋着。他们全神贯注在这美好的瞬间，甜甜地咂摸着这特殊的滋味。他俩非常清楚，如果超越了界限，一旦被人发现，轻者要被学校开除，重者是要受到批判的。以后，一切的前途就全没了。所以，他俩只能让激动、战栗慢慢地冷静下来……

明亮只能跟菁菁唠起了照鸟的闲嗑："照鸟可不是咱这地方专有的，云南也有照鸟的风俗。"

"是吗？"菁菁产生了兴趣。

"云南西边有个洱源县，那儿有一座神奇的山。如果遇上刮风起雾的夜间，持续浓雾不能散去，鸟就会迷失方向。当看到光源时，它们就会奔着光亮飞去；那里的人们一到秋天的夜晚，就会掌灯火诱捕飞来的鸟。"

"啊，云南捕鸟的风俗是因为大雾天的缘故？"菁菁奇怪。

"其实，他们是偶然的一个事情发生后，才有了捕鸟的热情。"

"什么事？"菁菁急着问道。

"有一个大雾天的夜晚，有一户村民的房子着起了大火，火光通明映红了半边天。村民忙着救火，就见成千上万只的鸟寻着火光飞来，在头顶上徘徊，怎么赶、打就是不走。这给当地人一个提示，用灯光可以捕鸟，所以大雾天就成了点火捕鸟的开始。"

"那咱们这里捕鸟的历史，是不是跟这个故事有关呢？"菁菁好奇地问道。

"咱这儿很少有大雾的天。北方的秋天是秋高气爽,就是有雾天鸟也不起飞,不过跟光亮倒是有点联系。据说,很早以前有个渔民夜晚打鱼,他点灯看网里拉上多少鱼,就听小船的甲板上噼里啪啦响,他用灯光一照,发现落下了一些黄懒子。这是鸟飞累了,落下喘喘气。这倒有诱发捕鸟思路的可能……"

"嘿,你知道的事还真是不少,看来课外的知识也要多掌握些,要不……我就让你给唬住了不是?"菁菁笑着。

"唬你呀?课外的知识也是知识嘛!"

"我今晚真是有收获。跟你照了兔子、刺猬,这本来就是一大新闻了,还收获了两个故事,哈哈……"

"别乐了,看看雨是不是停了,咱们再出去驱溜一会儿。"明亮说道。

"停了!"菁菁探头向外看去。

菁菁钻出了苞米撑子,明亮提着灯和卡网也钻了出来。

漫山遍野的灯光又飘动起来,明亮和菁菁又披挂上阵了。点亮灯,拎起卡网向各个地垄沟照去。

菁菁指指点点,明亮手起手落。在东方放出灰白的时候,明亮胸前的网兜已经塞满了黄懒子。

两人兴奋地怀揣着一夜的收获,急急忙忙向村子走去。

刚走到村口,明亮就发现两家的妈妈焦急地等在了那里。

"明亮,菁菁跟你照黄懒子,你怎么也不跟你婶子打声招呼,这让你婶子担多大的心哪!"明亮妈妈发火了。

"阿姨，对不起！不怪明亮，是我主动要跟着去的。我怕跟家里打招呼妈妈不同意，所以就偷偷跳窗出来……没想到，会给你们急成这样……"菁菁眼泪下来了。

"没事，只要跟明亮在一起，我这颗心就踏实了。明亮他妈，你别埋怨孩子了，这是我们家菁菁不懂事。她要是跟我打声招呼，哪至于把你也给惊动起来？"菁菁妈急忙息事宁人。

"婶子，是我不好，让你们担心了。以后绝不会再发生这样的事。"明亮有些愧疚。

"行了，你俩安安全全，我们就放心了。哎呀，她大姨，你快看看……他俩都照了些什么稀奇物？"菁菁的妈妈瞪大了眼睛。

"你们连兔子、刺猬都给卡住了！真够能耐呀！走，他婶子，到我们家去对半分了！"明亮妈拽着菁菁妈。

"这都是明亮的功劳，我们怎么好跟着贪功啊！"菁菁妈说。

"他婶子，你这是什么话，咱两家还分里外呀！你要是不来，那不就是打我的脸吗？"明亮妈脸上有些挂不住了。

"好好好，我跟你去就是了。不过，我心里不好意思的是……给你惊动得半宿没睡好觉。"菁菁妈抱歉地说。

"嘿，两个孩子好好的，咱俩还有什么说的。走吧！"明亮妈挽着菁菁妈的胳膊。

明亮和菁菁两人相视一笑。

三、放学架网赶鸟

明亮照了兔子、刺猬的新闻不胫而走，全村没有不知道的。

特别是那只刺猬，明亮的爸爸用火一熏，它自动张开了紧抱的刺团，在锅里炼了一斤多的油，这可是解决了大问题呀！

明亮赶紧给菁菁家送去半斤油，还捎带处理后的半只兔子。这可把菁菁妈乐坏了，直夸明亮懂事，还一直说：你们俩以后可别拆棒啊！

明亮的同学方和鸣听后生气了，在放学的路上把明亮拦住："明亮，咱俩是不是好朋友？"

"当然是了，那还用说吗？"明亮毫不犹豫地说。

"昨晚上照黄懒子，你为什么不带我去而带潘菁菁啊？"

"那……什么，她非黏着要去，你说我怎么办？"

"怎么办？我就知道肯定是你俩在一起。你说，一男一女两人在一起，这要是传出去了，那不要你的命啊！有我在，就不存在那些闲言碎语，你说是不是？"

"不是，咱才多大呀！什么叫男女在一起，这多难听啊！"明亮反驳和鸣。

"怎么，你以为你是三岁小孩子……你都是十三四岁的小大人了。这在旧社会都是当爹的人了，你还以为你小哇？"和鸣的话不容辩驳。

"那……以后不管什么时候，都要你在场，行了吧？"明亮急忙说道。

"这就对了。你说，今晚上咱们去哪儿？"和鸣一脸高兴地问道。

"今晚上……我想住在旅顺城里的姑奶奶家，走寺沟、二〇三这条路线，往回照黄懒子怎么样？"

"这条线路好。我跟菁菁一块去吗？"和鸣问道。

"那还用说，你要是不叫她，她又要发火了。哎，咱现在趁着大亮天，到豆趟子、柳趟子赶上几网怎么样？"明亮问和鸣。

"行，那我去喊菁菁，你回家准备网具。咱们在西山的岔道口集合，不见不散！"和鸣说完就往家里跑。

明亮一溜小跑回到家，把一盘五米多长的网具收拾妥当。又把装鸟的网兜系在腰上，手里拎上一个卡网，咬上几口大饼子，就急匆匆奔出家门。

他一边走一边盯着这盘网，这可不是一般的网具，它可是妈妈陪嫁的嫁妆……

姥爷对明亮妈说："咱家里穷，给不起你好的嫁妆，这盘网可比一般嫁妆管用。一个秋天搂紧点，一冬天的荤腥味就够了，这是实实在在的生活。要是仔细点用，十几年是不会散架的。"

明亮听妈妈说起这件事后，知道了这盘网的价值。它是改善这个家生活的重要工具，要好好保护和使用它。明亮对这盘网格外上心，从不轻易把网具借给别人，张网和摘网他都亲自动手，生怕网被扯坏，就连一个草茎沾在上面，他都会择得干干净净。一到大太阳天，他会把网晒得干爽再收拾停当，生怕网具发霉长毛。要不，这盘网怎么会使用到今天。

和鸣最愿意跟他赶网，因为这盘网是全村独一无二的。网不仅大，而且网扣捻得结结实实。一般的树枝扯不破它，不管大豆趟子、柳趟子都能覆盖过来，有个三五个人赶鸟一点不成问题。所以，半大孩子们很愿意黏着明亮上山赶鸟。

明亮一出村头，老远就看到菁菁、和鸣站在岔道口，他紧跑几步来到跟前。

"吃饭了吗?"菁菁关心地问道。

"我咬了几口大饼子,垫补垫补行了。"

"那,你把这两张煎饼卷鸡蛋给吃了,一会儿好有劲儿喊。"菁菁递过来煎饼。

"你就会偏心,对我是不管不问,我饿着呢!"和鸣冲着菁菁喊。

"来,给你!"明亮把煎饼递给和鸣。

"能少了你吗?这不是给你准备了嘛!用得着大呼小叫的,没出息!"菁菁损着和鸣。

"行了行了,别斗嘴啦!留点劲儿在地垄沟上好好喊,比什么都管用。别到时候成了蚊子叫,那你们可就白去了!"明亮教训着和鸣。

三个人一边吃一边快走,都想赶在别人没赶过的豆趟子、苞米趟子、柳趟子上架网。如果在人家的后面赶网,基本上是白受累了。

这个季节,山上赶网的大都是半大孩子的活儿,大人们都忙于生产队的事,谁要是扔了生产队的活儿去赶网是要受批判的。

所以,漫山遍野都是半大孩子们的喊声。看山的人还是网开一面的,知道这个季节不能错过,谁给苞米秆折断了,也就喊喊算了,不会急赤白脸吆喝孩子们。

"明亮,你们注意点,别把豆棵踩倒,豆角可就全爆了!"看山的人嘱咐着明亮。

"大叔,你放心吧!"

"好,你们赶吧!"看山人走了。

明亮指挥着菁菁、和鸣在豆趟子的一头架起了网，用石头把网压结实，尽量把网向两边拉，再在网的两边支起树枝、蒿草伪装，好让黄懒子钻进这个迷魂阵。

然后，三个人从豆趟子的另一头开始呼号起来："嘿唠嚎嚎喂……嘿唠嚎嚎喂……"

山上，赶网的声浪遥相呼应。明亮三个人扯着嗓门一个劲儿地呼号，此起彼伏，一声高过一声，甚至比渔民拉网的号子还要高亢。

就见地垄沟里的黄懒子、毛溜子，顺着豆棵趟子一个劲儿驱溜着，有的还停下来左顾右盼，看看有没有逃飞的时机。可它们又被一声声呼号吓得不敢怠慢，顺着垄沟向前逃窜。

就这样，一只只黄懒子、毛溜子顺着地垄沟钻进明亮设下的网圈，一个劲儿地往外撞，想钻出网扣。鸟头都钻进网扣里，怎么跑得掉？只有个别精灵的鸟，不顺路跑而是向两边的方向钻去，一发现空空亮亮没有遮挡的豆棵，径直腾空飞去。这对赶鸟人来说，还是有点损失的。

最为高兴的时刻，是看着鸟七上八下撞网的样子，像拉网的鱼上蹿下跳，让人手忙脚乱，不知道抓哪个好了。特别是抓住黄懒子那一刻，心里别提多美了，柔柔的手感，肉乎乎的绒团，亮晶晶的眼睛，乐得人心里发暖。

明亮盘起了网，又向另一条柳趟子走去。

三人一来二去的几网下来，每人身上的网兜都鼓鼓囊囊快塞满了，别提心里有多高兴了。

太阳在海平面，露着一大半边脸，即将沉入大海。把整个海面晃悠成金黄色，不停地抖着明晃晃的光。这是告诉他们该收工了，晚上还得起五更爬半夜呢！那场活儿比这场活儿可精彩多了。

明亮扬了扬手："行了，咱们收网了，攒点精神留给晚上用吧！"

"行！"菁菁、和鸣高兴地收了手。

"咱们先到水库去洗个澡，回家再换套衣服，干干净净到我姑奶奶家好不好？"明亮征询他俩的意见。

"你说得对，去人家得给人家个干干净净的好印象。和鸣，你说是吧？"

"嗯，对！咱们现在就去水库。"和鸣帮着盘起了网。

三个人哼着小调，径直奔向水库。洗了个透水澡后，三人开始收拾一下午的战斗成果。

"明亮你别平均分配呀！你拿网具，还领我们去你姑奶奶家，你拿大份，我俩拿小份就行。菁菁，你说是不是？"和鸣挑明了自己的想法。

"对，我同意，不能平均分配。"菁菁同意和鸣的意见。

"你俩这说的什么话呀！咱们是最好的朋友，什么事都要互相帮助，好事就一块分享，坏事一起分担，这才是朋友。怎么，我多拿点东西就多长一块肉哇？咱们不要去计较这些小事，不管什么时候，三个人都要一样。"

"好好，听你的。"和鸣赶紧应是。

"嗯，我也听你的就是了。"菁菁说。

明亮把一下午赶网的黄懒子分成三份，一人提着一兜的成果，迈着愉快的步伐，顺着坡路各回各家。

四、三人夜晚远行

傍晚，三人步行了十里山路，住进了明亮姑奶奶家，早早地睡下了。

深夜十二点，明亮醒了。

一到秋天，明亮的生物钟基本就调整到了这个时间。

菁菁、和鸣被明亮叫醒后，好半天缓不过神儿，迷迷瞪瞪地揉着眼睛。

明亮提上两盏瓦斯灯、三个卡网，站在门口等上了。三个人抖擞着精神，快步地向街区走去。

深夜，天空像罩上一层黑幕，一丝光亮也没有。街道上的路灯，清冷灰暗，昏昏沉沉。

三个人的嘴巴，像被露水粘住似的一声不响，夜静得只听到脚下的沙沙声。

和鸣突然打破了沉默："明亮，前面是什么地方，灯光这么亮？"

"那是万忠墓。"

说着，明亮向那里疾步走去，到万忠墓的门廊前停住了，静静地站着。

菁菁、和鸣不明就里，也跟着默立，只见明亮两眼泪花。菁菁轻轻地走上前去："我听说你太爷爷的遗骨埋葬在这里，每年你都到这里祭奠。"

"是，这里有我太爷爷一大家子的遗骨哇！可散落在其他地方的蒙难遗骨又该有多少？这都是日本侵略者四天三夜野蛮屠杀旅顺全城造的孽！"明亮恨恨地说。

和鸣、菁菁看着明亮少有的悲伤和痛苦的表情，也完全被感染了。他俩静静地听明亮的讲述："清朝末期，西方列强发现中国太糠了，比软柿子还软。什么进鸦片、开商埠、修铁路，清政府被掏空了，日本人在1894年抢先攻打旅顺口，北洋水师不堪一击，被打得落荒而逃！把一个好端端的旅顺城拱手让给了侵略者。日本人进城是大开杀戒，不管男女老少一个不留。整整四天四夜，把两万人口的旅顺屠戮成一座空城……我爷爷去乡下走亲戚，才躲过了这场劫难，要不我们家就断根了。

"日本人尝到侵略的甜头，深知旅顺是京津的重要门户，得了旅顺、大连就得了东北，得了东北就能得到中国，在中国没完没了地侵略扩张……"

三个人在义愤填膺中，不知不觉地走过了龙河桥，踏上了就近的山坡。

这时，漫山遍野点缀着的灯火，荧荧闪闪；云缝中钻出的几颗星星，明明灭灭；天地上下的亮光遥相呼应。

明亮回头看看和鸣的灯光，萤火虫似的微弱晦暗，勉强晃映几米远的距离，他有些着急了："和鸣，把你的灯灭了，咱们用这一盏灯，能照十几米。你的灯也不得眼，你俩干脆在我左右一面一个，这样就不能漏掉目标，是不是？"

"不用不用，你俩先走吧！我慢慢晃悠，我知道回家的路，放心吧！"

"你怎么这么犟啊？咱三个人是一个集体，给你撂了，我于心不忍。"明亮折返回身，吹灭了和鸣的灯光。

和鸣只得跟着明亮一起蹚地垄沟前行。

明亮的灯光真亮，就像汽车错车时如果一方打着强光灯，对面过来的弱光灯一下子变成萤火虫似的。弱光的捕鸟人，很难适应明亮强光灯的刺激，等缓去眼前的黑晕后，才会挪动脚步。

走着走着，菁菁远远地发现了目标，她轻轻推了一下明亮，小心地说："我右前方，发现一个目标。"

"我看见了，你做好准备，我右闪左回，你迅速卡网！"明亮发出了命令。

"是！"菁菁干脆地回答。

明亮一个急速的右闪左回，菁菁一个迅雷不及掩耳之势，只听啪的一声，就见网兜蹿起一个彩色的光影，把网兜撞得上下直忽闪。

和鸣一个箭步冲上，抬起卡网，兴奋地喊道："太棒了，是只黄懒子。你们看，这羽毛多漂亮。"

"我看看！"菁菁凑了过去。

菁菁接过黄懒子，瞅着它黄圈黑点、惊恐忽闪的小眼睛。它浑身颤抖地瑟缩着，一次次地展动翅膀，想要挣脱紧握它的手。

"你看，它给吓成什么样子？"菁菁说。

"我们出来的目的是什么？就是想让家里见到点肉腥味。这不是怜悯的时候。瞧好吧！今晚上，我们一定要把网兜塞得满满的。"和鸣兴奋起来。

"前进！"明亮发出了指令。

"是！"菁菁、和鸣应声答道。

刚走没有几步远，就见明亮的灯光猛然右闪左回，卡网迅速落地，明亮急忙喊道："我扣上了一只！"

菁菁急忙跑上前去："这只比刚才那只还大，肉乎乎的。"

"看来，大批鸟已经落下来。咱们不能放过任何目标，前进！"指挥官又下达了命令。

"是！"

真像明亮预测的那样，就见卡网此起彼落，刚刚收回卡网，就听见身后又传来吧嗒吧嗒的声响。

三人手脚不得轻闲，几个小时过去，每个人胸前的网兜都塞满了。

这时，明亮停止了脚步，眼望着放灰的天空，说道："累不累？该喘口气、歇歇脚，留点力气好往家走哇！"

"别，我正在兴头上，再遛几个来回行不行？"和鸣不情愿收工。

"怎么的，还想把裤腿扎起来装啊？"菁菁拿和鸣开起心来。

"哎……你这个主意不错！"说着，和鸣就要脱裤子。

"天都快放亮了，黄懒子的眼睛也晃不住了，你还没走到它跟前，它早早就飞了。咱们返程！"明亮说。

"是！"三个人像打靶归来的战士，扛着卡网，雄赳赳气昂昂地往回走。

山峦起伏，罩着影影绰绰的黛灰色，像淡墨的山水画，撩抹着一片虚幻。穿过一片松树林，眼前一座子弹头的石碑挡住了去路。灯光晃去，就见"二〇三"的字样竖铸在上面，格外醒目。

明亮像被马蜂蜇了似的，不由得嘘了一声，站在碑前不动了。

"这是日本修建的纪念碑，专门纪念战胜沙皇俄国军队。因为这个二〇三高地是最残酷、最后的争夺战……"和鸣说。

"我看到这个碑,心里就像刀扎一样难受、窝囊。这是中国的国土,竟让日本人在我们的土地上跟俄国争夺。"明亮愤恨不已。

"这是一场狗咬狗的战争。"和鸣插了一句。

"白玉山那个大号的子弹头纪念塔,我一看心里就堵得慌。窝囊的清政府看到日本和沙俄在旅顺要塞争夺,竟宣布中立,好像旅顺口不是中国的土地,你沙俄和日本在旅顺争抢,不挨我清政府的事。日俄战争俄国失败,日本竖起白玉山的'表忠塔',纪念战死的军人。日本这一占领,就是四十年哪!他们到这里移民、经商、开矿……"明亮越说越气愤。

"不仅开矿、经商,还在这里办学……日本孩子还跑咱这儿念书!"和鸣一边说,一边用眼睛余光瞅着菁菁。

"我听我妈说,当时,旅大已经划到日本关东州。我妈就从日本来到旅顺女子中学念书。日本战败投降后,一批像我妈这样的穷学生,成了遗孤。他们无家可归,沿街乞讨,是旅顺人收留、抚养了他们……我妈说,一辈子不能忘了这些有恩德、善良的中国人……"菁菁掩面痛哭。

这可吓坏了明亮、和鸣,他俩忙劝:

"菁菁,你妈是日本一个普通的学生,跟日本侵略者是两回事。我们恨的是日本发动侵略战争的罪人,你妈虽然是日本人,可你也有咱中国人的血缘。"明亮劝菁菁。

"对对,菁菁,我俩说的是日本侵略者,这跟你没关系,你别难过了。"和鸣小声劝说。

"前几天,一个从黑龙江来的日本遗孤樱子找到我妈妈,她说的那段经历，我听了都掉眼泪。那是一批从日本迁移黑龙江的开拓团，听说日本投降后，纷纷到大连等码头登船回国。有一个团全是妇孺老小，行动缓慢，实在走不动了。一个军人提出全体自杀。那些父母就开始动手掐死孩子，再剖腹自杀，四处是一片哀号之声。樱子看见哥哥被掐死了，不顾一切地疯跑，被一个猎户给救下了。第二天，樱子领人到现场一看，横七竖八死了一片，樱子没找到妈妈。猎户动员村里的人帮助掩埋了尸体，每年清明还领着樱子烧纸祭奠一下。日本人在中国杀了这么多人，一直没有认罪，我也恨得咬牙切齿，虽然我身上也有一半日本人的血缘……"菁菁又掉了眼泪。

"菁菁，咱们东北地区，为救护日本遗孤，付出了很大的代价！这样的仁爱之心，超越了敌我和国界，不是一般民族能做到的。"明亮说。

菁菁认同地点了点头。

这个秋天，鸟迁徙的一个半月，家家户户都有不少收获。

在这个缺油、少肉的年代，家家有那么一坛子咸盐封着的黄懒子，冬天炒菜时拿出一只。就这点零星小肉，可解决了大问题呀！要不，菁菁妈怎么会跑到明亮家，向明亮妈再三表示谢意呢！

五、神往蓝天赛鸽

好动、猎奇是半大孩子的天性。这个年龄段的孩子都有奇思遐想，遇到什么新奇事，非要探个究竟不可。

赵明亮就是这样一个人，有打破砂锅问到底的天性。

一天，明亮看到天上一群鸽子，带着哨子满天地鸣叫，他看得入迷。是谁让这群鸽子收放自如、群起群落的？

他顺着鸽子飞的线路跟去，不知跑了多少路程，看到这群鸽子在一家的房前落下来。

他走向近前一看，不禁呆住了：一只只颜色各异的鸽子在院里形成了一幅彩绘，闪着光亮雨点似的羽毛、披着黑色丝状的羽翼、套着落日西霞的绛装、东方晨起放白似的纯色……让人目不暇接。

"哎，我看你半天了。你打什么主意，偷着跑这儿踩点来了！是不是想晚上偷我的鸽子？"屋里走出一位男青年。

"不是……大哥，我家住在老铁山下，我叫赵明亮。看你的这群鸽子太神奇了，不知不觉就被吸引到这儿来了。"明亮赶紧回话。

"你跑了七八里的路，就是跑这儿看鸽子玩的？"青年人怀疑地摇晃着脑袋。

"大哥，我太喜欢……能不能养这鸽子？它好养吗？您能卖给我几只吗？"明亮急切地问道。

"哦，你想养鸽子呀！这是信鸽，不是一般人家养的肉鸽。你的眼力不错呀！还能分辨出鸽子的好坏。"青年人赞许着明亮。

"信鸽？与一般的鸽子有很大区别吗？"明亮瞪大着眼睛。

"区别可大了去了。信鸽又称为赛鸽，是经过几百年的培育、训练，优中选优形成的品种。"青年人说起信鸽两眼放光。

"哦，这么金贵呀！"明亮张大着嘴巴。

"我这群鸽子，是由近及远地放飞。最远的是参加上海举办的赛鸽比赛，它们全部飞回家来，被称为最有耐力的'长程'鸽子。"

"上海？那不是上千公里路吗？它们能认识家，还一气飞回来？"明亮眼睛瞪得大大的。

"这哪能一气飞回来呀！它们中途需要补充体力，还要觅食、饮水、休息。它们被训练成有野外生存能力、集体抱团、站岗放哨、分工觅食的技能群体，才能飞回驻地。"

"哎呀，太神奇了。怪不得一股魔力吸引着我，非要看看它们是什么样子。原来，它们是一群了不起的'神鸽子'呀！"明亮喜挂眉梢。

"你叫赵明亮吧？你要说它们是'神鸽子'也不为过。前年咱这儿闹水灾，大片农田绝收。我人都快饿死了，哪还能养活它们哪！我磨好了刀，刚走到院子里，就见这群鸽子用嘴往外吐高粱、玉米、黄豆粒，足有一斤粮啊！我们一天每人的口粮才三两，一家人的口粮还不足一斤，这是救命粮啊！鸽子来拯救我们啦！我扑通跪倒在地，向它们磕头。当我再抬头看时，它们一起飞走了；一会儿它们又飞回来了，又给我吐粮……"青年人两眼泪花。

"太神奇了，这是一群有灵性的鸽子，它们知道您遇上大难，来拯救您了！"明亮说。

"第二天，我弄明白了。原来，头天我修房子抹石灰墙，本来想杀鸽子，就没给它们饮水。它们就喝了抹石灰剩下的石灰水，一反胃就把吃的粮食吐出来了。你说神奇不？鸽子救了我们一家，也救了它们自己，让我感觉是老天安排的神奇机缘。我用石灰水，让它们给我攒下一份额外的粮食，既把我们给救活了，也让它们活了下来。"大哥说道。

"这是上苍眷顾生灵，让你们双双闯过难关。上苍也眷顾我们老铁山人，每年秋天飞来一群群的老鸨子、苍鹰、黄懒子……"

"我知道你们每年网鸟、照鸟……没轻祸祸鸟，我觉得有些不忍心。"

"太穷了，吃点肉又很难，也就……向它们撒野。等我们日子好过一点，这个坏习惯会慢慢改掉吧！"明亮不好意思地说。

"现在粮食吃紧，勒紧肚子的日子也快过去了。今年的年景也不错，你们那地方也该收收手啦！"

"大哥说得对，我记住了。"明亮不住地点头。

"你是冲着这些信鸽来的，它们把你从那么远的地方领到我家，说明咱俩有这个缘分。那我就把信鸽的来历，还有怎么培育、训练信鸽的方法讲给你听，好不好？"

"太谢谢大哥了，我愿意听！"明亮很是兴奋。

其实，在楚汉相争时期，信鸽就被用作传递信息的工具了。传说刘邦被项羽追击，躲在一处废井中，他放出信鸽求援；张骞、班超出使西域时，也是利用鸽子传递信息；唐代也利用信鸽传递书信了。这时的国外，也很早就认识到鸽子的优点了。相传，古埃及的渔民每次出海捕鱼都带着信鸽，以便传递求救信号和鱼汛信息。各城之间建立了信鸽通信网，形成了一座著名的信鸽邮局。也有船队将鸽子置放在船上，作为海上的船运帮手传递信息。

人们看信鸽在蓝天飞翔很漂亮，就像你赵明亮那样，能被吸引到我家来，说明它很有观赏性。中国在明代中期，开始用鸽子比赛取乐，组织"放鸽之会"团体。有本《广东新语》记载："岁五六月广人有放鸽之会……择其先归者，以花红缠鸽颈。"这时的信鸽也成了赛鸽。

"咱俩有缘。来，跟我进屋。"

明亮跟了进去，就见大哥提着一个鸽笼，说："讲了半天也没自我介绍。我叫杨洪喜，你以后就叫我喜哥好了。"

"我没事常来您家……不打扰您吗？"

"鸽友经常找我，又多了你这个鸽友，我高兴还来不及呢！"喜哥说。

"我哪算鸽友哇！什么也不懂。"明亮不好意思地说。

"谁是天生的养鸽能手哇！不都是一点一滴学的吗？我这就给你两只纯种的鸽子，它俩已经配好对了，你今天就可以带回家。"喜哥走向鸽笼。

"喜哥，我没带钱……"

"什么话呀！我交上喜好鸽子的小老弟，乐还来不及呢，还谈钱……你小小人可有点俗哇！"喜哥佯装生气。

"喜哥，我……拜您为师！"明亮扑通一声跪下来。

"起来，起来……好嘛！咱俩怎么有点孙悟空拜唐僧为师似的。"喜哥哈哈笑着。

"师父，我要有孙悟空那两下子就行了。"明亮咧着嘴乐。

"你只要认真学，一定会成为驯鸽能手。来，这两只鸽子你提好，再给你一把米粒。你手这样握它，眼睛瞅着它，它瞅着你，慢慢互相亲近了。它就会主动向你飞来，再到野外放飞就能成。走，我骑车送你回家。"

"别别，我走回这段路程，是最好亲近鸽子的时间，这多好哇！"

"好，现在就开始进入角色。你小子还真有股子韧劲儿，那就不送你啦！"喜哥扬了扬手。

明亮手提鸽笼，边走边回头向喜哥挥手。他那兴奋的小心脏剧烈地跳着，随着手握鸽笼走路的节奏，一起一伏地呼应着。像有着不谋而合的因缘，让他与鸽子亲密地连接在一起。

六、迎娶洋新娘

深秋，正是钓鱼的好时节。

放学的路上，和鸣追着明亮，神秘兮兮凑到明亮身旁，贴着明亮的耳根说："明天星期天，咱俩去海边钓鱼去？"

"那不行！"明亮一口回绝了。

"有什么事能比钓鱼重要？"和鸣追问。

"我明天去参加婚礼，你说重要不重要？"明亮一脸高兴。

"是不是你哥赵明涛，和苏联专家的姑娘莎波诺娃谈对象，这就要结婚了？"和鸣瞅着明亮。

"对呀！我哥这是跨国婚礼，西方开放式的接吻、拥抱……那场面我不能错过，得过过眼瘾。"明亮很是兴奋。

"是不能错过。你嫂子真漂亮，人也好。上次她来你家，我正好赶上了。我一看，哎呀妈呀！那金色的头发，蓝蓝的大眼睛，忽闪着的眼睫毛，把我给闪蒙了。你嫂子又是给我糖又是给我水果，我当时都不知道怎么好了。你摊上这样的嫂子真好。我还从来没见过中国男人娶洋女人的婚礼：那西餐、中餐、红酒、白酒、列巴……场面一定壮观。"和鸣羡慕地说。

"还有我嫂子苏联来的亲戚，加上海军舰艇修造船厂的苏联专家、家属都参加婚礼，场面可大了。听我哥说，搞舞会、自助餐的形式。"明亮越说越来劲儿。

"什么是自助餐？"和鸣惊奇地问道。

"说是各种菜品、酒品、水果都摆放在一张大长桌子上，随意地挑选。你想吃点什么，喝点什么，溜达过去，往盘子里盛就行。"明亮解释着。

"那不乱套了？不如咱那七大盘子八大碗来得实惠。一桌一桌围着碰杯，不仅有气氛，喝起来还特带劲儿。"

"是，我也是这么想的。可我好奇，想看那个场面是什么样子，想看看我哥和嫂子是怎样接吻、跳舞，还想看看那些高鼻梁、蓝眼睛、金黄头发的外国人……这是我哥哥的人生大事，也是我们家的一桩大喜事。我爸妈都忙乎了大半年了，又是给他们准备几铺几盖的，我能不参加吗？"明亮喜笑颜开。

"我看哪，你还有别的心思……"和鸣晃起小脑袋。

"还有什么心思？"明亮被和鸣说愣住了。

"你是不是想跟那些苏联半大丫头套近乎，将来也像你哥哥那样，来个异国婚姻什么的？"

"去你的吧！狗嘴吐不出人话。我不跟你瞎扯了，赶紧回家帮我妈忙乎去。"明亮一溜烟跑了。

"一块走，我也抢不着你的苏联姑娘，你用得着这么急吗？"和鸣嘟囔着。

明亮的哥哥明涛，是旅顺海军修造船厂的技术员。这个军工修造船厂有一批苏联专家，是帮助新中国发展建设的。莎波诺娃的爸爸是修造船厂的技术专家，一家人被派来中国支援建设。明涛是中方技术员，要把苏联修造船的技术学到手，一天到晚不离苏联专家的身前身后。特别是莎波诺娃家，赵明涛经常登门拜访。一来二去，莎波诺娃一家人就喜欢上赵明涛，莎波诺娃跟赵明涛格外有嗑唠。她爸妈看在眼里记在心上。他们很欣赏赵明涛的聪明能干，也很喜欢旅顺这座美丽的小城，就有意撮合两个年轻人，这门亲事就这样成了。

两国人成亲的喜事，在中苏友好时期是最为时髦的，被当成中苏两国友谊牢不可破的象征。两家都是积极操办，就连修造船厂的领导和专家都投入其中，把两人的婚礼办得红火热烈，这可是中苏两国友好的象征。

星期一放学的路上，菁菁追着赵明亮："明亮，听说你哥昨天结婚了，和苏联姑娘莎波……什么娃……"

"我嫂子叫莎波诺娃。那个精彩呀！就是不一样。"明亮一脸的兴奋。

"怎么不一样？给大家抖搂抖搂！"菁菁急不可耐地凑上前来。

"那场面叫大而红火、热闹新鲜。我哥和嫂子随着《婚礼进行曲》的音乐走进礼堂，主持人、厂子领导、我爸妈、我嫂子的爸妈，轮番致辞，来宾都端着酒杯，服务员不断地添酒，真是既美好又别致。"明亮说得有滋有味。

明亮极具渲染的描述，让和鸣慢慢地蹭了过来，侧着耳朵听。

明亮讲起来，就更加来劲儿了："特别是我嫂子真漂亮，穿着布拉吉，就是花连衣裙。还有来参加婚礼的苏联女人，就连小女孩都穿着各式各样的布拉吉，一群洋娃娃，那个漂亮啊！还有那些苏联专家，一个个穿着笔挺的西装，打着漂亮的领带。我嫂子的爸妈主动跟我爸妈拥抱。"

"什么，你爸还跟莎波诺娃的妈拥抱？"菁菁惊讶起来。

"这有什么稀奇的，还有接吻，也就是亲嘴……"明亮越说越劲儿。

"还亲嘴?"菁菁愣瞪着眼睛。

"是我哥和我嫂子亲嘴……时间可长了。那个甜蜜幸福劲儿,我看着都挺激动的。"明亮两眼放着光。

"哎呀妈呀!这叫啥事,当着这么多人的面亲嘴?哎呀妈呀!臊死人了……"菁菁捂着脸,就要走开。

"这有什么好奇怪的?这就是一个西式的婚礼而已。外国人亲个嘴,贴个脸,拥抱一下,就跟咱这边握握手,拍拍肩膀是一样的,这样的场面稀松平常。"和鸣很不以为意。

"菁菁,你看和鸣的见识,可比咱俩强。你不知道,我当时紧张得心脏怦怦乱跳,都不好意思看下去。"明亮给菁菁打了个圆场。

"我看你是看了漂亮的苏联姑娘心跳吧?"和鸣一阵不怀好意的怪笑。

"说实在的,我见了苏联姑娘也很紧张,都不敢抬头正眼看她们,只能躲在旁边偷偷瞄上一眼。这要是和鸣在呀,他是见过大世面的人,那一定凑上前去拉呱儿上了!"明亮拿和鸣开心。

"我只不过是在咱旅顺城里看看那些苏军家属,还有苏联电影而已,哪有你这么幸运,能在眼面前看个够。"和鸣侧着脸说。

"外国人真是开放啊!他们跟咱们的风俗习惯就是不一样。"菁菁晃着脑袋。

"这是我给你俩带来的喜糖、香肠、列巴,你俩尝尝!"明亮从书包往外掏。

"给我给我……"和鸣抢上前来。

"谢谢！明亮，你什么事都想着俺俩。"菁菁很是高兴。

"什么想着咱俩，明亮主要是想着你呀！"和鸣晃着脑袋说。

"你怎么没良心哪！你心让狼狗叼跑啦？"菁菁呵斥和鸣。

"菁菁，咱不跟他一般见识。我跟你们说呀，我还真是喜欢这种婚礼。大家都愿意吃点、喝点，跳跳舞、唱唱歌……潇洒、自由、活泼。咱那七大盘八大碗的撂成堆，吆三喝四猜拳，光喝酒了。要我看，从咱这辈就得改改这个规矩。"明亮感慨。

"这样的婚礼的确挺好，既有正式的仪式，又有轻歌曼舞，轻松愉快，我也喜欢这样的。"菁菁抿着嘴笑。

"你俩一个观点？怎么什么事你俩都能想到一块去呢！咱俩就不能想到一起呀？"和鸣瞅着菁菁说。

"你非要和我想到一块干什么？人各有所好嘛！"菁菁辩解着。

"和鸣今天怪怪的。怎么，我们看法一样也不行了？"明亮瞪着和鸣。

"你俩好得一个人似的，老是晒着我一个人。"和鸣嘟囔着。

"你嘟囔什么，啥时候不是咱三个人一起？"明亮有些不高兴。

"反正你俩有在一起把我甩过的时候！"

"小肚鸡肠，一回两回不在一块有什么，只要咱三个人好就行啦！"明亮说。

"就是，一点男子汉的气概也没有，就记得鸡毛蒜皮的小事！"菁菁也数落着。

"你怎么不说咱俩单独在一起，去海边钓鱼、水库洗澡、河沟摸鱼没带菁菁呢！"明亮点出和鸣的漏洞。

"咱俩光腚钓鱼、水库里洗澡，菁菁能在场吗？"和鸣反驳明亮。

"你看，我说你一句，你有十句等着我。"明亮说。

"行了，你看你俩一唱一和的，就知道朝我来劲儿。刚才你俩说话的腔调那个一致呀！咱这辈人的婚礼以后该改改啦！怎么个意思，你俩将来打算怎么结婚哪？"和鸣不怀好意地瞅着菁菁和明亮的脸。

一句话把明亮和菁菁说愣了。

"去你的，我揍你！"明亮追打着和鸣。

"你怎么耍野蛮了。菁菁，你得管管明亮了！"和鸣一边跑一边躲。

菁菁低头不语，两只脚在路边草棵里蹚着，不敢再往他们身边靠。

七、大洋马"联姻"

村子里不知从哪儿弄来一匹小洋马，说是大队长王良用几百斤粮食换回来的。

村子旁有个会所，曾经驻守过苏联红军。大伙看过苏军那些高头大马，飘逸俊美，神气逼人。似火的枣红色披亮全身，四蹄踏雪、鼻梁喷白、臀部滚圆、头颅高扬，奔跑时如疾风，慢步时像跳舞。大家都想看看大队长弄来的小洋马，就呼呼啦啦聚拢过去。

到眼前一看，大伙傻眼了，怎么是一匹一摇三晃的小马驹，蔫头耷脑，偶尔还乱蹦乱咬。

这是匹正吃奶的小洋马，硬生生从妈妈那里给牵来，不吃不喝，让人心疼。

王良牵来一匹当地哺乳期的母马，让小洋马过来吃奶，母马伸过头来嗅了嗅，立即掉转身体，喷着响鼻，尥蹶子踢向小洋马。小洋马躲离母马，一头扎进草堆里，一边嗅着草一边流眼泪。

一连几天下来，小洋马就是靠不上母马身边。急得王良吃不好睡不着，一天到晚围着小洋马团团转。

一天，他看见一头驴戴着蒙眼拉磨，忽然眼前一亮。他抱来母马的小马驹，让母马嗅了嗅。接着，把母马眼睛蒙上，再把小洋马抱过来，乳汁唤醒了它的记忆，它挺起脖子拱了起来，吮吸得特别来劲儿。

可一旁的小马驹不干了，围着妈妈转圈咴儿咴儿地叫着。母马像发现了问题，急忙挪动身子，用蹄子隔断了小洋马吃奶。小马驹趁机一头扎进妈妈的肚子下，还不时尥蹶子阻挡小洋马靠近。小洋马也知趣地退出小马驹的领地，很满足地摇了摇尾巴向草场走去。

王良用这个"调包计"，让小洋马活了下来。

几个月的工夫，王良抛家舍业、精心喂养、细心照料，小洋马终于硬朗起来。他宁肯自己受寒风之苦，也不让小洋马受半点委屈。

可他老婆生气了，朝他愤愤地说："看你走道的劲儿，还学会小洋马迈的四方步，甩头拨拉角。你跟小洋马形影不离，跟我是打个照面就走人，你跟小洋马过吧！以后可别沾我的身子。"

这些话，把王良给骂乐了。

他瞅着已经长大的小洋马，多像它的父辈：高大的身躯、昂扬的大脑袋、帅气的秀鬃、有节奏的舞步，举足和迈蹄，很有绅士风度。还时不时舔舔王良的手，嗅嗅他的气味，好像谁也离不开谁。

王良晃着脑袋这个乐呀！特别是，当他看到一些母马经过小洋马身旁时，小洋马躁动不安、嘴嚼钢绳、抛着媚眼、甩着尾巴，向母马示爱的动作，这正是王良所期待的大洋马呀！

王良瞅着大洋马，别提心里多高兴了：你没有辜负我的一片苦心，你终于可以在全村人的面前亮相了。

刚入秋的一天，他就牵着大洋马向全村宣告：要为大洋马搞个联姻仪式。

全村人闻风而动，不大一会儿，场院里就挤满了人，懵懵懂懂地看着光景。

就见场院中间有一块方方正正的沙地，铺陈得异常干净。新垫的软土松松款款，不伤蹄脚，就像新婚用的棕榈床，既舒服又得劲儿。四周飘扬着几面彩旗，像结婚一样热闹喜庆。

"什么不着调的事，像结婚似的？"

"说是叫什么联姻仪式嘛！"

"马怎么联姻？"

"就是在各个生产队找出几匹好母马，让大洋马配个种，明白了？"

"净扯蛋，就说配种得了，搞些什么花里胡哨的东西，这有什么可稀罕的！"

看光景的人叽叽喳喳地议论着。

三队牵来的黄骠马，跟大洋马还真有一拼：俊俏秀美、长鬃爽滑、步履轻盈、双眼圆睁。大洋马不停地打着响鼻，前蹄踏地，飘逸的长尾巴甩动着，四蹄游动着华尔兹，轻轻贴近黄骠马，传递着喜欢的气息。

黄骠马被大洋马的英姿惊呆了，它咀嚼着钢绳，流出激动的涎水；扭动着肥臀，叉开两条后腿，挪开漂亮的尾巴，向大洋马抛来求爱的气息。大洋马迅速扬起了前蹄，高高跃起搭在黄骠马的前膀子上……

两匹马配种成功后，王良喜笑颜开地对大伙说："咱这是培育优良品种，大洋马和咱当地马杂交，能生出更优良的好马。咱们有了这匹种马，村里就像有了小金库，有了进项，这就是配种站。你们要大力宣传，欢迎其他村子的马来配种，费用好商量。"

王良的广告宣传，迎来了一阵热烈的掌声。

"好了，咱们这次给马的联姻活动，到此结束。请大家多多宣传！"王良向大家摆摆手。

"好……"又是一阵欢呼。

"哎哎，我说你们这些半大丫头、小子，知道点羞臊。以后别凑这个热闹，这是大人看的光景，大家散了吧！"

臊得赵明亮和潘菁菁撒腿就跑。

大洋马的名气越来越大，远近各村都想有匹良种马，纷纷牵来本村的好马前来配种，大洋马都是热情奔放地迎接。可有一次，它拒绝了，后坐着屁股，狠命地甩着缰绳，死活不靠近母马。

王良一问才知道，这匹马是苏联驻军临走时赠送给那个村子的，是一匹老马，蔫头耷脑的，可能是大洋马的妈妈。

王良想试出个究竟。他找来蒙眼布，蒙上了它的眼睛，把它牵到母马身边。就见大洋马打了个响鼻，轻嗅母马的气息，轻贴它的脸颊，用长长的尾巴轻拍着妈妈，亲昵、撒娇、情意浓浓。王良以为有门了，想让它们配种，却只见大洋马不停地尥蹶子，扬起前蹄，狠狠地拽脱了缰绳，一溜烟地扬尘而去。

在场的人惊呆了，他们为这对有灵性、母子情深的大洋马所感动，纷纷议论着……

八、粼光海滩叉鱼

阳春三月，乍暖还寒。

这个季节，鸟没有停留就直接向北飞走了。只有家燕飞回旧巢，整天屋前屋后衔泥修窝，为产卵孵化而忙忙碌碌。小燕子飞进飞出，人们在它们呢喃细语的催动下，也生发出一股蓬勃向上的活力。

明亮端详着它们娇小可爱的身影：一袭乌黑光亮的羽毛，一对俊俏轻快的翅膀，一副剪刀似的尾巴，在屋檐下钻进钻出。小小的嘴好像一把瓦刀，把衔来的泥、草抹得溜平；又似穿针引线的巧手，把一丝丝草絮弯成一个美满的小窝，让人看了艳羡。这么一个小小的躯体，竟做出这么精美的事，真让人敬佩！再看它们跟人们亲近的样子，还时不时向人们投来叽叽的问候。

"你看什么呢！像丢了魂似的。"菁菁问。

"小燕子回家了，它们从南方飞好几千里路哇！你不觉得亲切吗？"明亮注视着小燕子。

"好几千里？那可是不容易呀！我们家的小燕子也飞回来了。"

"小燕子多好哇，按季节飞来飞去。修窝、衔泥、续草，像亲戚来了一样，让人感到亲切。"明亮感到一股温馨暖意。

"你别说，我看到小燕子心里还真是暖暖的，有一种说不出的亲近感。"

"燕子是鸟类中最聪明的，它们离人最近，始终靠近人们居住的地方安家，让人既喜欢它们，还不会伤害它们，跟它们共同生活在一个屋檐下，互相信任。这是多么了不起的智慧。"明亮称赞道。

"你说的真有道理呀！小燕子从来不躲避人群，不像其他鸟离人群远远的，生怕人来祸害它们。"

"不仅小燕子聪明，很多动物也很有智慧的。咱就说小燕子的窝吧，它是在人家的屋檐下或者房梁上絮窝，要粘在墙体或房梁上，那就需要黏合剂，小燕子用唾液把窝黏合，并且抹得又圆又光滑；还有喜鹊絮窝，那是絮在树杈上，必须三角支点固定才行，它们用树枝搭建得很牢固；还有兔子窝，那是进出口、逃生通道各不相同。俗话说'狡兔三窟'嘛！"明亮说。

"别说，真是这么回事。"菁菁眨着大眼睛赞同道。

"咱再说蜘蛛织网吧，那是多么精巧，拿咱渔民织网来比较也不一定比得过。还有蚕茧，用丝织就一个密实、保暖的茧筒，我们纺织机器也难织出这样的巧活儿来。"

"动物世界真是太精彩了！"菁菁也是佩服至极。

"你知道人们为什么喜欢小燕子？"

"因为小燕子不讨人嫌，还挺漂亮？"菁菁不知说什么好了。

"因为小燕子爱吃蚊虫，几个月下来能吃掉二十几万只，这恰恰是人们需要的地方。它们帮助人们把房前屋后的蚊虫消灭了，你能不喜欢吗？"

"怪不得家家都盼着小燕子来絮窝，原来它们是人们的好帮手哇！"菁菁瞪大着眼睛。

"小燕子以蚊虫为食，冬天蚊虫没了，只能飞到温暖湿润、有蚊虫的南方生活。所以，人们也叫小燕子'阳光鸟'，也叫它们鸟类家族的'游牧民族'。"明亮说。

"你这么一说，我更喜欢小燕子了。它们成双成对结伴飞行，掠过水面像蜻蜓点水，点起一个个圆弧，灵巧又美丽。"菁菁说。

"真让你说对了，小燕子雌雄结伴、双栖双飞，共同孵卵觅食哺育幼鸟。我喜欢它们一家子生活的样子，看着都让人心里热乎乎的。"明亮说。

"它们就像一对小夫妻，认真操持一个家，恩恩爱爱，真让人羡慕。"菁菁说。

"很多鸟像人似的，就连它们求偶，都跟人相似。"明亮来了情绪。

"说给我听听。"菁菁凑到明亮跟前。

"有的鸟，是靠动听的歌喉吸引雌鸟的关注；有的鸟，是靠漂亮的羽毛，展动五彩斑斓的翅膀；还有的鸟，靠它精巧的做工修筑精致的巢穴，召唤雌鸟来参观；还有更绝的，它们直接叼着一枝花或一条小鱼，殷勤地送给雌鸟；还有的鸟，默默劳作，帮助雌鸟修窝筑巢，用实实在在的行动来感动对方……"明亮说。

"鸟的世界也这么精彩呀！为悦己者容。这个世界真奇妙！"菁菁很是惊奇。

"很多鸟离我们人群很远，不被我们关注，所以没看到它们那些精彩的画面。只有小燕子靠人们很近，你才注意到它们小家的温暖，热热闹闹的样子。"

"它们有热热闹闹家的感觉，也有春的气息，让人感到万物复苏。"菁菁说。

"春天不光鸟活跃起来，鱼也开始向浅水的岸边回游了，这是个叉梭鱼、鲈鱼的好时机。这个季节的梭鱼、鲈鱼味道鲜美，一点泥腥味也没有。"

"海边的人都不想错过这个机会，爱叉鱼的人就会挑灯夜战。你……是不是想叉鱼去呀？"菁菁问道。

"我还没想好去不去，反正跟你没关系。"明亮一口回绝菁菁的加入。

"那不行，我非去不可。我从没尝过叉鱼的滋味，你要不带我去，我跟你没完！"菁菁发出通牒。

这一天，是阴历十五。海边的人都知道：初一、十五两遍潮。晚上七八点钟，海水就退出大老远的距离。

月亮悬在空中，月光亲昵着海面，上下挥洒着清凉的银光。

浪花兴奋地跳跃着，一波赶着一波向岸边追逐，把细沙推出一道道皱褶，踩在脚下软软的，舒服极了。

"叉鱼，是个手疾眼快的活儿，浮在水面上的是大棒鱼，尖尖的长嘴，游速极快，几乎是贴着水面飞；中间的是梭鱼、鲈鱼，游速相对迟缓，但也不是说叉就叉得到的；水下游的是鳝鱼，它游泳的姿势很奇特，像蛇一样扭曲，叉上它，它会缠绕在叉杆上，要是把它择下放在前兜里，它会转圈缠滚，让人肚皮痒痒得难受；最好叉的要数偏口鱼、牛舌鱼，它们大都俯卧在细沙中略微隆起，不细心观察很容易忽略。"明亮向菁菁介绍道。

菁菁听得津津有味，她一个劲儿地吧嗒着嘴，像在品尝美味海鲜。

"到了，你听……"明亮侧起耳朵。

菁菁这才听到海水轻微的呼吸声，像刚会打呼噜小孩子的细细鼾声，是那样轻柔。清新的海腥味一个劲儿往鼻孔里钻，像打开了心脾一样舒畅。

一眼望去，海水格外动人，浪花粼光闪闪、碎银子点点，把人心撩拨得欢欣跳跃。

"海怎么变成荧光色了，每天晚上都这样吗？"菁菁很是好奇。

"那怎么可能，潮汐的变化、月亮圆缺、地球和月球之间相互作用，才能产生荧光海。我下水叉鱼，你在岸边照看东西。"明亮脱下裤子，准备下海。

"怎么回事，我来就是叉鱼的。你让我在岸边是怎么回事？再说了，你把我一个人撂在岸边，你放心哪！"菁菁火了。

"这三月的水特别凉。下水得到肚脐那么深，你不能下。"明亮说。

"你少来这一套，我非下不可！"菁菁倔起来。

"我一片好心，赚个驴肝肺。"明亮有些无奈，把衣服绑在自己肩上，手提着灯和鱼叉。

两人踏进退潮后的沙滩，身后留下一长串浅浅的水窝。蹚进浅浅的荧光水，菁菁那两只白嫩的脚抖起的碎银子，油滑、晶亮、玉珠似的美丽动人。

走着走着，明亮停住了脚步，鱼叉高高举起，就听唰的一声响，水里顿时翻起了水花，一个白肚皮一闪一闪地窜动。菁菁喊了起来："叉中了，是一条偏口鱼吧？"

"能有三两多重。水是不是凉啊？我看你打冷战了。"明亮有些心疼菁菁。

"没事，一会儿就好了！"

"你还是回岸边吧！要是给你冰出病来……"明亮不放心了。

"你别磨叽,让我叉一下行吗?"

"来,你拿鱼叉,我给你掌灯。"明亮递过鱼叉。

水慢慢爬升到明亮的臀部,淡蓝的海水里,在灯光映照下,白花花的两条腿分外扎眼。

"注意!前面有条梭鱼。"明亮提醒道。

这一声喊,把菁菁的目光拉到了梭鱼身上。

就见一条粼粼晃晃的梭鱼在水中急急穿行。菁菁急忙下叉,等水清之后一看,鱼叉牢牢钉在泥沙之中,不见梭鱼的踪影。

"我真没用,让这么大的一条梭鱼溜走了。"菁菁有些失望。

"没关系,你第一次经历这样的场面,一是激动,二是没打提前量。"明亮宽慰道。

"提前量?"

"就是鱼叉瞄准梭鱼头前面一寸远,你要立即下叉,这时加上鱼的游速,正好叉在鱼身的中间,那就万无一失了。"明亮讲解了叉鱼的要领。

菁菁像领悟了叉鱼的窍门,默默念叨:瞄准鱼前一寸远。这时,明亮向她指了指水下晃动的鱼影。

"那是一条鳝鱼,你不要动,它向你游来了,瞄准它头前一寸,叉!"

唰的一声,就见水下搅起一股泥沙,鱼叉被鳝鱼拖走了一些。菁菁急忙上前一步,鳝鱼像蛇一样搅缠起她的腿,她浑身立即生出一层鸡皮疙瘩。

"妈呀……"她差点把鱼叉扔了。

"把鱼叉给我,你来掌灯!"明亮一把抓过鱼叉。

菁菁接过瓦斯灯，明亮提起鱼叉，用手掐住鱼鳃，轻轻一摘，把扭曲的鳝鱼放进了网兜。

他回头瞅着菁菁笑了："还冷吗？我看你不哆嗦了。"

"刚才这么一激动，冷就全忘了，还往前走吗？"菁菁看着齐腰深的水。

"水太深了，叉鱼不得劲儿。咱顺着潮头往回走，鱼是追着潮流游的。"

菁菁把瓦斯灯交给明亮，又接回鱼叉往回走，把明亮落在了身后。

灯光的突转把菁菁整个身形照得清清楚楚：细细的腰肢、浑圆的臀部、修长的大腿、细白的肌肤，被海水映得格外鲜亮，明亮心里顿生出莫名的激动。

"你看！"菁菁喊道。

菁菁一声喊，把明亮的心思拉向了她的身前。只见一条鲈鱼，正在前面游动，它是冲着灯光来的，好像借助光亮找食吃。

"对准它头前一寸……叉！"明亮指挥着菁菁。

就听唰的一声，明亮举灯一看，鱼叉下的鲈鱼正在上下打挺，把碎银子似的水花搅动得上下纷飞。

菁菁上前就要摘鱼，明亮拦住了她："不用急，鱼叉有倒枪刺，它跑不掉。"

菁菁这才放心地去摘鲈鱼，一不小心被打挺的鱼扎了手："妈呀，扎死我了！"

"哪个手指？"明亮急切地问道。

"这两个。"菁菁把手指伸了过来。

明亮急忙拽过菁菁的手指，只见上面渗出血点，他放到嘴里用力地吸吮起来："怎么样，还疼吗？"

"咋一点也不疼了？"菁菁甩了甩手。

"我把伤口的血给吸出去了，你就不疼了。"

"你真有两下子。"

"这有什么？都是常识。叉鱼的时候，都会被鱼刺扎，用嘴一吸就成。"明亮满不在乎。

说着，他提起鱼叉，把斤八两的鲈鱼摘了下来。菁菁举灯看着自己叉的鱼，活蹦乱跳，美得比吃鱼的滋味还好受。

两个小时过去了，他们已经叉了四五斤鱼。

明亮劝着兴致仍浓的菁菁："你也过瘾了，咱的网兜也满了，上岸吧！"

"别别，再叉一会儿。"菁菁恋恋不舍。

"你看，一条美人鱼……"明亮突然喊出一句。

"在哪儿在哪儿……"菁菁四处踅摸。

"在这儿，你就是我未来的美人鱼。"明亮晃动起脖子。

"你净瞎说，当着月亮说瞎话，是要遭罚的！"菁菁声音越来越小。

"我是打心里说的。"

"那我就等着那一天……"菁菁说话声音更小了。

"嗯，走吧！都冰了这么长的时间了，你要真坐下病就坏了，快走！"明亮督促着菁菁。

两人浑身湿透地走出海水，被灯光突然这么一照，好像一丝不挂似的。两人迅速背转过身子，紧张得心怦怦直跳，周身热血沸腾。

明亮打破了僵局："我给你拿水，先冲洗一下，我再弄点柴火烤烤！"

"哎，好……"菁菁还是不太自然。

明亮递过来水，两人急速地洗了起来。

"明亮，你说怪不怪……"菁菁吞吞吐吐。

"怎么了？"明亮愣了一下。

"你说，咱俩小时候穿开裆裤的时候，互相看着，也没当回事，可……"菁菁有些不好意思。

"咱俩不是成人了嘛！"明亮也不好意思。

"可咱俩不是外人哪！"菁菁要问个明白。

"是呀！这是社会上约定俗成的，但只要成了夫妻，过起日子来，就没有这种紧张心情了。"明亮说。

"我等你这一天……"

明亮不自觉地乐了起来。

菁菁嘿嘿地偷着笑，明亮咂摸这句话的滋味，两人心里有说不出的高兴。

一会儿，明亮捡了一小堆柴火点了起来，两人围着火烤了起来。明亮一边烤火一边扒拉着鱼，大小平分成两份。

"不行，你得多拿！"菁菁不同意明亮的分法。

"你跟我蹚一样多的水，走一样的路，一样用心，我多拿会睡不着觉的。"明亮说。

"话虽这么说，可我心里过意不去。没有你带我出来，我自己怎么可能叉鱼呀！"

"你看你，还较起真来了。什么你呀我呀！咱俩一小就没分里外，谁跟谁呀？"明亮有些急了。

"那好吧！就听你的。哎，我看你家养了两只鸽子，准备长大了杀吃？"菁菁问。

"那哪能吃呀！那是宝贝。不是一般的肉鸽，而是赛鸽，是珍贵的品种。"

"怪不得这鸽子那么通人性。我看上课的时候，它们飞到离你近的窗台往里咕咕地叫，好像跟你打招呼？"

"那是告诉我，它们就在周边飞，顺便看看我上课。"明亮自豪地说。

"净瞎说，你钻到鸽子心里看了，它们说是来看看你上课呀！"菁菁不信。

"要不，我喊一声，它们会立即飞到我身边。它们还会按照我的指令，飞去我想让它们去的地方。"明亮沾沾自喜道。

"要你这么说……它们还会传递信啦？"菁菁好奇地问。

"太能了，等有时间让它们跟你熟悉熟悉，它们跟你亲近了以后，我写信它们就会直接送给你，省得我往你家跑了。"明亮说得很开心。

"咱俩有了联络工具那可方便多了。"菁菁满脸是笑。

"不过，它们在不熟悉你的时候，是很有戒备心的，会离你很远的。当跟你熟悉以后，会主动跟你亲近，你要尽快跟它们熟悉起来。"

"好，你再带它们出来的时候，让我跟它们亲近亲近。"

"这没问题。来，咱快点收拾东西回家吧！"明亮瞅着菁菁笑。

菁菁的心里别提多高兴了。明亮爱好广泛，聪明能干，还处处护着自己的感觉就是好，她瞅着明亮什么地方都顺眼。嘴里哼着小曲，跟明亮并肩往家里走去。

九、被禁止的早恋

明亮和菁菁一来二去，就有点分不开了。就连在学校中午吃饭，菁菁都跑过来，把自己带的好菜拨给明亮吃。

他俩有说有笑，被青春期敏感的女同学议论着，还有人向老师打了小报告。学校对这样的事很重视，男女同学平常走得近的，有些热乎劲儿的，交男女朋友的，一律帮助、教育，不留死角。问题严重的、不听劝阻者勒令退学。一个全校大会，就让早恋的学生心里打起了小鼓，生怕被牵扯进来。

菁菁和明亮一下子紧张起来。明亮是学校的学生会体委、足球队队长、短跑运动员、课间操的领操人，是学校里的风云人物。这要弄出一名二声，怎么抬得起头？如果被老师、同学帮助教育了，那升学、前途就会受到影响。

越是害怕，事就越会找到头上。

晚自习的时候，班主任把他叫到办公室，提醒他要带头做好班级工作，防止班级出现早恋现象，要以身作则。学生就是以学业为主，不能分心，不能有歪七歪八的东西。

明亮一口否定，自身不存在这种问题。

老师说："你在学校影响面大，要有个影响人物的样子才行，不能做出丢人、出格的事，要事事做出榜样。"还要明亮给他爸带话，明天到学校来一趟。

这一下子，明亮可坐立不安了。心里一个劲儿地盘算：是不是菁菁把他俩看配马、夜晚照鸟、叉鱼的事说出去了？要是说出去，那可就全完了。

一进教室，见全班女同学集中开会去了。

菁菁是班里学习委员，要是她交代点问题，说小是不检点，说大是道德败坏、作风问题，那可是吃不了要兜着走，绝不会有好果子吃了！明亮那颗忐忑的心始终平静不下来，作业一个字也写不下去，心里不知道有多恐慌。再说了，主要是自己还看了配马，这思想是多么肮脏，是不是老师说的歪七歪八……

他正给自己上纲上线，女同学噼里啪啦走进了教室。就见菁菁脸红脖子粗，两眼像哭过似的，上眼皮全肿了。女团支部书记一脸阴沉，明显这次会议是针对菁菁去的，不知结果如何。

下课的时候，明亮找了个借口，赶紧走到菁菁身边："菁菁，我这道数学题上课没记住，你笔记借我看看。"

"给。"菁菁递过笔记本，都没看明亮一眼，扭过身子走出了教室。

明亮的心里顿时别扭起来，用得着像仇人似的，见面连个话都不说吗？往常放学的时候，他们都是有说有笑地往回走。今天可倒好，菁菁离自己是大老远，始终跟自己保持一定的距离。你慢走她也慢走，你回头看她，她像不认识你，把脸拧向一边。明亮这下子急了："和鸣，这是怎么了，菁菁突然不理我了？"

"现在学校刮什么风，你不知道哇？互相保持点距离，比黏糊一起强多了。你先将就一段时间吧！"和鸣说起风凉话。

"这用得着吗，像抓阶级斗争似的，弄得人人紧张？"

"你以为小事啊？学校进行全面整顿是对的。你就别净想自己那点小九九的事了。"和鸣劝明亮。

"那就权当不认识算了。"明亮无可奈何地说。

"缓一段时间再说，也避避这个风头。"和鸣开导明亮。

回到家里，明亮不死心，立即写了一封信，让鸽子送给了菁菁，约菁菁晚上见面谈谈。可菁菁回信很是简单：不要见面、不要来往，咱俩以后不要说话！

"用得着草木皆兵吗？不说话就不说，还能憋死我？"明亮心想。

第二天，爸爸来到学校找老师谈话，明亮真是备受煎熬。

这几天，明亮和菁菁没说上一句话。本来下课他和菁菁走一个过道，可她却跨着走另一条道；下午，劳动课抬水浇菜，明亮从操场这边走，菁菁却躲到另一边去；体育课，分成小组练单杠，本来明亮和菁菁分到了一起，可菁菁却跑到别的组去了。这不是明显躲着自己吗？明亮很是委屈，无形的压力对一个中学生来说是沉重的。

不知道什么时候，爸爸走到他的身旁："愣什么神儿啊！不想回家了？"

明亮木讷不语地跟在爸爸身后。

"听说，你们班级有早恋的现象？"

"什么叫早恋，男女同学走近一点，多说了几句话，就是早恋？"

"这怎么能叫早恋，同学之间说说话、交流学习，这是很正常的事。不能上纲上线、望风是雨，弄得人人自危。"爸爸开导着明亮。

"可我和菁菁走近一点，他们……"明亮有些哽咽。

"你和菁菁是两回事。咱们是邻居，你们一小就在一起玩，走得近很正常。但现在大了，不能过分亲热。过了，就不好了，你说是不是？

老师只是给你们打个预防针，并没有说你早恋，咱心里坦坦荡荡的，还怕人家说呀！"爸爸瞅着明亮。

"嗯……"明亮稀里糊涂地答应着。

"最近你的学习怎么样，是不是走下坡路了？"爸爸问。

"还好，不是拔尖也不落后，中上等吧！说得过去。"

"那不行，你是学生会体育委员，事事得带头，学习得下功夫，成绩不考第一名，也得是前三名才行。"

"是是，我有时候没提起精神，精力有点分散。"明亮有点不好意思。

"你什么都爱好，足球、篮球、乒乓球、羽毛球、长跑、短跑、跳高、跳远……好嘛，还养鸽子、网鸟、叉鱼，没你不好的。依我看，体育锻炼很重要，选你短跑快的特长发展为好。"爸爸分析道。

"我特别喜欢足球，是不是偏重足球好些？"

"你踢足球的脚下功夫还不错，又是足球队队长，应该在足球上下功夫。"

"我听爸爸的。"明亮满脸堆笑。

"不过，课外那些养鸽子、赶黄懒子、叉鱼之类的事，尽量少忙乎些。你打小就知道帮助家里做事，想让家里吃饭能有点肉腥味、鱼腥味，爸妈心里高兴，但一定要把学习抓好，明白吗？"

"明白，我一定把学习冲上前几名，放心吧！"明亮拍着胸脯说。

这段对话虽然简短，可爸爸开明大度，把事情分得清清楚楚，让明亮心里一下子就敞亮了。经过爸爸的一番开导，他心里踏实多了，学习劲头也上来了。

第二章
战天斗地乐无穷

一、燎原之火

明亮的心情放晴了，学校抓早恋的风头也渐渐平息。他以为跟菁菁的关系会有所好转，可菁菁照样躲着他。

两人在上学的路上，菁菁还是跟他拉开一段距离，一句话也不跟他说，这下可把明亮憋闷坏了。

"和鸣，你说菁菁干吗躲着我呀？这个风头已经过去了，用得着躲躲藏藏不说话吗？"

"这事的起因还是你。我提醒过你，男女不能走得过近。你看你，干什么都带着菁菁，什么时候不是跟菁菁膀并膀？"

"咱不是邻居嘛！"

"咱是邻居不假，可邻居还有那么多的女孩子，你怎么不跟她们凑近乎？你心里还是喜欢人家菁菁，就什么也别说了！"

"你说喜欢也对。再说了，我喜欢她有错吗？"

"你喜欢她没错，菁菁是个好女孩。可喜欢得有个度，不能形影不离。你跟她的黏糊超出了正常男孩女孩的关系。所以学校帮助菁菁不要再踏前一步是对的，不要再纠结说不说话的事了。"

"不说话就不说话吧！也憋不死人。"明亮还是很气恼。

之后的几个月，明亮和菁菁形同陌路，就像不认识一样。明亮的大部分时间，都用在了学习上。课余的时间，去师傅家看看鸽子，把鸽子养得有模有样，鸽群也扩大到了八只，在蓝天上戴哨子呜呜飞翔，那个乐趣填补了和菁菁甜蜜的缺失。一有时间，他就带着鸽子由近及远地放飞，鸽子已经能从两三百里外返家了，这可是短程赛鸽飞翔的距离。

快毕业了,同学们开始准备升学考试,一天到晚地挑灯夜战。

突然有一天,一场"文化大革命"之火,开始熊熊燃起。

全国学校停课,学校成立了红卫兵组织,明亮被选为红卫兵的纠察队队长,负责全校的安全与秩序。

他开始油印战报,集中全校师生学习"我的一张大字报",让校领导公开检查错误路线……他就像被打了鸡血,精神头十足,几天几夜不睡觉,甚至忘了吃饭,忘了亲情……

家里的家谱他给烧了,谁劝也不好使,说这是陈旧腐朽的东西;他把房子上的神兽给砸了,谁挡也挡不住,说这是装神弄鬼的风俗;他把家里的才子佳人花瓶、屏风摔碎了,说砸碎四旧;他领人推倒了自家庭院的影壁墙,说让毛泽东思想的光辉照进千家万户;吃饭前,他领着家人背诵《毛主席语录》,说是让一轮红日在每个人心中升起……

明亮爸再也忍不住了,一把揪住他的衣服:"你个小兔崽子,翅膀长硬了是吧?我们祖祖辈辈留下的家谱是四旧吗?房子装饰是历史建筑工艺的风格,院子里的影壁墙是庭院结构的特色,这些是四旧吗?你个混账!"

明亮的爸爸举起拳头刚要打,被他的大嫂莎波诺娃拦住了:"爸爸,你别生气,明亮响应毛主席号召破四旧立四新没错,可他不知道什么是四旧哇!"

"不是……"明亮不知道说什么好了。

二、菁菁加入造反团

赵明亮干脆吃住在了学校,他为自己闹革命的劲头感到无比自豪。

这时候的赵明亮,早把爸爸和嫂子的叮嘱甩到一边了。

可赵明亮惦记的潘菁菁,怎么始终不见踪影。这是怎么回事?他非常郁闷地走进了宿舍。

一进宿舍,看到方和鸣、潘菁菁正在眼前。

"你回来了?我等你大半天了。"潘菁菁小声细语地说。

"哎……你怎么跑到我宿舍里来了?"明亮很是惊讶。

"我加入你们造反团了!"菁菁不好意思地说。

"我还没批准,你怎么就加入了呢?"明亮摆出了一副头头的架子。

"你去总部开会,我们其他组织成员一致通过菁菁加入。大喜报已经贴出去了,你有不同意见可以保留,但不能掺杂个人的私心杂念。"和鸣一脸严肃地说。

"你都不跟我说话了,参加我们组织有意思吗?"明亮向菁菁挑明了自己心里一直憋闷的气。

"别小肚鸡肠啊!菁菁那时候被团支部批得够伤心的了,你还纠缠过去那些事有意思吗?"和鸣瞪起眼睛。

"大家批评我,还让我做出保证,不能跟你过分亲密。我把一切事情都揽过来,说跟你没有任何关系。他们说,我要检查不深刻,就要全校团员帮助我,我能在全校学生面前丢脸吗?所以……"菁菁难过地哽咽起来。

"她们太过分了!"明亮顿时气愤起来。

"谁愿意一天到晚愁眉苦脸,我就是这样一天天挨过来的,你知道我心里是什么滋味吗?"菁菁流下了眼泪。

"我不知道你受了那么大的委屈。对不起,我以为你以后不会搭理我了。"明亮不好意思地低下了头。

"行了行了,菁菁带着这么大的委屈来见你,你就多说几句宽慰话吧!"和鸣说着推门出去了。

"你知道这么长时间,我是怎么熬过来的吗?太痛苦了!"明亮一脸苦涩。

"我何尝不是?当时,老师召集全班的团员帮助我,其实那是批判我呀!说什么难听话的都有,我当时连死的心都有了。"菁菁哭泣着。

"咱们班主任太可恨了,我……"明亮两眼冒火。

"后来,我也想清楚了。老师和同学对我的帮助没有错,怕咱们影响了学习,就是过火了,让人抬不起头。"菁菁感到委屈。

"可你一进门说的那几句话,可有点让我受不了……"菁菁又抹起了眼泪。

"对不起,我那是气话。其实,我时时刻刻盼望着见你一面,别为刚才那句话生气了。"明亮说起软话来。

"你现在多风光啊!鞍前马后耀武扬威。不知道你是多大的官,都有点不知自己老大贵姓了。"菁菁开始嘲讽起明亮。

"屁官哪,也就是这么闹腾呗!也不知道什么时候结束,咱们将来的去向也说不明白。今天总部开会说下一步搞大联合,接着学生可能一律上山下乡,咱们也就是回乡务农了。"明亮的表情很无奈。

"咱们再没有升学的机会啦?"菁菁吃惊地问道。

"升什么学呀！全国都乱成一锅粥了。等全国真正消停了以后，有可能考虑咱们升学的问题。"明亮分析着。

"'文化大革命'这么长的时间，还没见消停，那还能闹多久哇？"菁菁很是担心。

"也不知道怎么了，我现在特别盼望'文化大革命'快点结束，这一天到晚闹闹哄哄的事我现在也厌烦了。就是觉得咱们这茬人挺有意思的，回头想想，怎么什么事都让咱们赶上了？"明亮有些怨气。

三、离校回乡务农

莎波诺娃被逼回国这件事，对赵明亮是一个不小的冲击。学校已经停课一年多了，两派的对立、攻击、争斗也慢慢降温了。是继续守在学校等待结业，还是提前离校回家务农？赵明亮选择了后者，他跟方和鸣、潘菁菁提前回到了农村。

半年过后，各级革命委员会也相继成立了，无政府状态的"文化大革命"也宣告结束。

方和鸣担心地找到了明亮："要揪出坏头头，你不会沾上边吧？"

"咱一是文斗没武斗；二是没打、砸、抢；三是没打老师和学校领导。我只不过给家里搞了些破坏，砸碎了一些才子佳人的花瓶，烧了家谱，砸碎了房檐上雕刻的麒麟、鸟兽，我凭什么沾边哪！"明亮一点也不担心。

"这些话咱俩说说就算了，可千万别跟外人讲，会受到牵连的。一切要小心为是，还是装点糊涂为好，因为你是造反派的头头，时时事事要小心谨慎。"和鸣不放心地叮嘱着。

"你说得对，我得好好表现，不给他们留下任何把柄。如果我遇事不冷静的时候，你多提醒我点。"

"放心吧！谁叫咱俩是哥们儿了。很长时间没看你跟菁菁来往了，别太闪着人家，菁菁会伤心的。"和鸣说起了菁菁。

"你傻呀！这是什么时候？要揪出坏头头的当口儿。我们俩在学校又弄得一名二声，现在突然好到一起，那不正好让人戳我脊梁骨了吗？"

"你说得有道理，不过菁菁有海外关系，心里本来就压抑，你再不理她，她会承受不住的。"

"还别说，你说在点子上了，不能因为我处在不好的当口儿就不理她。我听你的，抽时间给她解释清楚，别让她生出其他想法。"明亮听从了和鸣的劝说。

夏秋的夜晚，月亮格外清亮。

南迁的鸟开始了预演，啾啾的传唤声在天空中飘来荡去，与水库溢洪道哗哗的流水声遥相呼应，给静谧的夜晚增添了温馨浪漫的气息。

溢洪道下泄的流水形成了一条河流，流水轻拍着河道边的水草、柳趟，还时不时轻拍着明亮和菁菁的脚。

菁菁白嫩细滑的脚轻轻地撩拨着水花，划出一道道弧线、一道道白光，激起了明亮的一番感慨："菁菁，我有多长时间没看到你这双漂亮周正的脚了？"

"别说好听的了！我这人都不招人喜欢，谁还搭理不见天日的脚？只能捂在鞋窝里，伸出来见人一面多不容易呀？"菁菁话中有话。

"不是，我今天就是特意向你解释的，怕你产生别的想法。"明亮试探着说。

"有什么好解释的，我的日本社会关系，对有些要求进步的人来说，躲避还来不及呢，谁还想引火烧身、自找麻烦？"菁菁心中烦恼。

"你知道我不是那样的人，我心里只装着你。可现在，'文化大革命'又要揪出坏头头，这我倒不怕，我怕的是在学校时说咱俩早恋，现在再黏糊一块，不是授人以柄吗？"明亮解释着。

"你看看，到底开始秋后算账了吧！你不会有事吧？"菁菁担心地看着明亮。

"放心吧，我也没干什么坏事，他们能把我怎么样？我从来不干那些过头的事。我倒是怕你因为海外关系的事想不开，所以来给你宽宽心哪！"明亮瞅着菁菁笑。

"你这么说我心里好受多了，我以为你那么要求进步，怕我的海外关系影响了你，所以躲着我呢！"菁菁松了一口气。

"不管怎么说，咱俩心里装着对方是主要的。先躲过这个揪坏头头的风头，等稳定了以后再说。"

"嗯，我太小心眼了，不该埋怨你。你说得对，现在正是抓阶级斗争新动向的时候，还真不能惹出是非，还是夹着尾巴做人为好。"菁菁心里透亮了许多。

"菁菁，谢谢你！咱们俩心里有，比什么都重要。我就是怕你心里别扭，一旦想不开，憋出病来，我能好受吗？"明亮有些不是滋味。

"嗯……"菁菁两眼挂着泪花，两只脚不自觉地移到明亮的脚上。

两双脚上下交叠着、亲近着。两颗心又融到了一起，互相诉说衷肠。

欢快的流水缠绕着不时转换的脚，小小的鱼前来助兴，轻吻着脚面，还不时抖落几滴水花，逗得两人哈哈大笑。笑得月亮不好意思地扯起云纱，遮挡起它的眉眼，笑得苞米露出了两排牙齿，笑得鸟抛下了一串串啾啾声，笑得流水不停地欢腾跳跃，流淌的声音荡漾四溢……

回乡务农一段时间了，赵明亮的一言一行，很快得到了贫下中农的称赞。

明亮提出发展农村经济建粉坊、培育良种骡马、黑山羊、猪等可行性建议，大家举双手支持，还选举他担任粉厂的厂长。队委会让他推荐粉厂的成员，他提出粉厂员工要年轻化、知识化、军事化，既是生产的主力、提高技术的后备力量，也是民兵连的中坚力量。他的提议立即被通过，一个年轻化、知识型的小团体形成了，成员包括方和鸣、潘菁菁、李智仁、李洪彬、方秀英、杨丽、侯军、陈福利，年轻人的风格就是说干就干，不会瞻前顾后。

生产队腾出了一个仓库，拿出了仅有的一点资金，为粉厂添置了地瓜粉碎机、漏粉的大缸、大盆、大锅、鼓风机，泥瓦匠、木匠的力气活儿，扫把、炊帚等细小活儿，都由他们自行解决。他们披星戴月连轴转，没用上一个月的时间，一个像模像样的粉坊就矗立在大家的面前。年轻人脸上放着亮光，一个个喜不自禁、摩拳擦掌。

明亮给大伙做了详细分工，大家很快投入粉碎地瓜、制作粉坨的简易工作中。

他们凭书本上的知识，投入高涨的热情，但刚到第一关就遇上了麻烦：把粉碎后的地瓜放到十几口大缸里，让它沉淀成粉子，但眼看大缸的水浑浑糨糨，都要发臭了，粉子就是不成形、不沉淀，急得大家是大眼瞪小眼。无奈之下，明亮只得宣布：立即停产，去山东请高明的师傅。

明亮到山东请来了黄师傅，黄师傅只用一天的工夫，左倒右倒，把老浆颠来换去，就见大缸里浑浊的浆水变成一丝丝的白线向下沉，很快浑水变清了，粉子沉淀了。一个个大粉坨子摆在面案子上，像胖娃娃一样，十几个员工欢呼雀跃。

"黄师傅，你真是高人，有点石成金的本事，我们真是心服口服。你教给我们每人那么一丁点手艺，就够我们吃半辈子了。从此以后，我们有志青年就有了生存的本领了。"方和鸣兴奋地凑上前来。

"今天黄师傅带领我们初战告捷，我们要好好感谢他。现在，每人回家准备一道菜。今天晚上我们好好陪黄师傅喝一杯，好不好？"明亮很是兴奋。

"好！"大家齐声拥护。

不到两个小时的工夫，面案就摆上了十几道菜，海鲜有海参、螃蟹、海蛎子、海菜，肉菜有小鸡炖蘑菇、炸黄懒子、家炖斑鸠；素菜的有乱炖、三生蘸酱。明亮从家里偷带出爸爸珍藏的几瓶酒。

"黄师傅，这炸黄懒子是我和方和鸣昨晚半夜起来照的，斑鸠是李智仁用网在树上挂的，海参是李洪彬下海碰的，海蛎子是潘菁菁去海边赶的……"明亮介绍。

"你们为我下这么大功夫，真是谢谢你们了！"黄师傅很是感动。

"我们谢谢黄师傅，请您多多帮助、多多指点。"和鸣领着几位同学向黄师傅鞠了一躬。

"不谢，不谢……"黄师傅摆着手，示意大家坐下。

"来，我们大家共同举起杯来，敬黄师傅一杯！"

"干！"屋子里顿时热闹起来。

"这个海蛎子汤、牛毛海菜冻、咸鱼饼子、小鸡和粉皮炖蘑菇是你们这里的特色菜吧？"黄师傅吃得新鲜。

"这是我们海边特有的风味，人家叫我们是海蛎子嘛！就是以海味为主，加上我们老铁山的候鸟，所以特色菜就非常突出。"明亮骄傲地说。

"的确不一样。太鲜了，让人停不住嘴，哈哈……"黄师傅喝得眯缝着眼。

酒酣心热，大家兴奋起来，平常藏着掖着的话，也敢抖搂出来。不善言辞的黄师傅也开了话匣子："明亮，跟你们一起干活儿真痛快！我特欣赏你，有号召力、有能力、有思想、有水平，嘎巴溜脆的，我们村里要有你这样的青年该多好哇？"

"黄师傅真有眼光，他是我们学校造反派头头，你说他能力……"和鸣透露出明亮的底细。

明亮打断了和鸣和黄师傅的对话："和鸣，喝点酒……不能胡咧咧！净讲些没用的。"

"怪不得你身上的气质与众不同，你就是毛主席说的学生领袖？了不得，了不得……"黄师傅大加赞赏。

"黄师傅，我们回到农村就是按照毛主席说的，接受贫下中农再教育。现在最重要的事就是把粉漏好，给生产队增加些收入，全仰仗您的手艺了，这是最重要的事啦！"明亮说出心里话。

"这你放心,我会把全部看家本领都拿出来,绝不藏后手!"

"太谢谢了,我单敬您一个……"明亮激动地端起酒杯。

接着,和鸣与其他的员工轮番敬酒,把黄师傅喝得摇摇晃晃……

四、海猫岛和蛇岛

第二天,粉坊照常隆隆作响。吊包的吊包,粉碎地瓜的粉碎地瓜,黄师傅教的活儿有条不紊地进行着。

只有明亮陪着黄师傅向海边走去。

他看黄师傅昨晚喝得有点多,想尽快帮他醒醒酒,所以让李洪彬和李智仁借了只船,在海边等着。李洪彬和李智仁既是摇橹的好手,又是碰海、钓鱼的能人。以前他俩每次带明亮出海钓鱼、碰海,收获都是明亮的两倍还多。两人一直在海边长大,水性非常好,一猛子扎下能潜下四五米深。所以,明亮让他们来显显身手,也再给黄师傅弄点海珍品。

船刚绕过港湾,就见海平面不远处突兀出两个小岛。

两个小岛相距有三海里,一个是海猫岛,因为岛上有成千上万只的海鸥、雨燕在这里繁殖生长,当地人因为海鸥像猫一样吃鱼,所以称其为"海猫子";海猫子群居海中的这个小岛,也就被称为"海猫岛"。岛上岩石陡峭,礁石林立,非常适合海鸥、雨燕筑巢和孵卵;这里不受外界的侵害、袭扰,独立于海中,每年春季候鸟迁徙时,有数以万计的黑尾鸥、白腰雨燕、黄嘴白鹭、大白鹭等迁于此,形成了鸟的王国。

由于海猫岛巉岩陡峭,周边礁石林立,水流湍急,船在好天的时候都难以靠近，这就形成了天然的保护屏障，为各种鸟的繁殖、生长提供了优越的条件。

那祖祖辈辈生于斯长于斯的海鸥很受渔民喜欢，它们不停鸣叫的时候不是涨潮就是落潮。不管是赶海的，还是捕鱼的，都会看准潮流去海边赶海、捕鱼，有时需要赶紧退出就要涨潮的礁石上岸，海鸥就成为很好的预报员，所以它们是人们喜欢的预报鸟。

明亮怕黄师傅晕船，尽量分散他的注意力，又给他讲了海猫岛发生的一个故事：

我们海边渔村有一个小伙子，来到海猫岛时被眼前的景象惊呆了，整个岛上的岩石峭壁筑满鸟的巢穴，群鸟飞舞，小鸟啾啾，更让他眼热的是成千上万个鸟巢存放着白白净净的鸟蛋，取之不尽。这是一笔好买卖，而且鸟蛋的营养价值比鸡蛋高多了，弄到集市上一卖就发财了。小伙子登岛捡了一筐海猫蛋，高高兴兴回到家里蒸熟一吃，感觉太好了。他决定再次登岛捡蛋，妈妈拦住他问："咱家有鸡蛋、鸭蛋，干吗去捡海猫蛋？"

"海猫蛋比鸡蛋、鸭蛋好吃，还能卖钱。"

"海猫子是咱海边人喜欢的鸟。你真给它们惹急了，它们会群起攻击你的，你还是别去了！"

小伙子没听妈妈的劝告，毅然决然地走向了海边。架起小船，摇动橹杠，风风火火朝着海猫岛进发。他选择了新的路线，攀爬到一处悬崖的险要位置时，发现那里的鸟巢多、蛋也多。小伙子上一次的举动已经惹恼了海猫子，可他不思悔改再次来祸祸这里的生灵，就太可恶了。海猫子在他的头上盘旋、鸣叫，警告小伙子不准偷它们的蛋，可小伙子根本不把它们放在眼里，端掉一个又一个窝，捡了一窝又一窝蛋。海猫子发怒了，它们成群结队地向小伙子俯冲，用嘴叼他的手、头，小伙子用手臂遮挡、驱赶，哪承想越赶越多，他痛不欲生地滚下悬崖摔死了。

噩耗传到妈妈的耳朵，妈妈放声大哭："你鸡蛋不吃、鸭蛋不吃，就爱吃那个海猫蛋。你冲犯那里的神灵了，神灵怎么会放过你呀……"

打这以后，就再也没人去惹弄海猫子了。

"嘻！不是海猫子多么凶残，而是人的贪欲残害了海猫子。如果互不伤害，就会相安无事的。"黄师傅说。

"黄师傅，你说得太对了，人与鸟应该和谐共生。所以，打那以后，渔民每当路过那里都会恭敬地拜上一拜，如果绕道而行也会朝着海猫岛跪拜，对遮蔽岛礁翻飞的海猫子心存敬意。"

黄师傅目不转睛地盯着海猫岛，对翱翔的海鸥另眼相看。它们不仅有着搏击长空的坚韧，还有护佑自己领地的勇敢，它们更是大海、湖泊造就的精灵。

小船，开始朝着蛇岛的方向划行。

一个远看不大的小岛，横在大家面前，也是一个庞然大物。它，就是地球上仅有的全是蝮蛇这一种毒蛇的岛屿。万里晴空下，岛上的树木、峭壁都影影绰绰。

李洪彬把橹摇得吱扭吱扭响，就见船头像箭一样切开一条线，船尾搅起了水花，波浪把镜子一样的海面冲碎了，小岛展现在大家的面前：郁郁葱葱的草木，灌木丛丛，鸟儿啾啾，很有世外桃源之感。唯有东南面有一片卵石滩,其他三面都是悬崖峭壁。明亮一行渐渐靠近卵石滩的一处礁石停船,开始钓鱼、碰海。

"明亮,你跟我下水。我捡海参、鲍鱼,你在浅的礁石上捡海胆、大海星。李智仁你一边撑船,一边跟黄师傅钓鱼。"

李洪彬给大家分工完毕,脱下衣裤,戴上水镜,手拿饳子、网兜,一头扎进了水里。明亮学着李洪彬的样子,也扎进了水里。

"哈哈……黄师傅,你看明亮的腚撅的,就是下不去。你看洪彬,没影了吧!这就是水平,我们几个人水性最好的就是洪彬。来,黄师傅我教你钓鱼……"李智仁说。

"你们都厉害。"黄师傅啧啧称赞。

智仁和黄师傅刚把钓钩放水里,就见明亮钻出水面,把捡到的海胆、大海星扔进了筐;他俩上前正扒拉看,就听哗的一声,洪彬从水里蹿出半身多高。

智仁急忙走到船边:"来,给我!捡这么多呀!我下几头水,你上来歇歇?"

智仁扒拉着一网兜的海参、鲍鱼,也想下水亮亮水性。

"下面东西真厚,我再下几头,你好好教黄师傅钓鱼吧!"李洪彬说着又一头钻进水里。

"妈呀!一头水这么长时间,不能憋坏了?捡这么多的东西,太了不得了!"黄师傅惊讶地瞪大眼睛,酒意全没了。

"哎,咬钩了!"智仁随着喊声,提上一条一斤来重的黑鱼。

"我看看……"黄师傅转身掂量着这条黑鱼。

"黄师傅,你那边鱼咬钩了!"李智仁朝黄师傅喊。

黄师傅愣了一下,赶紧学着李智仁的样子全力提线。一斤来重的黄黑鱼露出水面,李智仁靠前一把给提了上来。

"太美了!"黄师傅兴奋地喊了起来。

一个钟头的工夫,满满一抬筐的海鲜,乐得黄师傅合不拢嘴。

"真过瘾哪!"黄师傅感慨道。

"我们再给您一个惊喜怎么样,咱们岛上转转去?"明亮提议登岛。

"有什么宝贝?是人参还是鸟窝?"黄师傅跟着下了船。

明亮带领大家穿上高勒水靴,像消防队员似的踏进了"仙境"。

走着走着,只听哧哧一声响动。

"是蛇!"黄师傅大惊失色。

"这就是我们要看的宝贝。"明亮一脸的笑容。

"什么宝贝?简直瘆得慌,我一小就怕蛇,咱回去吧!"黄师傅说。

"这是蛇岛,全岛有几万条蝮蛇。"明亮说。

"蝮蛇是毒蛇,要人命的,不行。"黄师傅掉头往回走。

"黄师傅,你要听了蛇岛的故事,就会喜欢蛇的。"明亮讲起了蛇岛的故事:

山东半岛和辽东半岛很久以前的地质结构是连在一起的,有胶辽古陆之说。

约在一亿多年前的喜马拉雅造山运动,使这里下沉成大海,山峰变成岛屿,蛇岛就是这么形成的。蛇岛一开始有好几种蛇,像虎斑颈槽蛇、白条锦蛇等,因受食物链的影响,又没淡水,以鱼类、两栖类动物为食的蛇也就逐渐灭绝。而蝮蛇有捕食鸟类的毒牙,蛇岛的食物相对丰富,每年春、秋迁徙的鸟都在此停留,这就使蝮蛇长期存活下来。

日本占领旅顺时期，他们经常捕捉蝮蛇回去做药酒；苏联在旅顺驻军时，又把蛇岛当成靶场，差点让蝮蛇灭绝了。现在蝮蛇的存活量达到两万多条。因为蛇岛的蝮蛇资源有药用的价值，研究部门也开始对蛇毒感兴趣了，也不知道什么时候才能研究出临床的抗蛇毒药品。

"黄师傅，你说蝮蛇是不是宝贝？"

"你别说，还真是大宝贝！"黄师傅说。

"走吧！这可是难得一遇的好机会，过了这个村就没有这个店了。错过这个机会，可能你一辈子也见不到了。"明亮鼓动黄师傅跟着上了山。

蛇岛上，树木、花草繁茂，美不胜收。树干粗矮，树冠像一把大伞，紧挨着地面，它不向空中伸展却横向生长。因为孤岛一年四季受海风袭击，它们只能委曲求全、自我保护，形成小树国的特色。

在几道沟的山洼处，由于受山梁遮挡才能看到树干挺拔的树木，一片繁荣景象。特别是崖坡上一棵棵古朴的小树，像移栽的盆景，生动雅致、精灵活泼。驻足细看，小树的枝杈都攀附着蝮蛇，浑然天成，分不出是枝杈还是蝮蛇。

蝮蛇张着嘴，吐着舌芯子，守株待鸟。在这个蛇的王国，鸟很难存活，这成了蝮蛇独霸的一方天地，让人见了一阵战栗，不自觉地生出一身鸡皮疙瘩。脑海中的美丽盆景顿时化为乌有，不禁想逃出这个是非之地。

刚退几步，就听脚下哧溜一声，一条一尺多长的蝮蛇钻进草丛之中。

"明亮，我挺不住了！我真的欣赏不了。"黄师傅的声音都有些变调了。

"那咱原路返回，你不攻击它，它是不会伤害你的。这个蛇岛给我们留下了很多传说故事，很感人的。"明亮边走边说，安抚黄师傅的紧张情绪：

很早以前，有个渔民在海上打鱼。忽然，一阵狂风大作，舢板一会儿浪尖一会儿谷底。不知什么时候，舢板被拍在沙滩上。渔民举目一看，一个世外仙岛立在面前，他赶紧跪下长拜：感谢海神娘娘的大德大恩，我要贡献毕生的精力为您的神灵显现来的岛屿，献出我的一份力量。如果我违背诺言，请您把我葬于大海之中。

渔民祈祷完毕，走向蛇岛。他被小岛的旖旎风光陶醉了，蹚蹚草、摘摘花、摸摸树，一不小心几条蛇晃动起来，吓得渔民一下蹿出几米远，一口气跑到海边。跳上小船，划呀，划呀，舢板开始颠簸起来，像遇到暗流漩涡翻腾旋转起来。吓得他手足无措，捣蒜般地祷告：海神娘娘，我求求您，救人救到底，老母常教诲我要行善积德，我都是这样做的。如果您怪罪我，把我葬身海底，给鱼虾享用，我死而无憾！只是可怜了我的老母亲……

渔民的号啕大哭，好像感染了大海，舢板逐渐不再颠簸，平缓下来。就在这时候，一群锉鱼在水下腾空跃起，闪耀明光。听说，锉鱼群聚时就有大事件发生。就听锉鱼群中发出一声怒吼：蝮蛇，你立即出来，滚回你的孤岛。否则，让你死无葬身之地！只听啪的一声，锉鱼像鲸鱼那样拍击水面，小船瞬间摇晃、旋转起来。

这时，一条蝮蛇从船舱的一捆柴草中爬了出来，慢慢地蠕动到甲板上，扬起脖颈，瞪着血红的眼睛，向锉鱼说道：我就要到达岸边了，你们就是不肯放过我，我们有多少兄弟姊妹想游回大陆，修得正果，你们就是从中作梗。我再一次试水，我要自由，我要成仙！说着，扑通一声跳下水，奋力向陆地游去。

锉鱼看自己的忠告没有效力，迅速地聚集起来形成包围之势，挡住了蝮蛇的去路，勒令它游回蛇岛。这条蝮蛇为了游向大陆下了多大的功夫哇！它吸取了以前蝮蛇失败的教训，它为了身体坚如铠甲，不被锉鱼截断，寻觅了全岛的松树，凡是留有松油的地方都被它滚缠过，再到沙地滚缠沙子，终于打造出铁甲钢身，坚如磐石。

"这么说，锉鱼没办法制服蝮蛇啦？"黄师傅有些着急。

"怎么会呢！开始锉鱼进攻失败，蝮蛇兴奋地扭动着身体，高傲地昂着头，想钻出锉鱼设下的包围圈，锉鱼马上改变了策略，它们开始进攻蝮蛇的短板——无法滚缠沙子的眼睛。它们那刺刀一样的脊刺一齐向蝮蛇的眼睛刺去；蝮蛇痛苦蜷缩着，血一滴一滴从眼睛中滴落出来，直到流尽最后一滴血……"明亮轻轻地松了口气。

"嘿，好嘛！这故事让你说的还挺惊险刺激。"黄师傅听得很是满足。

他们载着丰收的喜悦，向陆地快速地划去……

五、粉坊里的笑声

粉坊漏粉就要开始了，明亮根据每个人的特点重新进行了一次分工。

方和鸣灵巧，团粉饼的活儿就交给了他。他要在两米远的地方，把粉饼准确无误地投进直径有半尺多的粉勺里,这可不是一日之功;李洪彬的力气大,掌勺捶粉的活儿就由他负责;李智仁担任桄粉,要把锅里流出的粉丝桄成粉挂,是加工成品的最后一道工序;潘菁菁、方秀英、杨丽是片粉工,这也是技术工种,需要把粉芡摊得又圆又薄,看了都有食欲;陈福利、侯军是晒场的负责人,他们要把粉挂运到晒场上,根据天气的变化掌握收摘的时机,既不能爆粹,也不能湿软,要恰到好处。分工细化后,明亮和黄师傅给大家进行了一次动员。

"咱们开工酒喝完了,粉坊的工作不是握锄把那么简单,技术含量一点也不亚于工人的活儿。大家被推选出来,就不能辜负队里的期望,我们一定要全身心投入到粉厂来,把每道工序、技术跟黄师傅学到位,大家能不能做到?"明亮大声问道。

"能!"大家斗志昂扬地喊道。

"那就请黄师傅给我们进行技术讲解,大家呱唧呱唧。"大家对明亮的提议报以热烈的掌声。

"我现在就不多讲了,你们都是又精又灵的有为青年。明天就开工了,每道工序我会认真教给你们,你们用心掌握就是了。我相信你们很快就会成为粉厂的师傅,让我早一点回家,别耽误我们粉厂的活儿,你们说好不好?"黄师傅学会了明亮的提问式讲话。

"好!"大家兴高采烈地应承下来。

第二天,明亮和黄师傅早早站在门口迎候大家。

漏粉车间弥漫着热情洋溢的气氛。鼓风机呜呜轰鸣,锅里的热气氤氲升腾,大家的高勒水靴、防水围裙各种装备一应俱全。

面案和面开始了，六人围站在大陶盆周围，十二只手、十二只脚，左右上下，一起一落，像整齐的战士甩开臂膀，迈开有力的步伐；对手下的面团上下起伏地按压，拿捏得柔软可人。

黄师傅一脸严肃地发出了命令："准备，接饼！"

就见黄师傅团的粉饼，像飞碟一样旋转起来，直直地向李洪彬坐的锅台方向飞去。不高不矮、不前不后、稳稳当当地落在李洪彬的漏勺里；李洪彬借着漏勺的颤动，握拳下捶，只听啪啪的击打声，漏勺下飘飘洒洒的粉丝，流泻于锅的中央。随着翻花的水流，粉丝绕着锅沿的缺口下泄于陶盆之中。

黄师傅急忙上前，像桄线那样轻盈，三下五除二，随手扯断粉丝，用一根木棍插入其中，一挂粉丝完美地呈现在大家面前。他的示范结束，该徒弟登场了。

"方和鸣准备，李洪彬接饼……"黄师傅发出口令。

就见方和鸣犹犹豫豫地抛出粉饼：那粉饼急急匆匆、飘飘忽忽砸向水中。顿时水花四溅，烫得李洪彬嗷嗷直叫。顿时，掀起了一片哄堂大笑。

"不错，就差那么一点点，再来一次……"黄师傅又发出口令。

方和鸣得到黄师傅的鼓励，有了一些信心。他毫不怠慢，沉下心来，不慌不忙中第二个粉饼抛出手了：粉饼像有了经验，直直地奔向漏勺，只差那么一点点，就全进到漏勺中，黄师傅带头为他鼓起掌来。就这个技艺，和鸣已经在家练了好多天了，要不怎么说一门技艺不是一日之功呢！

"李智仁，桄粉开始！"黄师傅发出第二个命令。

智仁有模有样，一来二去，黄师傅的影子出现了，乐得黄师傅不住地点头。

"潘菁菁，你们三个片粉皮的上场吧！"黄师傅开始指导片粉皮的工艺。

黄师傅手把着一个大铝瓢，有条不紊地转动着，再将粉芡倒在铝瓢的中央。就见粉芡像泛起的涟漪，慢慢地向四周散去，一直扩散到锅沿，再轻轻转动几下，粉皮嫩亮翘起、晶莹剔透。她们三人分头上手，都得到了黄师傅的首肯。

"不是我夸你们，比我们村里那些黄毛丫头不知强多少倍！不用几天，我就可以打道回府了。"黄师傅笑着对明亮说。

"黄师傅，你别拿话甜糊我们，他们不成手我是不会放您走的！"明亮笑道。

"我知道你小子精着呢！不会轻易放过我的，我就久住沙家浜啦！"黄师傅开心地笑了。

一天下来，漏粉工序完成得非常出色，明亮心里踏实了许多。快要收工的时候，小中苏跑了过来："叔叔，快跟我走，我发现了一只大鸟，就在那儿！"

小中苏拽着明亮的衣袖向离家很近的菜园子跑去。芹菜长得有二尺来高，挺拔翠绿煞是喜人。小中苏轻轻走进芹菜地埂上，手指两米远的一畦芹菜地，示意大鸟就落在那里。明亮看着一脸激动的小中苏，忍不住笑着比画着："你别动，盯着那只大鸟，我回家取卡网逮它。"小中苏明白了叔叔的手势，比画着说："你快点回家，我在这里盯着。"

明亮快速跑回家，拎着卡网就跑了回来。他蹑手蹑脚地走向芹菜地，只见一只长脖大鸟正蹲在菜地的中央，瞪着一对宝石蓝的大眼睛四处观望，一张尖尖长长的嘴不住地叼着芹菜叶，彩绘般的羽毛从脖颈染洇到翅膀，衬托于翠绿之中，这么漂亮的大鸟让明亮愣怔起来。

明亮以迅雷不及掩耳之势用卡网紧紧扣住大鸟全身。它腾起那有力的翅膀，眼看将卡网掀翻，明亮一个虎跃扑伏上去，两手紧紧抱住它，它甩起尖嘴叼向明亮，把他的胳膊揪起了一串紫豆子；明亮腾出了一只手，把它的嘴死死捏住，让它只有甩动脑袋的力气，它慢慢被降伏了。明亮将它抱出了菜地，乐得小中苏一个劲儿地撸挲长脖鸟的两只爪脚。

明亮看小中苏开心的样子，笑着对他说："这是一只头鸟，它是整个候鸟的司号员。其他的鸟得听从它的召唤行动。"

"它吹号集合呗？"小中苏明白了明亮的意思。

"对。它不仅吹集合号，还要领头飞。它得召集各种鸟集合、列队，飞过大海。"明亮望着远处。

"哦，它这么厉害，那它是最能打的了？"小中苏瞅着长脖鸟。

"最能打的不是它，是那些苍鹰和老鸨子。它们攻击其他的鸟，甚至是兔子和田鼠之类的小动物。长脖鸟吃的是草种子和绿叶菜之类的东西，在候鸟中，长脖鸟就是起召集和领飞的作用，它今天被我们逮住了，是因为它受了伤。你看，它这只翅膀还流血呢！"明亮仔细地看着它的伤口。

"叔叔，那我们赶紧回去给它包扎一下！看来，鸟也是有分工的。就像你们粉坊，有打瓢的、桄粉的、片粉皮的……"小中苏打着比方。

"就是这个意思，你真聪明。"

"那我们回家吧！"

"走，我回家先给它放在网圈里。你给它准备点草种子、菜叶给它吃，以后我再给它单独钉个大点的鸟笼子。"明亮瞅着小中苏。

"好，反正以后就交给我了，你给它的笼子钉结实了就行。"小中苏叮嘱着叔叔。

明亮安顿好长脖鸟后，又返回了粉坊，就见方和鸣还等在那里。

"你怎么还没走哇？"明亮关心地问道。

"我这不等你嘛！小中苏说的大鸟逮住了吗？"和鸣问道。

"逮住了，你知道是只什么鸟？是一只大长脖鸟，可给小中苏乐坏了。"明亮很开心。

"真有你的，长脖鸟都能逮住！小中苏这下可有东西玩了。"

"是呀！要不是长脖鸟受伤，我哪逮得住它呀！哎，和鸣，你知不知道这几天总有些人在议论着咱们？"明亮说起了新的话题。

"议论什么？"和鸣问道。

"说我阶级阵线不分，选了些成分不好的子女进来。你说，凭什么把他们排除在外？我们的政策是'有成分，不唯成分论，重在政治表现'。怎么到了下面就转向了呢？我还偏不服这个劲儿！"明亮有些生气。

"你大可不必认真，你一认真就可能乱了方寸。一出错就让人捡了笑话。要我说，咱们把粉漏好了，自然就把闲言乱语堵死了，用得着你上火吗？"和鸣一下子说到点子上。

"我听说老陈家的二姐陈芳菲，跟她打成反革命的爸爸一起回家来了。她可是铁道学院的学生,情绪很是不好,我们是不是拉她一把?"明亮说了半截话。

"打住,咱已经有个海外关系的潘菁菁,有个四类分子的儿子李洪彬,又要整来个陈芳菲,以后我不叫你赵明亮,改叫你赵大胆得了!这不等着人家说粉坊是藏污纳垢的地方吗?"和鸣几句话,惹得明亮生气了。

"看来,你也是胆小怕事的鼠辈!"明亮气哼哼地甩手走了。

"哎,不生气了行不行,咱这不是商量着嘛!"和鸣追着明亮说。

"人最重要的是什么?是要有同情心,不能随波逐流。人家有难,你冷眼旁观,这叫人吗?"明亮有些气愤。

"好好好,我不是人,我不是好人,你是好人,行了吧?"和鸣语气和缓了。

"咱们必须硬起来,要有正义感。咱们不能随波逐流,不是面团谁想捏就捏!"明亮坚定着自己的决心。

"行,只要你把握准了,认为对了,我全力支持你!"和鸣说。

"这还差不多,别动不动就畏首畏尾的,像个什么样子!"明亮瞪了和鸣一眼。

"好了,我已经认错了,你还要怎么样嘛!"和鸣说起了小话。

两人又有说有笑了起来。

没过几天,明亮在队委会提出了增加人手的要求,多数委员同意了陈芳菲进入粉坊。不过,大家也有一番争论,最后还是以明亮的观点为准:粉坊是农村技术含量比较高的地方,知识和文化大有用武之地,应该不唯成分论,重在个人表现。我们要建设新农村,就要人人平等，破格使用人才。明亮的话得到了大家的赞许，队委会很是认可有见解、有水平的明亮。

陈芳菲在中午休息的时候找到了明亮。

"谢谢你，让我加入了你们的队伍。感谢你给了我一次机会，我会好好表现的。"陈芳菲红着脸说。

"二姐，看你说的，你可是铁道学院的大学生啊！论知识、论文化，谁有你高？我们是一批崇尚知识和文化的年轻人，所以强烈要求你加入我们的队伍。你现在的处境，我感觉不会持续太久，一个国家怎么会抛弃知识和文化呢？我想，用不了多长时间就会起用知识分子，我们现在需要你，跟我们一起快乐地漏粉，甩掉心中烦恼，这是最重要的，你说是不是？"明亮说。

"明亮，你这么一说我心里敞亮多了，遇到你这样的知己，真是人生的幸事，谢谢你了！"陈芳菲抹着眼泪，轻轻抽泣起来。

"二姐，我们知道你心里的苦处，大家都是同龄人，会理解、帮助你的。最要紧的一条，就是过好每一天。"明亮的真诚深深打动了陈芳菲。

"嗯……"陈芳菲不住地点头。

"二姐，你和菁菁几个人就管片粉皮的活儿。这活儿还是有一点技术含量的，掌握好了，那粉皮是厚薄适中、剔透润亮。我相信你来了以后，我们粉厂新一代的片粉师傅，将就此诞生！"明亮不乏幽默。

"一定完成领导交代的任务！"陈芳菲来了一个军人敬礼的姿势。

这时候，和鸣喊了明亮一嗓子，说来人参观了。明亮回转身子一看，是大队治保主任李永生。他笑嘻嘻走了进来，看看这瞅瞅那，一脸兴致勃勃的样子。

明亮急忙走了过来："大主任，有何见教哇？"

"我听说你们干得挺红火，一直想找个时间过来瞧瞧，果然不错，有模有样的。我们四队也想建个粉坊，还真得请明亮你过去帮助指导哇！"李永生说话有点半真半假。

"哈哈，请我指导？我这个半吊子水平，哪能指导别人？现在全是黄师傅手把手教着呢！一不留神，我们就会出错。就拿沉淀这道工序说吧，至今我都没弄明白，哪能张罗你们四队的事？"明亮说得很认真。

"哟，开始拿起把来了。我只不过有那么个想法，还没说马上请你过去，你就来个两头堵，看来你是不会给我们面子啦！"李永生说话总是话里带味。

"怎么着？我是个实在人，是有一说一有二说二。不搞那些曲里拐弯的，你到底想说什么，别话里话外在这儿卖味好吗？"明亮有点不高兴了。

"别这么较劲儿行吗？咱都是般大般的，我比你大不了几岁，说个玩笑话不行啊！你生气啦？"李永生觍着脸说。

"李主任，我这个人是喜欢直来直去的。最讨厌那些不着边际的东西，希望你以后跟我来直的，别跟我来曲里拐弯的行吗？"明亮一脸严肃。

"你看看，咱第一次打交道你就这么严肃，都有点让我下不来台了。不过，我知道你的性格，不会见怪的。"李永生给自己一个台阶下。

"行了，你随便看看吧！我就不陪你了。"明亮转身走了。

"哎，我随便看看……"李永生小声小气地应了一句。

明亮的为人处世大家都知道，就是老百姓说的不会虚头巴脑的。所以，打他到农村，就是实实在在地干，很受社员和村干部赏识。要不怎么会在这么短的时间内，就被推举为大队民兵连长、公社民兵独立营的副营长、生产队的队委会成员、粉坊的厂长呢？这是大家认为他是个有用之才，以后能给农村主点事，所以喜欢他、支持他。

李永生跟明亮的第一个照面就碰了一鼻子灰。按理说他应该知道自己的斤两，跑这里嘚瑟有什么意思？他淡溜溜地左顾右看，勉强挤出的一丝笑也是皮笑肉不笑。他朝这个点点头，朝那个招招手，大家也迎合着笑呵呵，他转了一圈感到没意思就走了。

六、惩罚治保主任

第二天，陈芳菲正式登上了操作台，她和菁菁隐没于雾气蒸腾之中，时隐时现。

那一边，李洪彬张弛有度的捶粉声，让流泻的粉丝轻弯细曲、纬帘垂挂，犹如隐隐约约的瀑布，煞是迷人。

这边的陈芳菲已经掌握了操作技巧，纤手轻摇，粉芡画出薄圆、透明的亮片，她把粉皮轻挑到秸秆帘上，菁菁迅速传递给方秀英、杨丽两个二传手的手里。她们粉红、翠绿的倩影晃动，犹如仙女下凡般动人，让几位男生情不自禁停下了手中的活计。

"哎，别把眼珠子掉出来了，看风景有动力才行，别耽误手中的活儿。"

明亮似嗔怪又开心的话，逗得黄师傅哈哈大笑："哈哈，乐死人了，跟你们干活儿太开心了！"

粉坊爆起一阵哄堂的笑声，这欢腾愉悦之声一直飘荡到晒粉场上。一挂挂粉丝，一扇扇粉皮，在小北风的轻抚之下，几个小时后就亮晶晶了。姑娘们银铃般的笑声穿插在粉挂帘之中，一边忙碌着一边哼着小曲。这些动人、清亮倩影，抹画出一幅浓浓的田园风情图，深深印在人们的脑海里。

"明亮，大队通知你们粉坊，今晚参加批判大会，必须全部参加！"大队部的通信员找到明亮。

和鸣的反应特别快："明亮，这么多的粉丝、粉皮，几个小时也收拾不完。一旦耽误了卷晾这道工序，这些粉丝、粉皮要发霉了，咱们可不能背上犯罪的名声。咱们能参加批判大会吗？"

和鸣的话，提醒了明亮。他对通信员说道："哎呀，这可让我为难了，这可怎么办哪？"

"啊，当然是保护粉丝、粉皮重要了，我回去跟王良大队长说一声，你们绝对脱离不开！"通信员不假思索地跑开了。

明亮一下子松了口气，他朝和鸣会心地笑了。这个瞬间让陈芳菲看见了，她顿时明白，晚上肯定是批判她爸爸还有其他四类分子的大会。明亮是怕她在现场难为情，所以借活儿忙让大家躲着不参加。她很是感激明亮的用心，不由得朝明亮点了点头表示谢意。

一个小时后，整个晒场上的粉丝、粉皮全部堆放到仓库里。

"大家注意了，现在就回家吃晚饭，我们晚上要加班加点。你们顺便带好换洗的衣服，今晚我领大家去水库洗澡，好不好？"明亮布置了余下的工作。

"好！"大家开心地欢呼起来。

大家吃完晚饭，很快聚拢回来。就见闷热的库房里，大家忙碌着。这道工序非常重要，把粉挂的粉棍抽走，用秸秆层层分开，让它慢慢阴干，使它既筋道还不易折碎，粉皮一卷卷地摞起来，也用秸秆隔开，使它骨硬。大家衣背湿透，前额的头发全打了绺。明亮不忍地说道："无形中给大家增加了劳动量，我心里挺不落忍的，请大家见谅！"

"看你说的，你是为大家好。我们是一个整体，就不能让一个人受委屈。出点力算什么？"和鸣说。

大家七嘴八舌起来，陈芳菲和李洪彬的眼睛湿润了。

"谢谢大家，我真没看错你们。有同情心、有爱心，是我们这个小集体的核心，我们一定要保持、发扬！我们现在就去洗个透凉的澡，出发！"明亮带领大家，歌声一路飘向了水库。

水面被明月洒下的银光撩拨出一群星星不停地跳动。明亮把姑娘们安排在水库入口处的浅水区，用绳子拉上了不准超越的线。男人们都会游泳，自然就跳进水库溢洪道的深水区。

不知道谁起了头，泥鳅似的一丝不挂入了水，大家稀里哗啦跟着潜了下去。姑娘们扑棱着水花，她们的哄闹声吸引了男人们的目光。只见水花中白嫩的肌肤格外明亮耀眼，青春的曲线动人，男人们不自觉地怦然心动，秋后降了温的水也难以凉透火辣辣的燥热。也不知谁捅了一下明亮，就见和鸣两腿间直愣愣地挺了起来，惹得大家一阵哄笑。明亮赶忙打破了大家的尴尬："我看时间差不多了，洗干净了咱们一块返回。"明亮的命令，又搅动了水库的平静，漂洗衣服声、你掐我捏的笑声、溢洪的水泻声，浑然一体，温馨舒畅，水动人欢。

一夜的放松休息，大家的精神格外地好，一个个喜笑颜开，像洋溢着的七彩阳光。明亮被大家的情绪感染，也兴奋地哼着小调。当走到陈芳菲和菁菁面前时，感觉这两人情绪有些异样，陈芳菲一脸倦容，愁眉不展。

"二姐，是不是不舒服哇！要不你回去好好休息一下？"明亮关心地问道。

"明亮，她是……"菁菁刚要解释，被陈芳菲挡了回去。

"没事，这不影响干活儿。"陈芳菲说着，就片起粉皮来。

明亮没再追问，当方和鸣气愤地讲述昨晚批斗会时，两人都快气疯了。

原来，昨晚上本是一场政治批判会，可后来却演变成暴力的打人会。特别是治保主任李永生，首先拿陈芳菲的爸爸下手。大队长王良怕出人命，赶紧终止了会议，吩咐人把陈芳菲的爸爸抬回了家。

"你不知道，这段时间李永生有事没事就往陈芳菲家跑，又是浇水又是耪地的。人家说不用劳累他，他还是赖着帮忙。最主要的是他看中了陈芳菲，找媒人提亲被陈芳菲的爸爸一口回绝了，所以……"和鸣说出了事情的原委。

"这个浑蛋，一点人性都没有！"明亮几乎喊叫了起来。

"你知道李永生背后说什么，说芳菲像电影演员，迷得他茶不思饭不想。如果娶不成芳菲，他有可能会跟她兑命。"和鸣有些后怕的样子。

"真不要脸，癞蛤蟆想吃天鹅肉！想用成分去逼迫婚姻，他想得美。我非得给他点颜色看看。走！"明亮转身就要去找李永生。

"哎，你不是要跟他打架吧？"和鸣有些担心。

"怎么，难道我怕他不成？他知道我的脾气，不给他点厉害瞧瞧，他就作翻天了。走！"明亮气势汹汹的架势，让菁菁有些胆战心惊。

"明亮，你千万别冲动，一冲动不知道会出现什么后果。"菁菁的心都快提到嗓子眼了。

"菁菁，不关你的事。你立即回家，我跟他理论去。你放心，不会出事的。"明亮有些不耐烦，菁菁不放心地边走边回头。

明亮看菁菁走远了，这才与和鸣向李永生家的院子走去。

一推开院门，明亮就大喊起来："李永生，你给我出来！"

这一声喊有暴怒的狂躁，明白事理的人一听就知道是怎么回事。特别是有昨晚上批判会发生的暴力，李永生的妈妈一下子被惊住了，颤颤巍巍地走出了家门："明亮啊，你找永生啊！"

"大婶，你让永生出来一下，我想跟他谈谈。"明亮缓和了语气。

"明亮啊，你是为昨晚打人的事吧？这个混小子，不知天高地厚干出伤天害理的事，昨晚上让我好个骂。邻里邻居的，哪能作恶，你别跟这个王八蛋一般见识。"

"大婶，你放心吧，我不会像永生那么残暴，但我也得让他长长记性！"

明亮软中带硬的口气，让永生妈很不放心："要不，进家里说吧！"

"大婶，你别担心，我的为人你是知道的，你什么时候听说我打过人？我干不出那样下三烂的事。你让他出来吧！"

"大家都说你是个好孩子，我这就叫他出来。永生，你给我出来！"

李永生怯生生地走出家门。

"明亮,你在我家这儿大呼小叫怎么个意思?"李永生先提高嗓门,给自己壮胆。

"什么,你还敢跟我要横是不是?"明亮的火一下子上来了。

"我也没招惹你呀!你就别瞪眼扒皮的,这会伤和气的。"永生说起了小话。

"行,你怕伤和气,就乖乖地跟我走。我火气上来了,我自己都不知道能不能把握住分寸!"

"行,我跟你走,好说好商量。"永生彻底软了下来。

明亮把永生带到了山沟果园里。这里四处没人,只有秋后的蟋蟀零星几声鸣叫。云缝中散漏出的月光把永生的脸衬得煞白,明亮一把揪住他的衣领,把他狠狠顶在树干上。

"你不是说,要好好理论理论吗?"永生带哭腔的话更激怒了明亮。

"你昨晚上的狠劲儿、残暴劲儿都哪儿去了?"明亮一股火冲上脑门子。

"我阶级斗争有些过火,你理解理解……"李永生哆嗦起来。

"你为什么偏偏对陈芳菲的爸爸下毒手?"和鸣质问起他。

"这……"李永生卡壳了。

"说,把心里的肮脏东西端出来!否则今晚让你在水库里喝水喝个饱,还让你身上一点痕迹也没有。"明亮的一句话,吓得李永生瘫坐在地上。

"我想跟陈芳菲谈对象,媒人跟他爸一说,她爸骂我是癞蛤蟆……"李永生倒豆子似的全部说了出来。

"你就是个癞蛤蟆,不撒泡尿照照自己,你是个什么东西!"和鸣痛骂起来。

"我借批判会的机会，公报私仇泄私愤，我不是人……"李永生亮出了哭腔，还一边扇自己嘴巴子。

"号什么丧？我不吃这套，你给我起来。"明亮把他提溜起来。

"明亮，我知道你厉害，别跟我一般见识，你饶我一次行不行？"永生两腿筛糠。

"饶你一次可以，不过我有个条件。"明亮的口气很硬。

"有什么条件我全答应！"李永生赶紧应承下来。

"你癞蛤蟆想吃天鹅肉的邪念，给我就此打住了！陈芳菲是我粉厂的人，谁想打她的主意除非她本人同意，否则我就给他小癞蛤蟆腿掰折了，你信不信？"明亮给他下了死令。

"我……我再不敢有这个想法。"李永生急忙应允。

"你不仅不能有这个下三烂的念头，你还得跟那些不三不四的人传个话，谁有这个邪念，我就给他小腿掰折了！"明亮说出了狠话。

"不敢……"李永生心虚起来。

"就这么说！我是经过'文化大革命'的人，我看不惯人整人，把人分成三六九等。你如果是四类分子，有人拿皮带抽你，你做何感想？"明亮反问了一句。

"我知道错了，我一定痛改前非。"李永生表示了决心。

"立即向陈芳菲道歉，向她爸爸道歉！"和鸣提出要求。

"这……"李永生有些不情愿。

"这什么？就按和鸣的意思办。今晚上就去陈芳菲家，后天你在公社民兵独立营大会上公开检查，交代你残暴的罪行！我是独立营的副营长，我会提议撤销你排长职务。"明亮提出处分李永生的想法。

"明亮，不，副营长，我排长的职务是政治生命，你看……"李永生哀求起来。

"你知道政治生命的重要却无视他人的生命和尊严，你配当排长吗？如果你检查深刻，教育了大多数人，可以给你严重警告处分以观后效！"明亮缓和了一下。

"是，谢谢！我一定痛改前非！"李永生紧张的心也缓和了下来。

"你自己去陈芳菲家，能不能得到人家的原谅，就看你诚意如何了，我会得到反馈的！"明亮扔出不软不硬的话。

"副营长你放心，我一定深刻检查，深刻反省。"李永生打了包票。

"快滚……"明亮狠狠地踹了他一脚。

第二天，粉坊比往常热闹多了。

大家三人一帮、两人一伙在那喊喊喳喳议论着。一个个喜形于色，还时不时把赞许的目光投向明亮。明亮像没事人一样，东边安排、西边检查，工作有条不紊地进行着。

陈芳菲手中的转瓢也非比往常。她喜上眉梢的眼神儿不住地与菁菁交流，两手轻飘飘、均匀匀地旋转着铝瓢，粉皮一张一张地挑下，像变戏法那样麻利。

粉坊议论的新闻，像长了翅膀似的在全村飞了一圈。人们争先恐后拥堵在粉坊的窗外、门前，看这群有文化、有胆量、有魄力、有技能的年轻人。这无形中成了活广告，添枝加叶地传送到全公社。人们不仅说他们的人品好，还夸赞他们的产品强，来买粉丝、粉皮的人是络绎不绝。每天加工的产品不够卖，还得预订，生产很红火。

公社把这个知识青年团队树为榜样，还让明亮在公社大会上做学习毛主席著作讲用的报告。这个知青团体，就此火了起来。

七、雪夜下的鹌鹑

时间过得真快，眨眼工夫就要入冬了，深秋的凉意是步步紧逼。

明亮很是喜欢这个季节。因为最后一拨候鸟就要迁徙结束，他想照几只鹌鹑好给小中苏玩，于是悄悄跟菁菁打了招呼，晚上再出去遛遛。

鹌鹑跟黄懒子不一样，习性大有区别。黄懒子喜欢跟着大部队迁徙，有头鸟打头阵呼呼啦啦集体行动。鹌鹑恰恰相反，只有自己族群组成的队伍，不掺和其他鸟的指挥，可以说是独往独来。所以鹌鹑机敏度就强于黄懒子，而且有些桀骜不驯的习性，很像猛禽的老鸹子有敢打敢拼的精神。一旦被人驯化好了，老鸹子会成为人们捕猎的好帮手，可以帮助主人逮小兔子、抓野鸡什么的，很招人们喜欢的。鹌鹑跟黄懒子大小相当，也是不足二两重，可它比黄懒子好斗多了。它虽然没有老鸹子那么大的力量，可它不服输的劲头，也是很让人喜欢的。人们常常把鹌鹑驯化好了以后，作为斗鸟场上的勇士，是很有观赏价值的鸟。它就像斗鸡场上的猛将，挓挲身上每一根羽毛，涨红着脸膛，怒发冲冠的样子，不叼下对方几根羽毛，不见对方流血，它是不会善罢甘休的。

所以老铁山人的冬天有个爱好，就是猫冬的季节来看斗鸟比赛。谁手上有常胜将军，那是很了不得的，人随鸟贵高人一等。

明亮想给小中苏和菁菁找点乐趣，冒着寒冷，迎着第一场霜降，捕几只回来，让他俩冬天少点寂寞。

更深夜静，明亮和菁菁踩着霜花出发了。

鹌鹑没有黄懒子那么多，一晚上顶多也就照个三五只而已。要是能选出一只王者鹌鹑那就更难了。鹌鹑分成老胡子和小胡子，老胡子要比小胡子好斗。当地人把公鹌鹑叫作老胡子，因为公鹌鹑才会咬仗，母鹌鹑被称为小胡子，只能用来吃肉。从鹌鹑的眼睛、眉毛、噪、叉——也就是嘴巴两边左右延伸出去的两道深色羽毛，胡子就是嘴巴下面长的一圈羽毛。紫毛绿眼、黄眉紫噪、金眼马叉、棋盘腿菊花眼，这就是四大名雀，是非常难得的。还有一种"一大二老三毛稀"的说法，也就是个头越大越能斗，越老越能斗，毛越稀越能斗。

调教老胡子要选膘最合适的，太胖了它不爱打架，太瘦了又没有力气打。一般来说，二两的鹌鹑要调理到一两四五才行。开始吃食的头一天，尽量让它吃大食，也就是尽量放开了吃，吃撑为止。然后再空一天，不喂食了，接着吊它一天，隔天再喂半饱，这样才能空出体力，增强内脏功能。最后，还要"把"到位，也就是把鹌鹑握在手里，用虎口夹住鸟脖子，用无名指和小手指夹住它的腿，也就是老人常说的"把到的鹌鹑遛到的马"。这样鹌鹑打起架来有力气，会勇往直前。一般情况下，好的老胡子在斗架的时候，你来我往能咬上五六十嘴，能把对手咬跑了，这就是好老胡子。

它们可是一拨精灵怪，灯光左闪右回不那么好使，不像黄懒子一闪灯光它就发蒙，蹲在那儿不敢动。鹌鹑可不一样，灯光一闪的瞬间它就腾空而起，给人下手的机会很少，所以很难捕获它。这就要求照鸟人反应要快、动作要麻利,要眼观六路耳听八方,发现鹌鹑心里别慌,立即下网不要彷徨。

明亮这些话逗得菁菁哈哈大笑。她一边四下踅摸,一边瞅着明亮,心里那个美呀!就觉得明亮是看哪儿都舒服,心里那个甜哪!直瞅得明亮都不好意思了,一本正经地说:"哎哎,把眼睛用在正经地方行不行?"

"怎么,你还怕看哪?有个人欣赏你就偷着乐吧,心里别没个数!"菁菁笑着说。

"嗯,你不欣赏我还想欣赏别人?那我可不答应!"明亮晃着脑袋说。

"那你敢怎么样?说!"菁菁追问着。

"我也不敢怎么样。"

"我谅你也不敢,所以我喜欢你。"菁菁一把搂住明亮的腰。

"我发现目标了!"明亮悄声说道。

"在哪儿?"菁菁立即松了手。

就见明亮迅速急闪灯光,随即扣下卡网。一只灰色羽毛绣着白斑点的鹌鹑在卡网里弹跳起来,一时也不得安宁,那种躁动的情绪跟黄懒子真是大相径庭。

菁菁把它摘出来,它用尖嘴鸽了菁菁的手,吓得菁菁差点放飞了它,明亮赶紧接过鹌鹑。

"怎么样,知道它的厉害了吧?它的性子就是这么烈,跟你可有一拼哪!"明亮拿菁菁开心。

"你拿什么比不好,怎么把我比成厉害婆啦?"菁菁敲打着明亮。

"你看，都动起手了还说自己不厉害呀！"明亮故意嗔怪。

"我这不是喜欢你嘛！"菁菁撒起娇来。

"我明白了，这就是老百姓说的打是亲骂是爱吧？"明亮笑着说。

"去你的吧！少跟我面前耍贫嘴。"菁菁有些不好意思。

"现在又开始正经起来了。来，我跟你说说怎么识别是老胡子还是小胡子。"明亮把鹌鹑搁在灯光下看。

"你看，它嘴下这一小撮胡子长得多，就是好斗型的。等一会儿再捕着一只做对比，你就能分出哪是老胡子哪是小胡子啦！"明亮狡黠地瞅着菁菁。

"你是不是又拿我开心了？"菁菁瞪大着两眼。

"不不不，我怎么会拿你开心呢？我喜欢你还来不及呢！"明亮一本正经地说。

"你就会哄人。"菁菁心里很是高兴。

"走，咱争取再照几只。"明亮把鹌鹑放进网兜里。

深秋季节，照鸟的人基本没有，因为很难捕获几只，所以都不愿意起五更爬半夜去浪费工夫。

山上只有他俩这一盏灯光在晃来晃去，显得冷冷清清。倒是霜花凑了些热闹，纷纷眨巴着小眼睛，向他们送来无数个闪光，来衬托他们灯光的存在。更有意思的是，漫天飘舞的小雪花也跟着凑趣，它给大地铺就一层白纱，硬是跟霜花争宠，逼着霜花隐退在它的身下。这倒给鹌鹑增加了保护色，也给明亮和菁菁增加了难度。

"雪花这么一飘，是给咱俩找难题呀，咱俩的精神得更加专注起来。"

"明亮，我发现了一个问题，你说鹌鹑为什么在飘雪花的时节飞来呀？"

"你说是为什么呀？"明亮反问起菁菁。

"要我说，鹌鹑是极会保护自己的，你看它身上的羽毛跟雪花很是相近，它是想借用这个时节的霜雪来保护自己。就像变色龙那样随着环境的颜色变化而变化，达到保护自己的目的。你说是不是？"菁菁细细分析着。

"哟，我还没有发现你是有头脑会分析的思辨家。经你这么一说，还真是那么一回事，了不起呀！"明亮啧啧称赞。

"我看你说话是放屁带沙子，连讽刺带打击地卖味吧？"菁菁有些不满。

"我说的是真心话。没想到你分析得头头是道，你说得非常准确，鹌鹑真是借着这个保护色保护自己的。"

"这还差不多，我以为你又来嘲笑我呢！"菁菁脸上露出了笑容。

菁菁刚说完，就发现了一个目标，她轻轻捅了一下明亮，借着灯光忽闪的瞬间一下子扣下了卡网，就见鹌鹑蹦跳起来。"快把它摘下来，是老糊涂还是小糊涂？咳，是老胡子还是小胡子？"

"嗯，是个小糊涂。"明亮凑在灯光下看。

"去你的，少抓我的话把！"菁菁不停地笑。

"你看，这下就分出来了吧，它的胡子是不是小糊涂了？"明亮接着开心。

"你想气死我呀！你坏你坏……"菁菁捶打着明亮。

"我不说了还不行嘛！不过，这只小胡子精神头挺足的，像你似的猴精八怪的。"

"你打算气死我呀？"菁菁跺起脚来。

"我不说了，你今天真是让我开心了。"明亮还是咧着嘴笑。

"我让你开心了是吧，那还不亲我一个？"菁菁把嘴递了过来。

"哎，得令……"明亮认真地吻了菁菁一下。

两人有说有笑满地隔堰子去趸摸着。过了一个小时左右，他俩又捕获了两只老胡子，这才收手互相拍打雪花。

明亮为菁菁讲训练鹌鹑的要领："你要把它放在一个笼子里，每天用手去亲近它。轻轻握着它，让它的眼睛看着你，它会很快记住你的模样。到你俩彻底熟悉了以后，你就是放它飞它都不会离你而去，这是训练成功的第一步。"

"那第二步需要干什么呢？"菁菁追问着。

"第二步是让它与其他老胡子咬斗，锻炼它不畏强手敢打硬拼的战斗作风，不把对方叼出血来决不罢休！"

"叼得血肉模糊多恐怖哇，还是让它每天跟我亲近就行了，我可干不出让它咬哇斗哇的事来。"菁菁一句话挡回了明亮照鹌鹑的初衷。

"那也行，我就帮小中苏训练咬斗的技法了……"明亮有些泄劲儿了。

"你可别把小孩子教坏了。"

"好，我听你的还不行嘛！"两个人这才高高兴兴往回走。

第二天，小中苏看到叔叔带来的老胡子高兴得蹦蹦跳跳。每天按照叔叔的要求用两手握着它，两只眼睛对视着老胡子，很快老胡子就跟他有了感情。小中苏喂它小米粒它紧叼着吃，还时不时瞅着小中苏，生怕他走了似的，一步也不离他身边。乐得小中苏像是变了一个人似的，以前挂在嘴边想妈妈的话少了，这就是明亮所要达到的目的。

菁菁更是喜欢上了老胡子，闲暇的时间都用来调教它，这成了她业余时间的一大爱好。没事就手握着和它对视，老胡子慢慢习惯了这些动作，还有些依赖起菁菁了。它一见到她，会很温顺地蹲伏着，等待菁菁捧它出去。这些变化的小细节，菁菁一天一向明亮汇报，好像实验取得了重大成果似的，脸上总是挂着开心的微笑。

这让明亮特别高兴，没事也跑去观看菁菁和小中苏如何调教老胡子。见了老胡子那种坦然的模样，时不时机敏地打量客人，撒着欢跑来跑去，明亮很是开心。这两个小精灵成了他们生活的调味品，给他们业余生活增添了很大的乐趣。

八、会战大水塘

冬天是农村大搞农田基本建设的好时机，要让农闲变成农忙。

虽然粉坊还有很多活儿要做，可公社下达了统一的号令：要修建两倍于足球场的大坪塘，解决周边几个村庄吃水的问题。听说这个水塘的选址是地质勘探队测量出来的，它是方圆十几里最好的地下水线，能保证几十年不遇旱灾的吃水问题。

这下大队长王良高兴了，他早就计划给全村解决吃水问题，可一直苦于水源没有头绪。这回好了，借地质专家勘测的水线，解决了全村老百姓的吃水问题。他把这个方案一说，赵明亮立即同意他的决定，先放下粉坊的工作，带领民兵突击队参加会战，好早日让全村老百姓解决吃水问题。粉坊大部分人员也加入了突击队，只留守黄师傅和几名员工干些力所能及的后续工作。

公社把这个大水塘分隔成四块，用白灰画出十字线，四个村子各领走一个方块区。各村子的红旗一下子就插满了，一时间人欢马叫好不热闹，一个比进度抢时间的热潮开始了。

王良和明亮进行了分工，以大洋马牵头的四挂马车由王良指挥，明亮的民兵突击队主要挖掘土方、装车、卸车、抬大筐。四个区域的阵容马上就凸显出来，别的村子很羡慕大洋马的飘逸和快速，更欣赏明亮这支突击队的冲劲儿。一周下来，明亮已经转为石板层的攻坚战了，可那些村子的土方还需要一天的时间清理。攻坚战的难度很大，需要抡大锤、甩铁镐的力气活儿，还有打眼、甩线、放炮的技术活儿，同时要供得上四挂马车多拉快跑。

明亮一下子就感觉到人手短缺，难以跟上马车的载卸量。他迅速把人手进行了调配，男女重新逐对组合，让人尽其用发挥特长，很快解决了人手短缺的难题。

他跟方和鸣及其他男劳力抡大锤、甩铁镐，让女劳力掌铁钎、装卸车，这不仅照顾了潘菁菁和陈芳菲等女生体力弱的问题，还给男劳力在女人面前逞能的机会。男女搭配干活儿不累，这样既调动了人的积极性，也加快了水塘的挖掘进度。

李永生赶着马车不住地歪头看，几次走到明亮面前想张口换下他赶车的活儿，也给他男女配个对，看明亮一点反应没有，也只能三缄其口了。

"明亮，你知道李永生几次走过来想说什么吗？"和鸣问。

"他想拉几个驴粪蛋我能不知道？他想找个机会跟女人凑个热闹，看我们男女成双成对的，他是抓心挠肝地着急呀！"明亮笑着说。

"你真行，一下子就摸透了他的心思。"和鸣很是佩服明亮。

"你没看出来，他更眼热的是你呀！"明亮讥笑着。

"他眼热我什么？"和鸣有些莫名其妙。

"你看，方秀英和陈福利一对，杨丽和侯军一对，我和菁菁一对……"明亮点出现场的配对。

"还有我和芳菲二姐的一对。"和鸣顺着说。

"关键就是你们这对，他眼睛盯的是你掌钎的芳菲二姐呀！"明亮点破了李永生的动机。

"哎呀，我都恨死他了，他还敢打我的主意？"陈芳菲反驳明亮。

"二姐，你还真得防备点。他对你根本没死心，只不过得不到机会罢了。"

"对，二姐，那个人心术不正，咱提防点不是坏事。"菁菁也劝起陈芳菲。

"二姐，有我呢！不要怕，有我保护你。"和鸣充起大个儿来了。

"和鸣你可说定了，今后二姐就由你多加照顾了，可不准打退堂鼓哇！"明亮敲打着和鸣。

"你放心吧，那个小子敢没趣找趣我就敢收拾他！"和鸣话说得挺硬气。

"就你呀？别让二姐见笑了。"菁菁取笑和鸣。

"和鸣是好心，我怎么会见笑呢？"陈芳菲给和鸣打了圆场。

"咱们这个小集体在哪儿都要抱成团，互相照顾是应该的。来，和鸣，咱俩比赛抢大锤，看谁抢得多还不走偏，砸着二姐的手可不行，敢不敢比？"明亮向和鸣挑战。

"和鸣，我不怕砸手，你跟明亮比一个！"陈芳菲给和鸣鼓起劲儿来。

"二姐，你把我的厚手套戴上，我先来！"和鸣脱下外衣抡起了大锤。

"一、二、三、四……二百八十！"看热闹的人欢呼起来。

"请，该你亮相啦！"和鸣扔下锤子催促明亮。

明亮看了一眼和鸣，挺佩服他有一股子韧劲儿，是一个男子汉。明亮向手心啐了口唾沫，示意菁菁握好钢钎。接着抡起了大锤，来一个梅花转锤，那是虎虎生威，大家瞪大眼睛数着数。

"一、二、三、四……三百二十！噢……"看热闹的人欢呼起来。

"好，和鸣跟我已经亮相了。咱们一定要加倍努力，现在是打攻坚战的时候。咱们公社四个村子的民兵主力都汇聚在这里会战，这也是检验我们突击队实力的好时机，咱们要超额完成任务好不好？"明亮发出了攻坚的命令。

"好！"

这一声"好"震动了热火朝天的工地，大家不自觉地汇聚了羡慕的目光，被这生龙活虎的精神感染着。明亮的示范作用很是有效，五个炮眼在落日之前就全部完成了。他指挥着男工放线、装药，安排女工提早清理工具并撤离到安全区域。可菁菁和陈芳菲就是不走，要陪着明亮他们一起撤离。

"你们省点心行不行？你们安全了也就是我们安全了。"明亮有些急眼。

"我们女人细心有耐性，越危险的事越要我们介入，帮着你们掌点眼色，咱们毕竟是一个整体呀！"陈芳菲很诚恳地说道。

"二姐说得对，你说你们在这忙乎，我们能放心吗？与其让我们提心吊胆，还不如让我们直接加入你们行列，你就不要推三挡四了。"菁菁开始帮助放线了。

"嗯，那你们就一起干吧！"明亮同意她俩加入了。

明亮盯着每一个炮眼装药，就连捣实黄泥的细小工作也不放过。他一边操作一边讲解：装药是个细活儿，不能有半点马虎。药一定要轻轻地捣实，这样使爆炸更有威力，能让爆点达到最佳效果。这样一说，二姐和菁菁更提起精神来了，她俩细细地帮着装填，很怕出现纰漏。

一切装填完毕之后，明亮断后又轻轻顺了一段引线，在确定安全无误的情况下，才向四周的安全员发出信号："请注意，放炮了！"

四处的喊声不断响起，一面红旗不停地摇动着。

明亮在确定一切安全之后，按下了电动按钮。就听几声轰轰隆隆的巨响，一片沙砾、烟雾腾飞，水塘顿时隆起了石板层，起鼓八翘堆满了全场，足够一个星期的搬运量。明亮对五个爆点逐一进行了检查，看到爆破效果如此之好，很是满意，招呼着大家一起向村子方向走去。

将近三个月的时间，地下水线的泉眼汨汨地喷涌而出，没过多少日子水塘就灌满了蓝莹莹的水。地下水清冽甘甜，甜得人心里无比舒畅，平静的水面，皱起的波纹，让人们春心荡漾。它滋润着会战勇士们的心田，让他们感到无比骄傲，这个水塘无论天有多旱水有多涝，它既不会少也不会多，始终能保证周围的庄稼和人们的正常用水，人们再也不用为缺水发愁了。这是一个群体力量的结晶，是一方人的齐心硕果，是这里有史以来的一个里程碑，也是很多人的永恒记忆。

明亮和参加会战的青年们别提多高兴了，这是他们投入农村后交出的一份圆满答卷。

冬去春来，复苏的万物开始起阳了。明亮担负的另一项副业开始实施了。

明亮去山西牵回来两头高桩大草驴；方和鸣和李洪彬在山东赶回来五对小尾寒羊；李智仁、潘菁菁和陈芳菲运回来两头新金纯种猪。借着起阳的春季，它们不是反群就是打圈。明亮兴奋得两眼放光，他牵着两头油黑透亮、头颅高昂的大草驴找到了大队长王良。

"大队长，俺队里这两头草驴都反群了，想让大洋马给大草驴配个种，你看行吗？"

"哈哈，怎么能不行啊？明亮，你真有眼光。马配驴下的可是骡子，那多金贵，有使不完的劲儿，还不操闲心，这是正道。"王良称赞着明亮。

"这都是跟你学的，我才知道如何优育配种。"明亮笑着说。

"原来不让你这半大小子看配马，看来是不对的。今天看你的超前意识，都是从实践中得来的，就像毛主席说的，从战争中学习战争，这比什么都重要。"王良很是兴奋。

"那今天你就全给配了？"明亮急着追问了一句。

"啊！让我配……"王良调侃了一句。

"嘻，说走嘴了……是让大洋马配。"

"哈哈，那可不行，大洋马不能连续配种。一是它的精子不能立即生成，难以受孕；二是，它现在不是青壮年，不能过度损耗，那是要减寿命的。杀鸡取卵的绝命手段，是万万使不得的。"王良很用心地说道。

"行，俺听你的。"明亮说。

接着就是方和鸣、李洪彬看管的小尾寒羊，还有李智仁和潘菁菁、陈芳菲负责的新金种猪，都不甘落后，相继开始配种。

随着时间的推移，小骡驹欢蹦乱跳、撒欢尥蹶，依偎着大草驴身前尾后，很讨人喜欢；小尾寒羊的羔崽，毛毛茸茸、四处乱窜，形成了一个大的群落，让人看后心满意足；新金猪的猪崽，粉嫩透红、虎头虎脑，一窝接一窝地赛跑，逗引得社员们啧啧称奇。这一下轰动了四面八方，招引来了各村取经、学习的队伍，弄得明亮是应接不暇。

一年收获在于秋。生产队的产值一下子翻了不少，社员们是欢欢喜喜过大年了。各家各户喜气洋洋地办置年货：杀猪、宰羊、蒸年糕、包豆包、包饺子……

王良却提出新的过年方式：要以粉坊成员为班底的知识青年，排演一台文艺节目，让全村老少过一个祥和欢乐的好年景。

明亮开始扩编演出阵营，让全村有艺术细胞的秀美的姑娘、帅气的小伙参与，又从文化馆请来了张宏生导演，借来服装、道具。这位导演的编创能力真是强，因人施用，发挥每个人的特长。

让人意想不到的是，碰海、摇橹的好手李洪彬，竟灵气十足，一招一式跟导演学得不差毫厘；陈芳菲的舞姿洒脱、利落，常常夺走排练人的眼球。通过口传心授，他们很快成为导演的得意门生。他们排演的双人舞和舞剧片段的杨白劳、喜儿的角色，刻画得惟妙惟肖、情景交融，把观众的眼泪催动得肆意横流。社员群众们深深喜爱上了这对青年。大家赞美他们的人品、形象、艺术，也会没话找话跟他们唠家常、走家串门。

这一特殊时期，特殊的礼遇，让他俩很是感动。他俩悄悄地找到了明亮。

"明亮，谢谢你，我俩知道你的良苦用心，分配活儿跟你们一样，抛头露面又让我们冲上前，不厌其烦地推举我俩。就是让广大社员明白，不管出身如何，都要人人平等，重在表现，我们得到了大家的认可，这都是你……"陈芳菲的两眼有些湿润。

"芳菲说得对，你从来没把我们分成里外，一样地当人看，不歧视我们，我心里真是说不出的感激。"李洪彬说。

"看你俩说的，二姐是我的邻居。我小时候她看着我、爱护我，像亲姐姐一样照顾我。李洪彬你是我小学的同学，咱俩一起玩、一起乐，多开心哪！可上中学的时候，你因为爸爸是四类分子而辍学，我知道你心里很难过。这是人为地划线，把人分成三六九等，分成高低贵贱，这是最大的不公平。从今天开始，你俩要放下精神负担，要快乐起来，你说好不好？"明亮一番肺腑之言，让他们激动不已。

"我好久没听到这样温暖的话了！"李洪彬很是感慨。

"不，我尝到了大家关爱的温暖……"陈芳菲眼睛湿润了。

"你俩说对了，人的心情舒畅了，这天空就是晴朗的；如果你们的笑容甜美了，这阳光就是灿烂的。现在社会发生了一些变化。你看张宏生老师，拿你洪彬像弟弟一样。这种感情既真诚还非常难得，你俩说是不是？"明亮笑着说。

明亮的一番肺腑之言，他们听了感到浑身暖乎乎的。

是呀，当一个人在最困难的时候，精神压力最大的当口儿，哪怕你给他一句温暖的话，伸手给一个小小的帮助，他们都会铭记在心，永生难忘的！

九、参观日俄监狱

春的气息浓了。

温暖的阳光催促大地释放着活力，树枝顶出了嫩叶，草地褪去枯黄，冒出一丝丝绿色。牲畜的表现格外突出：叫槽、拱圈、追逐、撞窝，一刻也不得消停。

人们更是不轻易放过这个宝贵的季节，老话说：春天捅一棍，秋天吃一顿；一年之际在于春，一日之际在于晨，一时之际在于分。人们正顶着就要解冻的季节，往地里分肥、备种子，抓紧一切时间，赶快行动起来。

明亮也迎来了千载难逢的好机遇：春季征兵活动开始了。

青年人都怀揣着梦想，认为到解放军的大学校会冶炼成钢的。虽说王良不舍得明亮走，但是不能挡了年轻人的当兵梦，最后还是难过地把大红花戴在明亮和方和鸣的胸前，祝福年轻人实现自己人生的理想。

最舍不得明亮离开的，还是潘菁菁，她像丢了魂儿似的丢东落西，东一头西一头的，不知道自己在干什么；陈芳菲像打蔫的茄子，耷拉着脑袋发大闷，不言不语地哭丧着脸，像少了主心骨。

明亮看大家个个闷闷不乐的样子，心里也着实难过，他给大家召集在一起，宽慰大家的心："我今天给大家开最后一次会，也是让大家来祝贺我和方和鸣。我知道大家舍不得近两年一起奋斗的感情，可机会来了，我俩还是不能错失良机，不能放弃是不是？好赖，大家已经抱成了团，形成了一支力量，别人不会小看我们的。大家是生产队的顶梁柱，是主力、骨干，腰杆子是很硬的，谁也别想压垮你们。相反，你们要更加坚强、更加团结。昨天，我跟队委会提议，推荐李智仁担任粉厂厂长，队委会通过了。智仁今天就正式走马上任，我期望大家紧紧团结在智仁的周围。智仁也要事事、处处为大家着想，我……"

没等明亮把话说完，李智仁兴奋地站了起来："明亮、和鸣，你俩放心。大家一手创建的家业，我们一定发扬光大，绝不辜负你俩的期望，要按照明亮领导的思路，把大家紧紧地团结在一起，像你们在时那样和谐、顺畅。把粉坊和队里交给的副业都搞好，像你俩在时那样。"

李智仁的脸膛涨得通红。

"行，智仁已经表态了。我俩期望大家能通力合作，紧紧抱成一个团。另外，我再叮嘱你一句，就是多关心李洪彬、陈芳菲、潘菁菁他们，一个人的出身不是由他们自己决定的。我们不要唯成分论，重在个人表现。希望大家搞好团结，互相帮助，打出一片新天地。我俩真诚地祝福你们！"明亮结束了讲话。

"我也说两句。说实在的，回村子干活儿这两年，跟大家处得像兄弟姊妹一样，没处够。大家对我不薄，我心里记住你们的好，我会想你们的。到部队我一定积极上进，争取入党。不给你们丢脸，你们就放心吧！"和鸣说话干脆利索。

大家给明亮、和鸣报以热烈的掌声。

明亮又单独把李智仁叫到一旁，叮嘱要照顾好黄师傅，要时时处处尊敬人家，让黄师傅有在家的感觉，生活起居要想得周全，别冷落了人家。

"放心吧！咱们粉坊没有黄师傅不行，这个分量我还是端得明白。我会像你在时一样，会时时处处照顾好他的。"李智仁说得诚恳。

"那我就放心了，我再跟黄师傅好好聊聊。"明亮拍了拍李智仁的肩膀。

黄师傅听说明亮要当兵走了，心里很不安稳。因为他是明亮请来的，相处这么长的时间，跟明亮很有感情，一下子有些折手，不知道怎么好。

"黄师傅，跟您真是没处够。当兵这个机遇很难得，我不想失去这个机会。您是大家的师傅，大家都很尊敬您，您别有其他想法，还是继续帮助我们把这个粉坊搞好，行吗？"明亮紧紧握住黄师傅的手。

"我真是舍不得你呀！这几天，心里一直犯合计，是走还是留，不知道如何是好。你既然把话说到这份儿，我还能走吗？就只能接着干下去啦！"黄师傅摇着明亮的手。

"还是黄师傅仁义，大家跟您都处得有情有义的，像我们家里人一样看待。你放心，我心里有数，你们一定会比我在时处得更好！"明亮搂住了黄师傅肩头。

下午，明亮约和鸣去旅顺市内。

和鸣带着妈妈给的钱，准备到百货商店买点到部队用的日用品。可明亮在市内拐了一个弯，径直往元宝房方向走去，和鸣愣住了："哎，你这是去哪儿？不去旅顺大百货商店了？"

"咱先去旅顺监狱旧址看看。"明亮手指岭下方向。

"咱时间这么紧，去那个地方干啥？"和鸣有些生气。

"和鸣，咱俩现在是一名军人了。军人的职责就是保家卫国，不让我们的国土丢失一寸，可我们旅顺的土地从清朝开始竟丢失半个多世纪之久，沙俄和日本人在元宝房修建这么大的监狱，目的是什么？就是想用杀戮征服中国人民，妄图长期霸占我们的领土，我们永远不要忘记这个被奴役的惨痛历史。你说对吧？"明亮说道。

"这……"和鸣让明亮给问住了。

"这是我爸昨晚上提示的我，我觉得作为一名军人应该到这里走一遭，增加一下国防意识。"明亮点出去监狱的目的。

"哦……你爸提示得对，军人的职责不能丢，要牢记丧权辱国的历史。"

"对，时刻记住丧权辱国的历史，紧握手中的钢枪，保卫好祖国。我们是军人，不能等同于一般老百姓。"明亮说。

"说得对，走吧！"

两人快步向旅顺监狱博物馆走去。

这是他俩第一次认真地参观监狱旧址：这是一座欧式建筑，牢房275间，呈三层三面放射状延伸，它是沙俄1898年开建的，曾经作为沙俄马队驻营和战地医院。日俄战争结束后，日本人于1907年将沙俄原建的85间监房扩充到275间，还修建了15座工场，强迫犯人生产军需品和日用品。这里关押人员主要是中国反抗人士，少许的俄、美、日等反战人士。1942年至1945年，有700多位共产党员和革命志士在这里牺牲。

在这里就义的朝鲜义士安重根给明亮、和鸣留下了深刻的印象。

挑起中日甲午战争的罪魁祸首伊藤博文，他四任日本首相、四任枢密院院长，还担任韩国统监（殖民总监），是策划、屠杀中国和朝鲜人民的主谋，他有不可赦之大罪。安重根成立义军，反抗日本的殖民统治和压榨，坚决要除掉两国人民的公敌——伊藤博文，并开始策划和行动。终于在伊藤博文出访哈尔滨时，在火车站安重根开枪将其击毙。

当时中俄报刊上称赞安重根是爱国志士、和平的使者。《民吁日报》社论评述："今日韩人飞此一弹……抵万人之哭诉，千篇之谏书。"特别是他视死如归的诗篇，侠肝义胆的豪情，深深印在人们的心中：

丈夫处世兮，其志大矣，时造英雄兮，英雄造时；

雄视天下兮，何日成业，东风渐寒兮，壮士义烈；

愤慨一去兮，必成目的，鼠窃伊藤兮，岂肯比命；

岂度至此兮，事势固然，同胞同胞兮，速成大业。

他的义举豪情为中国人民所敬佩。孙中山先生颂赞他"功拜三韩名万国，生无百岁死千秋"。

明亮、和鸣向这位义士的遗像深深鞠了一躬。他们对被监押的共产党人和反抗压迫、争取自由解放人士的崇敬之情更加深厚，对这个庞大的监狱有了重新认识，对帝国主义的侵略更加刻骨铭心，唤起了一名军人对国家、对人民的历史使命感。

回到家中，明亮抓紧时间处理后续的事情。像他喜欢的这群鸽子，那是需要驯化和放飞的。可家里人谁能完成这件事？小中苏太小，他还不懂这些技术；菁菁是个女孩子，玩鸽子也不是那么回事；父母事情太多，无暇顾及他的鸽子……看来，只有交给师傅驯养了，他能把鸽子调教得更好。

他把鸽子装进大笼子里，就直奔师傅的家。

"我当兵一年半载回不来，这又是个技术活儿，我家里没有这样的人手，只能劳烦师傅了。"明亮抱拳说道。

"当兵是个大好事，也可能就此改变了你的人生命运。没问题，鸽子就交给我，等你回来可能是一大群鸽子啦！"喜哥高兴地拍着明亮的肩头。

"这群鸽子跟我很亲……"明亮恋恋不舍地说。

"可不是嘛，赛鸽谁一手把着，它就跟谁亲。像你被对立观点武卫队给抓走那次，它们跟着卡车上空飞。你讲给我听后，我还一直感动着，它们就是不会说话而已，其实是很通人性的。"喜哥说。

"是呀，这鸽子多可爱呀！"明亮两眼盯着这群鸽子。

"行啦，你就放心吧！我一定加强驯化它们，给你更聪明的一群鸽子。等你回来，就来个完璧归赵。"喜哥笑着说。

"看师傅说的，我不相信别人还敢不相信师傅您？就全拜托师傅了。"明亮向师傅挥手告别。

"明亮，在部队一定好好表现，要入党、提干哪！"喜哥大声喊道。

"放心吧！我一定积极努力。"

十、难舍难离话分别

晚间，赵明亮和方和鸣约了潘菁菁、陈芳菲来到水库边。四人相见有说不完的话。

"明亮、和鸣，祝贺你俩圆了当兵的梦。"菁菁首先说出祝贺的话。

"对，祝你俩在革命大熔炉里百炼成钢。"芳菲补充了一句。

"菁菁，你其实就是给明亮祝贺的。别不好意思，用不着还捎带上我一句。"和鸣嬉皮笑脸起来。

"你不知好歹！"菁菁过来追打和鸣。

"行了，安静一会儿，明天就走了，咱多说说话。"明亮一脸严肃。

"就是他，都当兵了还没个正形。"菁菁嘟着小嘴。

"和鸣，你也是的，人家好心好意来看你俩，你净说些不着边际的话，打击人家情绪。"芳菲批评起和鸣。

"我跟菁菁闹着玩儿，行了，别生气了。"和鸣过来哄起菁菁。

"明天我俩就离开家乡了，可我俩最大的牵挂还是你俩。虽说现在的政治气候有些好转，可不定的因素也多。因为这个社会风气，不知道什么时候会发生什么事。所以，给你俩约来就是想说，今后，你俩要谨慎行事，别轻易表态，别给别人留下把柄。你俩是一对好姐妹，有事要相互多关心，会渡过各种难关的。"明亮仔细地叮嘱着。

"明亮说得对，你俩有事要多多商量、多多帮助。像我们在时一样打起精神，不会有事的。"和鸣也说起安慰话。

"说得容易，我这几天心里像长了草乱糟糟的，都不知道干什么好了。你俩给我俩闪大了，我心里忽忽悠悠，今后可怎么过呀！"菁菁有些焦躁不安。

"菁菁说的也是我的心里话。我从学校回来开始就觉得天塌下来了，前途一片渺茫，连活下去的勇气都没有。幸亏碰见好弟弟明亮、和鸣还有菁菁和大家，感觉有人给撑架了，让我有了活的希望。刚刚有点盼头你俩就撤架了……"芳菲一脸无望的神情，明亮看了很是揪心。

"二姐，你是个大学生啊，你的眼界要比我们看得远，怎么会掉进糊涂圈里？我还指望你以后多开导菁菁呢！她有海外关系，我真的放心不下，拜托你了二姐呀！"明亮是又着急又难过。

"真不好意思，我太不冷静了。其实心里就是舍不得你俩走，说了这么多让你担心的话。既然已成事实，我俩就要面对现实，像你说的谨慎行事，让你们在千里之外少挂念，我一定做到。"陈芳菲表明了态度。

陈芳菲随手捡起一块石头抛向水库。只听咚的一声，一石激起无数的涟漪向四边扩去，延到岸边。明亮瞅着潘菁菁、陈芳菲，虽然她俩的情绪有些好转，可心结并没解开。他知道这是她俩不好意思再让明亮、和鸣增加负担，故意装出一副不在乎的样子，这更让明亮放心不下。

"如果我们用理智去看世界，这个世界一定是个喜剧，如果我们用情感去看世界，这个世界一定是个悲剧。我们要理性地过好每一天，心里要像阳光一样敞亮，要清清爽爽的，不要走进死胡同。"

"听人劝吃饱饭，心地宽没烦恼，你俩就听这几句劝吧！"和鸣有些着急。

"我们俩硬着头皮闯吧！我不信，这天还能塌下来不成？你俩走了，我俩顶得住，就请二位放心吧！"菁菁说。

"菁菁说得对，我俩撂起膀子来，试看天下谁能敌！"陈芳菲跟着闹上两句。

"好，我俩不再劝啦！"明亮笑着说。

"二姐，咱俩溜达溜达，也给明亮和菁菁说说悄悄话的时间。"和鸣拽了一下芳菲的衣袖。

他俩一走，菁菁的眼泪像溢洪道下泄的流水，稀里哗啦地流淌起来。她一下子扑到了明亮的怀里，难过地抽噎起来："明亮，从小到大，都是你罩着我，现在你一走，我折手哇！我没了拐棍可能不会走路了。一想这些，我的头老大了！"

菁菁毫不掩饰的话，一下子逗乐了明亮："看你说的，我好像是伟大领袖毛主席能给你指明前进方向似的。我不过就是你的发小，一小就互相恋恋，不舍得分开。你等我，我将来……"明亮说起半截话。

"将来什么？我家的海外关系怕影响你的前程、入党、提干……我会给你添麻烦的。"菁菁不无担心地说。

"如果因为你的海外关系而影响我的前途，我宁可早日复员回家，也要跟你成家过日子！"明亮说出了心里话。

"我等你的就是这句话。你不说这句话，我心里不踏实，你憋了我多长时间，就是不吐口，都快急死我了。还不知道哪年哪月见面，给你……"菁菁把嘴噘给明亮。

明亮像接到了圣旨，一把捧起菁菁秀发飘飘的头，嘴对嘴急速地粘到了一起。

湿润的唇、苦涩的眼泪，他们急切地吻着，紧紧地搂着，谁也不肯放手，生怕失去了瞬间的柔情。理智，把两人定格于此。

"我爱你！等我回来跟你完婚的时候，咱俩再来接续今天的激情。"

明亮轻抚着菁菁的肩头。

"我最欣赏的就是你的控制力，说明你是干大事的男人。不为一时的痛快惹下以后的不痛快。来日方长，我会把自己保护好，完完整整地留给你。"菁菁的眼泪下来了。

"我不会忘记今天的美好时刻，也不会违背今天的誓言，我今生今世只娶菁菁为妻。"明亮有些哽咽了。

"我爱你……"菁菁把明亮拥抱得更紧了。

一朵云能飘多久，一阵雨能下多久，一阵风能刮多久，一束花能开多久，一个笑脸又能挂多久？两颗心跳动多久，这份相互牵挂就会持续多久。

第二天，大队部锣鼓喧天、红旗招展。入伍的新兵和新兵的家长就坐在主席台上，一个个喜笑颜开，就等大队长王良和接兵的连长给新兵佩戴红花、致欢送词了。

主持人宣布：下面，为两位入伍新兵戴红花！

随着音乐响起，走上台来的人让明亮一下子愣住了——第一个登台的竟是小中苏，他拿着一朵大红花，一脸泪水地走到明亮的面前。

"叔叔，你走了谁带我去找妈妈？听爸爸说你当兵的地方离苏联很近，你先去见见妈妈，再领我去……"小中苏一副可怜的神情。

"我……"明亮无法回答孩子。

"叔叔，你不肯答应我？"小中苏瘪着小嘴。

"不，叔叔答应你，一定帮你找妈妈……"明亮一下子抱紧了小中苏。

眼泪模糊了明亮的眼睛，他紧紧地搂着小中苏。

"叔叔，这是我爸爸给你的……"小中苏递过一个信封。

"什么？"明亮急速地打开了信封。

"是我妹妹的一双小脚印。"

只见，一张信纸上清晰地印着一双小脚丫。一双小脚印的纹理清晰可见，像印着绵绵细语，也可能蕴有不可言说的隐情、孤苦难熬的痛楚。下方写着：你的女儿谢柳莎。

这可能是嫂子担心中国的政治气候，怕给赵明涛增添麻烦。也可能是苏联的政治气候极其恶劣，不能用言语说明。明亮模糊的泪眼，紧紧贴向小中苏，更心疼哥哥，天各一方的破碎家庭什么时候是个头唯……

"明亮、和鸣，到部队别忘了给我们写信哪！"粉坊的人在李智仁的带领下频频招手。

"放心吧！我们到部队就给你们写信。"明亮、和鸣大声地回应着。

车拐弯了，还能听到隐隐约约的锣鼓、鞭炮声。可明亮的耳畔全是小中苏的哭喊声，他难过地掉下眼泪……

第三章
溟蒙之中人顿悟

狩猎队的枪口，对准了跑动洒脱、线条流畅的狍子，又对准了蹲仓的母熊，中弹的母熊疯狂地反扑过来。它前掌拍胸，怒目圆睁，嗷嗷地吼叫着。在它一息尚存的时候，给小熊喂饱了奶，又舔净了小熊的毛发，把它轻轻推进了树洞，用身子死死堵住了洞口。两眼死盯着前方，用生命护佑着小熊。当猎手们捆绑母熊的时候，小熊叽叽地爬了出来，一个劲儿拍打着妈妈的脸颊，想尽快唤醒妈妈……

枪口又对准了一群野猪。一头长着獠牙放哨的公猪，看到危险来临，冒死向猎手发起了疯狂的攻击。猎手被拱翻在地，子弹击中了公猪。猎手们没有了往日的喜悦，一副失魂落魄的样子，一脸的沮丧……

他们不禁自问：人和动物应该是天生的仇家吗？人为什么要残害它们，同处在一片蓝天之下就不能和谐共处吗？

一、珍宝岛反击战

火车吭哧了大半天的时间，在沈阳打了个尖就一路向北卷动起了雪花。三月的北方，还处在冰天雪地之中。远望山峦、原野，白茫茫的一片，把各种各样的植被统统裹挟在自己的保护伞下。

灰蒙蒙的天空中，飘飘洒洒的雪花鳞片似的贴向了车窗。山峦、原野变得模糊不清，火车吭哧吭哧一个劲儿地喘息，像被风雪缠住似的呜呜喊叫，车厢里慢慢侵进了一丝丝寒意，只觉得周身一阵阵地发冷。

"和鸣，这是不是北大荒啊？怎么我越走越感觉周身发冷？"明亮打破了长时间的沉默。

"北大荒也开始转暖了，只是没有咱们那儿暖和罢了，大地已经开始松动了，你没看到朝阳面的雪地有些融化了吗？"

"什么时候才能春暖花开？"明亮一语双关。

"时间的推移，会让寒意退去、春暖花开的。时间是最好的良药，你信不？"和鸣也说了句双关语。

"嗯……"明亮又沉默起来。

火车终于在一个县城的小站停了车。

哨音、集合声、踩雪咯吱声形成了宏大的气势，向部队驻地北大营子挺进。

此起彼伏的声浪招引着人们的观望。铁打的营盘流水的兵，今天又迎来了一批新兵入伍，军营上上下下热闹非凡，焕发出蓬勃的生机。

新兵连集训完毕，明亮被抽调到文艺宣传队排练、演出。刚下部队进行第一场演出，他们就接到上级下发的紧急命令：停止演出任务，立即做好战前准备。

文艺宣传队立即投入俄语速成学习，练习俄语的战地喊话："不要动，举起手来！""放下武器，缴枪不杀！""立即趴下，不准抬头！"……文艺宣传队完成了速成俄语喊话学习；分头返回各自连队，准备好行装、留下了家信，写下请战的血书：坚决要求上战场！

明亮随着大部队，登上了北去的火车。

一路踏着皑皑白雪覆盖的大地，部队即刻进入战时状态，素裹着白色的伪装，临时挖好了雪地猫耳洞，就地潜伏待命。

"你听，怎么外面一点动静也没有了？"和鸣有些纳闷。

"是呀，怎么没有坦克、大炮的声音？我出去看看。"

"等等，我们现在这是等待命令，不能擅自行动！"和鸣提醒明亮。

四处一片寂静，明亮、和鸣开始着急了，一个劲儿地摩拳擦掌。这时，就听一声军号响起，明亮立即冲出了猫耳洞，提枪跃起，却被班长给拉了回来："别冲了，是集合号，马上整理行装集合队伍！"

明亮这才知道，前方苏军已经后撤了100多公里，短兵相接的战斗停止了。上级发来了命令：前来增援的大部队立即返回原驻地休整待命。

虽然没在战场上交手，明亮却受到一次极大的鼓舞。这次自卫反击战，前线部队出现的英雄烈士于庆阳，就是明亮的家乡人。他"生命不息，冲锋不止"的英雄壮举和战斗精神，极大地鼓舞了全军将士。

这场短暂的冲突给边防部队一次实战的锻炼，也给其他部队一个很好的警示：部队要常备不懈，时刻准备打仗，要痛击一切来犯之敌。这次反击战，也为以后边界上的黑瞎子岛、银龙岛、额尔古纳河，靠近满洲里的阿巴该图洲渚归还中国，起到了一定作用。

明亮随大部队返回驻地，机枪连的连长就找到明亮谈话。劝他扎根连队，不要再去文艺宣传队演出，怕可惜了明亮这个干军事的好苗子：爬障碍、投弹、越野赛、射击……无论从体能、耐力和机敏度，明亮都是难得的军事人才。明亮这些良好的身体素质，其实跟他在学校的体育锻炼有关，短跑、跳远、铅球，还有足球、篮球等项目，都可以锻炼一名军人必须具备的敏捷度。一个从事军事训练的连长，能不喜欢这样的好苗子吗？

明亮听从了连长的建议，停止了文艺宣传队的演出任务。没过多长时间，明亮、和鸣就跟随连长一路向北，奔赴黑龙江的部队农场。

二、跟随连队下农场

明亮一听去农场，满腔报国的情怀像撒了气的皮球，顿时荡然无存。心想，要知道是修理地球来了，那不如守家在地来得实在，何必跑到北大荒种地呢！

连长给他的答案，让他感觉既新鲜又有学问：

和平时期的战士，不仅要掌握打仗的本领，更要有工、农、商、学、兵全方位的技能，这才是真正的多才多艺。为什么说部队是个大熔炉，因为它把一块普通的铁锻造成一块好钢，这才不愧为解放军大学校的称号。一个过硬的战士，要沉得住气，学会磨炼自己的意志。特别是搞点文学创作的人，要学会观察生活、体验生活、适应生活、提炼生活素材，才能写出好的作品来。

再说了，部队也是国家建设的主力军。像北大荒就是屯垦戍边的部队开垦的，它给国家解决了吃饭问题，这是多么大的贡献哪！像通往西藏的"天路"，在那海拔几千米的高山峻岭之间，也是十几万部队大军、工程技术人员和各族民工，在危崖峭壁上凿石开洞，胼手胝足地克难挺进，劈开悬崖，降伏险川大河，穿越整个横断山脉的二郎山、折多山、雀儿山、色齐拉山等十四座大山，横跨岷江、大渡河、金沙江、怒江、拉萨河等众多江河，终于在悬崖峭壁上悬挂了一条弯弯曲曲的彩带，堪称鬼斧神工的"天路"。"天路"全长2400余公里，它既解决了西藏物资流通不畅的交通问题，也解决了部队巩固国防战备的需要，在军事、经济、文化上都有不可替代的作用和地位。它是藏汉同胞通往幸福的"金桥"和"生命线"，而且是联系藏汉人民的纽带。这样伟大的壮举，难道说不重要吗？

还有工程兵修建的东北和西北的公路，铁道兵修建的从东到西、从南到北的铁路网，为国家经济建设做出了重大的贡献。这些重要的基础命脉，我们军人不去冲在前面，你让谁冲在前面？部队这些壮举、攻克艰难的画面，激发不了你们文艺人才的灵感，写不出生动感人的文艺作品，我才不信呢！

连长的一番教诲，让明亮心里透亮了，他要用一种全新的视角去体味北大荒。

火车到了终点——黑龙江省龙镇火车站。

明亮跟着连队换乘卡车又跑了一个多小时，才见到了部队农场的场部。四处是一眼望不到边黑黝黝的土地。轰轰隆隆的拖拉机并排播种着，不见人来人往的热闹。

这就是中国机械化、现代化的粮食基地，完全不是家乡马拉肩扛的半手工作业。这些广袤的黑土地是围垦成边的几十万大军开垦出来的。这里原先是一望无际的沼泽地和大荒原，用当时围垦老战士的话说是"棒打狍子瓢舀鱼，野鸡飞到饭锅里"。

明亮正新鲜着呢，卡车开进了场部。就见一个排的战士正在搬运黑石头，令人奇怪的是，一个偌大的石块，一个小战士很轻巧地搬了起来。这真不愧是钢铁战士，我也能锻炼出这股力气吗？明亮放下背包，也试着搬起一块大石头，完全出乎意料，他很轻松就搬了起来。

他正在愣神儿，一个四川兵笑了："这是火山石，像发面大馒头，里面全是蜂窝，所以就轻。这是五大连池的火山石。"

"哦，五大连池的石头？这在地理课讲过，是火山喷发形成的五个串珠状湖泊。那一定是地下熔岩喷发，把地下的岩石熔化了，冒着气泡瞬间冷却的石头成了现在这个样子。"明亮说出这石头形成的缘由。

"你知道五大连池？这里的水拔凉拔凉可好喝了，不管天多旱从不见水少，不管天多涝不见水多，可神奇了。"小四川怯生生地补充了几句，生怕说错话。

"太好了，我那点地理书上的知识，在你常出入五大连池的人来说，可就太浅薄了。你一定带我去玩玩啊！"明亮赶紧跟他拉起了近乎。

明亮跟随小四川进了营房，见了排长请了假，就一同奔向了五大连池。

那里离营区也就七八里路程，一见就知道是地上湖。一片像烧焦了的黑炭似的石头群落，离地面能有三四米高，几百米宽，围着一片湛蓝的湖水，一眼望不到边。石头的低洼处、缝隙中，长出低矮的灌木，时不时有几只松鼠窜进窜出，明亮好奇地盯着小松鼠跳动。猛然间，一只兔子蹦到他眼前，他弯腰捡起石头刚要打，一转身，兔子不见了。

"你想逮住它那可太难了。不过，咱营里成立了一支狩猎队，是全营最优秀的射手组成的。你要有兴趣，可以到那里试试。"小四川说。

"狩猎队？"明亮感到既新鲜又刺激。

"是呀！隔三岔五就有狍子、野猪、野鸡、野兔被带回来，我们就可以改善生活了。"小四川兴奋地介绍着。

"我在公社民兵独立营就开始打枪，新兵连次次打优秀，你看我有没有可能……"明亮欲言又止。

"你想参加狩猎队？就是连长一句话的事。走，到湖边看看！"小四川在前面带路。

"哎呀，这湛蓝的湖水跟我们家乡那里的大海一样蓝。嘀，这水凉得冰手，可好甜哪！"明亮手捧着喝了一口水。

"是不是，你们海边的水是蓝的，可是咸；五大连池的水也是蓝的，可是多么甜哪！"小四川一脸的骄傲，好像五大连池是他家似的。

"这回可有游泳的地方了。"明亮自言自语。

"什么，游泳？还没看见谁敢下水呀！这水就是大夏天也是透骨的凉，下去还不冰出个好歹来？"小四川有些神秘兮兮，一边往回走一边拾柴火。

"这水是够凉的，不过这里的环境真是好，海鸥、野鸭……"明亮的兴致一点没减。

"这里荒无人烟，没人破坏，生态自然就好。听说老早以前，这里是动物的世界，什么动物都有，是咱们开垦大军把它们都吓跑了。凡是人出没频繁的地方，动物就不敢出没了。你还没看到大北边的湿地，那里还能看到仙鹤成群，风景可是很美的。咱俩多拾点柴火，给厨房生火用。"小四川已经没了兴致。

一会儿的工夫，明亮就捡了一捆柴火，两人走出了火山群落。

走着走着，明亮呆住了，十几只狍子从远处飞奔而来：笔直的线条、同样的间距、跨越的姿势，是那样漂亮、洒脱。

"太美了，比舞台上舞蹈演员的表演还漂亮，从身姿、动作、颈项、尾巴……是那样整齐划一，动物世界的狍子也有这么出色的舞蹈才能。"明亮自言自语地惊叹。

"你真会欣赏动物跳跃的姿态，还说得头头是道。很快大雁就从南方飞回来了，那种'人'字、'一'字、'八'字变换的队列；还有吃草排列的队形，像你说的舞蹈一样美的姿势；还有一眼望不到边的麦浪，一排排收割机，金灿灿的麦粒，马路两旁的笔直钻天白杨，这里的动物、美景，有的是你看的！"小四川喜不自禁的描述，明亮听得很是新鲜。

晚饭号吹响了，明亮、和鸣端着碗筷进了餐厅。

各排列队唱歌："向前！向前！向前……"此起彼伏、铿锵激越，战士们的朝气蓬勃、生龙活虎的架势，真有无坚不摧的豪气。他俩深深体会到基层连队激情似火的生活，看什么都新鲜。轮到他俩打饭了，两菜一汤分到他俩的手中。一个是萝卜、土豆炖肉，一个是肉炒白菜。他俩手掐着大馒头，大口嚼了起来。

"香吧？两个不同的肉菜，吃出来是什么肉了吗？"小四川卖关子来了。

"这个肉真香，就是酱油多了点，有些偏红……"明亮开口说道。

"这个是野猪肉，肉有点偏红。这个是野兔子肉，有点偏白。你俩再尝尝！"小四川介绍着两个肉菜。

"第一天我俩就吃上了野味，真有口福，太好吃了！"明亮赞不绝口。

"这是狩猎队奉献给大家的成果，每天都有新鲜野味，你俩瞧好吧！说不定，明天就会抬回来几只狍子呢！"小四川不无自豪地说。

明亮、和鸣瞪大着眼睛，惊奇农场第一天的新鲜事。小四川很喜欢文艺兵明亮，身前身后黏糊着他。

"我听说，连长挺喜欢你的，你借着这个热乎劲儿，提出参加狩猎队，保准成。"小四川给明亮出主意。

"行，你得多给我介绍介绍这里的新鲜事，特别是感人、动人的故事，我需要又多又好的生活素材。"明亮提出了要求。

"素材？"小四川愣了一下。

"我在文艺宣传队是搞创作的，所以需要生活中的创作素材。我说的素材就是咱们连队生活中有趣的小故事，让人觉得新鲜、好奇的事，就是给我提供好的写作素材。"明亮解释道。

"没问题，我把这里最有趣儿的事都讲给你听。这是咱们去年收获的麦子、大豆，仓库都盛不下了，所以炸石头盖新房，这是猪场……"小四川边走边介绍。

明亮看到码得整整齐齐的一袋袋麦子、大豆，心里别提多高兴了。对于挨过饿的人来说，一看到粮食那比看什么都高兴。

"北大荒，真是大粮仓。我们那里在三年困难时期的时候，有不少人跑到这里捡收获后的麦穗、黄豆粒，都活了下来。你说，那时候我们什么野菜没吃过，连粉碎的地瓜藤、橡树叶都吃了，让我最不能忘记的是吃苞米骨子……"明亮一脸的深沉。

"你说的苞米骨子，就是苞米棒子剥掉粒，剩下烧火用的那个骨子呗？那可怎么吃呀！"小四川问。

"我爸有个大胆的想法，在工厂弄来了一些火碱，把苞米骨子摆在一口大水缸里，一层苞米骨子放上一块火碱，一直摆满全缸，顶上压一块大石头，再把缸里注满水。一个星期之后，这些苞米骨子全变成面粉一样的淀粉。"明亮说得高兴。

"火碱烧出的东西怎么敢吃呀？会把肠子烧断的，这也太危险了。"

小四川瞪大着眼睛。

"我爸反复搅动着缸水,等淀粉沉淀以后立即把缸水撇出,再注满清水,再进行搅动,再把水撇出,就这样反反复复一个星期,火碱全顺着水被撇出去,对人就没有伤害了。"明亮说得轻松。

"那能好吃吗?"小四川持怀疑态度。

"不能就这样吃。需要一斤淀粉兑二两苞米面,这样烀出的饼子才可以吃。"明亮解释着。

"你吃了是什么滋味?"小四川好奇地问。

"口感还是挺好的,就是上厕所费劲儿,憋得肚子胀胀的,就是便不出来。没办法,我妈拿小棍子一点一点给我抠。有时候,我妈不在,我使劲儿往外鼓着便,把肛门给鼓掉了……也就是脱肛,到医院好容易把肛门推进去。从此,我再也不敢吃这个淀粉了。"明亮心有余悸地说。

"就是,它是属于柴火一样的东西,怎么能当粮食吃呢?"小四川否定了这种做法。

"可我爸不死心哪!又从工厂整来了方蜡,就是润滑机床用的蜡,也就是可以点灯用的蜡。"明亮解释着。

"拿蜡干什么用啊?"小四川觉得奇怪。

"拿它当油哇,把蜡放在锅里,点着大火一热,它就全化了。"明亮两眼放光。

"废话,是蜡那肯定是见火就化。不化,那是石头!"小四川有些不耐烦。

"我妈赶紧把淀粉饼子切成片,搁这油锅里炸……"明亮说得一脸兴奋。

"这不是油锅是蜡油锅,吃了以后是什么感觉?"小四川急切想知道下文。

"口感很好,又香又脆。就是不知道什么时候,屁股眼好像老往外流着热水儿的感觉。一下课,同学们都围在我的身后看,问我为什么给屁股后面弄得油光锃亮……"明亮一脸的沮丧。

"哈哈哈……你告诉他们,你家有的是油水,都吃出油光腚了。好嘛,把人逼到什么程度,竟会有这样的发明创造。"小四川发出了哀叹。

"我回家一说,我们全家一色的油光腚。"明亮难过地说。

"不说这些难过的事了。来,我让你看点高兴的东西。你说这些肉是什么肉?"小四川指着库房里码垛的肉。

"这么多的狍子肉?"明亮大为惊讶。

"这是狗肉。咱们那些朝鲜族的兵爱吃狗肉,他们养了一大群狗,你看这么多都是狗肉。"小四川兴致勃勃。

"太残忍了吧!狗可是人类的好朋友哇!"明亮惋惜地说。

小四川看明亮难受的情绪,把他领出库房,向马厩的方向走去。

"那个就是马棚子吧?我闻到马粪味了。"明亮转移了话题。

"对对,这就是马棚子。"小四川前面带路。

马厩离宿舍驻地稍远一点,因为马的气味和猪、鸡、羊都差不多,很远就能闻到这股粪臭味,所以跟人的驻地要保持一定的距离。

只见一排草棚子,没有窗户和门,只有窗框、门框,四敞大开。马号兵正给马添草加料,添的是苞米糙子、高粱米粒。马喷着鼻息,嘴里咯吱咯吱嚼着草料。一群麻雀,被进来的明亮和小四川吓得轰的一声,钻进头顶上的草棚里,马灯一照有几百只,明亮一看来了兴致。

他一把拉过小四川，手舞足蹈地说道："明天我给咱连队送一顿美味的饺子，怎么样？"

"饺子，你……"小四川愣愣地瞅着明亮，不明所以。

"你到时候就知道了。"明亮一脸的神秘。

三、一顿麻雀饺子

第二天早上，天还没亮，正好轮到小四川站岗。他按照明亮提出的时间要求，悄悄走到明亮、和鸣的床前："时间到了，起床吧！"

明亮、和鸣急忙爬了起来，穿好了衣服，又给小四川叮嘱了一番。这才迎着乍暖还寒的冷风，一人手上拎着提前准备好的麻袋，摸黑钻进了马厩。

两人迅速打开麻袋，用一盘盘网把窗户封死，又用麻袋把进出的门封住。两人手上各自握着一把扫帚，静候在窗户边上。

天上冷冷的月光，从网扣中漏进草棚内。马匹瞪大眼睛看着这两人，不断摇着缰绳、晃着脑袋，焦急地等着添草加料。可这两人就是一动不动，木雕似的立在那里。

东方放出了鱼肚白，抹去了启明星的踪迹。

红霞牵着一轮红日慢慢向上爬升，光亮一下子布满了马棚。马匹顿时躁动起来，缰绳甩得马槽子哗哗啦啦响，蹄子不停地砰砰踢动，咴儿咴儿的嘶鸣声惊扰起了麻雀。几百只喳喳的小身影鱼贯而出，绕着房梁慢热飞行，循着往日的习惯，呼啦啦迅速冲向了各个窗口，却来了个倒栽葱，纷纷滚落在地，它们刚想腾身而起，一把大扫帚狠狠拍了下来，霎时束手就擒。

明亮急速地拍着扫把，和鸣快捷地捡着麻雀。没用上一个小时，整个马棚里的麻雀基本被捕获一空。剩下几只麻雀犹如惊弓之鸟，绕着马棚的房梁飞行，就是不下来。明亮得意地瞅着战利品，兴奋地说："可以收手啦！这个收获可比照黄懒子来得快，还挺过瘾的！"

"咱俩可以隔一段时间来这么一回，给全连改善改善生活。"和鸣掂着麻袋。

"唉，不能捕得太频了，会把麻雀给整断根的。"明亮想得长远。

"对，不能好吃不留种子，得细水长流，悠着点细嚼慢咽才行。"和鸣说。

小四川进来一看，只见和鸣正背起小半麻袋的战利品，他兴奋地迎了上去："哎呀！这么快的时间就结束战斗了，我还想给你们帮一把手呢！"

"你再晚一会儿来，黄瓜菜都凉了，麻雀饺子就出锅了。我跟你说，这第一道工序宣布结束！"明亮扬扬得意地说。

"那么，第二道工序是什么？"小四川急着问。

"第二道工序就是钳毛。"和鸣抢先做了回答。

"啊，这么多怎么钳哪！"小四川很是不解。

"回去，咱们仨……"明亮牵着小四川的手，如此这般地交代了要领。

三人回去一数，竟有七百多只。

每人拿着磨尖了的铁钎子，穿上一大串放到炉火一反一正地烤起来。只听吱啦吱啦的响声，没用一个小时，光溜溜的麻雀就堆到案板上，先去掉头爪、开膛破肚，剁成饺子馅一样的肉泥。再把萝卜削平，向肉泥扎去，麻雀的碎骨头就全进到萝卜里，再削、再扎……直到没有碎骨头为止。再把剁好的萝卜丝、葱花、姜末、盐等与肉泥调匀，一盆盆鲜美的饺子馅，就摆在各排包饺子能手面前了。

"你简直是一级大厨师，这样的操作流程竟一丝不苟、头头是道。真有你的，在哪儿学来的？"小四川惊喜地问道。

"这有什么呀，我们旅顺老铁山，一到秋天鸟迁徙的时候，白天满山遍野赶黄懒子，晚上照黄懒子，弄多了怎么办？钳毛、开膛破肚、剁饺子馅、包饺子。"明亮很轻松地说道。

"黄懒子是什么？"小四川问道。

"就是像鹌鹑一样的鸟，一只能有二两来重，羽毛是彩色的，非常漂亮。"明亮绘声绘色。

"这么说，迁徙的鸟非常多了？"小四川追问。

"铺天盖地的，每年途经我们旅顺老铁山的候鸟有两百多种，上百万只。白天，就见老鹰、小鹞子在天空中盘旋，很壮观。傍晚，你躺在山坡的草地上，就听到天空中鸟集合的交响曲为你奏鸣。它们会合的呼唤声，简直是天籁……"明亮一讲到鸟，格外兴奋。

"这么神奇，简直是鸟的天堂，你们太有眼福了。"小四川很是羡慕。

"这么说吧！世界上有八大鸟迁徙线路，中国就有三条，旅顺老铁山就在其中的一条线路上。"明亮说起鸟来就特别精神。

"那些线路都在哪儿？"小四川追问。

"我们旅顺老铁山在东部候鸟迁徙线路上。包括东北地区、华北东部繁殖的候鸟，如鸳鸯、中华秋沙鸭等大批鸟类，它们沿着海岸向南飞到华中、华南甚至东南亚各国；或由海岸直接飞到日本、马来西亚、菲律宾以及澳大利亚等国越冬。黄河流域是从西伯利亚迁徙到澳大利亚的中转站，旅顺老铁山是鸟暂时休整、歇息，准备跨越渤海湾的一个客栈而已。"明亮介绍了第一条线路。

"那第二条线路是哪里？"小四川很是急切。

"第二条线路是中部候鸟迁徙区。包括内蒙古东部、中部草原，华北西部地区，陕西地区繁殖的候鸟，冬季可沿着太行山、吕梁山越过秦岭和大巴山进入四川盆地，或经过大巴山东部向华中以及更南地区越冬。最远的到中缅边境瑞丽江畔，甚至飞到印度境内。"明亮脱口而出。

"哦，这第二条线路，还有到我们家乡越冬的。"小四川很是高兴。

"第三条线路是西部候鸟迁徙区。包括内蒙古西部干旱草原，甘肃、青海、宁夏等地区的干旱或荒漠、半荒漠地带和高原草甸子、草原等环境繁殖的夏候鸟，如斑头雁、海鸥，有二十余种水鸟。青海湖是水禽鸟南来北往的中继站，数量达七万余只的鸟途径此地。"明亮介绍完了候鸟三条迁徙线路。

"真了不起，这些候鸟是不分国别，说飞哪儿就飞哪儿？"小四川一脸的兴奋。

"是，它不分国别随便越境，但它选择的环境，一定是水美、草丰、无污染、无噪声的安全湿地和草原。咱原来的北大荒就是最好的湿地，当时来这里开垦的拓荒者说：'棒打狍子瓢舀鱼，野鸡飞到饭锅里。'你说，那时这里是多么大的一片沼泽地，栖息着多少鸟和动物？"明亮有些感慨。

"鸟们都是奔着好地方去的。"小四川有几分感慨。

"何止是鸟，难道人不是这样的吗？我们把这么一大片沼泽地开垦成耕地，为的是填饱肚子，也不知道这……"明亮心里犹豫着。

"还是吃饱肚子重要呗，那还能想东想西呀？"小四川瞅着明亮。

"你说得也是，人是最为重要的，也顾及不到这些动物了。"明亮又兴高采烈起来。

一个小时后，热气腾腾的饺子就在锅里滚动漂浮起来。和鸣瞅着饺子望着小四川，逗他猜谜语："南边过来了一群雁，飘的飘落的落，打一食物。"

"这谁不会呀，明摆着是饺子嘛。"小四川一说，逗得大家哈哈大笑。

"这谜语虽然简单了点，但是挺生动。"明亮笑着说道。

"既生动又形象，还有趣味，都是你们文化人给编出来的。"小四川和大家点头称是。

随着一阵阵歌声响起，一排排战士走进餐厅。齐刷刷地围坐在餐桌前，一盘盘热气腾腾的饺子端了上来。

小四川喜形于色地穿梭于餐桌间："你们吃饺子要心中有数，看谁猜得准，这个饺子是什么馅？"

大家急忙拿起筷子，夹起饺子开始品尝起来："是野鸡或者大雁肉馅。"

"不对，野鸡、大雁的肉丝粗，这个肉很细，像野兔肉。"

"你们说的都不对，有点像我们南方的田鸡肉，既细腻又鲜美……"

"小四川，别兜圈子了，揭开谜底吧！"连长发话了。

"我告诉大家,这是麻雀肉包的饺子。"小四川蹦跳着说。

小四川一揭谜底,大家议论纷纷,连饺子都顾不上吃了。

"这怎么可能?这得多少麻雀呀!"

"对呀!上哪儿去弄这么多的麻雀?"

小四川向大家挥了挥手,把天亮前赵明亮、方和鸣捉麻雀的经过一五一十地说了一遍,餐厅里顿时响起了热烈的掌声。这掌声是对明亮、和鸣的赞许,也是佩服这一对新兵的聪明才智,这可不是等闲之辈。

明亮、和鸣的心情就像钓鱼时的喜悦,比吃鱼的滋味美多了。

五大连池农场的开篇,明亮、和鸣就从这里开始了。

四、参加狩猎队

到农场没过几天,全营就进行了一次军事考核。各连队训练攻打山头、迂回包抄、固守阵地、攻防战术、实弹射击……各个科目一应俱全。特别是实弹射击,让人最为激动,都想打出一个好成绩。

各个连队相互观摩,激奋的情绪感染着每个人,战士都是摩拳擦掌,想在比武中露上一手。

赵明亮别提多兴奋了。虽然以前打靶是步枪的优秀射手,可现在是轻机枪和重机枪的打靶考核,射击的要求和标准完全不一样。步枪打靶是固定一个靶子,看子弹打中多少环,打中环数较多的是优秀射手;而轻重机枪打靶子,是在百米开外,平行三十米之间的距离,竖起六个靶子,全部命中是优秀射手。明亮正好想参加狩猎队,很想打出优秀成绩,说不准这次就被营长批准了呢!

今天实弹射击分成两个科目:一是点射,看扣动扳机一次射出几发子弹，射中几个靶子，用时用子弹多少，也就是有效消灭多少敌人；二是面射，一百五十米远处，每个靶子相距十米，设置六个靶位，全部射中者为优秀射手。这一下子提高了射击难度，明亮感觉很难，但又一想，大家都是平等的，只要把平时刻苦训练的功夫拿出来，不信打不出好成绩来。

赵明亮俯卧在靶场上，激动的心情久久不能平静。今天的射击比赛可不比往常，既不是农村公社民兵独立营的射击训练，也不是新兵连的打靶射击，而是加入营里狩猎队的资格考试，岂能错过大好的机会？

只见他叉开两腿，让身体尽量贴地放平，他端起轻机枪的枪托贴近脸颊。他深深地做了一下深呼吸，让怦怦跳动的心脏平缓下来，精力高度集中，使身体和枪支保持一个水平线。在后面看去，他做得那么自然，像一个久经沙场的老兵似的。

只听一声军号响起，射击开始了。

赵明亮的枪迅速打响。真是百步穿杨，一个个靶子瞬间倒下，每发子弹都穿透靶心，第一个科目射击结束，他获得了一个优秀；紧随其后，第二个科目开始了，这是重机枪射击，距离比刚才射击的靶位又远了五十米，六个靶子又竖起来了。他揉了揉眼睛，迅速调整了一下视线，只见靶位与远处松林是同样的绿色，很难分辨六个靶位的位置。

借着第一个优秀射手的余温，明亮浑身涌动起一种不可名状的激越，汗水不知不觉从毛孔中沁出，他赶紧把出汗的双手在身上蹭了蹭，重新做了一次深呼吸，放缓身心，调整视线，双手拇指向中间合力……

一阵爆豆般的声响后，就见对面六个半身靶子，一个接着一个倒地。

随着对面靶场的红旗晃动，两轮射击比赛结束，赵明亮获得了两个优秀，全场爆起一片欢呼声。赵营长走了过来，笑眯眯地瞅着赵明亮，用拳头捶了一下明亮的肩头："打得不错，是哪儿来的新兵？"

"报告营长，新兵赵明亮，是从旅顺入伍的。"明亮很是兴奋。

"旅顺兵啊！好，有那么点古战场来的味道，像那么回事，好样的！今天的表现不错。"营长很是开心。

"谢谢营长的鼓励，我一定刻苦训练，做一名合格的战士。"赵明亮挺直了腰板。

"好，我最愿意听的就是这句话，当兵就要做一个合格的战士。"营长注视着明亮。

"是！我一定不辜负首长的期望。"赵明亮两眼放光。

"嗯，一看就是一块好钢。"营长不住地点头。

明亮别提多高兴了，两个优秀换来营长的表扬，心里那个美呀！一转身，怎么裤裆湿漉漉的？好嘛，怎么上面射击下面也跟着射击……这不是得病了吧？

和鸣看明亮走路很不自然，一拐一拐的，急忙凑了上来："打了两个优秀就不会走道了？还侧歪起来了！"

"我射击的时候太紧张，不知道这地方也射了，是不是得病了？"明亮不好意思地说。

"哈哈……"和鸣一听乐得不行。

"笑什么笑，弄得裤裆湿漉漉的，好难受哇！"明亮龇牙咧嘴。

"我说的嘛，走道不像个走道的样子，原来是这么回事。你知道这叫什么吗？"和鸣问道。

"是怎么回事？我脑子也没想那些乱七八糟的事啊！"明亮感觉很奇怪。

"不是你想那些乱七八糟的事才会有这个现象。这就像晚上的遗精，精满自流嘛！赶上你打靶时精力高度集中，心里极度兴奋，又赶上精满了，就不自觉流出来了。这是正常现象，不要紧张。"和鸣说。

"哦，那我就放心了！"明亮如释重负。

两人高高兴兴走回了连队，明亮赶紧到卫生间换裤衩去了。

农场的各连队和营部里的人，都知道来了个旅顺的捉鸟人，枪法还非常好。特别是大个子赵营长，对明亮格外看重。一是认为明亮是文艺宣传队的创作员，会写作的人都有那么两把刷子，有头脑、有思辨能力；二是旅顺古战场来的兵，对兵家的历史观会有很强的认知；三是旅顺老铁山是鸟栈，那里的人们有丰富的捕猎经验。

赵营长把明亮找到了营部。

"报告营长，机枪连战士赵明亮前来报到！"明亮的鞋跟磕得咔咔响。

"哎呀，是老赵一家子人嘛！听你们连长说你要参加狩猎队？"赵营长笑着问道。

"报告营长，我要更多地体验生活，握好手中枪，提高射击水平。"明亮大声回答。

"要提高射击水平，你的枪法不错嘛！不过，你是机枪的优秀射手，半自动步枪怎么样？"赵营长问道。

"打半自动步枪，我是优秀射手。打移动靶子，我是轻机枪、重机枪的优秀射手。不过，打活物跟打靶子是不一样的，这会增加实战经验的。"明亮说得头头是道。

"小嘴巴巴的，还上升到实战经验？你就说想参加狩猎队得了，还花言巧语，净说些没用的。行，你参加狩猎队……"赵营长说完又沉吟起来。

"报告营长，我一定遵守纪律，听从狩猎队队长的命令，绝不会私自行动。如果违反纪律，请首长严肃处理！"明亮赶紧向赵营长做出保证。

"通信员，马上通知狩猎队队长来一下！"营长吩咐通信员。

"是！"通信员转身就跑。

狩猎队沈队长接到了营长的命令后，立即召开了狩猎会议。

因为狩猎是真枪实弹，不是闹着玩的。一点点疏忽，就会出现生命危险，所以安全是第一位的。围猎前每个人的方位、手语、标记等都要逐一进行交代，并做到认真布置，沈队长派专人负责、协同明亮的行动。

北大荒的春天变幻无常。

一夜之间，一层薄薄的雪花素裹着大地。太阳折射的雪花灵光四射，晶莹诱人。

"沈队长，雪后是不是最好的狩猎时机？"明亮急切地问道。

"对，基本具备狩猎的标准。能及时发现猎物的踪迹，判断它的方向、是什么动物，掌握了它们的信息对围猎大有帮助。我们现在就出发！"沈队长发出命令。

"是！"狩猎队集合出发了。

树林里，风轻轻地摇动，雪花扑簌簌飞落下来，沾在脸上湿湿的、痒痒的。大家睁大眼睛、屏住呼吸，轻轻挪动着脚步，不放过一丝踪迹。

"队长，这里有两趟野猪的脚印……"右前方传来了喊声。

"走，咱过去看看！"沈队长拽了明亮一下。

大家很快会合到一起，围着脚印分析起来：

"没错，是野猪，而且是两头成年野猪。"

"从方向看，像奔坡那边的橡树林去的。"

"你们分析得很正确，现在我们形成半圆拉网，注意隐蔽包抄！"沈队长下达了前进的命令。

大家立即分散形成月牙形，队长拉着明亮慢慢行进。他们走走停停，时不时侧耳聆听，不放过一点蛛丝马迹。

忽然，前面传来了沙沙的响声，明亮立即把枪端了起来。队长一把按住了他，示意他仔细观察。

顺着声音望去，一只灰色兔子一蹿一蹿，蹬着薄薄的雪跳动着。明亮一阵紧张，端起枪刚要射击，沈队长打着手势，意思是放过它。这三番两次的阻止，把明亮兴奋不已的情绪，浇得灰飞烟灭。正在他无精打采的时候，就听左前方发出嗷嗷拱地的响声。

沈队长一挥手，示意迅速包抄。一头野猪发现了人影急速地蹿了出来，尾巴高高竖起，腾起一片影影绰绰的雪雾。只听砰的一声枪响，就见一个庞大的黑影，栽倒在五十米开外的灌木丛中。

大家迅速接近了目标：一头两三百斤重的野猪，前腿拖着后腿在灌木丛中划着雪，殷红的血迹喷洒了一地，它还倔强地往前爬。

"打中了，是个大家伙！"

几个队员迅速进行捆绑，野猪没蹬几下腿，就不动了。

"队长打得真准，正打在脖子的动脉上，血一下子就喷光了。"

"这跟杀猪是一个道理，刀子就要捅在脖子的动脉处，让它全身的血迅速流光，保持肉质新鲜。要不，肉色发暗不好吃，血都包在肉里了。"

沈队长回头看着默默不语的明亮，微笑着对他说："刚才没让你开枪打兔子，是因为咱们今天的目标是野猪。你枪一响，野猪就跑了，这就会因小失大啦！"

"队长，我明白了，重要的是我有了狩猎的体验，这比什么都重要。"明亮心里痛快了。

"对对，打猎的机会多了，你慢慢体验吧！很是过瘾的。"沈队长安慰着明亮。

大家按沈队长的分工，两人一组行动起来。很快削好了树杠子，轮流抬着野猪下山了。颤颤悠悠的野猪，调动了人兴奋的情绪，好像增加了人的力气和能量，让人的脚步也轻盈了。

不知不觉临近农场，值班的战士首先发现了他们的归来，招呼着一群战士往这边跑来，他们从来都是用这种方式迎接凯旋的战友。

小四川冲到最前面，兴奋地拉住明亮的手："怎么样，开枪了吗？"

"没有，我发现了兔子刚要开枪，队长制止了，怕吓跑了野猪。"明亮说明了原委。

"那对呀，野猪够多少人吃呀！一只兔子还不够一个连队塞牙缝的，下一次你会有机会的。"小四川很会安慰人。

大家闹闹哄哄抢抬着野猪，农场一片喜气洋洋。

五、明亮被彻查

赵明亮正津津有味地体验狩猎生活，一天，赵营长把他叫到了营部："怎么样，这段生活体验有收获吗？什么题材可以创作呀？"

"报告营长，十月怀胎，我这属于受孕期，还没成形，离生大胖小子还远着呢！"明亮跟营长开起了玩笑。

"哟，赵明亮要当孕妇了，想生大胖小子？说明你的作品已经有构思了。不过，生男生女都一样，丫头的作品也是好作品嘛！"两人一起哈哈大笑。

"营长真会开玩笑。不过，我一定努力创作出一篇好作品来。"明亮是信誓旦旦。

"那好哇，我等着你的好作品早一点问世。不过，我今天找你来是要跟你谈一个严肃的问题！"赵营长板起了面孔。

"营长，你说。"明亮心里一阵紧张。

"听说你是'文化大革命'造反派的头头？都干了什么打砸抢的活动？你得如实交代！"赵营长一脸严肃。

明亮被突如其来的问话弄蒙了。

"不要紧张，如实说就可以嘛！"赵营长缓和了一下口气。

"我砸了我家房檐两角处的福、禄两个字，还拆掉了房脊上的神兽，推倒了院子里的影壁墙，砸了我家的才子佳人花瓶，烧了我家的家谱，还挨了我爸两个耳光。我爸说：那不是四旧，那是人们心里祈福的吉祥字和仕女花瓶！"

"你这不瞎造反吗？什么是四旧，什么是四新都分不清。好嘛，把房子上的神兽给砸了，影壁墙给推倒了，这不瞎造反吗？你这都干了些什么事嘛！还有什么可交代的？"赵营长不紧不慢地督促着。

"我们遵照上级的指示要求，对造反派的头头要逐个彻查。我们派人到你就读的学校调查了解，校支部书记、校长、老师等异口同声地夸你是个好学生，也可以说是称职的学生领袖；公社的领导及村里大队干部反馈的意见是，你是个好苗子，无论任职大队民兵连长、粉厂厂长、公社民兵独立营副营长，都有肯干、认真的精神；特别是修建大水塘，积极肯干，身先士卒，表现突出。在毛主席著作的学习上，是活学活用的典型，是区里学习毛主席著作的积极分子。这些调查材料我们已经整理出来了，上交到组织部门，以备组织部门考察用。来，这些东西是外调人员顺便去你家探访时，你妈让捎回来的海味。"

赵明亮听到这里，眼泪再也控制不住了，感激之情溢于言表：学校的领导、老师他们没有记恨自己那些侵犯人权的行为，相反还给自己说了这么多的好话，他们这是大人有大量啊！村子里的大队干部、公社干部的公正评价，以及营长体贴下情，派人去家里探望，给自己以温暖。这是真正的人与人之间的情感，明亮下决心悔悟过去那些错误的言行，当面向他们道歉。

此时的赵明亮不知如何是好："谢谢营长！特别要谢谢被我整过的校领导和老师，他们说我的好话，让我内心很不好受，我不知道说什么好了。这些东西分给大家吃，让大家尝尝旅顺的海味。"

"别，你这么长时间没回家了，也馋海味了，你拿回去解解馋！至于你的内心忏悔，我感觉是对的。人和人之间应该互相关爱，'文化大革命'中的大批判活动伤害了一些人，可你的校长、书记、老师，不计前嫌，给你说好话，这是非常难能可贵的。你今后要时刻记住：在任何时候，都不能有侵犯他人权利的事发生，人和人之间就应该相互关爱，你说是不是？"赵营长很会做思想工作。

"我记住了，而且会让您的话伴随我的终生。营长，这些吃的东西全由您分配，我坚决不拿！"明亮执意推辞。

"行行，我来分配。不过，这次也给你带来了一个负面的东西，是一张很坏的照片，你想不想看看？"赵营长瞅着明亮。

"什么照片？"明亮惊愣着。

"对你很不利呀！你拿回去看看，要好好地保管。没事的时候拿出来瞅瞅，会很有教育意义的。"赵营长一脸的严肃。

"营长，怎么把这个标语拍下来了，这是对立派学生刷的大标语：打倒赵明亮！你不知道，还有更厉害的：赵明亮不投降，就叫他灭亡！"赵明亮看过照片，哈哈大笑起来。

"都让人家打倒了、灭亡了，你还笑得出来？"赵营长假装诧异。

"其实两派对立，都拿对方头头泄私愤，这很正常。不过都这么多年了，这些标语还没擦掉，真是的。"明亮有些无可奈何。

"这照片你保留着吧！它给你留下一段永远难忘的历史回忆。什么时候拿出来看看，都会有刻骨铭心的感觉！"赵营长说得中肯。

"谢谢营长，这段历史的教训，我会永远牢记心中！"明亮离开了营部。

方和鸣看见赵明亮从营部出来了，急忙迎了上去："明亮，营长找你是什么好事？说说给我精神精神。"

"这不全国开展追查坏头头吗？咱部队派人到咱们的学校、公社、大队调查，看看对我有什么反映。"明亮说出事情原委。

"哎，你没交代李敦白的事吧？"

"我傻呀！那不是没事找事吗？我只是交代'文化大革命'时，侵犯校领导和老师的人身自由权利，把他们关起来写检查。没想到学校的领导、老师不但没说我的坏话，还净说我的好话，这让我更加自责。"明亮不安地说。

"你没做太出格的事，所以老师就不记恨你，这挺好的。"和鸣为明亮开脱。

"不过，刚才营长的一番话，他对我们今后提出的严格要求，我还是心悦诚服的。"明亮称赞营长。

"对，我也感觉营长这个人和蔼可亲。"和鸣也夸赞营长。

"和鸣，咱一生能遇到这么多好人的提携和陪伴，能够宽容、理解我们的人，很是难得，这也是人生的一大幸事。"明亮心里敞亮了。

"是，人的一生主要过的是一个心顺、气顺，要是过得别别扭扭，那就太没意思啦！"和鸣像饱经世事似的。

"对，咱不能辜负了营长的一片真心，要好好努力当个好兵。"

"放心吧！我也会积极上进的。"和鸣坚定地说。

赵营长一番肺腑之言对赵明亮这样参加过"文化大革命"的人来说，处理公允、引导向上，在明亮的脑海里打下了深深的烙印。

六、母熊拼命护崽

狩猎队又开始执行任务了。这次任务不同以往，不进山林改为坡岭伏击。伏击，这可不是件容易的事，狍子可是最快的移动目标，要击中难度特别大。

沈队长把大家分成两组，各俯卧在一个山头。这时的坡岭覆盖着没有褪去黄色的枯草，他们黄黄的军装，与大地形成一色。岭下有一条狍子出没的通道，他们静候狍子钻进埋伏圈。

"明亮，如果狍子不按正常路线来，而从侧面山岭蹿出，不要轻易开枪，那很容易伤到对面的战友；如果从我们的侧面蹿出，咱们不要轻易探头，防止对面的子弹伤到我们。你是新来的，我提醒你一下。"沈队长对明亮说。

"明白！"明亮回答得很干脆。

说话的工夫，山洼处腾跃出八只狍子，按照以往的线路飞奔而来。那飞快的速度，恰好的间距，一下子聚焦了大家的目光。明亮只觉得心脏剧烈跳动，两手紧握的枪托湿滑了，扣动扳机的手指一个劲儿颤抖。

沈队长看出明亮此刻的紧张，朝他微微笑了一笑："别紧张，标尺定在一百，你瞄准第三只打的是第四只，准备射击！"

"是！"

明亮回答的同时，子弹已经飞出了枪膛，第四只狍子栽倒在地。

"好，枪法不错！"沈队长表扬了一句。

就见狍子调整了队形，一个四十五度的拐弯，还是一个完整的队形，冲着对面的山头奔去。就听到对面枪声响起，又有两只狍子栽出队形之外，其余的五只狍子急速调整好队形，又回归原来的路线，一溜烟不见了。

"明亮，你刚才发现了狍子的动作有什么特点吗？"沈队长问道。

"一是速度快，二是统一步调。"明亮说。

"对，它们有着严格的纪律，协调统一、步调一致。被打死一只其他会立即保持队形，临危不乱，所以它们最后冲出了包围圈。我们要学习狍子的精神，始终保持步调一致，有严明的纪律，才能取得胜利。你说是不是？好，大家打扫战场！"沈队长意味深长地说。

明亮第一个抱起狍子，这些狍子一点不比山羊轻，各个健壮肥硕，让人很有成就感。大家满载着喜悦，抬着战利品回营地。

迎接的战友们欢腾着，小四川、和鸣跑向明亮身边。

"怎么样，有收获吗？"和鸣抢先问道。

"打中了！"明亮很是激动。

"我说什么来着，有福不用忙，无福愁断肠。你一来，我就看你不是等闲之人，果真不差！"小四川不住地夸赞明亮。

"你只说对了一半，明亮是聪明、机灵，可他在新兵连的半自动步枪、轻机枪，都是优秀射手，如果不刻苦训练、不认真钻研，绝不会有好成绩的。"沈队长甩过来一句话。

说得小四川直伸舌头。明亮睁大眼睛，若有所思。

狩猎队及时进行工作总结，并布置下一阶段的工作计划。

春天温暖着大地，寒意彻底地退去了。阳坡的黄草地，拱出了绿绿的嫩芽。

森林中的熊瞎子蹲仓也要出来觅食了，这是狩猎队进行的最后一次捕猎。沈队长带领大家走进了深山老林，在一棵断裂的树洞旁，设下埋伏，观察树洞和周边的动静。

一个小时后，就听远处哗啦啦一阵响动，一个高大的身影向树洞走去。忽然，它一个回身，用鼻子向四周嗅去，慢慢地向大家走来。明亮心里一阵发紧，手指不自觉地勾向扳机，队长急忙按下他的头。

就听熊瞎子折返身子，走回树洞，将前掌捧的东西扔向洞里。树洞里发出叽叽的叫声，接着一只小熊探出身子。母熊一把将小熊推回洞里，快如风地向大家袭来，嘴里发出嗷嗷的吼声，甚是恐怖。

明亮惊呆了，沈队长一把推开他，大声喊道："撤！"

只听一串枪声响起。母熊像披上了铠甲，它猛拍着前胸，疯狂地向狩猎队扑了过来。大家飞速地狂奔，只跑得两眼冒金星，这才刹住脚步。回头一望，什么动静也没有。

沈队长沉吟了片刻，猛然说道："这母熊护犊子，十分凶猛。我刚才那一梭子弹打中了它，可它为什么又停下来，不追我们……我想，它是返回洞口保护孩子了。一会儿，我们再慢慢接近它，不可大意，一有情况立即撤离！"

"是！"大家应道。

大家蹑手蹑脚地向前挪去，快到埋伏圈时，发现地上留下斑斑血迹。顺着血迹的方向看去，母熊坐卧在树洞前，两只前掌抱着小熊，小熊吃完奶后正趴在它的前胸睡觉。它不断用舌头舔小熊的皮毛，爪子扒拉着小熊的毛发，像在抓虱子似的。

突然，它好像嗅到了人的气味，呼的一声站了起来，一把将小熊推进树洞里，两眼四处踅摸，嗷嗷地吼叫着。它不停地用前掌拍打着前胸，像是说：你们打吧，朝这儿开枪吧！它没有向前冲击的意思，而是顺着树干慢慢地滑坐下来，用宽大的身体死死地倚着树干，挡住了整个洞口。

大家勾着扳机注视着它，一分一秒地挨着。将近一个小时，母熊一直倚坐在树干前，前掌抱着前胸，大口呼哧呼哧地喘着粗气，两眼死死地盯着前方。那凶狠的眼神儿，放出了愤怒的光亮，令人不寒而栗。大家没一个人敢挪动地方，紧紧地钉在原地，死死地守着。

约莫又一个小时过去了，母熊沉重的喘息声没了，可两只眼睛还是圆睁着。大家一点也不敢懈怠，更不敢轻举妄动。

太阳像等不及似的，匆匆忙忙滑向西南方向的山后面，山林渐渐地暗了下来。沈队长像发现了什么问题，把大家召集到一起："大家原地不动，我去看看究竟。"

"队长，我跟你一块去，有情况也能互相照应。"明亮提出了要求。

"好，走吧！"沈队长带着明亮轻轻地向前摸去。

他俩慢慢地移动着，快到母熊的身边，明亮捡起一根长长的树棍，抢先一步捅向母熊。可母熊一动不动，仍然圆睁双眼，死死地盯着明亮和队长。沈队长接过树棍，试着使劲儿捅了一下，母熊依旧岿然不动。

"明亮，我感觉硬邦邦的，是不是母熊已经死了？"沈队长有些怀疑。

"是，我也感觉死了！"明亮肯定了沈队长的判断。

"来，你再使劲儿捅它一下试试！"沈队长把棍子交给了明亮。

"好……它已经硬了。"明亮感觉母熊身体硬邦邦的。

于是，队长走到它的侧面，用力一推，母熊很不甘心地摇晃了两下，终于倒下了。队长向后面招了招手，大家这才呼呼啦啦地跑上前，七手八脚地把母熊捆绑起来。这时，小熊叽叽地哭叫着爬了出来，不顾一切地向妈妈扑去。

大家不自觉地让开了地方，小熊对着妈妈的嘴，一个劲儿地呼唤，小小的前掌轻轻拍着妈妈的脸，想让妈妈快点醒来。看妈妈没有反应，它不住地摇晃妈妈，跟妈妈呢喃说着什么……

此时此刻，大家被这场景惊呆了：母熊为了保护孩子，不顾中弹流血，两次驱赶来犯者，让小熊吃饱最后一次奶，又把小熊推回树洞中。用尚存一息的生命，牢牢封住洞口，去保护自己的孩子，两眼死死地盯着前方。

母性的伟大深深震撼着在场的人。大家默默不语，一种少有的痛苦涌上胸口。没有了往日的欢笑，没有了愉悦的心情，没有捕猎成功的兴奋。明亮眼含泪花，轻轻弯下身子，把小熊捧在胸前，用手抚摸着小熊，像对它说：对不起，让你失去了妈妈，我们会照顾好你的。他解开外衣扣子，把小熊放在衣服里，把一个毛茸茸的小身子给裹得紧紧的，生怕凉风侵坏了它的身子。

明亮一句话也不说，自顾自地往回走去。沈队长也一言不发，只挥了挥手，大家默无声息地抬起母熊，步履艰难地向驻地走去。

明亮把母熊和小熊的故事讲给大家听后，大家也很是震动。纷纷抢着抱小熊，都想给它以温暖，想方设法弄些奶粉喂它，呵护它，生怕小熊受到委屈。小熊慢慢适应了周围的环境，似乎摆脱了失去妈妈的痛苦，跟明亮和他的战友追逐着、嬉闹着……

年末的一天，赵营长接到军里的电话，让明亮立即返回文艺宣传队。赵营长把狩猎队的沈队长及全体成员，还把方和鸣、小四川也邀请来了，为明亮饯行。

一桌子全是野味：狍子、野鸡、野兔、大雁、野猪……唯独熊瞎子的肉没上，怕勾起沈队长、明亮猎熊时的痛苦。明亮一个月的紧张、刺激的狩猎生活，深深印在他的脑海里，可能一生都难以忘却，特别是猎熊的经历。

赵营长开始敬酒："今天，我宴请大家，有几层意思：一是，明亮明天就回到军文艺宣传队，咱们给他饯行；二是，你们狩猎队很好地完成了任务，全营的伙食得到了很大改善，在这里向你们表示感谢；三是，我今天宣布：狩猎队今天正式解散。我代表全营的指战员感谢你们，敬大家一杯酒……来，干一个！"

"谢谢营长！干……"大家干了这杯酒。

"我先谢谢营长，再谢沈队长，你们的教诲、帮助，让我终生难忘！"明亮端起酒杯敬酒。

"明亮，你会是我一生的好朋友。"沈队长端起了酒杯回敬了一下。

"还有咱们狩猎队，大家都很关心我，我会铭记在心的。还有小四川、我的老乡和鸣，让我每天过得非常愉快。特别是小四川给我提供的素材，我一定在创作的作品中体现，谢谢你们大家！"明亮有些哽咽，他们共同干了这杯酒。

"行了行了，别弄得悲悲切切，我抗不了文艺人的情感过剩。当兵的人，就要扛得住事，有钢铁般的意志才行。来，干一杯！"赵营长举起了酒杯。

大家一同举杯，共同干了这杯酒。

"营长，我有个要求：这次回长春，我想把小熊带走，送到动物园，我还能经常去看它,让它有一个安定的家。"明亮提出了要求。

"行!这件事对我触动也很大,我心里也深深自责,我们不能再这样猎杀动物了。你就代表大家照顾好小熊吧!也算给大家一个补过的机会。"赵营长一番话,让大家陷入沉思。

明亮听到这里,眼睛湿润了。是为熊妈妈的死难过,还是为小熊失去妈妈而愧疚?这复杂的感情兼而有之,弄得大家低头喝闷酒。

还是赵营长出来打了圆场:"赵明亮,你得感谢这一个月的狩猎生活,给你提供了很好的创作素材,我相信你一定能写出动人的故事。另一个是,小熊由你带到动物园,你代表大家多去看看它。常写信把它的情况介绍给我们,大家也来分享小熊的快乐!行了,今天我们就算给明亮饯行了。他明天就要去文艺宣传队报到,咱们欢送宴会就到此结束吧!"

大家呼呼啦啦地散了。

和鸣一直盯着明亮,知道此时此刻他的心情。他知道明亮此时心里的悲伤原因,不单单是熊妈妈的死,还有他的私事。

他赶忙过来劝慰明亮:"是不是菁菁没给你回信,心里着急了?"和鸣说出了他的心思。

"是呀,我都写了几十封信,菁菁怎么一封信没回?李智仁说菁菁的舅舅来了,要接她和她妈妈去日本,说她们正忙着移民。是不是有什么变故?"明亮很是担心。

"是的,菁菁的舅舅的确来旅顺了,要把菁菁全家人都接走,可能移民日本……"和鸣欲言又止。

"怎么回事?你知道菁菁的事怎么不早告诉我?"明亮急眼了。

"这是刚刚收到的来信,还没来得及给你看。"和鸣递上来信。

明亮急切地看着来信,眼泪止不住地流了下来……

七、被窒息的生命

原来,日本战败后,普通的百姓也跟着遭了大难。菁菁的舅舅一家人度日如年,颠沛流离苦不堪言。随着日本经济一点点好转,终于在北海道落下了脚跟。舅舅开了一个私人诊所,日子慢慢好了起来,这才开始忙着找菁菁的妈妈。

根据旅顺民政部门提供的线索,菁菁的舅舅来到了旅顺。姐弟相见抱头痛哭,述说二十多年的离别之苦。舅舅无论如何要带走菁菁妈。

菁菁妈瞅着菁菁和她的爸爸,摇头拒绝了弟弟的要求。菁菁的舅舅一看急眼了,要姐姐一家全部移民日本,可菁菁爸说故土难离,说啥也不肯走。没办法,她舅舅只能提出先办理菁菁和她妈妈的移民,如果菁菁爸想通了,再办理也不迟。

就在菁菁一家犹豫不决的时候,农村却掀起一阵批判的风潮。

李永生这个跳梁小丑,立马活跃起来。他上蹿下跳,扇阴风、点鬼火,以治保主任自居,又纠集几个没头脑的二愣子,在村里召开了批判大会。批判大队长王良复辟资本主义歪风,对四类分子大打出手。特别是陈芳菲的爸爸,因为向原单位申请平反、复职工作,成了村里翻案风的中心人物。李永生还威逼陈芳菲,如果不嫁给他,就让她爸爸死。

李智仁只能私下里宽慰陈芳菲,生怕她想不开,做出一念之差的蠢事来。他时时盯着她,就连陈芳菲在井边洗衣服,他都远远盯防着,不敢疏忽大意。

老虎也有打盹的时候。一天陈芳菲跟几个小姐妹去水库洗澡，李智仁感觉陈芳菲情绪已经稳定了，不会出什么大事，就没立即跟去。恰恰就是这次，陈芳菲表现得非常开心，跟小姐妹一起泼水、戏水，还做出一个大胆的举动，站在坝沿上面要往深水里跳。

小姐妹知道她不会游泳，一齐呼喊她下来，可她高兴地向大家挥手说："我走了，再见！"便一头扎进了深水里。

"快救人哪！"小姐妹一齐呼喊起来。

李智仁第一时间赶来，他一次次扎进水里摸索，终于摸到了陈芳菲。他一把拽着她的头发提出水面，背托着她带到岸边。赶紧把她脸朝下放在一块大石头上控水，可控了半天一滴水也没有，却见她紧咬的双唇流出了一滴滴血。急得李智仁大喊："陈芳菲，你醒醒啊！"

陈芳菲没有丝毫反应，依旧面露微笑。

李智仁赶忙把她翻转过来，想掰开她的嘴做人工呼吸，可她的牙关咬得紧紧的，怎么也撬不开。在她胸部做心脏复苏按压，照样没有一丝变化。

医生赶来急救后，无奈地宣布道："人已经没有了生命体征，早点给她入殓吧！"

李智仁望着芳菲脸上挂着的一丝微笑，再也控制不住自己，痛不欲生地喊道："老天哪，你怎么这么残忍！好好的一条生命，就这么给断送了！这要是明亮在，芳菲怎么会……我无能啊！"

他的哭声，引来哭声一片，撕心裂肺、悲天恸地，像一次大的控诉。村子里掀起的批斗之风，把大家折磨得遍体鳞伤、体无完肤。那一件件、一桩桩、一点点、一滴滴的实情实景，对经过这场磨难的人来说，他们永远不敢回望，更不敢回放，这心里滴血的故事，每个人都在反思、都在反省、都在记取……

赵明亮听了陈芳菲的噩耗，顿时惊呆了。他顿足捶胸，原地打着磨磨，泪流满面："这是为什么，为什么呀？！"

吓得和鸣一把抱住他："明亮，明亮，你别这样，人死不能复生，活着的人就要想开点，你别吓唬我好不好？"

明亮呆滞的目光，转而喷发出一股怒火，牙根咬得咯咯地响："李永生，你个狗杂种，等我回去非揭下你一层皮不可！"

"明亮，这信你没往下看，李永生在陈芳菲死后二十天，被马车碾轧而死。上苍没有放过这个作恶多端的人！"

原来，陈芳菲投水库而死，一下子激怒了全村人，大家把怒火集中到李永生的身上。街谈巷议、大小队会议，人们的唾沫星子都淹向李永生。

他的臭名一下子传遍了十里八村，人们身前背后指点着他：就他，还想找对象，死了这条心吧！陈芳菲的鬼魂也不会放过他的。这让他惊恐万状，越想越害怕，越想越狂躁。心里的怒气都发泄到拉车的两匹马身上，他抡着鞭子使劲儿地抽，又是下坡路，马车飞奔而下，他不做任何控制，任其驰骋。一块石头垫翻了马车，他被掀翻在地。车轮从他的身上碾过，车上的石头砸向他的头部，李永生当场死亡。

但没过多久，另一个噩耗接踵而来：最帅气、最有艺术细胞、最有灵气的李洪彬，在松树林里上吊自杀了。

说是张宏生导演喜欢李洪彬是另有所图。

张宏生结婚多年一直没有孩子，医院检查的结果是张宏生的毛病，他这一辈子不会有孩子了。

这一下闹得一个小家是鸡飞狗跳，妻子提出离婚。张宏生哀求妻子说，他有个两全其美的办法，让年轻帅气的李洪彬帮忙借个种。他长得好，又聪明伶俐，生个男孩，会又精又灵，不比电影演员王心刚差；生个女孩，一定是个大美人儿，人见人爱，不比电影演员王丹凤孬。他的办法终于动摇了妻子的心。她对李洪彬彬彬有礼的斯文倒也很是喜欢。

一来二去，两人就发展得如胶似漆、难舍难分。

她，使出浑身的魔力，激荡着他的身心，癫狂着他的神经，服帖着他的手脚，涌动着他的血流……

不久，张宏生的妻子怀孕了。

她，越来越欣赏被自己调教成手的帅哥，怎么看也看不够，怎么甜情蜜意也不愿放手，怎么稀罕也总是不腻……

他，上天恩赐了一个如意女，怎么爱也爱不完，怎么缠绵也总是新鲜，怎么奔放也总有激情……

她，心里有了新的依托，一时见不到李洪彬，就失魂落魄，心慌意乱。对张宏生，她不自觉形成了排斥，不让他近身。

李洪彬不知不觉就走顺腿了，一时见不到张宏生的妻子，就茫然失措，像丢了魂儿似的，连个安稳觉都睡不好。

张宏生这下可慌了，这跟自己设计、导演的结局成了大翻挂，彻底颠覆了自己导演的初衷。他决意砍断这场外插花的剧情，他找到李洪彬说："洪彬弟弟，哥求你了，你的付出，哥加倍补偿给你行不行？

你别再来我家晃悠了，哥谢你了！"

"我不要补偿。我有个小小的请求，是不是等孩子出生后，让我瞅一眼孩子？"李洪彬说出了心存的一点希望。

"别别别……弟弟，你这一看，这腿就拔不动了。我这个家就彻底散了！弟弟，你不想这样吧？"张宏生不禁失声痛哭。

"这……好吧！你别害怕，其实有了你们一家人我才感觉到了人世间的温暖。我在社会上受到的是冷眼、歧视，现在又把我从粉坊里赶出来，把我当成四类分子一样对待。是你给了我人生最美好的时刻，让我感到幸福，我满足了，谢谢你了！"李洪彬深深地鞠了一躬。

"别别……哥哥实在难为你了，我也是没办法……"张宏生又哭了起来。

"你放心，我会在你的视线内消失，你不用担心，我将永远地消失……"李洪彬说话的眼神有些迷茫。

"谢谢，哥哥会抽时间看你去。"张宏生捣蒜般地点头称谢。

张宏生没有深刻体味到"消失"这两个字的深层意思，只不过想尽快甩掉眼前这个痛苦的包袱，根本没有想到后果的严重性。其实，精神真正崩溃的是李洪彬。他爸爸四类分子的帽子，不仅折磨了他的全家，更摧残了他的心灵；让他怀揣的梦想破灭了，让他不断的努力失败了；仅存的一点意外的爱，也给无情地掐断了。他，彻底地绝望了。特别是这段批判的狂潮，他和陈芳菲被要求立即离开粉坊，这里要由贫下中农来把持；永远不准再登上贫下中农的文艺舞台，不准给反革命的父亲张目，不准给坏人的脸上贴金；要老老实实，不能乱说乱动，服从贫下中农的一切改造。

一个青年人的政治生命基本被扼杀了，再加上这最美好的感情慰藉也没了，李洪彬还能期待什么呢？

李洪彬心灰意冷，根本看不到明天的一点希望，行尸走肉般地活着有什么意义？了断吧，尽快结束这个痛苦吧！

于是，他走进郁郁葱葱的山林之中，细细品听优美的松涛声，他像领略了舞台上那如诉如泣的旋律，荡气回肠的唱腔；又像重温了歌剧《白毛女》中的"年关"，杨白劳给喜儿扎头绳的片段，有着父女深情、最后诀别的一幕；他热爱生活，热爱人世间一切美好的东西，可人世间给予他的却太少太少；就像舞台演出的瞬间，将成为过去，成为匆匆过客。

演出结束了，也该谢幕了，只有青山和苍松翠柏才是永存的。

他选择了一棵熟悉的老松树，这棵老松树给了他很多实惠，像松针叶、枝条供他家取火、做饭；在树干、枝杈间爬上爬下，把绳子挂在树干上，像秋千一样荡来荡去，给他以快乐；遮蔽的阴凉，送给他凉爽；阵阵涛声，跟他交流、诉说衷肠……愿与他长相守、永相随。

他笑着把绳子挂在荡秋千处，再荡一次秋千吧……

按照李洪彬的遗嘱：乡亲们把他安葬在苍松翠柏之中，让他与松涛絮语。

八、菁菁移民日本

两个好朋友的离去，让菁菁彻底绝望了。

李智仁生怕菁菁再发生意外，因为他答应了明亮，一定要保护好他们三个人，可现在已经走了两个人了，如果菁菁再有什么意外，那就太对不起明亮了，所以每天从早到晚跟着她。

菁菁不干了，这算怎么回事，早上接晚上送，让人家说闲话多不好？

"这有什么，我这不是保护你吗？你看，咱们的好朋友陈芳菲、李洪彬就这么走了，我害怕你再出现个意外。"李智仁好心好意地劝说。

"没事，我只不过心疼好姐妹陈芳菲，现在连个说话的人也没有了，你不要整天跟着我，行吗？"菁菁心里很是难过。

"这不有我吗？有什么事尽管说，我全方位为你服务，行了吧！"李智仁快言快语。

"可我跟明亮的关系你不是不知道，你这么帮我会传出闲话的。"

"你就不用担心了，是明亮嘱咐我多帮助你的，这你还不放心？"李智仁提起了明亮。

"明亮给你来信了？提没提到我……"菁菁打听明亮的消息。

"提到了，还问你最近情况如何。他现在特别忙，说部队首长很重视他。还说很快就会给你写信的，让你要学会保重自己。"李智仁瞅着菁菁。

"他就会说安慰话，就不会给我写封信？"菁菁很不高兴。

"他不是怕你俩的小恋情影响了进步嘛！这你还不能理解？这是他进步的关键时期，你就体谅他吧！"李智仁风趣地说。

"你看你说的，我哪能这么狭隘。我盼着他快点进步，入党提干越快越好！"菁菁说起明亮两眼放光。

"你看，说起明亮来眉飞色舞的。好了，你就等明亮的好消息吧！"李智仁给菁菁一个定心丸。

"嗯……"菁菁有些不好意思。

李智仁跟菁菁说话没有几天的时间，她的舅舅又来了，说在日本的北海道给菁菁和妈妈安排妥当了。

中国的经济状况跟日本相差太多。没几年的工夫，日本经济就彻底复苏了。舅舅提出，还是到日本发展，就业的机会多，生活的条件也好。

没办法，为了躲避没完没了的阶级斗争，菁菁的全家只能办理移民手续，跟舅舅去日本北海道。菁菁的妈妈更是害怕中国的大批判，生怕哪天再给她拖到台上批斗，赶紧跟弟弟去了日本。

赵明亮看了信中这些消息，不禁泪流满面。

他心痛那楚楚动人的陈芳菲、生龙活虎的李洪彬早早离去，也为没有在他们的身边保护他们而懊恼。心爱的菁菁移民了日本，他被对她的思念所折磨。两种痛苦一齐向他袭来，使他完全处于惶惶然之中。

"明亮，你真的别吓我了！咱们失掉了这么好的姐弟，已经很痛苦了。要是你再出现个三长两短，你让我……"和鸣掉下了眼泪。

"和鸣，我怎么忽然间感到一点意思都没有，觉得人世间这么残酷，活得挺累。"明亮有些郁闷。

"明亮，你千万别这么想，我一向都以你为标杆，咱得往好处想啊！"和鸣担心起来。

"我现在脑海里一片迷茫，心里乱糟糟的，一点头绪都没有。"明亮情绪低沉。

"别，你这是因为我们的两位好朋友突然离去，太过悲痛。可你常说一切要向前看，形势一定会好转的，怎么现在却失去信心了？"

"我知道你在激我，怕我破罐子破摔，从此沉沦下去。不蒸馒头也要争口气，你放心吧！我会挺住的。"明亮振作起来。

"这就对了，这才像我心目中的明亮。来，打起精神走两步我看看！"和鸣鼓励起明亮。

"和鸣，让我们甩掉今天痛苦的记忆吧！但是我们不能忘记这些人间的悲剧。今后，我们要为避免任何人间悲剧的发生而去抗争啊！"明亮喘了口粗气说道。

"要向前看，不能让痛苦去折磨自己，要为人们创造美好、幸福的生活和环境，不能消耗在你争我斗的人际关系上，要互相关爱……"和鸣劝着明亮。

"嗯，放下吧！"明亮像在安慰自己。

"对，咱就放下吧！对了，你给菁菁的信是不是通过智仁转交给她的？"和鸣产生了疑问。

"是呀，不通过他，我要直接写给菁菁还不被别人拆开看了，那还不传得满城风雨？"明亮说出心里话。

"很可能问题就出在这里！"和鸣坚定着自己的想法。

"你的意思是说问题出在李智仁身上？怎么可能，咱是同学，他知道我俩相爱，怎么会藏匿我的信不交给菁菁？"明亮为智仁辩解。

"你先稳住神儿，这件事往后放一放，别影响了你的思想情绪，对你以后发展不利。"和鸣宽慰着他。

"你看，我哥哥把我嫂子来信寄给我了，只是一张孩子的脚印。我对比了一下，比上一次大了一点。你看，这是小中苏写的字，就一句话：我想妈妈！又提到想妈妈啦！他的意思是问我能不能去找找他妈妈。"明亮的脸色开始阴暗起来。

"你嫂子通过孩子的脚印,来告诉孩子在一天天长大,在道一声平安。我想,苏联国内的阶级斗争形势也好不了哪儿去,这也是保护自己的一种方法。只是孩子太可怜了……"和鸣一声叹息。

"对了,养赛鸽的喜哥给我来信了。"明亮说起了喜哥。

"怎么样,你的赛鸽适应了喜哥家的环境了吗?"和鸣兴奋了起来。

"全适应了,他说我那几只赛鸽又孵化了一群小赛鸽。等我回去,一定会拥有一个赛鸽兵团,我将成为一个赛鸽司令,统领一大群赛鸽!"明亮说。

"你说你多有福哇!人离开了家,还有人帮你聚攒财富。这叫'有福不用忙,无福愁断肠'。我感觉你一生是离不开好运的,我一定紧紧抱着你的大腿,也跟着往上爬……"和鸣做着爬的姿势。

"去你的吧!你是哈巴狗只会摇尾乞怜,专讨人家喜欢是吧?我说,你有点尊严行不行,还跟着我往上爬,丢不丢人?"明亮损着和鸣。

"我是说你总有贵人相助,你的事业成功我也好跟你沾点光。"和鸣搂住了明亮的脖子。

"行了,我明天就走了,你自己照顾好自己呀!"明亮叮嘱着和鸣。

"你放心吧!祝你早日写出好的作品来。"

第二天,明亮抱着小熊在大家热烈欢送的气氛中,登上了南去的火车。一路伴随着铿锵的车轮声,结束了一段难忘的狩猎生活。

九、小中苏北上找妈妈

自从明亮当兵入伍,小中苏三番五次在爸爸信里给叔叔捎话,让叔叔快点跟妈妈联系,早点把妈妈接回来,他太想妈妈啦!他只知道叔叔当兵的地方离苏联近，其他的是一概不知。明亮每次回信都好言好语安慰着小中苏：不要着急，叔叔一定抽时间与你一起去找妈妈。

可小孩子哪知道国家间发生的政治大事，他只知道想妈妈想得着急心切。都等了快两年了，怎么叔叔还不回来领我见妈妈呀？不行，不能再等了，我要亲自到部队去找叔叔，让叔叔带我去见妈妈。想到这里，小中苏偷偷做起了准备工作，他准备了几件换洗的衣服，又想到乘火车需要钱、粮票，还有叔叔寄来信的部队地址、乘火车的时刻表……他一样一样地准备，最后，他将爸爸放在抽屉里的一个月生活费留下少许，其余全部揣进了书包里。等爸爸上班走了以后，他偷偷奔向了火车站。

在火车站的售票窗口，人家一看是一个戴着红领巾的小学生购票，就特别关心地问了起来：小同学要去哪里呀？

小中苏很机灵地说他去部队见叔叔，还拿出叔叔的信，让阿姨看信中叔叔提到要跟他一起去见妈妈的事，还说他这次是乘火车到部队去见叔叔，那边有叔叔在车站等着他呢！

卖票阿姨看了看信的内容，再看看小中苏不慌不忙的样子，又问他为什么爸爸不陪着一起去。他说爸爸最近研究工作很忙，让他拿好叔叔的信，跟铁路上的阿姨、叔叔们一讲，他们一定会把他安全送到叔叔部队的火车站，到时候叔叔会准时到车站去接他。售票员笑了，这小孩子机灵、胆大，他爸爸说得对，他们铁路经常接到家长托付捎带孩子的事。她叮嘱小中苏：你要买的这张票是联票，在大连火车站不需要出站台。半个小时以后，开往齐齐哈尔的火车就进站了，你再问一下站台服务员，他们会告诉你在哪个站台等车的。上车后，有不明白的地方，像卫生间在哪儿、什么时间到站、餐车在哪儿，你跟车长或列车员打个招呼，他们都会帮助你这个小朋友的。小中苏不住地点头，高兴地掏钱买票，还向售票阿姨再三道谢，一边向阿姨挥着手，一边向火车站检票口跑去。

像小中苏这么大的孩子，出门在外不慌张、稳稳当当的还真是不多。火车一到大连站，他就直奔站台服务员，掏出车票问她在哪个站台等车。服务员一看这么小的孩子乘车，很不放心地问这问那：家里大人为什么不陪着去？要去的地方有人接吗？小中苏掏出叔叔的信，把跟售票阿姨说的话重复了一遍，服务员这才将信将疑地把他领到北去火车的站台。当开往齐齐哈尔的火车进站后，她跟列车员细细交代了一番，这才放心地跟小中苏道别。

这时候，小中苏的眼泪吧嗒吧嗒掉下来了：阿姨，谢……他哽咽着说不出话来，只顾抹着眼泪。列车员一看，急忙上前安慰他：我们一定会把你送到你要去的地方，放心吧！

可小中苏的心里却很是内疚，因为他背着爸爸偷偷跑出来，又跟阿姨说了谎话。当火车飞速跑起来后，他难过的心绪很快就飞走了，要见到妈妈的喜悦瞬间挤满了心头。他不时盯着窗外，感觉四处都是温柔和亲切，满目葱翠的树木和绿色的原野，荡漾着幸福的热浪。

此时，与心花怒放的小中苏相反，他爸爸正像热锅上的蚂蚁急得团团打转：小中苏没去上学，他跑哪儿去了？赵明涛接到老师打来的电话，什么也顾不得就跑回家，找遍了家家户户和村野角落，仔仔细细搜寻了果园、沟坎、水塘、海边，也不见小中苏半点影子。他会不会……赵明涛突然想到小中苏念叨过妈妈，立即跑回家打开抽屉，一看钱没了，顿时他瘫软在地：小中苏果真去找妈妈了。这可怎么是好？他爬起来抓起自行车，直奔火车站。当售票员告知小中苏已经乘车北去齐齐哈尔时，他二话没说马上买好了晚间的火车票，便一路追踪而去。

两列火车，风驰电掣般地撕扯着夜色，都在预定的十七个小时旅程中疾疾飞奔。一个在列车上悠闲自得，在乘务员热心的关照下吃好、喝足，甜甜地进入了梦乡；一个在列车上是心急如焚，一天滴水未进，一口饭食未沾，坐立不安。

黑夜在两个人不同的心境中慢慢隐去，太阳拉开了夜色的灰幕，放出了金色的光彩，月亮悄悄闪到西边群山的后面。火车继续呼啸，铿锵地疾驰着，阳光亲吻着每一扇车窗，车窗反射出刺眼的光芒。

列车员叫醒了小中苏，把他领到餐车上洗漱、吃饭；而在另一列火车上的赵明涛，却如鲠在喉，连唾液都不得下咽，两只眼睛熬得通红，他在车厢里踱步，恨不得一下子飞到前面的火车上。

小中苏终于盼到了目的地，列车员把他送下站台，小中苏眼含着热泪一边挥手一边走向出站口。好在部队驻地离火车站不远，他拿着地址一路打听一路小跑，很快来到部队营区。执勤站岗的战士惊住了：这么小的孩子跑这么远的路来找叔叔，这还了得？他一边安抚小中苏，一边在电话里向上级首长汇报，一下子惊动了机关领导。几位领导围拢在小中苏的身旁。当得知这件事的来龙去脉后，部队的首长默然了：为找妈妈，孩子不怕路远不顾危险，一路奔波到此，就为了让叔叔陪他去苏联找妈妈。看着孩子天真无邪的神情，大家心酸得快要落泪了。

不管怎么说，要先安顿好这个孩子，再向军部宣传处详细说明这里的情况，好让赵明亮尽快返回团部，尽早让孩子与叔叔团聚。

赵明亮一听小中苏来到部队，吓得他一蹦老高，急得是两眼冒火，风风火火跑向火车站，搭上最早的火车就向营区驻地赶去。

要说赵明涛是心急，而赵明亮则是心痛，他是眼看着嫂子莎波诺娃与小中苏痛苦离别，那是钻心的痛啊！嫂子离别时那流淌的泪水，小中苏撕心裂肺的哭喊，哭喊着让叔叔找妈妈的求助眼神……这些画面无时无刻不在明亮的眼前晃动，一个完整的家就这样天各一方。孩子哪能没有妈妈，妈妈又怎能离开孩子呀！一想到这些，赵明亮的心就被揪得紧紧的，他恨不得一下子飞到小中苏的身旁。

火车刚一停站，赵明亮就蹦下了火车，疯了一样向营区驻地跑去。他顾不得向执勤站岗的战士还礼，径直三步并作两步跨进机关大楼，顺着小中苏的笑声寻去。当门被推开的那一刻，小中苏内心的憋屈瞬间爆发了，抱着赵明亮号啕大哭起来。赵明亮一边给小中苏擦眼泪，一边紧紧搂抱亲吻他，心痛的泪水也悄然流了下来，身边的战士们也禁不住潸然泪下。

当小中苏稳定了情绪，赵明亮才拉着他的手问："你来叔叔这儿，跟爸爸打招呼了没有？"

小中苏低下了头，好半天挤出了一句话："没有。我要打招呼的话，爸爸就不会让我出来了。"

赵明亮一听，立马紧张起来，心想：哥哥现在一定在四处寻找，还不知道他急成什么样子呢，这可怎么办？

就在赵明亮不知如何是好的当口儿，就听一声"报告！"一名战士领着赵明涛进来了。赵明亮赶紧迎上哥哥，就见哥哥嘴里嘟囔了一句：

"小中苏你……"突然口吐白沫，倒在赵明亮的怀里。

战士们急忙冲上前来，七手八脚地把赵明涛送进营区卫生所。经过一天一宿的治疗，他慢慢地苏醒了过来。小中苏拉着爸爸的手："爸爸，对不起，我错了！"

小中苏的泪珠吧嗒吧嗒滴在爸爸的手上。爸爸微笑着摸着他的头发："你没事爸爸就放心了，只是给你叔叔添麻烦啦！"

赵明亮凑到哥哥的面前说："哥，没事，倒是你把我给吓坏啦！还好，医生说你是急火攻心加上熬夜，一激动晕了过去，调养几天就没事了！"

过了两天，赵明涛就康复了，他急着要返回旅顺。因为他要上班，小中苏还要上课，这些都是耽误不得的事。赵明亮却不是这样想，他考虑到小中苏想妈妈心切，这个问题得不到解决，不知道以后还会出什么乱子。要是出了意外，那可就是后悔一辈子的大事了。所以，他又挽留哥哥和小中苏，让他们暂住两天，不要着急，要实现小中苏急切找妈妈的愿望。经过和哥哥的反复商量，他们想出了一个万全之策：带小中苏去部队医院，慰问从珍宝岛前线归来的伤员叔叔，以此作为突破口，慢慢打消他找妈妈的念头。

第二天，赵明亮买了一些慰问品，三个人乘车来到了部队医院。当他们走进病房时，小中苏看到有的战士拄着拐，正在室内做康复活动；有的则躺在床上不能动弹，护士正搀扶着伤员给他喂药……小中苏惊得瞪大着眼睛，这些叔叔怎么会伤成这样，这到底是怎么回事？赵明亮赶忙让小中苏给叔叔献上慰问品。然后，一五一十给他讲起了这些叔叔是在中苏边界的战斗中负了伤，正在医院接受康复治疗。现在，两个国家发生了战争，国门也关闭了。等将来两个国家关系缓和了，人们能自由来往，才能有机会去找妈妈，把妈妈从苏联接回来，一家团圆过幸福的好日子。

小中苏看到眼前的一切，又听到叔叔讲的妈妈离开的原因，现在不能见妈妈的理由，他小小的心灵受到极大的震撼，要见妈妈的愿望看来是全泡汤了，眼泪不由得流了下来。连叔叔们都无奈的残酷现实，让他也只能搁下这份对妈妈的思念。他搂着叔叔的脖子，任泪水流淌，抽噎地说："叔叔，我要知道现在不能去找妈妈，就不会给爸爸和叔叔你们惹麻烦了。不过，等两个国家和好了，你千万别忘了领我去苏联找妈妈呀！"小孩子的这一番话语，让在场所有人有一种说不出来的滋味。

赵明亮暂时去了一块心病，哥哥他们要返回了，他只好送哥哥和侄子登上南去的火车。他拉着小中苏的手叮嘱："你现在不是想东想西的时候，最重要是学习棒棒的。妈妈突然有一天回来了，看到小中苏是这么懂事的孩子，这么有出息，她该有多高兴啊！"

小中苏含泪点着头，随着火车的慢慢启动，他频频向叔叔挥手道别……

十、修长白山水电站

时间过得真快，军文艺演出队的生活一晃就是两年多。

为了更好地服务基层部队，军领导要求演出队排练出更加贴近连队生活的好作品，创作人员要积极深入基层，尽快抓出一批好作品来。

赵明亮一直思念连队，领导任务一布置，他立马要求回连队。听说自己的老连队去长白山修水电站，立即请缨要深入长白山去体验生活，写出基层具有生龙活虎气息的作品，让战士们能真正欣赏到自己身边的人和事。

领导非常赞同他的想法，鼓励他尽快走向基层连队，写出战士们熟悉的生活，拿出好的作品展示给广大官兵。赵明亮高兴地收拾好行装，很快返回连队，奔赴长白山。

长白山位于吉林通化，山高、林密、水丰、人烟稀少、动植物种类繁多。高大的原始森林和各种杂木林及灌木丛极其丰茂。踏入深山老林之中，你会有别有洞天之感。天然的大氧吧，让人既舒畅又惬意。特别是长白山上的积雪融化成水，一年四季流淌，是一条非常好的水系。把它围堵在一个大坝里，形成一个大水库，会是很好的发电资源。这就是他们要开发的地方，去长白山建一个水电站。

战士们听了打前站的介绍后，摩拳擦掌、争先恐后，都不想错过修长白山水电站的机会，一个个精神饱满地登上了西去的火车。

整个部队是按照战时要求行动的，乘坐闷罐车，车马同行。

车厢里，四壁的铁皮挂满了霜花，军马的鼻尖也是白霜点点，车厢中间生个铁炉子，一侧是打着地铺让战士们睡觉的地方，另一侧是马匹活动的空间。为了增加御寒的能力，战士们用草垫子封堵四周，在拉门上挂起棉被帘子，地铺却还是冰凉得很。被窝里一点热乎气也没有，车厢里照样是寒气袭人，战士们只能用被子围住全身坐在地铺上取暖。

火车经过通化市后，就一路攀高。皑皑白雪笼罩山野，可谓银装素裹、粉妆玉砌。窄小的车厢里，只有一盏马灯摇摇晃晃、昏昏沉沉，最让人郁闷的是火车慢慢腾腾，像是燃气不足，吭哧吭哧地喘着粗气，一点一点地爬行。

因为是闷罐车厢，没有车窗外的光景可看，只有那盏小油灯晃晃悠悠。坐在车厢里的战士，实在憋得无聊，开始抢着给马添草加料，跟马唠起嗑来，以分散旺盛的精力。

忽然，火车哼哼了两声，又咯吱一响，整个车厢不动了，马灯也不摇了。听到车厢外集合号声响起，又人欢马叫地哄闹起来。

火车终于到了尽头——泉阳火车站。

打眼一看，这里就是真正的林区，是国家定编的国有林场。

四处全是木质结构的木板房子，家家圈的小院子垛满了木桦子。街上行人一水儿皮帽、皮衣、皮裤、皮靴，一副深山老林的装束，不由得让人想起了电影《林海雪原》里的猎户李勇奇、小常宝。看得战士们傻傻的，眼睛都不够用了。脚下咯吱咯吱地踩着雪，周围小木屋的炊烟袅袅，再远望高山密林的白雪皑皑，真是别有一番情趣。这里的天寒地冻跟北大荒是两种风光，一个是一望无际，一个是崇山峻岭，虽然都是寒冷地带的气候，但这里寒得奇妙、冷得隽永，真正给人以林海雪原的遐思妙想。

战士们披挂整齐，齐刷刷地行进在大街上。地动山摇的口号声，整齐一致的踏雪声，似乎是赶走天寒地冻的精神法宝，一个个神采奕奕、生龙活虎。相形之下，瑟缩在皮帽里的行人，被身着单薄棉衣的战士们所感染，也抖擞起精气神儿，整个林场小镇顿时热闹起来。

人的情绪容易被新奇的事物感染。一个闻所未闻，从未涉足的宁静深山，是很抢人眼球的。

战士们兴致勃勃地四处张望着隆冬的雪景：厚厚的积雪覆盖着高山、森林、灌木丛，悬崖下的河谷中，冰面连着积雪一水儿地白。

对面山坡上，野鸡咕咕地叫着；几只狼和狐狸各守着山头，紧盯着大部队的一举一动，而这边的山腰处，刚劈出半生不熟的石头路，人背马驮的呼号声震得地动山摇。一静一动的环境落差，使一种莫名的惆怅感袭上明亮的心头。

一座大型的水电站在这里落成，意味着几百上千公里的山林要全部被砍伐，繁衍了几百上千年的动植物不是迁徙就是消亡。因为这里是砍伐区，不容许树木存活。这是吸取小丰满水电站的教训：深水中活着、死去的树木都会影响打鱼。眼看着三十多斤重的鱼活蹦乱跳，一网下去全被树木扯碎，一条鱼也打不上来。这次凡是吃水线以下的树木全部要伐掉，高度不准超过半尺，大小灌木丛要扫除干净，这个大型的水库就是要在这样的砍伐之中形成。

那些世代栖息在这片森林中的熊、野猪、狼、狐狸、狍子等，要让出栖息地，悄无声息地远走他乡，开辟新的领地。

离去之前，它们只能站在高高的山顶上，向这里投来无可奈何的眼光，看部队摧枯拉朽的架势。它们只有驻足偷看最后一眼的份儿了，一辈传一辈的世袭领地被剥夺了，它们没有力量反抗，远走他乡是延续生命的最好方法。

明亮整理一下思绪，人们常说"树挪死人挪活"，动物们是不是也如此呀？动物的生存能力要强于人类，说不定这一挪家族能更兴旺，自己是不是杞人忧天哪？随后，明亮有些心安理得，开始呼号着拉歌，搅扰路旁的野鸡扑棱棱飞走了。

远处幽深、肃穆的古老森林挺拔参天，它们是从远古走来，有两人合抱粗细、也有三人搂不过来的老松树。那是打远古时期就开始排兵布阵的，气势宏大、阵容整齐。

远远呼啸过来的涛声像天安门广场前接受检阅的三军仪仗队，雄壮、威武，一波波的声浪，排山倒海、气势磅礴。这里有着千万年的神气，有久远山水和润的灵性，让你站在它的面前顿时肃然起敬，心中升腾起一股仰慕之情。这次淹没的水域是绕道而行，远远回避这片古老森林，让她留给人类和历史一份珍贵的财富。我们只能远远望去，心里留有美好憧憬。

劈山修路和伐木的工程开始了。

"顺山倒！"

"放炮了……"

伐木声、劈山炸石头声，响彻山谷。

要把所有的林木运出大山深处，就要修出一条卡车能够通行的马路。这个任务就交给了明亮所在的连队，要把挡住进山的两座山劈出路来。

"全排集合！"明亮大声喊道。

"报告排长，全排集合完毕，请讲话！"三班长方和鸣集合好队伍，向新任排长赵明亮请示。

"请稍息。各班注意了，上级要求我们三周之内把这座山劈出路来，也就是二十天的时间，我们能不能完成任务？"

"能！"全排的喊声回荡山谷。

"好，打眼放炮，我们很快就会成为行家里手。我今天要跟三班长比赛，看谁抡的锤多！"明亮瞅了一眼和鸣。

"好！"全排欢呼起来。

"排长，欧阳海抡锤一次三百下，你行吗？"一班长小四川开始挑衅地问话。

"我试试看！"说着，明亮掂起十二磅重的大锤抡了起来。

"你看，排长抡的是梅花转锤！"一个战士喊道。

"一、二、三……三百四十九……"全排屏住呼吸数着。

"噢……"战士们一起欢呼起来。

赵明亮扔下了锤子，用拳头砸了一下方和鸣的肩头："怎么样？三班长，该你的了！"

"嘿，排长当年修大水塘那两下子还没丢哇，你真是不减当年哪！"和鸣捡起了明亮扔下的十二磅重的大锤。

"哎，三班长抡的也是梅花转锤，真潇洒！"一个战士夸赞起来。

"一、二、三……三百三十……"战士们又一阵欢呼声。

"大家注意了，我和三班长给大家开了个头。我相信，大家一定不比我俩差，现在就看大家的了，开始干吧！"明亮发话了。

"好！"

全排热火朝天干了起来。

叮当的锤声，有节奏、有韵律地环绕山谷，跌宕起伏。它震散了山谷中弥漫的雪雾，震落了松树黏挂的霜绒，震飞了欢乐的野鸡，震跑了拱食的野猪，震呆了摘松果的松鼠，震蒙了啃干野菜的野兔；震得冰河开始龟裂,震得雪团从坡上扑簌簌地跌落,震得山石腾出一个大洞……能盛下一百斤的炸药。

赵明亮指挥着战士们,开始填充炸药:"全排注意,做好隐蔽!"

全排的战士,一起向山后跑去。只留下明亮、和鸣、小四川,放线、点炮,三人一起喊道:"一、二、三……起爆!"

"轰、轰……"只响了两声炮。

那一炮是怎么回事?和鸣高高蹿起,却被明亮一把按了下去。

就在这一瞬间,轰的一声巨响,山石飞向四面八方,像爆出一排冰雹飞溅,狂扫了一片山林,哗啦啦一阵脆响。

"卧倒!"明亮一把拽住了小四川。

只见一小半山移动了,向深山峡谷边缘挪动。被推动的不同大小石块哗啦啦滚向山谷,山谷里轰轰隆隆回荡着震耳欲聋的响声,有块巨石挪动到山口边沿,晃悠在半空那儿不动了。

战士们挥动着胳膊欢呼着,他们两天的任务,一天完成了。

"同志们,大家干得非常出色。明天开始清理石场,要把这个最大的拦路虎推下山去。我们要一天完成这个任务,大家有没有决心?"明亮兴奋地喊道。

"有!"战士们的情绪高昂。

这时,和鸣跑到明亮的身旁,小声嘀咕着:"哎,明亮,我听说咱们这次修水电站,发的电一半要输送给朝鲜。这是真的吗?"

"就是一句话:国际革命大援助,支援欧洲一盏明灯阿尔巴尼亚、支援拉丁美洲一盏明灯古巴、支援反抗美帝国主义第一线国家越南、朝鲜,还有非洲……"明亮一股脑扔出了现实中国的对外政策。

"这不都是些又小又穷的国家吗？我们这么做图些什么呀！"和鸣不太理解。

"我们第三世界国家要互相帮助！你不是还抽了人家的古巴雪茄。我们都是被殖民者统治过的国家，有着相同的过去，有着苦难的经历。富国家谁闹革命，穷则思变嘛！这就是我们喊出的国际主义精神。你没看见毛主席接见一些亚洲、非洲的青年，这叫输出革命思想，枪杆子里面出政权，要实现一个阶级推翻另一个阶级。我们不仅帮助他们武装部队，还派兵到越南抗击美国侵略者，这叫支援全世界革命，要与美帝国主义为首的西方阵营抗争到底，最终目的是解放全人类！"明亮说出了流行口号。

"全世界……咱能忙乎过来吗？咱们先管管自己家的事，把日子过好了，再忙乎外面的事不行啊？"和鸣说得很认真。

"我们军人就是以服从命令为天职，我们要听毛主席的话，做毛主席的好战士。再说了，这些都不是你我之辈所要考虑的事，咱们的任务就是打眼、放炮、修路，把这条路给打通了。"明亮拍了拍和鸣的肩膀。

明亮带领一排的队伍，唱着嘹亮的歌，迎着满天的落日霞光，向驻地走去。

十一、野猪疯狂攻击

第二天，全排战士扛着铁镐、撬杠、铁锹，迎着朝阳来到石场。只见一块巨石从山上裂移下来，蹲坐在半个悬崖边上不肯下去。

赵明亮举起手中的撬杠，大喊一声："全排注意了，立即找好支点，把撬杠插进去，三班长统一喊口号。"

"大家听口令，预备：一、二、三！"和鸣大喊。

"嘿！"大家齐声呼喊。

全排的力量聚齐到一个点，"嘿"的声音形成了巨大的能量，组成了巨石移动的号角。巨石很不情愿地晃了三晃，震动颠簸了两下，以迅雷不及掩耳之势，蹦跳着飞向山谷。

一溜白烟过后，就见巨石滑过的地方，树木顺从地俯卧在地，开出一条灰白之路，巨石腾跃起几丈高后跌落深谷，就听一声巨大的爆炸响，深谷里飘升起彩色的雪雾，像雨后彩虹一样迷人。被移开的巨石给修路腾出了很大的空间。叮当的敲击、搬动的声响，响彻碎石场。

经过一个月的抢修，一段宽阔的新路展现在大家的面前。虽然不像柏油马路那么光滑，可对从来未有路的深山来说，已经十分令人满足了。

赵明亮高兴地扫视着大家，大声地喊道："一班长！"

"到！"小四川答道。

"集合队伍，下山！"明亮发出集合令。

"是，全体集合！立正，向右看齐！向前看，向右转，齐步走！"小四川发出一连串的口令。

"大刀向鬼子们的头上砍去……预备唱！"和鸣领唱起行进歌曲。

"大刀向鬼子们的头上砍去"，这句向日本侵略者宣战的吼声，是伟大中华民族在抗战最为困难时期产生的歌曲，让人同仇敌忾，振奋战士的精神，是鼓舞战士们士气的有力号角。气宇轩昂的战斗进行曲，组合成强大的共鸣箱，震山撼谷，回声不断地震荡。

野鸡随着歌声腾空起舞，扬起雪雾缭绕，肃穆的山林、行进的战士、起舞的野鸡、静谧的雪景，一幅动静结合的画面，在明亮的脑海里，烙下了难忘的印记。这不是一般的劈山修路，而是改变中国电力供应，为经济建设助力的一次战斗，还支援了朝鲜的经济发展，他脑海里刻下的是一个多么美好的意境。

忙乎了几个月，战山斗石成功了。部队硬逼着两座顽山让出了一条路，给伐木大军开辟出运输通道，就见一车车的圆木源源不断地运出深山。

战士们别提多高兴了，这里有他们的汗水，有他们一份功劳，他们的口号是：今天挥洒的汗水，就是明天的一度电。如果发电成功，这里就有自己一度的热能。要竭尽全身的力气为国家添砖加瓦，贡献出自己的力量。

提前完成了预期的工程，大家别提多高兴了。又赶上过星期天，一个个乐乐呵呵走家串户帮老乡忙乎着。

和鸣吃过早饭，笑嘻嘻地来到明亮的房间："明亮，今天咱们排是不是得改善一下生活？"

"改善生活，拿什么来改善？"明亮问道。

"我上山弄点嚼咕去。"和鸣说道。

"嗯，你要打猎？"明亮问道。

"那不叫打猎，叫小打小闹。我跟邻居大哥两个人上山，不像你们狩猎队那样明目张胆。就是悄悄的……"和鸣一副神秘的样子。

明亮马上明白了和鸣的动机，这山上猎物多，资源丰富，可以说是应有尽有。

"我悄悄地跟邻居大哥一块进山,大哥是深山猎户,他有猎枪。神不知鬼不觉地放上两枪,再悄悄地回来,让邻居大娘这么一炖,咱们就可以米西米西啦!"和鸣乐不颠地说。

"你不带枪进山?"明亮愣了一下。

"怎能不带枪!我拿棍子打猎去?我是说,邻居大哥拿猎枪,我拿步枪。"和鸣还是说到了枪。

"你还得动用步枪是吧!你有子弹吗?"明亮忽然问道。

"我临上山的时候就准备好了。上次去修理所校枪,我节省了一些子弹,偷偷截留下来,为的就是这一天。"和鸣越说越得意。

"那不行,动用子弹的事不是小事,你明白吗?"明亮严肃起来。

"怎么了,我跟邻居大哥都说好了。煎饼卷糖都准备了,这是上山最好的食品,还能止渴。让我去吧!要不你也一块去?省得在家发大闷,你又好想菁菁……"和鸣软磨硬泡起来。

一提到菁菁的事,明亮心里就烦躁起来,他平时都是超负荷地投入工作之中,为的是忘却对菁菁的思念,不去想没法实现的事。

今天和鸣故意捅出这句话,就是激明亮一下,想让他赶紧轰自己走,和鸣这一招果然奏效。

"好了,你去吧!但是,顺着二道江去,再原路返回。你一定要注意安全,跟邻居大哥保持好距离,太阳落山之前赶回来,听到没有?"

"明白了,我会安安全全回来的,你就放心吧!"和鸣乐得直蹦高。

一挥手,他放走了和鸣。明亮眼望着房东家的大哥拎着猎枪出来了，他快四十岁的人至今没有婚配，乐不得跟战士们一起亲近。

　　明亮看他高兴的样子，心里不由得生出几分同情：他的父母是土改的时候，在狠斗地主分田地时跑出来的。他的太爷爷跟爷爷是山东一个村子里有名的大地主，每天被五花大绑地游街示众，家里的田地全被分出去了，一条街的四合院也被分走了。只给留下四合院的三间偏西住房，正房子分给了贫雇农人家。

　　一个院子里，一边的人是趾高气扬，一边的人是垂头丧气。他太爷爷被整天批斗后，终究没有撑下去，最后抑郁而死。他爷爷怕儿子的一家三口也像自己的父亲那样出现意外，就劝说儿子一家赶紧逃往东北去，往深山老林里走，躲开人群越远越好。

　　这一家三口一路北上，可看到的是四处打土豪分田地，摇旗呐喊之声遍地皆是。他们生怕被人发现被押解回去挨斗，只能避开有人的地方，向大山深处躲去。直到到了全是动物频繁出没的深山，这才感觉安全地住了下来。

　　他们一家人，靠着打猎、挖人参换钱度日。宁肯与野兽里的狼虎为伴，也不愿意跟自己的同类为伍。房东大哥至今不知道自己准确的籍贯是哪里，他的爸爸妈妈严守着秘密，只知道自己是生于斯长于斯的山里人。直到前些年爸爸去世，妈妈才模模糊糊透漏出一星半点老家的信息。可能是妈妈怕自己不久也离开人世，怕孩子连自己的根出在哪里都不知道，才泄露那么一点。

　　邻居大哥说，这里后来又相继躲进来不少人家，有汉族的、朝鲜族的、满族的、蒙古族的，但说话的腔调大都是南方和关里的人居多。人与人之间见面，从不说自己的身世，一个山沟里形成的十几户人家，组成了一个村落，相安无事生活了几十年。

没想到大山深处突然热闹起来，来了这么多部队战士，还住在自己的家里，这些人家不知道是福还是祸。他们像山顶上的野兽一样，站在旁边侧目观望，不敢发出一点声响。甚至连走路都是轻手轻脚，生怕弄出一点动静惹出麻烦，还不如野兽可以立即迁徙。

人换个地方谈何容易？这里是伐木区，房东大哥还琢磨给爸爸迁坟的事呢。想到这些，明亮心里突然产生替村里百姓担忧的思绪：这个生产大队整个搬迁，一是自己投亲靠友；二是上面给分散安排到山下各个村落。也不知熟悉深山老林生活的房东大哥家，失去采人参、打猎的生活，还能不能适应山下人的生活。

转瞬之间，又一件烦心的事袭上心头，就是他日思夜想的菁菁。

怎么回事？给菁菁写了几十封信，她连一封信没回不说，李智仁回信却说菁菁全家彻底迁往日本了。具体的地址他也不知道，等慢慢想办法找吧！她为什么连一个地址也不肯留下，这里打的什么埋伏？难道她变心了、嫁人了？还是家里出现了其他变故？他越寻思心里越乱，不知不觉走到了二道江边。

宽宽的江面，切开中间冰面的激流迅猛湍急。碧绿的河水翻着浪花，蒸腾的雾气弥漫着江面，幻化出菁菁的笑脸……

记得最后一次照黄懒子的时候，两人坐在堤堰子上歇息。菁菁偎依着自己，她那软软的身子，一股女孩子的香气一个劲儿地往鼻孔里钻。他不禁翕动起鼻子嗅了起来，菁菁一个劲儿地晃脑袋："干什么你，属狗的东闻西闻，痒痒死人了！"

"哈哈，你身上的香味把我鼻子给领过去的！"明亮不好意思起来。

"你喜欢这个香味？你要是喜欢，就让你闻个够。"说着，菁菁把身子倒向明亮的怀中。

"我……"菁菁的举动，让明亮无所适从不知如何是好。

"真让你闻，你又不敢了，你这叫狼心兔子胆。一个男人，要敢作敢为，不能当小头鬼，那是成不了大气候的！"菁菁损了他几句。

"我想把美好的瞬间都留在咱结婚的那一天。"明亮不好意思地说。

"好，我等着那一天。"菁菁笑了起来。

菁菁幸福的笑脸，在明亮眼前怎么也挥之不去，眼泪模糊了他的眼睛。菁菁怎么会抛弃自己，这绝不可能！他沿着江边走着，脚下咯吱咯吱地踏着雪声，伴着他一段《智取威虎山》的唱段："穿林海，跨雪原……"

一个上午过去了，不知不觉晚上开饭号声响起来了。

明亮这才想起和鸣还没回来，他再也坐不住了。

一出门，碰见房东家大哥回来了："大哥，看你提这一串的东西，收获不小哇，我正想去接你们呢！"

"你看怎么样？"邻居家大哥拎起两只野鸡，几只兔子。

"哎呀，你俩今天算是过瘾了。你赶紧回家收拾下锅，多整几个菜。哎，和鸣呢？"明亮猛然发现和鸣不在后面。

"他太贪心，说没过瘾，再整个大的猎物。还请我转告你，别为他担心！"大哥拎着猎物回家了。

"放心个屁，混账东西！"明亮急急忙忙奔江边跑去。

冬天的夜晚来得特别快，眨眼的工夫就擦灰抹黑了。

幸亏雪地泛着白光，把周围环境轮廓映得清清楚楚，物体格外分明。明亮加快了脚步，心中最担心的是和鸣的安全。特别是他贪玩、爱单独行动的毛病，让明亮实在放心不下，生怕他闹出点事情来。

走着走着，天上慢慢飘起了雪花，扬扬洒洒甚是好看。可明亮半点兴致也没有，心焦如一团乱麻。

随着一阵小北风刮起，雪花开始往脖子里钻，让他的心里一阵阵烦躁。纷纷扬扬的雪花，不知什么时候开始转向了，忽左忽右地转悠起来，搅得明亮心里乱糟糟的。他抬眼向江北望去，连个人影也没有。

现在都快六点了，和鸣能到什么地方？明亮加快了脚步，快速向江北跑去。不知跑了多长时间，冰天雪地的长白山峡谷，气温已经降到零下四十摄氏度。这时的赵明亮，额头上、脖子里的雪花和汗水融合到一起流淌。见不到和鸣，他的眼泪在往心里流。

明亮撕心裂肺地喊道："方和鸣，方和鸣……"

大山回放着他的声音，一声又一声快速地返回，他没有停歇，一声高过一声地继续喊着方和鸣的名字。山谷回放着又一轮的回声，刚刚送到他耳畔里的声音，好像夹杂着一声清脆的枪声滚动而来。

这枪声分明是和鸣发出的，震动着大山峡谷。明亮怔住了：和鸣不回答我的喊声，却用枪声回答我……这不是好信号，他睁大着眼睛寻找着方位。

判断了目标以后，他立即甩起脚步飞跑，发疯似的边跑边喊："方和鸣，方和鸣……"

"明亮，我在这里……"一个微弱的声音从林子的边缘发出。

明亮寻着声音奔去，就见远处的雪地上有一个模糊身影，正在那里匍匐着。身后还拖着一架雪爬犁，上面是一头野猪。

明亮急忙搀扶起和鸣。他用了最后的力气挺了起来，接着一下子扑倒在明亮的怀里："明亮，对不起……"说着，昏了过去。

"和鸣，和鸣……"

明亮又是拍打，又是掐人中，好不容易把和鸣叫醒了。

原来，和鸣进入灌木林寻猎的时候，突然发现了一群野猪。一头二三百斤重的母猪带领七八头小猪，正在橡树下拱食呢！和鸣乐得悄悄地跟了上去，他找好最佳位置，定好了标尺，将枪口对准母猪。刚要扣动扳机，就听到自己身边不远处轰隆隆一阵爆响，他抬头一看，一头长着獠牙的公猪，发疯似的向他扑来。他急忙调整枪口，可这头凶猛的公猪已经蹿到他的眼前，在这千钧一发的时刻，和鸣扣动了扳机。可野猪好像没受到子弹的影响，两颗突起的獠牙狠狠地向和鸣拱了过来。

他当时只觉得腿部疼痛难忍，一阵眩晕，就什么也不知道了。

等他醒来之后，就觉得两条腿站不起来了，身旁躺着这头野猪，其他的野猪都不见了踪影。和鸣这才倚靠大树坐了起来，发现两条腿血肉模糊，动弹不得。心想：这下可完了，别说这头野猪弄不回去，自己回去也成了问题。怎么办呢？不能给明亮添麻烦，就是爬也要爬回去。

和鸣开始匍匐起来，一回头看到野猪，心里有些不忍：我来的目的就是打猎，怎能扔下猎物空手而归呢？这不让人笑话吗？和鸣浑身鼓满了勇气。折断树枝做起了雪爬犁，费了九牛二虎之力，才把这头野猪推上了雪爬犁。再用藤条紧紧捆住自己，又拴住雪爬犁，顺着山坡向江边匍匐前进。汗水湿透了棉衣，耗尽了他的力气。

明亮抱着和鸣，眼泪不禁流了下来："和鸣啊！你要什么野猪哇？你这是要自己的命啊！今天你要是有个三长两短，你让我……"明亮哽咽地说不下去了。

"我这不囫囵个儿完整着吗？"和鸣微弱地说。

"好了，什么也别说了。你给我留点力气，咱俩看怎么回去。不管怎么说咱哥俩又能在一起就是万幸了。"明亮抹了一把眼泪。

"真对不住你，可能给你添麻烦了。"和鸣道出愧疚之情。

"说什么呢，你这不完整、好好的吗？有什么事我担着，你就安心给我养好腿伤。能甩开正步，能带领大家跑操就行！"明亮满不在乎的表情，让和鸣更是担心。

"明亮，我本想最后一次打猎，咱回去好好喝一顿。谁承想出了这么一档子事，这明睁眼漏的也隐瞒不住哇！这要是给你背个处分……"和鸣皱着眉头，把话咽了回去。

"行了，别婆婆妈妈的。只要咱活得好好的比什么都强！哎，你怎么不早防着那头公猪？"明亮想起什么来了。

"我当时根本没发现它，只见那头母猪领着一群小猪在拱食，它不知道从哪里蹿了出来的，发疯了一样……"和鸣说着，还有几分恐惧。

"看来这头公猪是在保护它的家族不被伤害，躲在别处盯防。一旦出现情况，就会冒死发起攻击。"明亮分析着。

"是，看它那个凶狂劲儿，就是为了保护它的家族。都不要命了，多可怕。"和鸣不无后怕地说。

"你记得我在黑龙江农场打熊瞎子那次，跟你这次打野猪是同出一辙……"明亮在思索着这个问题。

"你是说，熊瞎子、野猪都是为了保护孩子、家族而在拼死相争？"和鸣反问了一句。

"是，动物族群和人类是一样的，都有着深深的情感。为了保护自己的家族、家庭、孩子，向来犯者发起攻击，甚至不惜牺牲自己的生命。像熊瞎子用自己的身体挡子弹，拼死向前的目的是什么？为的就是保护自己的孩子。还有这头公猪，躲在隐蔽处向你突然发起攻击，目的就是引开你的视线，让它的族群好迅速逃命，它们的举动多令人敬佩呀！"明亮被动物的行为深深感动着。

"应该得到我们人类的尊敬。"和鸣听懂了明亮的话。

赵明亮、方和鸣没有按时去打饭，还是惊动了排里的战士。小四川感觉事情不太好，再也坐不住了，他找到邻居大哥带路，悄悄带领着全排出动了，沿着二道江向上游寻找，一边跑一边大声呼喊："排长……方和鸣……"

峡谷里回荡着集体的呼声，声浪格外地激荡，一下子就穿透了山林旷野，三五里的距离是一清二楚。

赵明亮乐得马上站了起来，大声地向战士们喊："哎……在这里！"

"在那个方向，快，全速前进！"小四川下达了命令。

战士们是不停地跑哇，不知道排长出现了什么情况，一刻也不敢怠慢。跑到近前一看，排长好好的，只见排长身前躺着一头打死的野猪，这可把战士乐坏了，一时竟然没发现两腿血肉模糊的方和鸣。还是小四川精明，不动声色地围着他们两人，上上下下仔细地查看着。

当发现和鸣腿伤的时候，他赶紧把排长拽到一旁："排长，方和鸣怎么负伤了？"小四川十分惊讶。

"他在瞄准野猪的时候，没想到旁边蹿出一头大公猪，一下子把他拱翻在地，他的腿被拱伤了。"

"怎么办？这回去……"小四川很是担心。

"事情已经发生了，想隐瞒那是不可能的。纸是包不住火的，我们回去要实话实说。"明亮明确了自己的想法。

"这怎么成，那是要处分的。为这点事值吗？我跟大家说去。"小四川转身召集大家。

"哎……"明亮一把没拉住小四川。

"来，我跟大家说点事，三班长不小心把腿摔坏了，咱们回去一定上点心，多照顾他点，让他的腿伤早点痊愈，好不好？"小四川动员起大家。

"好。"大家齐声回应着。

"至于三班长打野猪的事，咱们回去就不要说了，这传给连里也不好，大家听到没有？"小四川下起了封口令。

"明白了。"大家应道。

"大家听我说，三班长出来打猎是我同意的。出现问题就应该由我承担责任，回去我会向连里汇报的。来，大家把野猪捆绑好抬回去。"明亮指挥着大家。

大家急忙围向了和鸣，搀扶着他问长问短。当听说公猪向他猛扑的瞬间，他扣动扳机射杀了长有獠牙的公猪的时候，大家非常佩服三班长的果敢和勇猛。更佩服他负伤不下火线，愣是匍匐着把野猪拖出近一里地。这就是军人应有的作风，大家表示要向三班长学习。

听到这些，赵明亮说话了："三班长这个勇猛精神，如果用在战场上那是值得我们学习的。可他今天是违反了组织纪律，私自进山打猎，这就要提出批评。特别是我，没有组织原则，私自批准他出来打猎，我应该在全连大会上检讨，大家一定要以此为戒。听到了没有？"明亮剖析了这次事件。

"啊？还要检查？要知道部队不准许用枪打猎，那用我的猎枪就行了，何必给你们添这么大的麻烦！"邻居大哥自责起来。

"大哥，这事跟你无关，主要是我一时疏忽大意犯了一个低级错误。这件事发生了，我就该承担责任。"明亮拍着邻居大哥的肩膀。

"排长，这事是我自己违反了纪律，跟你没有关系，你不能往自己身上揽责任！"和鸣朝明亮大声喊道。

"行了，我们大家返回吧！"明亮下了返回的命令。

大家立即行动起来，他们抬着野猪、架着方和鸣，咯吱咯吱地踩着雪地，吼着歌声，伴着二道江的哗哗流水声，迎着两岸沙沙松涛声，大步流星地向驻地山村走去。

春节过后，一年一度的复转工作开始了。真打和鸣的话来了，明亮背上了一个警告处分。因为检查深刻、态度诚恳，临离开部队前警告处分被撤销了。这个处分，却让明亮警醒了。

熊瞎子、野猪为拯救自己的孩子和家族的一幕幕，不断在他的脑海里闪现。这个深深的烙印让明亮一生都难以忘却，刻骨铭心。他不禁问道：人类为什么不能与动物和谐共处？我们为什么不能去爱护、保护动物，与它们共处一片天地？难道我们不应该善待这些生灵吗？怎么就不能不再杀戮，舍弃传统捕猎的习惯与这些动物共同生存在这片蓝天之下？这些行为应该停止了，我们再也不能对这些行为熟视无睹了。

第四章
人鸟和谐天地明

动物也是有情有义的。

人与大自然融合了，人与动物融合了……

蓝天白云，红滩绿水，海天一色，浑然一体，风姿绰约。

一、从部队回到地方

明亮、和鸣被分配到了不同的工作岗位。

明亮由于从事艺术创作而进入文艺团体，和鸣进入当时较好的企业——海港船舶队。

时间是事物发展、变化的亲历者，又是是非、成败的见证者，更是改变人生观念、转变时局的推动者，能淹没人们难以忘却的记忆，让记忆慢慢在奔波的生活中被磨灭。

明亮回到地方，第一件事就是去看望亲朋好友、邻里街坊。大家那个亲热呀！今天这家请，明天那家叫，叙谈家长里短，村子里的变迁。他串完街坊邻居家就急急忙忙奔向杨洪喜的家。

一进院门，一群神往的赛鸽就紧紧拘住了他的心。他不由自主地吹响了一个口哨，向自己饲养的赛鸽打起招呼。没承想，有几只赛鸽愣愣地瞅着他，凝神了好一会儿，突然，扑棱棱飞将下来，站在他的肩头呼扇着翅膀，不停地咕咕叫着，好像说：你到哪里去了，为什么今天才来看我们？

明亮手捧着最早训练的两只赛鸽，抚摸着它们的羽毛，很是动情地说："我像你们一样，愿意飞向更远的地方，磨炼自己的意志，想成为有能力的好手。今天回来了，就是来告诉你们，我的远方飞行锻炼已经结束，取得比较满意的成绩。以后，就永远跟你们在一起了。"

几只赛鸽像听明白了明亮的话，扇动起翅膀，不住咕咕地叫着。

"明亮，进门不先看看我，倒亲近起你的赛鸽来了，是不是有点本末倒置呀！"喜哥嗔怪起明亮来。

"师傅，我来就是看您的。没承想我进院门无意间打了个口哨，它们就认出我了，让我心里很是感动。"明亮说。

"可不是嘛！这些灵性很强的赛鸽，跟你朝夕相处几年了，怎么会忘了爱它们的明亮呢？"喜哥轻轻拍着明亮的肩头。

"喜哥，几年不见，您的精神状态真好。我从部队复原了，今后有更多的时间跟您在一起了。"

"好！看来这几年你在部队没有白待，从你信中说到的种种体会来看，我期待你的好作品问世。"喜哥欣喜地说。

"是，我正构思作品的结构，一旦作品出炉，第一个读者一定是您哪！"明亮瞅着师傅笑。

"你这不是要笑我吗？我的文化程度你不是不知道，一般的阅读还勉强，你让我分析作品可就是赶鸭子上架了，这可使不得。"喜哥摇晃着脑袋。

"喜哥，第一印象很重要，我就是要您的第一感觉。"明亮说得认真。

"你回来了，这群赛鸽也该回到你的身边了吧？你看它们见了你多亲热，这是告诉你它们很想你呀！"喜哥提到赛鸽。

"说心里话，我也很想这群赛鸽。可我在市里上班，这群赛鸽得有个地方养啊！我现在还住集体宿舍呢，赛鸽需要有一个大的空间，还得有时间训练它们。这些我都做不到，您说我能把它们接走吗？"明亮说到实际困难。

"这倒是。不过，现在城市里举行的一些大型活动越来越多，咱这群鸽子出场的机会也比过去多了许多。另外，现在有的婚庆活动也来找赛鸽出场，这个前景我是看好了。一旦条件允许，你一定把赛鸽利用起来，这既是资源又是财源，你说是不是？"喜哥叮嘱着明亮。

"喜哥，您的眼界就是高，给我分析得头头是道。一旦条件允许，我会让赛鸽展翅飞翔的。"明亮自信地说。

"这我相信，你的能力和水准一定会有一个美好前程的，我不会看错。"喜哥称赞明亮。

"好，借您吉言让我宏图大展。"明亮大笑。

"那是一定的。"喜哥紧握明亮的手。

明亮跟喜哥握手道别，接着来到哥哥的家。明涛和小中苏跟他更是有唠不完的话。小中苏对他的部队生活很感兴趣。黑熊和小熊的故事、围猎狍子的过程、和鸣打野猪被拱伤的经历，听得明涛和小中苏是大眼瞪小眼。

"明亮，你说动物是多么有灵性啊！我看它们不亚于人类，有时候还超过了我们人类的举动。我们要珍爱这些动物，不能无故杀戮、残害这些生灵啊！"明涛很惋惜这些被残害的动物。

"哥哥，我已经认识到了这个问题，我们狩猎队的成员也反思了这些行动，下决心为保护动物做点事。现在正琢磨从哪儿入手，一旦时机成熟，我会去做些工作补偿那些被残害的生灵，用自己的实际行动去保护这些动物。"明亮发自内心地说。

"要我说，只要今后不再去杀害生灵就够了，心里有比什么都重要。"赵明涛安慰明亮。

"对,叔叔,咱们以后不去网鸟、捕鸟,我要主动保护鸟。"小中苏附和道。

"这我知道,可我心里总是过不了这个坎,总想去补偿点什么心里才能好受些。"明亮在思索着。

"这我能理解,那就按你的想法去做吧!"赵明涛鼓励着明亮。

"叔叔,我听明白了,你说要保护动物,是不是想去阻止那些伤害动物的行为?要我说,从我们这茬人开始就应该先改改捕猎候鸟的习惯。"小中苏说出了自己的想法。

"对,不仅改改这些不良的习惯,更应该发起爱护候鸟的倡议:从每个人做起,做一个爱护候鸟的文明公民才是。"明亮说出了自己的想法。

"明亮,保护候鸟,不是一星半点的付出就可以做成的。那是要投入很大的一笔财力,需要一批为这个事业无私奉献的人。"赵明涛说得比较实际。

"我知道完成这个事业不是那么简单,扭转人们那些传统观念更不容易。但我有信心,从一点一滴做起,不能操之过急,慢慢地来。我相信,总有一天会实现这个目标的。"明亮下定了决心。

"这就好,只要你有决心,我相信没有做不成的事。不过,你可得摆好工作和保护鸟之间的关系,不可荒废一方。"赵明涛给明亮提出了要求。

"这两个事业如何兼顾,我还没有考虑成熟。这只是一个想法,需要认真研究好了才能下定决心。"明亮思索着。

"叔叔,你需要我的时候,我一定全力支持你,别忘了我也是护鸟的人哪！"小中苏的热情被点燃了。

"哎，小中苏，我想起来了，我当兵前给你养的鹌鹑，就是那几只老胡子现在怎么样啦？"明亮想起了那几只好斗的鹌鹑。

"哦，就是陈芳菲阿姨和李洪彬叔叔相继去世的时候，菁菁阿姨很是伤心，她把家里养的两只老胡子送到我这里，非常难过地说：'我不想再养它了，看着它心里有太多的联想，很不好受。我很快就要跟舅舅到日本去，这就交给你吧！等你叔叔回来好交给他。'菁菁阿姨掉下眼泪了。"小中苏讲起菁菁的事。

"她后来呢……"明亮追问着。

"我一想，干脆和菁菁阿姨把这三只老胡子放飞算了，省得让人有那么多的牵挂。一开始，菁菁阿姨还不同意，想等叔叔回来能有个交代，不想就这么放飞了。后来，她不知道怎么又想通了，领着我去西山坡上放飞老胡子。"小中苏感觉有些纳闷。

"我明白了，她是想让老胡子自由飞去，也了却她这份思念。所以，带你出去放飞。"明亮心里有些不好受。

"明亮啊，这个事你就忘了吧！菁菁去日本也挺长时间了，也不知道现在是什么情况，想多了还增加苦恼，干脆别去想她了。"赵明涛劝慰着明亮。

明亮的情绪一下子跌到冰点，这件事好像预示着两个人的感情宣告结束似的，他木呆呆地愣着。

小中苏接着讲述放飞的过程：

那一天，天气特别好，菁菁阿姨领着我走向西山坡（那是明亮和菁菁照黄懒子的地方，这里有太多的美好瞬间）。菁菁阿姨像在回忆，走过一坡又一坡始终没有停下脚步。

我愣了，问："菁菁阿姨，咱们在哪儿放飞呀？是不是找个高处哇？"

"你看我怎么溜号，走到下面来了。来，咱们登上那个山坡去！"菁菁阿姨有些不好意思。

"行，菁菁阿姨，咱就到那个山坡去。"小中苏应和着。

奇怪的是，我们登上山坡后一次两次地放飞，这三只鹌鹑被抛出去后转了一圈又飞回来了，直接落在我们的手上，说什么也不肯离去。

这可能是因为我们养的时间太长，它们跟我俩有太深的感情，已经依附于我们了？没办法我们只能带它们回去，接着养吧！

在一个飘雪花的夜晚，菁菁阿姨突然来找我，说要去放飞老胡子，让它们回归大部队。我感觉太好笑了，它们怎么会迎着雪花飞走呢？这不是天方夜谭一样吗？没好意思驳菁菁阿姨的面子，就跟随菁菁阿姨出去了。顶着小西北风和漫天的雪花，来到了那个高岭坡上。

菁菁阿姨对着老胡子说："咱们有缘分，在一起相守了几年，还真有点难舍难分。可这里毕竟不是你们的家，让你们孤单了这么长的时间，很对不住你们。我知道孤单的滋味，盼望的亲人没有信息真是孤立无援，心里很是痛苦。今天，我俩给你们和同类一次相聚的机会，我期盼你们早早重逢，也了却我一桩心事……"

说着，菁菁阿姨扬起了手臂，只见三只老胡子一只接一只地飞起、盘旋，嘴里不住地发出啾啾声。也不知道怎么回事，我们周围一下子传出啾啾的呼应声，形成了一个小小的旋风，旋起了一支鸟群，它们在我们的上空飞来转去，久久不肯离去。我们熟悉的那三只老胡子落了下来，停在我们的手上，眨巴着眼睛瞅着我俩，好像不想走的似的。

菁菁阿姨大声说道："你们有家有亲人，我不能拆散你们的团聚，回到你们的大家庭去吧！"

说着又把它们放飞了。

它们好像听懂了菁菁阿姨的话，随着一阵阵盘旋的鸟叫，在我们头上转了好几圈，最后向南面的方向飞走了。

这时，菁菁阿姨眼望着飞走的老胡子，突然蹲在地上哇哇大哭了起来，我当时被她的哭声吓坏了，急忙搀扶她起来："菁菁阿姨，你是不是心痛它们飞走啦？要是不舍得，我明后天再去给你照几只回来，你看行不行？"

"你说处得这么深的感情，说走就没影了。想看也看不着，抓心挠肝的，我这心里一下子就控制不住了。"菁菁抹着眼泪。

"菁菁阿姨，其实我心里也非常不好受。"小中苏的眼睛也湿润了。

"不过我现在没有多余的牵挂了，也可以放心地走了。小中苏，你叔叔回来，代我问他好，祝他一切顺利，幸福美满！"菁菁阿姨眼里还是挂着泪花。

"放心吧！我一定把阿姨的话带给我叔叔。"我安慰着菁菁阿姨。

菁菁阿姨放飞了老胡子，精神有些轻松了。她眼看着这里的一山一水，深深地喘了一口粗气，像跟我说，也好像跟自己说："我还会回来的，我舍不得这里呀！"

"菁菁阿姨你一定回来，要不我会想你的。"我拉着菁菁阿姨的手。

这时，赵明涛憋不住了："我说你这孩子，你跟菁菁阿姨放飞老胡子的事，怎么今天才讲给我听啊？"

"这就是个很平常的事，我养的老胡子去放飞它，还用跟你说吗？"小中苏很是奇怪。

"孩子呀，你菁菁阿姨说的那些话，都是说给你叔叔听的。她的话里话外包含着对你叔叔多深的情感哪！让我听了心里都很难受。"赵明涛心里很不好受。

"啊？她是说给我叔叔……"小中苏很是懵懂。

"你个傻孩子。明亮，你别太难过了！"赵明涛劝着明亮。

"哥，这事还是怨我。我当初给她写信，就应该寄给你转交给她，就不会……"明亮很是后悔。

"啊？你写信没直接寄给她？"赵明涛问道。

"我们部队支左、支农的时候，连队会经常检查我们的来信。特别是从当地寄来的信件，这是组织上的纪律，看看有没有跟当地女青年有恋爱关系。我怕信被人拆开，就把信寄给李智仁转交给菁菁。"明亮说出了缘由。

"我的傻弟弟，怪不得李智仁那么黏糊菁菁，一天到晚缠她，这里说不准……"赵明涛不往下说了。

"这怎么可能，我俩是同学，他又知道我和菁菁相爱，他怎么会干出不道德的事？"明亮坚信自己的想法。

"行了，菁菁已经去了日本。在她去了日本一年后，她爸爸也去了日本。他们一家子的信息就全跟咱们断了，你就别太难过了。"赵明涛安慰着明亮。

"菁菁为什么就这么悄悄地走了？她这一些话都是说给我听的，我心里怎么能不难过，又怎么能放得下心来？"明亮眼睛湿润了。

"叔叔，别难过，我一定帮助你找回菁菁阿姨……"小中苏挽着明亮的胳膊。

"明亮，咱们下决心找到菁菁，别辜负了她的一片真心。"赵明涛拍着明亮的肩头。

"嗯，我知道。"明亮情绪有些不高。

"咱们村子这些年也有不少变化。现在也提倡抓经济，你在家时的小伙伴都各奔前程了。有的人私下里捣腾点海产品，有的还偷偷做点小买卖，有的人参加了修房盖屋的施工队。我听说：李智仁整天在复习文化课，他一心想就读工农兵大学；方秀英和侯军、杨丽和陈福利都在海边的码头饭店里忙乎。他们两对儿也成了夫妻，也不知道你的婚事……"赵明涛很关心弟弟的婚事。

"哥，我跟菁菁已经许下诺言，我今生今世非她不娶。我一定要找到菁菁……"明亮两眼蓄满了泪水。

"我也是这个意思。刚才听了小中苏说的一番话，才知道菁菁对你是一往情深，别辜负了她的这片心……"赵明涛安慰着明亮。

"放心吧！哥哥，我一定要找到菁菁。"明亮抹了一下双眼。

赵明亮听了小中苏讲述菁菁临走前的这桩事，让他无论如何也放不下心来。菁菁喜笑颜开的容颜始终在眼前晃动，她做的每一件事，也时不时在脑海里翻来覆去地闪回。很长一段时间，他食不甘味、坐卧不宁。

二、悲伤离奇的年月

人，最怕遭遇上连续悲伤的事。

1976年，就是中国人最为悲痛的年份。中国人民最爱戴的周恩来、朱德、毛泽东三位巨人级领袖人物，在这一年相继离世。

还有比这个打击更可怕的吗？他们一生的丰功伟绩不断地被人们提及。人们念他们的好，念他们一生卓越的贡献，念他们人格的魅力，带领中国人民从此站起来了，屹立在世界的东方，让中国人抛掉百多年的屈辱，挺起腰杆子，可以堂堂正正地做人，不看任何国家脸色行事。他们敢于向强权政治叫板，打赢了抗美援朝、抗美援越、中印边境自卫反击战等。他们是成功者的形象，是睿智者的形象，是强者的形象。

可他们忽然间离去，让人们心里发蒙。天地都在加入追忆、悼念的行列：在周总理灵车出行的那一天，飘舞着漫天的雪花，为灵车铺就了西行的洁白之路，十里长街挤满了送行的人，北京城一片哭泣之声。灵车的黑纱缎带格外醒目，苍天在为一生光明磊落的人送行；在举国悼念毛主席去世的那一天，滂沱大雨似瓢泼的一般，那是苍天动情的哭泣，为失去这么一位伟大的领袖人物而垂泪。苍天跟中国人民一道哀痛：飞洒泪雨、挥泣涕零。

明亮、和鸣站在市政府门前的斯大林广场上，这里是全市追悼大会的现场：哀乐低回，人们鞠躬垂首。天地间挥洒泪雨，任凭泪水和雨水流淌。

此时，人们的脑海里，全是伟人的影像和画面，像失去了主心骨，心里一阵阵茫然不知所措。每个人都好似一艘失去动力的船，没有了方向……

"和鸣，我今天心里感觉特别痛，不知怎么的，有种莫名的恐惧，像有大事情要发生。"明亮心慌地说。

"明亮，我心里也是没着没落的，怎么心里一片茫然？"

"和鸣啊！我现在眼面前就像放电影似的：脑海里全是毛主席接见外宾和接见我们红卫兵的画面，这些画面怎么也挥之不去。你说，咱们国家怎么会有这么多的灾难，一块降临在我们的头上？"明亮问道。

"你是说唐山大地震，周总理、朱总司令、毛主席的去世……"和鸣愣怔地瞅着明亮。

"是呀，先是周总理去世，接着吉林降落了世界罕见的大陨石，紧跟着朱德总司令逝世，随后唐山发生了大地震，死亡人数太多了。毛主席又离开了我们。天上掉下大陨石，接着就地动山摇，我们国家三颗巨星就跟着陨落了。这预示着什么？特别是地震之后，我看到报纸登出的两条消息，说自然界发生了一些不合情理的现象。"明亮说出疑惑。

"你是说地震前的蓝光闪过？"和鸣想起了地震的前兆。

"那只是瞬间现象，还有群蛇过道，蚂蚁搬家，深夜鸡鸣、狗叫，水塘鱼跳，井水翻花，猪撞圈门，骡马脱缰而逃，还发生了不少小动物拯救人的怪事……"明亮很是迷惑不解。

"看来，动物与人有着千丝万缕的联系，人对动物太缺少了解和关爱。动物有着先天的感知，像蚂蚁搬家、鸡鸣、狗跳、猪撞圈门，骡马脱缰奔逃等，这是动物比人灵敏度高。倒是你说的动物拯救人的故事非常感人，可人们却忽略了动物与人之间的情感，去伤害动物，就像我们打猎遇到的那些事情。"和鸣很受触动。

"通过遇到的这么多事，我感到这个社会应该发生一个大的变化，不能一味地阶级斗争，要多点人情味，多点关爱，多点友善。"明亮发自内心地说。

"我非常同意你的见解，是到了改变的时候了。"和鸣赞赏明亮的观点。

"行了，咱俩光顾着说话，浑身浇透都忘了，现在浑身上下一拘一拘地发冷。"明亮开始哆嗦起来。

"我也是，你不提我还忘这个茬了，这跟你故事的感动加激励有关。"和鸣也哆嗦起来。

"咱赶紧回去换衣服，别忘冲碗姜汤发发汗，别感冒了！"明亮提醒着和鸣。

"哎，知道了，你也弄碗姜汤喝！"和鸣骗腿儿骑上自行车。

两人各奔东西，一会儿就消失在人群之中。

三、外国模特演出

社会发生了急剧的变化，日子过得特别快，赵明亮有些应接不暇：党中央一举粉碎"四人帮"，彻底清除"四人帮"给党、国家和人民带来的伤害，深入进行大批判；纠正冤假错案，恢复老干部领导岗位，知识青年回城，高考制度恢复；邓小平复出工作，掀起改革开放的大潮，对内改革，对外开放；试办经济特区，开放十四个港口城市，兴办经济技术开发区，招商引资，让经济活起来；联产承包、个体经济、集体经济同时运行，轰轰烈烈发展经济、改善民生的经济大潮涌动着……

大连搭建了一个招商引资的平台：大连国际服装节。

它的影响很大，国内外知名。每年都有一些国家的政要来出席服装节，文艺团体、模特都想来这个舞台进行展示。这对一座城市知名度的提升、经济发展、对外开放，起到了重要的作用。

旅顺很想跟上这趟班车，打开开放的大门。

旅顺口区领导找到赵明亮帮助邀请服装节的模特前去展演，争取外国模特登上旅顺的文艺舞台。经过申请，最终得到市政府的批准：展演活动要在远离军港的剧场，专车不得靠近军港线路行驶，模特不得靠近军事基地周围。此次活动，由赵明亮负责带队，不得违反规定和纪律。

赵明亮负责此项活动很兴奋，这是帮助家乡做了一件好事。能带领这么多外国模特进入旅顺演出，这是破天荒的事，能帮助家乡做点事让明亮感觉是他的荣光。

得到批准之后，明亮带领车队顺着旅顺南路出发了。一上车，德国的模特就神秘兮兮地凑到赵明亮身边，很惊讶地说："昨天翻译领我们逛了一趟天津街和各大商场，简直太繁华了。可不像我们西方媒体宣传的那样：中国缺医少药，穷困潦倒，脏乱差。你们的物资不仅丰富，而且是琳琅满目，应有尽有。你们这座城市是干净整洁的，让人一看就神清气爽，我们喜欢这里。你们为什么不广泛宣传自己呢？"

"很谢谢你们对中国的关注，也希望你们回去之后，能实事求是地把看到的一切告诉大家：中国就是这样的，不是西方媒体所妖魔化的那样。西方媒体的宣传有时会一边倒，一个媒体或者一个媒体人，说真话、真实地反映社会，较公正地评价社会，而不是做某个政治集团的帮凶、打手，这是新闻媒体的根本。正直理性的媒体，才会受到读者的信赖，才能长久生存下去。如果它假话连篇、失信于民，也就意味着有被民众抛弃的危险。你们以后还能相信你们媒体说的话吗？"明亮笑着问道。

"新闻应该真实反映社会发生的一切，绝不能说假话的。这让我们心里很是难过，人家国家生活好了应该高兴才是，怎么去抹黑人家呢！这是很不道德的。中国是一个伟大的文明古国，你们有五千多年的文明史，是让人尊敬的。全世界七十五位诺贝尔奖获得者，在巴黎发表了联合声明，呼吁'21世纪人类要生存，就必须汲取两千年前孔子的智慧'。我认为这些世界顶尖人才的倡议，肯定是有他们的道理的！"女模特瞪大眼睛瞅着明亮。

明亮看她们对中国的历史感兴趣，便介绍道："中国第一次统一，就是秦始皇建立首个多民族的中央集权国家。他是中国第一个称皇帝的封建王朝君主。

"他废除了分封制，代以郡县制；同时要求'书同文''车同轨''改币制''统一度量衡'，把中国推向大一统的时代。'书同文'，就是统一文字。'车同轨'就是整治交通，修'秦驰道'，贯通全国的道路和航运。'改币制''统一度量衡'，是让全国统一使用一种钱币和一种度量单位，对物资流通和交换起到至关重要的作用，从而奠定了中国以后整个发展的格局。

"所以，以后就是少数民族的蒙古族建立的元朝、满族建立的清朝，几百年间的统一政权，也像一块冰扔进大海里很快被融化了。满族和蒙古族的优秀文化被儒家学说吸收、消化，使中华的古老文化不断发扬光大，对中国和世界产生了深远的影响。儒家学说是经过几千年社会发展所印证的，有很强的融合力。七十五位诺贝尔奖获得者提出汲取孔子的智慧，就是说孔子的思想融合了世界五分之一人口的智慧，融合了五十六个民族的中国达五千多年的历史，说明这种智慧一定会促进全世界不同地区和民族的同生存共发展的。

"你们的欧洲有个罗马帝王凯撒，也统一过欧洲。可他死后，统一的帝国瞬间土崩瓦解，各个国家又纷纷宣告独立。你们知道瞬间解体的原因是什么吗?

"因为欧洲没有统一的文字和融会贯通的思想体系，也就是能融合不同民族的仁、义、礼、智、信，即'仁者爱人''克己复礼'，使不同的人都可遵循的中庸之道。达到人与人之间，人与自然的和谐相处，这是个大智慧。"

德国模特听得不住点头，其他国家的模特也侧身过来聆听。车停在龙王塘盛开的樱花园旁，她们还是专心听着。

赵明亮笑着指了指樱花："咱们下去看看樱花吧！这是个樱花盛开的时节。"

模特们这才缓过神来，呼呼啦啦奔向樱花园。一下子被姹紫嫣红，芬芳四溢的樱花所吸引，在樱花树下穿来跑去。

这些漂亮的蓝眼睛、高鼻梁、金发和银发的姑娘，争先恐后地抢拍樱花，摆弄造型，那快乐无比的样子让围观的中国游人很是兴奋，明亮也感觉很有面子。可让他感觉没有面子的，倒是那些日本模特。她们不下车，在车里叽里咕噜地说着什么，一脸不屑的样子。

明亮一下子明白了：这是日本的樱花，她们在嘲笑我们哪！

明亮不管日本模特说什么，他向外国模特介绍樱花：中国唐朝时期，日本僧人来大唐学习栽培技术，把樱花引进日本，经过不断嫁接、改良，成为更优良的品种。今天，又被我们中国引进回来了。

接着，他又讲起旅顺龙王塘的风土人情，特别是正月十三"放海灯"的传统，那才叫个壮观：

蓝天碧海，海天一色，天上的繁星点点，不住地眨巴着眼睛，俯瞰着海面上的大小船只，竞相向大海深处进发，这是渔民每年正月十三放海灯的日子。

这一天，家家制作的小船，带有风帆、灯光、电池动力，特别是船头和船尾的焰火，那叫一个精准，当船头引信点燃焰火后，绚丽的礼花喷发出万紫千红的色彩，它又喷燃了船尾的礼花，顿时交叉绽放。远处，在渔民出海的大船上，上上下下张灯结彩，烟花四射，光鲜无比。引领着千家万户制作的小船，缓缓地齐头并进，扬帆远行……远远望去，蓝蓝的海面上衬托着绚烂的烟花，五彩缤纷，气势恢宏，让人激动不已，心花怒放。

海岸边的鞭炮、礼花上下翻飞，震耳欲聋，直冲云霄；那一支支秧歌队、舞龙队，是长龙舞动、高跷翩翩，那阵势之宏大、场面之壮观、人群之踊跃，比大年三十晚上还热闹。让天上的星星和弯月有些黯然神伤，与人间相比有些寂寥。

不过，天地间的呼应倒是多了一份情调，闪闪烁烁的星星、欢腾跳跃的焰火、热烈欢呼的人群，相互照耀、相互辉映，堪比天上银河、地上火龙，祈福一年海上的平安，庆祝四季的丰收。这是龙的传人的习俗，是龙王塘人的传统。

明亮绘声绘色地介绍，翻译极尽语言的描述，听得模特们惊愕地大眼瞪小眼，啧啧称赞中国传统文化的奇妙，就连日本模特也扭头聆听，她们知道了日本樱花的出处是日本僧人从大唐引进日本的。她们不好意思地频频向明亮点头，明亮这才释然了。

到了郭家沟的海滨浴场，那些姑娘兴奋的情绪又来了，她们纷纷跳下车，对收获海带的繁忙场景产生了浓厚的兴趣，背对着一艘艘收获海带的小船、牵引吊装海带繁忙的缆车、运送和装卸海带的姑娘们，不停地拍照，合影留念。

可日本的模特们对这些却没有半点兴趣，她们把头转向海对面山头上的寺庙。这不由得让明亮心头一震：在这山头可是发生了1905年日本军队与沙俄争夺旅顺的最大遭遇战。日本军队就是在这里攻下了沙俄的坚固的防线，为打败沙俄扫清了障碍。

明亮越想越生气，干脆喊模特们上车。在途径白银山的隧道时，明亮一想到日本屠杀清朝的旅顺驻军和两万无辜的百姓时，心里开始埋怨自己，不该让日本模特到旅顺来，感觉是一种莫大的讽刺。

不过，模特在旅顺的演出是极其成功的，近两千人的剧场掌声迭起、呼声不断。明亮知道这是观众们欢呼外国模特的精彩表演，更是欢呼旅顺打开了半扇开放的门。

第二天，安全局的人找到明亮谈话："你是去旅顺模特队表演的负责人？"

"是，我是此次展演的负责人。"明亮很是坦然。

"我们是安全局的。你知道你们去旅顺这次演出，犯了什么错误了吗？"

"我知道，我在报告里只上报五个国家的模特队，展演的时候却是六个国家模特队，多出了日本模特队。"明亮承认自己的错误。

"为什么要单独多出日本模特队，目的是什么？"

"因为日本是让我们非常敏感的国家，特别是旅顺海军基地。我们保密规则中，是严禁日本人进入旅顺的。我怕上报日本模特队，这次演出就给搅黄了，那就对不起我旅顺老家的一片良苦用心，所以……"明亮说出了个中原因。

"那为什么让日本模特队到离海岸桥很近的公园里拍照、录像，还是对着老虎尾的军港？你知不知道这是违反保密纪律的？"

"是，她们是在公园里拍照、录像。因为她们非常喜欢公园里的爬地松、火炬树，提出在那里照张相，我没拒绝。"

"你是当过兵的人，知道被窃取军事秘密对一个国家的利害关系，怎么会逆风而动？"

"我是当过兵的人，她们拍照的背景是被一排房子和树木遮挡着的，我已经观察得非常细致，根本透视不了港内军舰、设施、军事目标；再说了，美国、日本的军事卫星能拍下地面一米内的物体，何况我们这些军事目标？我知道这些军事常识。但这次我的确错了，我忽略了保密原则。"明亮说。

"不管他们卫星有多强，我们保密始终要做好，这不能成为你违反纪律的借口。难道你一个军人出身的人，还不如普通老百姓吗？"

安全局的人那有理有据的问话，还是让明亮佩服得五体投地的，内心很是折服。

"是是，我不该这样做，脑子里缺少了保密的概念。太大意了，我再一次向你们承认错误，表示深深的歉意！以后，绝不会再犯同样的错误。"明亮在安全局的人面前诚恳认错。

"行了，你能认识到自己的错误是好的，也没有造成什么损失。但是，你应该吸取放松警惕的教训，不要忘记旅顺被日本大屠杀的历史。回去认真写出一份书面检查交上来，听候组织处理！"

"对不起，我不该犯这么低级的错误。我诚恳接受你们的批评、教育，一定好好检查自己的错误。今后，我一定绷紧保密这根弦，绝不会再犯类似的错误。"明亮向安全局的人深深地鞠了一躬。

旅顺口区的领导，听说赵明亮因为模特队来演出受到处分，很是过意不去，特意把他请来表示歉意："不好意思，本想让外国模特队来旅顺演出，为经济发展先打开一小扇开放之门。没承想，给你添上了麻烦。"

"这跟你们没有关系，是我不谨慎犯了一个低级的错误：一是隐瞒了日本模特队没上报，怕因为日本模特队来旅顺，把演出弄黄了；二是带她们到公园拍照，违反了保密纪律。好在模特队演出非常成功，我能给家乡做点事心里还是很高兴的。"明亮很诚恳地说道。

"不管怎么说，我们心里还是感激你为旅顺改革开放所做的努力。今天，为你准备了一桌家乡宴，全是你最爱吃的野味、海鲜，不成敬意！"

"哎呀，怎么好麻烦你们。哎……这不是黄懒子吗？"明亮愣了一下。

"嘀，还是家乡人，一眼就认出家乡的鸟。"

"现在不是禁捕、禁猎吗？怎么还敢违反禁令，捕猎这些鸟……"明亮一下子愣了起来。

"你不知道，这些鸟也不知道怎么了，是风向不对还是视力出现了问题，撞到电线杆、大树上，被饭店收购，给我们享用来了。"

明亮在家乡的酒席桌上，看到了鸟类被继续捕食的一幕，心里很不是滋味。虽然他没有揭穿这些鸟是被捕杀的谎言，可他看清了几百上千年，人们捕食鸟的陋习是很难一下子改变的。

现在全世界都在倡导保护自然、保护动物、珍爱生灵，我们的生活好了，粮食、副食多么丰富，不是为一滴油、一两肉而糟心的年代，为什么就不能保护这些鸟呢？非洲大陆的一些国家是多么穷，他们缺吃少用，可他们在保护大自然、保护环境方面下了大气力了，才会有天然的湿地、广袤的大自然。

当全世界看到非洲大陆的动物迁徙，野牛奔腾、斑马逐鹿、虎豹偷袭、河马与鳄鱼争斗，那种壮观的场景，无不为之震撼。

不行，我应该立即行动起来，我要尽一己之力阻止残害动物的行为，不能让破坏生态平衡的事情再蔓延下去了。

明亮说到做到，立马研究、筹划保护候鸟的方案。几经考虑，他最后下定了决心。

"和鸣，我最近有个设想，准备承包一片山林养林蛙。"

"养林蛙？是旅顺老铁山的一片山林吧？目的是为了保护候鸟，对吧？"和鸣一语道破。

"是，我在部队的时候就下定决心了。想想我们残害那么多的动物，觉得自己的良心受到了谴责，一直想去弥补过失。特别是这次服装节的旅顺宴请，桌上的黄懒子、老鸹子、斑鸠……我看了心里很不是滋味。看到现在残害鸟的现象还在发生，我们能坐视不管吗？有些画面：像无助的小熊那哀怨的眼神儿……在我的脑海里总是挥之不去，心里一直隐隐作痛。"明亮心里深深忏悔着。

"还有那头拱我的公猪，我一直是心有余悸。它保护猪家族的故事，我讲给好多人听，他们都为之动容。"和鸣也有感而发。

"你没听说印度圣雄甘地说过这样一句话吗？"明亮说到印度圣雄甘地。

"他说什么了？"和鸣好奇地问。

"他说：'一个国家伟不伟大，道德水准高不高，可以从它对待动物的方式评断出来。'意思是说，你爱护和保护动物，这是道德水准一个很重要的标志。"明亮解释了甘地的话。

"他说得有道理，生活在蓝天下，人与动物应该和谐相处，那才是一个美的世界。"和鸣称赞甘地的话。

"那我保护候鸟的决定可不可行？"明亮追问。

"不……不是可行不可行的问题，而是你的工资、工龄、退休、养老等一系列问题今后怎么解决？"和鸣提出了实际问题。

"先停薪留职，我如果挣到了钱，续交养老保险；如果挣不到钱，也就还了心里愧疚的账。这一生没有遗憾，就心安理得。"明亮已经做了最坏的打算。

"啊！你已经想到最坏处，顶多是一个人吃饱全家不饿呗？但是也没有先例，你能成功啊？"和鸣很是担心。

"和鸣，我最近反复思考一个问题。你说，为什么改革开放以来，那些出身不好，也就是所谓的地富反坏右子女，都能在改革大潮中淘得第一桶金，得到了实惠？而我们被称为红五类的子女，却一直墨守成规，一直守着这个铁饭碗，这是为什么？"明亮对比说道。

"因为他们被逼无路可走，就得横下一条心拼了，所以成功了。而我们条件优越，就不会轻易迈出吃苦的那一步。"和鸣做出了解释。

"你说得太对了。因为我们现行的观点'老子英雄儿好汉，老子反动儿浑蛋'把出身不好的人的颜面全部扫到地上了，他们还在乎蹲地摊倒腾小买卖吗？而我们这些人就根本拉不下这张脸皮。"明亮说到根本处。

"哎，你分析得很有道理。"和鸣称赞道。

"这次改革开放，拯救了这批被压抑的群体，成就了他们的人生梦想，找回了人的尊严，也找回了人与人之间的自由、平等，他们必然是改革大潮的弄潮儿。我们应该扯碎这个所谓的优越感，要开始迎头赶上啊！"明亮说得坚决。

"哦，你绕了一圈，是做我的思想工作呀？我这不是担心你吗？你看，咱也没有……"和鸣欲言又止。

"本来世上是没有路的，走的人多了，自然就有路了。我就算是第一个蹚路的人，行吧？"明亮决心已定。

"可我马上要结婚，你说……"和鸣有些为难。

"我不拉你下水，我自己先蹚蹚路子。如果可行，你不加入也不行，因为你也欠动物的账，要了却人生的欠债明白吗？"明亮给和鸣下了死令。

"你呀！就是古人所说的'仁者爱山，智者乐水'那种人。行，就按你的意思办。你一有了起色，我立马停薪留职。不过，我现在上班以外的时间都由你安排。特别是周日，我全天候上山为你服务，行吧？省得你一个人发大闷，待在山上寂寞。"和鸣也下定了决心。

"反正我抱定一个信念：一生无怨无悔地保护青山绿水，让她盛载着阳光、鲜花、溪流、飞鸟，给人们和鸟留下一个美丽的家园，她会因为我们的努力而更加美丽的。"明亮很自信地说。

"这我相信：你下定决心的事，头拱地也会把它做好。我支持你，哥们儿！"和鸣紧紧握着明亮的手。

"那咱们就说定了，我现在马上办理承包手续和学习养林蛙的技术。我需要你的时候，你立马出山。"明亮又叮嘱和鸣一遍。

"是！"和鸣的脚跟叩响。

"对，这是我们军人的气概，要战无不胜！我们承包山林，也要拿出军人的战斗精神来。"明亮坚定地说。

"是，我们要勇往直前！"和鸣向明亮敬礼。

两人兴高采烈地结束了承包山林的谈话。

四、退职承包山林

赵明亮很快掌握了部分养林蛙的技术，又在旅顺承包了一片山林，接着办理了停薪留职。

他是说干就干，没用多长的时间，山林的四周就拉起了二尺高的细细边网；又在山上撒下了林蛙的种苗，在山下盖起了一处办公用房，还在水库边盖了一处育苗室，其他三处是护山的简易房，以备巡山歇息之用，还在山的四周竖起了告示牌：山林育有林蛙，非本公司的员工，禁止进山。

"嘀！有模有样的，这么短的时间就拉起了架势，很像这么回事，不错！"和鸣赞赏地说。

"本来就是这么回事嘛！这是刚刚开始，等林蛙长大上市了，我还有新的打算。"明亮有着长远打算。

"嘿，真有你的，还有长远打算哪？哎，你等等，我最喜欢听的声音回来了。明亮，你太有创意了，让这群鸽子陪伴着我们，太美了！"和鸣眼望着上下翻飞的鸽群。

"这是喜哥提议的。他说，鸽子是人气的象征，是充满希望的象征，我的鸽群会吸引大批的游人，让更多的人关注这片山、这片林、这片水，只有鸽群才能衬托出青山、碧水、蓝天……"明亮咂摸着喜哥的话。

"哦，喜哥太有远见了，他说得对！这群鸽子是咱们的脸面，一些大型活动为什么要放飞鸽子，那多喜庆啊！"和鸣乐得直搓手掌。

"喜哥说的就是这个意思，说咱将来建造文化中心，要举办大型活动，还有婚庆什么的，就不用到外面去租用鸽子，咱自己有哇，这多气派！别人家需要咱这群鸽子，咱可以租给他们，这不还是个进项吗！"明亮说得甜滋滋的。

"对对，喜哥真好，都给你想周全了。"和鸣心里也跟着甜蜜蜜的。

"咱能耐不大，只要有朋友相助，我想事业会成功的。"

"是是，你交朋友有个特点，就是实诚、长远。哎，我问你，现在已经投入多少钱了？"和鸣关注明亮的资金投入。

"投入不多，我这么多年的积蓄和贷款，加一块凑到一起，也就三万元吧！"明亮说得很轻松。

"啊，都三万元了？投入这么大呀！那我帮你再凑一点？不过我的工资一个月也就不到三百元钱。"和鸣说话的底气不足。

"咱不是说好了嘛，我先弄个大概，有那么点意思，你再进来。因为你很快就要拉家带口了，哪能让你拖累了新的家庭。"明亮劝说着和鸣。

"一提拉家带口的话题，我就想提醒你：别等了，菁菁在日本是怎么回事，谁也说不清！你就别单着了，组建一个家庭吧！我们帮你划拉一个不行吗？"和鸣为明亮的婚姻着急。

"啊！划拉一个？你对我也太不负责任了，我不会将就。"明亮假装严肃。

"不是，我说的划拉，是大面积选的意思，不是让你随便将就，你明白我的意思。"和鸣赶紧解释。

"你的意思我明白。我跟你说呀，我跟菁菁两人已经许下承诺，两人钟爱一生。我相信她说的话，如果我等不来菁菁，那就一个人独守一生。我相信菁菁不是那样的人。我感觉一定出了什么事，也可能出了什么变故了，要不她怎么……"明亮嘀咕着。

"你总是护着她说话。真是怪了，天下好女人有的是，偏偏盯上她不放，邪门了……"和鸣嘀咕起来。

"别嘀咕了，看看你的婚事缺什么，赶紧说话，我好帮你操持一下。"明亮转移了话题。

"还是哥们儿讲究，什么都要替我想。不用了，一切准备就绪，只欠举行婚礼了。我现在干点什么？咱们是不是开始巡山哪？"和鸣问道。

"你真有眼力见。走，咱们一边巡山一边唠嗑。"明亮笑着说。

他们走着走着，来到山上一个水库下方：一条泄洪的溪水旁的阳坡上，有几个粗具规模的池子，这是林蛙越冬、窖眠的场所；一段封闭的支汊溪沟，用篷布封堵、隔离，是林蛙繁殖产卵、孵化蝌蚪的初期生长区；越过阳坡的灌木丛到背阴面的阔叶林、针叶林带，一片封闭区内，见到刚刚长成的林蛙，活蹦乱跳，煞是令人喜爱。

"明亮，这不有起色了吗？怎么还让我等啊？"和鸣着急问道。

"这些林蛙长大上市，还得一个月时间，你干吗性急呀！来，我带你去见一个人。"明亮先走一步。

"谁呀？"和鸣跟了上来。

"我请来养林蛙的韩师傅，他是这方面的专家，你见见他。"明亮说道。

"啊，跟咱们粉坊漏粉的黄师傅一样？"和鸣想起了有技术又能干的黄师傅。

"对，都是专业人才。有了他们的技术保障，一项事业才会取得成功。"明亮解释说。

"看来，你办任何事，都做到有把握才战。"和鸣很是佩服。

"哎，韩师傅，我向你介绍一下，他是我一小长大，一块当兵的战友方和鸣。"明亮向韩师傅介绍说。

"您好，见到韩师傅很高兴，我很快加入你们的队伍，以后就请您多多指教了！"和鸣紧握韩师傅的手。

"别这么说，你的大名我早听明亮介绍过了，你的故事不少哇！"韩师傅乐呵呵地笑着。

"看来明亮背后没少说我的坏话。韩师傅，这林蛙的长势不错吧？"和鸣问道。

"很不错，就是规模小了一点。咱今年春天是买的蛙卵孵化的，到冬天有了自己的种蛙，明年就可以上规模了。"韩师傅预期着明年的发展。

"我感觉今年这个规模也就差不多了，不用铺排得那么大。"和鸣提出自己的见解。

"不用铺排那么大？你看山下面，开发区的地上地下管网已经铺设完毕，新的楼房林立，它的占地面积近五平方公里；削平了几座山头，拉石头填海，咱小时候钓鱼、叉鱼、游泳的美丽沙滩，已不复存在；咱上山采蘑菇、搂草、捡柴火的山没啦！大批的候鸟已经不在这里过站、歇息，而是选择新的栖息地，我们那个美丽的鸟的天堂也要没啦！特别是一些房地产开发商，开始大量圈地，等地价疯涨的时候再抛售。眼瞅着一片片临近山边的土地都被开发商圈走了，我们不保护性地承包山林，用不上一两年，不知道一味挣钱的房地产商要破坏掉多少山林！"明亮道出心中的忧虑。

经明亮这么一分析，和鸣也感觉问题很大："破坏环境、改变生态、掠夺式开发，是现在一个通病。我听说，开发区有些厂房全喷涂成蓝色的，一些黄懒子一起飞，以为是蓝天，纷纷撞死在这蓝色的墙面下，这是颜色的污染；还有光的污染，四处是光怪陆离，甚至是白昼一般，没有黑天白天之分，鸟茫然了，不知道哪儿有藏身之处。我们如果不去争取时间、保护生态、保护环境，就会失去候鸟的回归，这可是咱们这个地区独有的财富。"和鸣心里很是沉重。

这倒激起明亮的决心："我们要尽快养好林蛙，让它成为一个产业，再设立几项别的产业，拉动周围部分农民就业，这就是保护山林最有利的先决条件，然后再开发观赏鸟、踏青自然、倾听天籁的旅游项目……"明亮展望着未来的前景。

"哎呀，你的设想很有前瞻性，有创意、很可行！"和鸣高兴得都要跳起来了。

"和鸣，我这几个月跟明亮学习了不少东西，长了不少见识，没有白来！"韩师傅说出了心里话。

"哎呀，韩师傅你这是说的啥话，我是你的学生，我得认真跟你学习养林蛙的技术。"明亮真诚说道。

"行了，我现在就是你俩的学生，可别嫌弃我呀！"和鸣开起心来。

"你打住，我上次提出以后的打算、设想，你还打糊糊，不让我说下去……"明亮揭和鸣的短。

"你还不知道我，基本是个井里蛤蟆没见过天，哪有你又是忧国忧民，又是展望未来的，我很难跟上你的思路。我现在想好了，马上停薪留职，加入你的战斗！"和鸣的心被搅活了。

"不要冲动，咱俩已经说好了，再等个把月，林蛙收获上市了，让你那位'天仙'来看看实情实景，由她做决定，好吗？"明亮想得很周到。

"哎呀，我快等不及了，你不婆婆妈妈行吗？"和鸣近乎哀求了。

"不行，我非得让你家的'天仙'举双手同意才行！"明亮坚持自己的意见。

"好好，我下次就带她来！"和鸣有些急不可耐。

"和鸣，我再带你去个地方，你一定想不到。"明亮卖个关子。

"什么地方？"和鸣问道。

"去了你就知道了！"明亮不回答。

"你们二位忙吧！我在这里守摊。"韩师傅向林蛙养殖区走去。

"哎，我们去去就回来。"明亮扬了扬手。

明亮带着和鸣爬过一座山岗，在漫山遍野的野花丛中，明亮一朵一朵采摘着野菊花。这些野菊花，粉里透着紫、白里点缀着黄，在一片打碗花的陪衬下，显得朴实无华，但有着楚楚动人之色。明亮还吩咐和鸣也采摘了两大束，一起奔向一大片松树林。在阵阵松涛的呼唤下，他们被一棵粗大的树冠吸引着，向这棵大松树缓缓地走去。

"明亮，李洪彬是不是在这棵松树下……"和鸣突然问到。

"是，他最喜欢的一棵大松树，小时候一直在这里转悠。你看那一棵树的周围，就是他练功磨的，溜平锃亮，至今都不长杂草。还有那棵奇特的老松树，长了一个歪脖又向上长去，成了洪彬休息的座椅。他喜欢这里幽静，能放松心情；再苦闷，到这里号上一嗓子，心中的苦闷就排解出去了。可最后，他还是没能……"明亮有些哽咽。

"洪彬真是的……怎么就是想不开呢！"和鸣也难过起来。

"行了，过去就让它过去吧！我们常常过来陪陪他，跟他絮叨絮叨，心里也能好受一点。"明亮宽慰着和鸣和自己。

在这棵粗大的松树旁边，有一座坟墓，立着一块墓碑：李洪彬之墓。四周围伫立着高大的松树林，像是李洪彬的护卫者，笔直的身躯，挺拔的脊梁，坚定不移在他身前身后立着，寸步不离。两人很是欣慰这里的环境，阵阵松涛，伴随着无尽的絮语，驱除洪彬多少个寂寞的日日夜夜。

两人默默地走向墓碑前，虔诚地敬献了花束，深深地三鞠躬。

"洪彬，今天是和鸣第一次来看你。今后，我们俩会经常来看你的，这片山我们已经承包下来了。这里是你喜欢的地方，也就是我们喜欢的地方，咱们一起把这座山养护好，把林蛙也养好，让这座山养出大名堂，给你争争气……"明亮絮叨着。

"对，洪彬，我们又可以聚在这里了。明亮说得对，你爱这山，爱大树林，我们也爱，咱们都想到一块了。我保证，一定让这座山郁郁葱葱，给你一个交代，也给后代人一个交代……"和鸣说得眼含热泪。

"洪彬，我们知道你现在过得非常安详、滋润。有大松林与你为伴，又有我们在你的身旁，这座山会永远郁郁葱葱的，你就放心吧！好了，我俩还要去看看陈芳菲二姐，改日再陪你唠嗑。我们走了……"明亮扬了扬手。

"洪彬，你就安静休息吧！我们心里会始终惦记你的。"和鸣有些不是滋味。

两人向李洪彬的坟墓又鞠了一躬，才朝山下走去。

"明亮，陈芳菲的墓地也在这山上？"和鸣有些惊讶。

"是呀，咱们打小都爱这片山，都在这山上搂草、采蘑菇、网鸟，这里也是咱们村子各家的墓地。唯有洪彬埋葬在他喜欢的地方，陈芳菲是葬在她家的祖坟地。"明亮指出了陈芳菲安葬的墓地。

"哦，我知道她家的祖坟地，咱给二姐也采摘点鲜花吧！她最喜欢紫色的花。"和鸣提议说。

"好，就按你说的办。"明亮跟和鸣一起采花。

两个人直奔陈家的祖坟地，给二姐献上了鲜花，向二姐虔诚地鞠了三躬，又诉说了衷肠，追思了美好的过去，决心把热爱的事业进行到底。

和鸣跟着明亮巡山、凭吊了两位好友，只见天上渐渐布满了乌云。

明亮怕和鸣赶不上回市里的车，正好韩师傅很长时间没有回家，就委托和鸣替他送韩师傅去火车站。

劝走了他们俩，明亮又来到山涧溪水旁的简易房，重点盯防林蛙别被洪水冲走。

五、人救鹰狗救人

这一个雨夜，风雨敲打着棚顶，门扇呼啦着忽开忽闭。明亮是一夜不得闭眼，一会儿查看水情，一会儿查看鸽棚，一会儿查看林蛙，手电筒的光亮越来越微弱，他才走进屋里仰靠在床上。

忽然，一阵狂风大作，他绑好的门扇被拽开一个大的缝隙，缝隙中闪过两道光亮。

明亮一个激灵坐了起来，他急忙抓起床边的铁锹，高高举起，挪蹭到门的旁边：只见一条似狼的黑影，嘴已经拱进门缝里，浑身上下滴着雨水，四肢不停地颤抖着。

  他知道狼是怕光、怕火的，急忙拿起手电筒向它照去。它没有任何反应，相反，倒急于拱进屋里。明亮断定这是一只落难的狗，好像前几天在山边见到过它，就急忙打开门，放它进来。

  它一摇三晃挤进门边的草堆里，依偎在墙角，身上瑟瑟地抖动着，紧闭着双眼；嘴贴着地面，轻轻地发出哀鸣。

  明亮心里一阵发紧，非常同情沦落于此的它。赶忙从锅里盛出一碗米饭，递到它的嘴边，它没动一口饭，依然瑟缩着，可两眼流下了几滴泪花。

  明亮难过地找出几条干毛巾，轻轻地揩干它身上的雨水，接着又找来一条夹被，暖暖地把它裹了起来。这才见它慢慢地闭上眼睛，默默地享受着这种特殊的温情，瑟瑟抖动的身躯，也慢慢地平复下来。

  明亮看到这里，心中有一种说不出的暖意，他也放心地上床休息了。

  天亮了，明亮睁开眼睛，发现狗蹲坐在自己的床前，静静地瞅着自己，像是有什么话要说，好像在做道别的准备，一副就等明亮发话才可离开的样子。

  明亮急忙爬了起来，靠近它的身边，抚摸它的头部，安慰地说："别走了，咱俩有缘，可以说是狂风雨夜得相逢啊！留下吧！"

  它像明白了明亮的话，摇着尾巴在明亮身前身后转着，轻盈的四肢透着高兴。它还时不时仰头看着明亮，两只耳朵兴奋地一甩一甩。

  明亮看它懂事的样子，笑着说："还愣着干啥？没什么不好意思的，你一定饿得很厉害。来，先把这碗饭吃了再说！"

明亮把饭端到它的面前，瞅着它吃饭。

它瞅了瞅明亮，立即狼吞虎咽起来。直到把饭碗舔得干干净净，才慢慢抬起头来，走到明亮的身旁，用身子在明亮腿上蹭来蹭去，尾巴拍着明亮的两条腿，那种亲昵的样子是向明亮表示感恩之情。

明亮乐坏了，细细打量着它，是一只德国黑背，被称为最有灵性、嗅觉敏锐、能帮助破案的好狗。

它怎么会跑到这荒山野岭？难道是主人同它进山狩猎，不小心把它丢失了？不对，可能是主人故意把它扔掉，偷偷开车跑了？要不它怎么会一连几天在这周边转悠，像在寻找自己主人似的？不管它发生了什么事情，先居住在这里。等有了什么音信，再做决定也不迟。

"好了，你就别走了，跟我做个伴吧！你还是个小妈妈呀！那我就叫你花花吧！花花……"明亮瞅着它喊。

明亮喜欢地搂着它的脖子，反复叫着这个名字。它像很受用这个称呼，摇头晃脑，一蹿一扑地跟明亮亲热着，就像见到了久别的亲人那样撒欢、激动。

几天下来，花花跟明亮里出外进地热络，它已经把这里当成自己的家了。它很是尽职尽责，看家护院、外出巡逻，还真有家庭一员的感觉，明亮跟它的沟通也很顺畅。

"行了，你今天就守在家里，看好屋顶上的这群鸽子。我去山里看看林蛙怎么样，你好好守着这个家就行了。"明亮拍拍它的脑袋。

花花像听明白了明亮的话，蹲坐在门口。伸着长长的舌头，呵吱呵吱打着招呼，目送着明亮走向山去。

近中午时分，明亮巡山往回走。就见远处的两棵大树之间，一张网里扑扇着一只大鸟，他急忙跑上前去，定睛一看，是一只国家二级保护鸟类——金雕。昨天还没有这张网，看来是今天一早刚刚挂上的。如果不赶紧摘下它，一会儿工夫就会折断翅膀了。

明亮爬到近六米高的树上，砍断了网绳，再慢慢把绳子放下，爬上另一棵树，向怀中轻轻拉着网绳，眼瞅就要勾到金雕，可金雕用尽全身力气扑扇着挂网，一下子挣脱了明亮的手。

当他再次拉近网绳，就在手触及金雕的一瞬间，金雕却用尽力气向外忽闪着翅膀，没有防备的他瞬间悬空、坠落。就在腾空的一瞬间，他却紧紧搂抱住了金雕。随着咔嚓一声脆响，树枝折断了，他从近六米高的空中摔落在地。一阵眩晕，浑身疼痛起来，他想挪动身子，可两条腿怎么也不听使唤。他无论如何呼天喊地，山林里只有他自己的回声。他无望地用一只胳膊匍匐到树干下，倚靠着树干歇息起来。最后，他用尽全身的力气，吹起了一声长长的口哨。接着，他的身子瘫软了，不知不觉地晕了过去……

好像和菁菁捕鸟的那个夜晚，菁菁紧紧地靠近了自己，他顿时兴奋起来。她轻轻喘息的气息，柔柔滑滑的发丝，轻触着自己的脸颊，是那样润爽，心里腾起激流的涌动，唇对唇地吻着。就在两人激越相拥的时刻，突然一只手被拽动起来，还听到狗的叫声。他猛地一睁眼，花花在眼前转来转去，吓得金雕一个劲儿地扑扇着……

原来，花花在家等了那么长的时间，还不见主人回来。忽然，它灵敏的耳朵似乎听到明亮的口哨声，就寻着明亮走过的气味，奔着进山的路径找了过来。它发现明亮倚靠在大树下，急得它是又舔明亮的脸颊又舔他的手，可明亮没有丝毫反应，它这才向金雕吠叫起来，没想到吓得金雕扑腾一拽，把明亮给拽醒了。

"花花，花花！谢谢你，在关键时刻来救我，快……"

说着，明亮掏出了笔写好了一张纸：大意是自己摔断了腿，不能动弹，请求救援。他叠好了信纸，递到了花花的嘴上，又向山下指了指，意思快快下山。

花花一下子就明白了明亮的意思，用嘴叼着信，飞一般地向山下冲去。

这时候，他突然发现身前身后的树上，飞动着自己养的那群赛鸽。他愣怔了起来："你们是听到我的口哨声才飞过来的吧？干吗不下来，还待在树上干什么呀！"

他这一声呼叫，赛鸽像明白了似的，可它们急切地扇动着翅膀，就是不肯下来。这时，金雕抖动着翅膀，张着利嘴叫。明亮这才明白，金雕是赛鸽的天敌，赛鸽哪敢靠近他呀！只能躲在远远的树上偷偷观望着自己。

"我知道你们害怕金雕，你们先在那儿待会儿。别着急，花花一会儿就会领人来救我。"明亮跟赛鸽说着话。

当他再看到花花吠叫的时候，它的身后跟随着两个年轻人，正向他跑来。他们一边气喘吁吁，一边感叹地说："哎呀，大哥，你这只狗太厉害了。向我们又是扑又是叫，气得我俩拿起石头要打，就见它站立起来，两条前腿做抱拳状，一步一步向我俩走来。我们这才发现它嘴上叼着一张纸条，急忙打开一看，才知道是你求援的信。它把信递给我们就开始往山上跑，还边跑边回头，生怕我们不跟来……哎，大哥，腿不能动啦？"

"好像摔断了。"明亮遗憾地说道。

"哎，你怀里的金雕……"

"你认识金雕？我就是上树摘金雕才摔下来的，我为了保护这些鸟，才承包了这座山养起了林蛙。没想到，还是有人偷猎！"明亮有些生气。

他们二人互相对视了一下，有些惊异地说道："大哥，你就为了这么一只鸟摔成这样，值不值呀？"

"你们不知道，这金雕是国家二级保护鸟类。我是生在这里的人，一小的时候，看满天翱翔的金雕、老鸹子、雀鹰……那种幸福感你们是体会不到的。这几年，候鸟越来越少，很是让人痛心。我辞了事业单位的工作承包这片山林，就是为了保护这些候鸟。"明亮说出自己承包山林的目的。

"大哥，你辞了工作？还是事业单位，就为了保护这些破鸟？"

"怎么是破鸟？你们有所不知，咱们这里的鸟跟我小时候比真是少得可怜。再不制止捕猎，去保护鸟，我们这里候鸟就会灭绝，那是多么让人心痛的事啊！"明亮很是难过。

"哦，原来你承包山林就是为了保护候鸟哇！你的行为很让人感动，谁见了你的所作所为都会自觉来保护鸟的。来，我俩轮流背你下山。这金雕……"

"咱们带回去，我检查一下受伤了没有，再给它戴个标志环，以备鸟回飞研究用。"明亮忍着伤痛说道。

"那咱们走吧！"

"谢谢了，太麻烦你们了！如果没有你们的援救，我……"明亮很是感激地说。

"看你说的，我们今天是偏得了一次生动的护鸟教育。你为鸟都摔成这样，还不忘保护鸟，我们还有什么可说的。"

他俩轮流背着明亮下山。

花花像主人似的，引领着大家，向山下的简易房快跑，还不时向天空望去。赛鸽像护航的飞机，在空中盘旋着，一刻也不离开他们的视线。花花跑跑停停，还不时瞅瞅那只被抱着的金雕。金雕受到了保护，睁大着两只眼睛左顾右盼，不再惊慌失措，慢慢地安静了下来。

花花把大家领到简易房前，它用嘴拱开了屋门，摇着尾巴迎候大家进屋。

赛鸽完成了护航的任务，飘飘洒洒飞落在屋顶上，咕咕欢叫起来。

"你们先坐下喘口气，把你们累坏了。真不好意思，还得麻烦你们给我朋友打个电话，把我的情况告诉他一下，这是他的名字和电话号码。"明亮写完和鸣的电话号码递了过来。

"看你说的，这有什么呀！举手之劳而已。"

"别别，麻烦你们一顿，还不知道你俩姓名？我先自我介绍：我叫赵明亮。"明亮有些不好意思。

"大哥，你千万别不好意思。我叫于明，他叫秦成强。你就叫我小明，叫他小强吧，我出去挂电话，小强负责照顾大哥。"小明吩咐着小强。

"哎，你放心吧！"小强高兴地应承下来。

和鸣接到电话，二话没说，租了车就跑来了。他把明亮拉到医院，又把对象张虹找来帮助护理。自己返回护鸟办公室，当面向小明、小强道谢："真难为你们了，非亲非故的，这么实心实意帮助我的哥们儿，我怎么表示好呢！"和鸣真诚地表示感谢。

"别这么说，我们应该伸出援手。他护鸟的精神真感动了我俩，我俩正商量加入大哥的队伍。"小明不好意思地说。

"那更得谢谢了，我代表明亮先谢谢你俩！什么也别说了，我马上回去停薪留职，咱们一块干好吗？"和鸣有些激动。

"太好了，你们有工资的人都能放弃，我们一个农民有什么可顾虑的。是吧，小强？"小明别提心里多高兴了。

"对，我俩说定了，跟你们一起干！"小强的决心很大。

过了几天，韩师傅回来了。一见到和鸣就急着问道："和鸣，明亮怎么不在呀？你在这里盯班，是不是明亮出什么事啦？"

"别提了，前几天，他发现一只金雕被挂网缠住，就急忙爬树上去摘，一不小心摔下来，两腿骨折。现在已经住院了，腿也打上石膏，医生说得个把月才能下地，我看问题不大。明亮让我转告你，别太辛苦了，要照顾好自己。韩师傅，我来介绍一下小明、小强给你认识。"和鸣领着韩师傅进了简易房。

"和鸣哥，你回来了！这位是……"小明抢先问道。

"这位就是我们养林蛙的韩师傅，是咱们聘请的养林蛙专家。韩师傅，是他们二位救了明亮，这位叫小明，这位叫小强。他俩看咱们的人手不够，主动要求帮助巡山，这两天一直是他俩在巡山。"和鸣高兴地介绍着。

"太谢谢二位了，要是有你们这两位帮手进来可就太好了。"韩师傅上下打量着小明、小强。

"韩师傅，我们决定加入你们保护候鸟的队伍。"小强笑着说道。

"哎呀，我是巴不得呀，过些日子还真需要人手哇！"韩师傅乐得直搓手。

"还有你更惊喜的。你看，那是不请自来的'花花'，它是暴风雨夜投奔咱们来的，接着就发现明亮摔伤，下山给小明、小强报信，大家就这样聚合了。来，花花，认识一下韩师傅。"和鸣召唤花花。

"嘿，好嘛，我走了几天，发生了这么多神奇的事，这是缘分哪！花花……"韩师傅抚摸着花花。

"汪汪……"花花在韩师傅身前身后，热情地绕着。

"咱们这才像个大家庭的样子。韩师傅，我也决定停薪留职，很快也投入你们的战斗之中。"和鸣握着韩师傅的手。

"太好了，我早盼你说这句话了，就是不好意思说罢了。现在，你就回医院去，把你的想法告诉明亮。另外，把小明、小强要加入咱们队伍的事也告诉明亮，快点给他俩回个话，好让人家安心。"韩师傅叮嘱和鸣。

"我这就去医院，把他俩要加入的好消息告诉明亮。这里就由你和他俩还有花花一起负责了，我就不再耽搁时间了，这里就拜托各位了！"和鸣高兴地走出屋门，还示意花花看好家门和金雕。

"和鸣哥，你告诉明亮哥，这里的一山一水、一草一木，我们太熟悉了。让大哥尽管把伤养好了再说，不用着急。这里韩师傅负责林蛙，他如果需要我们一定全力以赴，这座山林就交给我们俩了。你赶紧去照顾好明亮哥，我们巡山的任务一定完成好，你放心走吧！"小明干脆利落地说明了想法。

"对，你赶紧回去吧！这里，你就放心吧！"小强也劝起和鸣。

"好，那我就回去了，这里就拜托韩师傅和二位弟弟啦！"和鸣心里很是感激。

和鸣一个举手抱拳，向三人道谢离去。

韩师傅回到林蛙养殖区，小明、小强安顿好花花和金雕，两人认认真真地行使了自己的职责，沿着山林的四周，仔细巡视。

六、金雕戴标志环

和鸣把小明、小强要加入的事一说，明亮的病好了一半，那真是满脸堆笑、手舞足蹈。

"哎哎，你小心点腿，还打着石膏呢！我说你挺住点，我再向你报告一个好消息，你可不能发火呀！"和鸣很谨慎地给明亮打预防针。

"装神弄鬼的样子，你憋不出好屁。说吧，我挺得住。"明亮还是喜形于色。

"我已经办理辞职手续。"和鸣露出了半截话。

"你干什么……"明亮一下子火了起来。

"哎，我说你别发火呀！肝火太盛会影响腿伤痊愈的。"和鸣赶紧上前按住明亮。

"你干什么事先不跟我商量一下，就自己做决定了？"明亮生气了。

"明亮，这事和鸣跟我商量过了，我同意他的决定。不管眼前有多大的困难，同舟共济是哥们儿的共同责任，我相信你们的事业一定会成功的。"张虹劝说着明亮。

"我到底把他拉下水了。张虹，我光棍儿一条没有负担，可你们很快就要结婚生子，一旦拖累你们，我心里怎么过意得去？"明亮还是有些担心。

"没事，顶多我一个人挣钱养活他呗，这有什么？我对你们的事业还是很有信心的，难道你没有信心吗？"张虹反问了一句。

"你看明亮，我都没想到她这么坚决，咱的事业不兴旺发达才怪呢！"和鸣乐不颠地说。

"行了，辞职都办了，说什么都晚了。这样张虹，如果将来亏损的话，我一定会想办法补偿你们的，绝不让你们吃亏。"明亮打起了包票。

"明亮，看你说哪儿去了。你这样说法就是把兄弟的情分唠散了，我还等你们的好结果呢！"张虹给他俩鼓劲儿打气。

"明亮，张虹都把话说到这份儿了，咱俩只有甩开膀子好好干，别辜负她的一番真情，那才是真的。"和鸣也给自己打气。

"行，我很受感动。你们这样支持这个事业，看来我不努力都不行了，我可不能愧对你俩呀！好了，我先向你们表示谢意了！"明亮扶床站了起来。

"哈哈……"他们很是开心。

明亮继续待在医院养伤，张虹出来送和鸣，和鸣是欢天喜地地奔山上而去了。

近一个月的疗伤，明亮基本痊愈了。

不过走起路来还是一跛一跛的，没有彻底好利索，张虹陪着明亮一块来到山上。

"大家好,你们辛苦了!"明亮大嗓门地喊着。

"首长好,为人民服务!"和鸣一本正经地立正。

"哈哈……"逗得大家哄堂大笑。

花花看明亮回来了,乐得是前扑后颠,像小孩子似的张狂。

小明和小强围拢过来,问长问短,还介绍了一下保护鸟、林蛙的一些情况。

花花拽着明亮的衣服,向金雕的笼子走去。就见金雕像认出了明亮似的,扇动着翅膀,在笼子里转起圈来。

"和鸣,金雕的翅膀好利索了吗?"明亮关心地问道。

"你没看它扇动的翅膀,可比你的腿强多了,意思是它可以飞了,你还瘸着腿呢!"和鸣打趣明亮。

"嘿,反正我已经是个瘸子,也找不着对象,干脆打一辈子光棍儿算了!"明亮拿自己开心。

"和鸣,你瞎说什么呢,伤筋动骨一百天,哪能一下子就会跑哇!"张虹一脸的严肃。

"开个玩笑算什么。张虹,我哥俩可不分里外,有时候说话你不可当真哪!"明亮满是轻松愉快。

"我们俩不正经惯了。张虹,我在你面前绝不能稀里咣当的。"和鸣半开玩笑起来。

"好了,不开玩笑了,咱们今天可算是正式聚在一起。你们说,咱们多有缘分哪!那个风雨飘摇的夜晚,花花雨夜投奔我,过几天它就救了我,又把小明、小强领上山来,这是天意。还有我们可敬的韩师傅,兢兢业业、一丝不苟地工作，带领你们几个人让林蛙丰收在望！"明亮有几分感慨。

"明亮，这是应该的，既然加入你的团队，就要把这个事业做成、做好。"韩师傅说道。

"明亮哥，的确是缘分，你的花花太聪明了，是它给我俩牵的线。不过，我俩快憋了一个月了，今天算正式向你道歉……"小明有些哽咽。

"是，我们向你说声对不起。"小强也哽咽起来。

"你们这是怎么回事？"和鸣着急起来。

"说实话，那个网是我俩挂的。我们上山是看看网挂没挂着鸟，没承想半道遇上花花，它给我俩送来了字条，把我们带到明亮哥摔伤的树下。你摔伤的根源是我们。所以，我们来帮你巡山就是来弥补过错的，对不起了。"小明说道。

"明亮哥，你如果辞退我们，我们毫无怨言。"小强补充说道。

"什么话呀！我感谢你们还来不及呢！况且咱这个地区有'宁吃飞禽一两不吃走兽一斤'的说法，一下子改掉这个习惯是不可能的。再说了，你俩已经站在这里，就是认同了我们的事业，我还没向你俩道谢呢！"明亮开心地说道。

"明亮哥，我们上山网鸟也是出于无奈。这些年出海打鱼，经常放空船回来，海上基本打不着鱼了。又看近海养殖成风，去年我俩凑了几万元钱，也在海上养了二十台扇贝筏子，满以为收获季节能赚上一笔。谁承想一场赤潮，扇贝缺氧全死了。我俩赔了个精光，这不是到了候鸟飞来的季节，就想上山网鸟卖点钱花。"小明说出了原委。

"小明、小强，凡是一窝蜂的事，我们千万别跟，一跟非吃亏不可。

就拿打鱼来说吧,看到鱼值钱,家家户户都养船打鱼,海面上打鱼的船是密密麻麻,哪来的那么多的鱼呀!没办法只能在拉鱼的网眼上做文章,鱼网眼那是越缩越小,现在全用绝户网,用强灯光捕鱼,连鱼子都捞上来,还能有鱼吗?听说养殖赚钱都养殖,近海养殖筏是密密麻麻,海水全污染了,能不出现赤潮吗?这都是一窝蜂害的!"明亮切中了时弊。

"可不是吗,我们海边多少家的鱼船歇着不能出海,就因为打不着鱼了。养殖户一个赤潮赔惨了,再也不敢养殖了。还是咱老百姓话说得对,'宁许陆地一头猪,不许海上一条鱼',海上的风险太大。"小明心有余悸。

明亮看小明无望的神情,看到他虽然有"宁许陆地一头猪,不许海上一条鱼"风险意识,但是根本没找到自己失败的原因。他和风细雨帮小明梳理社会上一系列跟风的危害:大哄大起一窝蜂的坏习惯,它的危害深深埋在人们的心里,形成少思维,少动脑筋,图省事地随大流,跟大帮的思维方式,恰恰是出大错的根源。

像后来全民经商,买空卖空地倒卖钢材、盘圆,倒卖棉花、布料等,好像一下子物资极大丰富,东西有的是。是这样情况吗?其实是人们进入一个虚假的幻觉中,可人们还是不可自拔地热衷炒作,到头来是两手空空。

再到后来全民炒股、炒房子,房地产商在囤积地皮,炒卖地皮,到头来怎么样?股民全被套牢,投入的钱全打水漂了。

还有钢铁企业在国内炒矿石、矿砂,还炒到国外,抬高价钱。让国外企业看准了我们的空当,联合起来抬价,一下子压垮了我们一大批钢铁企业，相关的企业也纷纷倒闭……

世界上也有跟风的毛病，西方一些国家搞颜色革命，一些社会主义国家想一夜变富，呼呼啦啦推翻执政的领导人，要走西方资本主义道路。特别是苏联社会主义国家一夜之间分崩离析，独联体国家纷纷宣告独立，要彻底走西方所谓的选举制，到头来怎么样？国家经济及老百姓的生活依然没有大的改观，是不是很后悔当初跟风那股颜色革命？

还有一些伊斯兰国家，被以美国为首的西方国家群起攻之，像伊拉克、阿富汗……十几年过去了，美国推销的所谓民主、自由、富裕，哪一样实现了？还不如战前的经济状况，人们开始怀念以前的好日子，知道上当已经晚了。

人哪，要吃一堑长一智，不能吃一百个豆子，还不知道豆腥味，那还叫一撇一捺的人吗？所以，我们不要盲目跟风，要理性思考问题。别人一窝蜂去做的事，你要好好地分析，不去跟风，你要做别人不去做的事就可能取得成功。

像咱们承包山林的事，就不怕别人跟风，因为它一下子不会产生大的效益，就没人去跟风的。还有甘肃到新疆那些无边无际的戈壁滩、大荒漠，会有人一窝蜂去承包、开发吗？如果企业家、大老板把眼睛盯在了那里，那可就是一大幸事了。到那时，我们国家一定是非常强大的经济体。所以，我们今天保护候鸟，保护环境，经营山林，就是要从小处着手，从小事做起，踏踏实实把它做好。

"对，我们要把保护候鸟和经营山林融合到一起，向保护自然环境中要效益，也就是给保护鸟一个大的希望。小明、小强，你们的加入，给我们带来了很大的帮助。你们不知道，现在迁徙来的鸟可是少多了。

我们小的时候躺在草地上，仰望天上遮天蔽日的景观，倾听四处奏鸣着鸟的和声，是一部天籁的交响曲，可以说是美不胜收哇！"和鸣学着明亮描述那壮观的鸟的世界。

"是呀！听了明亮哥的一番描述，我深受启发。咱们把保护候鸟和经营融合在一起，我感觉一定会成功的，也为保护我们特有的候鸟栖息地做了贡献。"小明有所感悟。

"是，到今天，我才真正体会到你们事业的伟大。"韩师傅很是敬佩。

"来来，咱们先给金雕做个标志环，再给它试试放飞好不好？"明亮转移了话题。

"好。"大家异口同声。

明亮为金雕做好了标志环。它用尖嘴一个劲儿叼，花花在旁边汪汪地叫，好像不愿意放它走似的。

"你们看，花花这些日子跟它都处出感情了，都不愿意放它走。"明亮抱起了金雕。

大家走出了门外，向老铁山灯塔方向走去。来到了前洋悬崖峭壁的高坡上，眼望着茫茫的大海，一眼望不到边的对岸就是山东半岛。

一个庄严的放飞活动开始了。明亮高高扬起手臂，用力向天空送去，金雕迅速展开翅膀，冲向了蓝天。

当大家目送它远去的时候，它从云端处反转回来，围着大家转了三圈，花花高兴地冲着它汪汪地叫着。这种留恋之情，让在场的人感动不已。它没有继续盘旋，径直朝南飞去，去追赶它迁徙的大部队，它给护鸟人留下了第一个故事。

"多感人哪，这就是为什么人要与鸟和谐相处。任何动物都是有情感的。我们保护它们，一定会得到回报的！"明亮很有感触地说。

"明亮，我第一次看到这么感人的事，更坚信你们事业的伟大，我支持你们！"张虹夸赞起来。

"哎，明亮，这个灯塔是什么时候建成的？"和鸣手指着灯塔。

"这个灯塔，好像是清朝时期的……1893年，灯光射程二十来海里。这个塔的全套设备是由法国制造，建设由英国人施工，采用水银浮槽式旋转机，由水晶玻璃制成的，八面牛眼式折射光源为过往轮船导航……"明亮介绍说。

"哎呀，它的历史这么久远，还是个老古董啊！"和鸣很是感慨。

"对呀！要不国际航标协会，最近把咱老铁山灯塔列为世界百座著名灯塔之一，就是因为它的历史久远，名气很大。你们再看悬崖下方的海面，有一条黄、蓝明显的分界线……"明亮手指远处的海面。

"对了，我每次观看这泾渭分明的黄渤海分界线，就纳闷它是怎么形成的呢？"和鸣好生奇怪。

"你们看，这条分界线东部黄海的海水是深蓝色，而西部渤海的海水却显得浑浊，略呈黄色。这是因为它所处海底是一条很深的地沟，形成了泾渭分明的黄渤海分界奇观。"明亮做了解释。

"这世界上什么千奇百怪的事都有哇！"和鸣直晃脑袋。

"走吧，咱们回去喝个团聚的酒，张虹帮咱们准备了酒菜。为咱们今后更好地发展事业，来个畅所欲言、群策群力，策划出更好的经营方案，好不好？"明亮号召起来。

"好。"大家高兴地往回走去。

一会儿工夫，酒菜摆满了一桌。虽然没有什么高档的，但是大家的热乎劲儿，却很是满足。

明亮端起酒杯开始致辞："我今天真是很高兴，不是因为治好腿出院才高兴，而是为能和大家一起为我们共同的事业奋斗，为拥有你们这么爱护动物的知己朋友，也为即将成功的收获而高兴。我要感谢韩师傅、和鸣、小明和小强，也要感谢积极支持我们事业的张虹，我也不能忘记于我有救命之恩的花花……这些，是完成我们事业的中坚力量，更是我人生难得的宝贵财富，我深深地向你们表示谢意！我先干了这杯酒。"

"好……"大家热烈鼓掌，花花汪汪欢叫着。

"来，咱们大家共同干一杯！"明亮提议着。

杯子叮当地交错，花花汪汪地蹦跳。把朋友的浓浓深情紧紧维系在一起，让事业基石稳稳地垫牢。他们是各抒己见、献计献策，一条条可行方案端上了桌面：

"我觉得山林还有很多可开发的项目：像水库的水面可以养鸭、水下养鱼，鸭粪直接喂鱼，鱼又净化了水质，互补利用。"韩师傅说出了自己的想法。

"对，也可以圈出一块地方散养鸡，别浪费了资源。再有一个想法，就是那一大块荒地，我认为还是栽上一片果树，跟整个山林延续下来……"小明补充说。

"对，小明的提议非常好，咱们先人管子曾经说过：'一年之计，莫如树谷；十年之计，莫如树木；终身之计，莫如树人。'咱当地人还有句俗语，就是'桃三杏四梨五年，枣树当年回本钱'。就是说，干什么都要有个规划，按节令种植，我们干脆把这个地方建成观光、赏玩、采摘基地，好不好？"明亮问道。

"好，太好了！"大家齐声称赞。

"明亮哥既然提出采摘基地，我觉得适当辟出一块菜地，也可以让观光客前来采摘；另一个是要利用好木头这个资源，我觉得养木耳、蘑菇，这个项目也挺好的。"小强甩出一句。

"哎，你别说，这两个想法都可以并到采摘项目中去。一个是利用自然条件，那就是'头伏萝卜二伏菜三伏四伏种芥菜'；再一个是塑料大棚，让反季蔬菜在大棚里种植，供观光客在冬季来欣赏、采摘，形成一年四季不断的旅游资源，我们的工作也不会断档。"明亮兴奋起来。

"太好了，这真是集思广益，开阔了实际操作的空间。我还有一个想法，就是在我们资金宽裕的时候，把这座山建成一个公园。给周围的老百姓修一条盘山路，让晨练和遛弯的人有了新的场所，那该多好哇！"和鸣提出了新的想法。

"你们这些想法不错，很是可行。哎，我还有个想法，就是养林蛙的规模要进一步扩大。上了规模后能不能进行深加工，像什么林蛙油……还是有一定药用价值的。"明亮抛出下一步的想法。

"那得上项目、建药厂，这不是小打小闹，而是上了一个大的台阶了。"和鸣有些担心。

"就因为是大的项目，帮助社会解决就业难的问题，才能得到政府的支持。才会更好地保护这里的山林、保护鸟类、保护自然环境，这是为子孙后代造福的工程。"明亮很有信心。

"你的用心是好的，药用的实际功效怎么样？"和鸣开始质疑起来。

"你们都知道，现在生活越来越好，养生成为人们越来越关注的话题。咱先说林蛙油吧，它能治疗肺痨咳血，治疗神经衰弱，治疗老年慢性支气管炎，林蛙油再配上白木耳、白糖，浸泡，蒸熟，每天空腹服用，还是很好的一服补药。"明亮滔滔不绝。

"你为了建小药厂，肯定搞了摸底调查。要我说，太花钱的计划先放一放，先把容易操作的规划实现了，等有了经济实力再说吧！"和鸣提出了不同意见。

"要我说，明亮的想法非常可行，这是干事业的大想法，我支持！"韩师傅有些兴奋。

"我也支持这些设想，不过我更支持在山下或者水库边建一个自然文化中心。人们踏青融入自然，拥抱青山绿水，欣赏鸟飞翔，品尝我们的鸡、鸭、鱼、蘑菇、木耳……让更多的人接受保护环境、保护动物的理念，让大自然给人们带来无穷无尽的好处和乐趣。"和鸣提示着明亮。

"和鸣借题发挥得不错嘛！我同意他的量力而行观点，我更欣赏大家的合理化建议。这说明我们每个人都把这当成自己的事业，劲儿往一块使、心往一块聚，众人拾柴火焰高在这里体现了。你们的建议，可行的咱们马上实施。我非常同意和鸣刚才说的，要让更多的人了解这里的山山水水，也让更多的人知道我们可爱的旅顺，开发旅游的项目。"明亮综合说道。

"哎哎，我还没说呢，你们这么一说，我坐不住了。现在，我就回去停薪留职，来给你们做后勤保障工作好不好？"张虹有些激动。

"张虹，我还是不同意你加入进来。你们两人，和鸣进来就行了，一旦……"明亮欲言而止。

"明亮，没有什么一旦之说，只有长远加入的份儿了，你说要不要吧？"张虹决心已定。

"行了，我要是不同意，和鸣都会把我吃了，我敢吗？"明亮笑了起来。

大家欢呼着、激动着，一个开发新项目的行动有条不紊地进行着。这时，正值林蛙上市的时节，购买林蛙的人是络绎不绝，很快就销售一空。

明亮一清点账目，把投入的钱，大家的工资全赚回来了不说，还有十几万元钱的剩余。

明亮是二话不说，把钱全部投入新项目之中，一个诱人的自然文化中心，就呈现在人们的面前。

七、和鸣婚礼大聚会

文化中心就是一个多功能的活动场所。它可以作为展览宣传之用，介绍候鸟的种类、迁徙时间、栖息环境、食物种类、孵化的湿地等等，搜集到的大量的关于鸟的摄影图片和文字说明，装帧成一幅幅精美的摄影图片，一列排序在大厅两侧的墙上，既有艺术美感还有保护鸟的宣传作用。大厅的前端设立一个小小的舞台，设有灯光、音响、投影、银幕、幕布，它既可以接待会议，也可以放映电影，又可以进行小型文艺演出，还可以承办婚礼。这个文化中心一地多用，发挥它最大的功能。

这个文化中心处于山水环抱之中，风景如画，景色宜人。一些小型会议召集者愿意选择这静谧之处，利于与会者静下心来听会。

举行婚礼的人，更喜欢这个优美的环境。看到大棚里的各种蔬菜、瓜果，顺便采摘买回去，有个亲力亲为的小小成就感。

那些城里的文艺大妈、大婶，更是喜欢这里，她们来这里既是踏青、徒步，还到这里交流演出，真是一举多得……

和鸣的婚礼就定在文化中心。

这一天，明亮把文化中心布置得格外喜庆：正门前矗立一座大大的拱门，上面闪着"方和鸣、张虹新婚志喜"几个大字。

大气球随着悠扬的音乐摆动，向来宾们招呼示意；道路两旁的彩旗迎风飘扬，让人心旌摇荡；大厅门前的少男少女手摇着花束，这是明亮特意设计、制造的氛围，列队两行迎接车队。就见长长车队簇拥着布满鲜花的婚车，缓缓驶进了文化中心。

明亮远远的一个手势，顿时鞭炮齐鸣、气球飘动、赛鸽翻飞，少男少女发出了一致的欢呼声：欢迎，欢迎，大喜，大喜！

文化中心顿时沸腾起来……

明亮是进进出出，忙着迎接张虹、和鸣的双方亲人和朋友。

这次，明亮还把他和和鸣相关的至爱亲朋无一例外地全请到位：部队的赵营长、沈队长、小四川，村子里的大队长王良，哥哥赵明涛和侄子小中苏，养鸽子的师傅杨洪喜，粉坊黄师傅，同学李智仁、方秀英、陈福利、杨丽、侯军，好友张宏生一家三口及自然文化中心的韩师傅、小明、小强，还把长白山的房东大哥也邀请来了欢聚于此。

来宾们身处婚礼的现场，顿时被这里别开生面、优雅别致、极具特色的婚礼场面吸引住了。

风柳含烟，万点湖光浮媚；树水相依，风情山景叠翠。

明亮把和鸣、张虹引荐给至爱亲朋，大家紧紧地拥抱、畅叙、喜极而泣。

最为感慨的人是赵营长："明亮，你兑现了在部队时的诺言，要与动物和谐相处。对于快速发展经济的今天来说，你前瞻性的眼光让我佩服至极，你的创举让我有了灵感。"

"什么灵感？"明亮非常好奇。

"明亮啊！我背着部队的一个处分：动用军用物资狩猎，违反了军纪条例。转业到地方，这一直是我的精神负担，我一直纠结于曾经猎杀动物的行为，这在我心里形成了痛苦债。它困扰着我、影响着我的正常生活，成了我的一个思想包袱，一直不得解脱。到你这里来，我心里顿时开阔、敞亮，痛苦得到了充分的释放，你知道我现在想说什么吗？"赵营长问道。

"营长，你但说无妨。"明亮催促着。

"我现在决定，立即投奔你的麾下，请赵总接受我这位老战士，给我还心里债的机会。敬礼！"赵营长很严肃地说。

"营长你……"明亮感动得差点掉下了眼泪。

"怎么，不想接受我是吧？我只作为临时工的身份出现，行吗？"赵营长瞅着明亮。

"营长，我巴不得你早点来指导，来领导我们这个团队。我为什么把你请来，就是想看看你的反应，没想到……我向你敬礼！"明亮激动不已。

"我只作为你的属下，不左右你的领导权，否则我不给你打工。"赵营长晃着脑袋。

"好好好，这个事咱俩回头再议，我先谢谢你的加入请求！"明亮开心至极。

"明亮，我这会儿一直着急呢！营长提出加入你们队伍，那可得捎带着我呀！"沈队长抢先说道。

"还有我。"小四川跟着喊道。

"哎哎，还有我。"黄师傅也跟着喊。

"还有我。"长白山的房东大哥哽咽了。

"大哥，你是……"明亮似乎感觉到大哥心里的痛楚。

"赵排长，你们离开的第二年，我妈妈就去世了。我不知道在哪里安家是好，我都是五十多岁的人了，还光棍儿一条，你能收留我吗？"房东大哥低垂着头。

"大哥，你这是什么话呀！我让你来就是这个意思。我还怕你看不上这里。"明亮瞅着他笑。

"赵排长，我愿意，谢谢你……"房东大哥紧紧握着明亮的手。

"来来，大哥，咱俩拥抱一个，欢迎你加入我们的队伍。"和鸣与房东大哥紧紧相拥。

"我看这样吧！大家都要加入明亮的队伍，说明他的人品、能力、水平绝对没问题。你们的事业已经起步了，要发展的空间很大，需要很多的人手。咱们村子已经规划到开发区了，村民成了城镇人口，也成了无业的居民，你能拉他们一把吗？"王良帮着村里人说话。

"好，既然大家这么喜爱护鸟的事业，说明我们的愿望是共同的。我有一个新的设想，想再扩大一个护鸟区，就是想把那个盐碱滩、芦苇荡也承包下来。你们看怎么样？"明亮抛出了自己的方案。

"啊，我们这个护鸟区刚刚有点眉目，经济账是略有盈余，再扩大转场，能行吗？"和鸣开始质疑。

"保护鸟类、保护环境资源，这是刻不容缓的事。现在，我们不是要经济效益的时候，而是要给鸟类争取更多的栖息家园的时候，也就是给我们自己打造一个美好家园的时候。你们看，我们周围的山山水水，经我们承包山林后，狼、狐狸、野鸡、野兔、松鼠、鸟多起来了。那些毁林、废山的举动，是不是有很大的收敛？因为我们承包的期限、合约，制约了房地产开发商向山林扩张。这对鸟的绿地、栖息环境，是一定的保障。所以，我们不能放慢脚步，而是要加大保护的范围。"明亮说出了自己的思路。

"明亮，我们都很同意你的观点和见解，为了我们子孙后代着想，留下一片青山绿水、蓝天白云。但也不能忽视一定的经济效益，我相信你一定有一个成熟的规划，能不能说给大家听听？"赵营长慢条斯理地说。

"我做了比较长时间的考察，发现芦苇塘是丹顶鹤的栖息地，它也是养河蟹的好地方，还有那个红海滩的碱蓬草和丹顶鹤，非常有观赏性。现在人们的生活好了，旅游、休闲将是今后一个大的潮流。你们说，是不是有很大的旅游开发潜力……"明亮征询着大家的意见。

"你别说还真有开发的空间，这是一个很大的项目，很有潜力……"和鸣认真思考起来。

"明亮，我感觉你是想把这片山林作为一个保障基地、后勤部。有了这个经济的支撑，去扩大另一个丹顶鹤的栖息地，以河蟹养殖、旅游开发做依托。这个方案很可行，很有创意，而且会得到政府的支持，前景非常美好。又给鸟留下一片湿地，真正给子孙后代留下了无价之宝。"赵营长兴奋地说。

"营长，我对河蟹的育苗、分苗、养殖、上市、市场行情，做了仔细的调查研究，认为潜力非常大。即便当年亏损，我们还有这边基地做保障，积累足够的经验后，成功是跑不掉的。最主要的是这片湿地保护下来了，你说哪头轻哪头重？"明亮很有信心。

"明亮，咱村里进城后那些马匹，就是大洋马繁殖的一些小洋马，还没处理呢，你这里需要吗？"王良大队长问道。

"你那匹大洋马还在呀？"明亮很是吃惊。

"还在，我让它闲下养老了。它没有过去那么精神、帅气，倒不失老年的优雅，它为咱们立下汗马功劳，我们要对得住它。哎，你要马匹能干什么用？"王良问道。

"马可以在海滩上供人坐骑，还可以做马拉轿车，既环保还有民间风情。我们再辟出一块盐碱沙地作为赛马训练场地，同时供人们观赏，你们看行吗？"明亮说得头头是道。

"明亮，你这个办法真不错。既解决了这些马匹的问题，也能解决一下富余的劳动力，可谓一举两得。"王良很是满意。

"城镇化必然要发展第三产业，观光、旅游、商贸、服务业……将会是主导。我们只有把自己美丽家园的山山水水、湿地的资源保护好，利用电动车、马匹的无噪声、无污染去打造旅游胜地，才能更好地拉动经济，我们要把古老、美丽的军事名城给装点好。"明亮感慨万千。

"好，很有见地。打开了大家的思路，这个旅游项目设想已经很成熟。哎，明亮，我听说你去了一趟美国，是不是跟旅游有关？给大家精神精神。"赵营长突然问起了明亮美国之行的事。

"你们不知道，他是去看望'文化大革命'时期的一个老朋友，名字叫李敦白，他在美国一所大学任教。"和鸣透露了明亮美国之行目的。

"哦，李敦白是你的老朋友？彻查的时候你也没交代这个问题呀！再说了，你没受到他的牵连吧？"赵营长很是惊讶。

"这说明我遇到了你们一批心眼好的人，没让政治斗争的错误在我的身上重演。当听说他被释放返回美国，我想尽一切办法跟他联系，总算跟他见面了。咱们应该感谢这一大批外国友人，为了抗击日本侵略者，他们抛家舍业来到中国，有的甚至献出生命……"

"是，我们永远不要忘记他们这种国际主义精神，特别是我们的政治斗争波及他们的时候，他们依然热爱我们中国，我也很受感动。"赵营长发自内心地感慨着。

"李敦白在中国两次入狱。他这个美国老兵，这段传奇又大起大落的经历，无疑是当代中国的缩影。他矢志不渝地认为：'选择中国，选择中国革命，选择中国共产党，是我一生的幸运。'李敦白出狱回美国后，在一所大学任教，讲的是毛主席的《实践论》《矛盾论》《愚公移山》等。"明亮很是感慨。

"你去美国受到关于旅游项目的启发了吗？"赵营长问道。

"你还别说，真受了启发。你们说，美国的旅游资源跟中国差得多大呀！美国著名的旅游景点较少，就是科罗拉多大峡谷、尼亚加拉大瀑布、黄石国家公园等，可为什么能吸引那么多的人？我们桂林、九寨沟的山水，那盆景似的喀斯特地貌，还有那黄山，容五岳的泰山之雄伟、华山之险峻、衡山之秀丽、恒山之典藏于一体，那文人墨客留下的墨迹，蕴含着古老中华的文明；还有敦煌莫高窟、云冈石窟、龙门石窟、苏州拙政园、西藏布达拉宫、万里长城……我们先人五千年留下的杰作比比皆是。而美国建国才二百多年的历史。这么大的差距，为什么来中国观光旅游的人数，却远远不及美国呢？"明亮提出了疑问。

"就是呀，为什么不及美国旅游的人数多呢？"大家也很好奇。

"因为我们宣传的力度太小，就像德国模特说的那样：'西方的媒体众口一词，都说你们中国太穷、太脏、环境太差，我们就不敢到你们的国家来。没想到你们国家还挺现代化的，看来是被西方媒体给妖魔化了。'要我说，这只是一个方面的因素，我们国家的确大小环境都抓得不好，为了搞经济开发甚至以破坏环境为代价。我们要从生活环境和自然环境抓起，把我们的环境整得漂漂亮亮的，这才是我们的当务之急。"明亮说。

"哎呀，我们现在的工作真是挺重要的呀！"大家喊喊喳喳。

"你还别说，美国有一个荒漠治理经验，真是让人眼前一亮，值得全世界人民好好学习的。"明亮兴奋起来。

"是什么治理经验，说给大家听听！"赵营长追问。

"就是尽人皆知的大面积荒漠、戈壁滩中的赌城——拉斯维加斯。"明亮讲起建设赌城的过程。

"那里原来是一片荒漠，寸草不生的不毛之地。现在，那里生长着一片片仙人掌树，比碗口还要粗；还有一片片黄草地，这种草的根须扎地下五米多深，这谈何容易？那里跟我们甘肃到新疆的广袤的戈壁滩是一样的，可我们那里至今依旧是那么荒凉。这两地的降雨量大都是不足百来毫米，大部分在空中就蒸发掉了。可他们竟让这不毛之地长出仙人掌树，成片的草地。这是多么大的投入，才能让荒漠变绿洲，这是多么了不起的工程。

"拉斯维加斯这个赌城，在建设者多年的发奋努力下，终于绿树成荫、热闹非凡。宾馆里用水充沛，还有威尼斯式划水的水城。这些水来之不易，要么是从几千公里外运进来的，要么是在三千米的地下抽出来的水。水的回收和利用做到极致，城里的花草树木，全用上了滴灌，不轻易浪费一滴水。你们说，供应一百五十万人口用水，还有每天大量的旅游流动人口，这容易吗？它让全世界旅游者心向往之，吸纳了全世界富人的资金，也赚足了游人的钱。如果没有敢于向戈壁滩宣战的构想，能有今天的拉斯维加斯赌城吗？

"今天，各国政要、权贵、明星中的很多人，都踏进这个神奇的赌城。每年有五千人移居此地居住，说明它有多么大的吸引力。对于我们来说，我们要从中学习改变环境、保护环境这个理念。"

"对，保护环境，快速发展我们的经济，让我们的第三产业也迅速发展起来。这才是我们的目的，也让我们那片广袤的戈壁滩早日变成绿洲。"赵营长坚定这个想法。

"我非常同意营长的提法。我们把自家的山水建设得更美好，把旅游业发展起来。当有了一定经济实力的时候，我们也要去开发一下戈壁滩，去推动国家经济的发展。"明亮信心满满。

"对，咱们把自己的家乡变美了，谁还会说它是丑的，哪有那样睁眼说瞎话的人哪！"赵营长也兴奋起来。

"我们每个人是经历了由苦变甜、变幸福的美好过程。对于我们亲历者来说，要珍惜改革开放的今天，把奋发向上的发条每天给它上得紧紧的，让工作的指针用分秒来计算才行。"明亮提出工作要求。

"放心吧，我们一定会加倍努力的！"赵营长表示了决心。

"我再多说一句，咱们中国具有世界第一流的旅游资源。对我们来说，这还是不够多，我们要让中国大地四处都是观光景点，那才是我们心里最幸福的事。"明亮感慨地说。

"是呀，我们国家是世界文化遗产、自然文化遗产最多的，占据了世界上最优秀的旅游资源。"赵营长很是自豪。

这时，《婚礼进行曲》奏响，听着迷的和鸣被拉向舞台。

大家兴奋地按席就座，婚礼主持人慷慨激昂地宣布：新郎、新娘入场！

仪式一项一项进行着，歌曲一首一首地唱着，酒一杯一杯地干着，新郎和新娘一桌一桌地敬着……

赵营长喝得高兴，借着酒兴问道："明亮，我们哪天喝你的喜酒哇？"

"我等事业成功之后，我的婚礼也在这里隆重举行好不好？"明亮很会搪塞大家。

"婚礼和事业不矛盾，你让你的女朋友跟大家见见面好吗？"赵营长提出要求。

"这次就免了，她还在国外。等你正式到这里来以后，我跟她取得联系，让她回来跟你们大家见面。"明亮说得像真的一样。

"在国外就读？两个高层次的人在一起，不简单哪。来，祝福你们！"赵营长信以为真。

"哎，干……"明亮跟营长碰杯。

"明亮，你过来一下，我有几句话跟你说。"李智仁走了过来。

"大律师喝得怎么样？"明亮问道。

"还行，我想问你菁菁有消息了吗？"李智仁关心地问道。

"听说她在日本北海道。现在也像我们这样保护鸟类，也是山里山外跑，具体情况不详。"明亮说的跟真的一样。

"明亮，我相信她是最爱你的，你等着她不会错。"智仁中肯地劝说。

"嗯，我心里只有她，我也放不下她呀！可她怎么就连一封信、只言片语也不给我？"明亮心里有些沮丧。

"这可能有什么偏差，错过了机会。那一段阶级斗争形势非常可怕，可能她怕连累你，就没给你写信。"智仁解释说。

"我无时无刻不惦念她。可让我纳闷的是，她怎么会对我无动于衷呢？是不是……"明亮不敢往下想。

"不会，绝对不会。我敢给你打包票，她不会在国外结婚。"智仁说得很坚决。

"我也是这么想的，可她……反正我要等她一辈子！"明亮意志坚定。

明亮为了照顾其他客人，端起酒杯挨桌敬起酒来。

他看到张宏生一家三口，高兴地走了过去。

"张老师，多年不见，今天借和鸣的婚礼把你请来，你一向可好？"明亮关心地问道。

"明亮，真的挺好的。只是你同学洪彬他……"张宏生两眼有些湿润。

"张老师，他没能顶住当时残酷的阶级斗争，你也不要太难过了。"明亮说。

"不能这么说，我是有不可推卸的责任的。明亮，对不起了，我知道你们是非常要好的同学。今天来，我就是想向你当面致歉的。"张宏生忏悔地说。

"张老师，你说出来心里就舒服了。你的家庭、孩子都过得好，洪彬在天之灵会祝福你们一家的。"明亮宽容地说。

"谢谢你！明亮，我憋在心里这么长时间的愧疚，今天能得到你的原谅，我能心安一些。虽然我经常去洪彬的坟前谢罪，可让活着的人能谅解我，我算是烧高香了。"张宏生有些释然。

明亮走到桌前，向张老师的爱人问好，又高兴地同她女儿对话。

"你真漂亮，你将来长大想干什么呀？"明亮逗她玩笑。

"我爸爸妈妈说了，让我长大当舞蹈演员。"女孩说起话来很认真。

"好，叔叔祝福你长大成为舞蹈演员，好不好？"明亮看着她一眨一眨的大眼睛说。

"嗯，我会努力的！"她的眼睛充满坚定。

"好可爱呀，你们一定好好培养她。"明亮看她认真的样子很是开心。

"放心吧！明亮，我们会好好培养她的。"张宏生信誓旦旦地说。

明亮又来到自然文化中心工作人员这一桌敬酒："来，我敬大家一杯。你们是我最为感谢的人，今天的收获是你们的辛劳付出得来的，我向你们表示感谢，先干为敬！"明亮干了一杯。

"干！"大家共同举起了杯子。

"下一个项目很快上马了，咱们的人员也要相对做出一些调整。这边就由和鸣、韩师傅牵头负责，和鸣还要兼顾新的项目，这边再给你们配备一些巡山、后勤管理人员。小明、小强就跟我到新项目那里做管理工作，我腾出时间跑跑项目资金问题。"明亮安排下一步工作。

"明亮，刚才我们几个商量了一下，下一步的资金缺口比较大，筹措资金也不是一下子就能办成。你发给我们每人的全年工资，我们的意思是全部作为启动资金，以备缓冲之用。"韩师傅提出大家的想法。

"对，就这么办！"大家随声附和。

"哎呀，你们真把这里当成自己家了。我没看错你们，咱们的事业干不好才怪了。这样，给你们家里、个人留下全年用的钱，剩下作为投资入股好不好？"明亮慨然允诺。

"行！"大家齐声说道。

"你们讨论得这么热闹，我们也加入其中。刚才我们那一桌议论了一下，感觉不能带着一张嘴、一双手进来，也要每人筹措些资金进来，你看行吗？"赵营长代表战友们说道。

"对，咱村里这些人家，都有点动迁补偿款，我号召大家参股就业行吧？"王良提议道。

"行行……"明亮很是兴奋。

"明亮，哥哥听了你的投资方案，感觉非常可行。这是对旅顺美好明天的规划，我们那桌人也想把家里闲钱掏出来入股，能行吗？"赵明涛走了过来。

"叔叔，我毕业就到你这儿就业！"小中苏也来凑趣儿。

"哎呀，有你们这么多人支持，有这么高涨的热情，咱们的事业一定会成功。来，咱们共同举起酒杯，为咱们这片湿地、盐碱滩开发成功，干杯！"明亮异常兴奋。

"干！"呼应声此起彼伏。大厅里喜气洋洋、热闹非凡。

滩涂利用、旅游观光、河蟹养殖、婚礼中心、赛马训练、芦苇荡高脚屋、无害化动力、丹顶鹤与人互动、海产品销售、纪念品设计、周围规划……各个话题不时地转换着，一个发展的前景在集思广益中逐渐成型，一幅蓝图勾画得越来越清晰。

八、水塘救起郭翠华

赵明亮很快就把大家的设想付诸行动。

赵营长、沈队长、小四川、房东大哥、黄师傅提前到位，很快进入了自己的角色。大队长王良回笼各家的补偿款，也进行了投资入股，又把剩余劳动力编组、分队，各基建人员的配置安排是井井有条。

在明亮的倡议下，方秀英和侯军、杨丽和陈福利两对小夫妻开的小饭店也搬迁过来了。共同经营文化中心的大餐厅，专门经营地方特色菜，餐厅取名"海味居"，餐厅知名度一点一点形成，就餐的人是越来越多。另外，招聘的养蟹专家、规划设计专家、赛马训练专家也分别上岗。

堵塘围堰、育苗养蟹、下网圈养、中心基建等一项项工程，按设计的方案有条不紊地进行着，它的雏形一天比一天更完善。

一天，明亮正在屋里规划着下一步工作方案，忽然，花花不顾一切地闯了进来，咬着明亮的裤脚，呜呜着往外拽。

明亮一下子就知道外面是发生了什么事情，急忙跟着花花往外跑。

花花快速地向湖边芦苇荡跑去，远远望见芦苇荡中漂浮着一个人。

花花一个前冲扑向了湖水，扑扑腾腾向那里游去。明亮不由分说，脱下鞋子一高蹿进水里，迅速向那个落水的人游去。他先于花花靠近了目标，定睛一看，原来是一个姑娘漂浮在水上。

他立即托起她的肩头，用一只胳膊兜水拖着她，吃力地向岸边游去。花花在一边用嘴使着劲儿，也拽着她的衣服往岸边拉。终于，把昏迷的姑娘拖上了岸边，明亮赶紧找了一个土坡，架着姑娘大头朝下控水。

此时，虽然是春天，阳光明媚，可湖水依然是冰凉刺骨。明亮顾不得浑身的颤抖，轻轻地敲着她的后背，让她身体尽量弯曲，挤压腹中喝饱的水，尽快让她吐出水来。

就听姑娘嘴里哇哇两声水响，她的身子微微颤动了几下，明亮赶紧背起她就往工棚跑。他知道，她已经被凉水冰了很长时间，看她发紫的嘴唇，不能在这里耽搁太长时间。他一边跑一边回头看，只见花花非常懂事地叼着他的一双鞋子，快速地跟上了他的脚步。

一进屋子，他赶紧脱下她湿透的外衣，用毛巾揩干净她身上的水，又用被子裹住了她的全身，把她的湿衣服挂在外面晾晒。又把炉子点着了火，让室内的温度尽快升高，还为她煮好了姜汤，慢慢地给她喂下。她这才一点一点缓了过来，睁开了眼睛。

"我这是在哪里？怎么到你们这里来了？"

"姑娘，你是落水了，漂在芦苇荡中，我们花花发现的你，我就救了你。"明亮指着花花。

"汪汪……"花花冲着姑娘讨好地叫着。

"啊，谢谢了。我看见芦苇丛里有一条鱼，挺大的，就想抓它，没承想滑进了深水，之后就什么也不知道了。"姑娘难过地说。

"行了，别难过了，以后注意一些就是了。失手和踏空的事人人都会发生，幸好你没有事。"明亮劝说着她。

"就是给你添麻烦了，也谢谢你……"姑娘抚摸着花花高抬起的头。

"这是应该的。花花可懂事了，它还救过我一命，也是我的救命恩人。"明亮深情地看了花花一眼。

"花花真了不起！哎呀，你怎么还穿着一身的湿衣服，是不是忙乎我，你还没换衣服？快去换衣服。"姑娘发现明亮的一身湿衣服着急了。

"你醒过来没事，我就放心了，我这就换去。"明亮转身换衣服去了。

"花花，太谢谢你了，感谢你的救命之恩。"她捧起花花仰起的头。

"狗的嗅觉和听觉灵敏度很高，人身上的不同气味，周边不同地方发出的声音，它都能感受得到。"明亮笑着说。

"这一片红海滩、芦苇荡是你们开发的吧？"姑娘问道。

"是呀，我们过去残害过不少野兽和鸟类，想忏悔一下过错，就承包了这一片盐碱滩，来保护丹顶鹤，去珍爱这一切与我们人类一样有血肉、有情感、有灵性的生灵。无论它们看起来是多么弱小，它们都是我们大家庭中不可分割的一部分，我们不能残害和杀戮它们。"明亮说得动情。

"哎呀，大哥，你说得太好了。我们这里的人有网野鸭的习惯，我今后一定和你一样，为保护丹顶鹤和野鸭多做点事。"姑娘高兴得两眼放光。

"行，你如果没有什么工作，也可以到我们这里来，加入我们的保护大军，我们欢迎你！"明亮发出了邀请。

"那太好了，我愿意入伙。"姑娘蹦下地来。

"你这个入伙，怎么有点像要加入威虎山队伍似的。"明亮开起玩笑来。

"我说秃噜嘴啦！怎么说出入伙，哈哈……"姑娘乐弯了腰。

"来，你的外衣我拿到屋外晾晒了。我看也差不多干了，要不，你先穿我的衣服吧！"明亮转身给她去找衣服。

"哎呀！我一激动，都忘了外衣没穿，真不好意思。"她又钻进了被窝。

"好嘛，一说入伙，什么都不顾了。行了，我批准你正式入伙，我们就叫你九爷吧！"明亮把衣服递给她。

"哈哈……我入伙当九爷啦！"姑娘一边穿衣服，乐得一边抹眼泪。

"你都入伙了，我还不知道你叫什么名字呢？"

"我叫郭翠华，家住大洼村。"姑娘报了姓名。

"翠花，你这个名字最大众化了，非常好记。"明亮一本正经地说。

"大哥，俺不是那个翠花，而是翠华，中华那个华！"郭翠华解释道。

"哦，中华那个华，按这里当地的谐音——还是念花。大家一准给你叫成翠花不可，到时候可别生气呀！"明亮提示着翠华。

"没问题，叫什么都行，人名就是个符号而已，没什么了不得的。"翠华是快言快语。

"嘿，性格挺开朗的。好！我叫赵明亮，你叫我明亮哥就行。"明亮很欣赏翠华的性格。

这时候，外面进来了一拨人，打头的是方和鸣。有人远处看见明亮背着一个人，就去报告副总经理方和鸣，他撂下手里的活儿，就急急忙忙跑了过来，他推开门就嚷嚷上了："赵总，听说你背了一个人，怎么是个姑娘……"和鸣不知道说啥好了。

"来，你们都进来，我给你们介绍一下，咱们花花又救了一条人命。是花花发现了这位落水的姑娘，回来拽着我去救她。我和花花一起把她拉上岸，又把她背了回来，她的名字叫郭翠华。"明亮说起了前因后果。

"哎呀，吓我一跳，我以为出了什么大事。还好，翠花你命真大呀！"和鸣感慨地说。

"翠华，怎么样，给你叫成翠花了吧！他是我们公司的副总经理方和鸣。他要是跟你开玩笑，可别介意呀！"明亮给郭翠华介绍起和鸣。

"大家好，我现在知道大哥是总经理了，你是方副总经理。我感谢大哥和花花的救命之恩，我入伙了……不是，加入你们护鸟的队伍。"翠华不好意思地低下头。

"好！"和鸣带头鼓起掌来。

"今后翠华就是我们护鸟队伍中的一员，大家要互相帮助，互相关爱。"明亮大声说道。

春天的气息温温热热的，让人的精神格外舒爽。加上郭翠华加入护鸟队伍，人们的情绪也分外好，时不时有人来偷看一眼翠华，感觉一下奇妙的缘分。公司上上下下又多了一个故事，多了一个闲时的话题。

九、放飞丹顶鹤

春色浸染着芦苇荡、红色滩涂，绿装披挂着大地。处处生机盎然、满目苍翠，让人心旷神怡。

鸟择天堂之地，人择富庶之乡。

溪水旁的一架水车转动着，那高高水车旋起的水流，扬扬洒洒、抛珠甩玉，煞是养眼。水花清清散散、不急不慢地流泻在圆石缝隙之间，与四周摇曳婆娑的芦苇荡相映成趣，泼墨成一幅美丽的山水画。芦花为水扮靓，芦苇戏水划线，穿行的流水跌宕欢跳。

早上，晨雾朦胧，掩映着色彩绚烂的滩涂，恍若仙境，让人迷醉于亦真亦幻的奇景之中。晨雾散去，几朵溜溜的云映在如洗的湖面上，湛蓝剔透，红滩绿水。晚上，天空一弯明月，轻轻晃动在一湾湖水之中，星星散落在弯月近旁，荧光闪耀，展现一幅神奇静谧的人间天堂美景。

人们拥着那朦胧的晨雾，日落星辰，潺潺的溪水，悠悠的栈道，婆娑的芦苇荡，隐没的高脚屋，安静惬意。野鸭、鸳鸯、丹顶鹤、海鸥……如期地飞向了这片湿地。

踏青旅游的人们纷至沓来，这里的景致格外吸引人。绿色的芦苇荡和红色碱蓬海滩开阔着人们的视野，坦荡着人的胸怀，不禁使人融入这美景之中，让人流连忘返。

当人们看到仙鹤飞翔，野鸭、鸳鸯戏水欢畅，怎么会无动于衷呢？这样一个美丽的景区，很快一传十十传百，慕名前来旅游的人越来越多。这一下大大激励了园区的建设者们，他们不仅看到了投资的希望，更看到了这片美如仙境的景区的未来。

眼前的鹤鸟嬉戏图让他们的心里别提有多美了，那一声声的啼叫声，像在召唤着人们。"嗷嗷……"巡滩的人，向着翻飞的丹顶鹤打着招呼。那些头顶红冠的丹顶鹤，像天生与人怀有深厚情感似的，扑棱着翅膀、弹动着水花，也嗷嗷地问候着巡滩人。

就在巡滩人乐不可支地巡视时，他们扫视成片仙鹤觅食的区域，发现不远处围堰下方的水塘边，有几只野鸭在扑腾着，动作很是异样，像被什么东西缠住了，动弹不得；浅浅的苇塘边，有一只丹顶鹤始终扇动着翅膀，却飞不起来。

巡滩人立即兵分两路，向野鸭、丹顶鹤方向奔跑。

近前一看，原来是有人下套子，把野鸭、丹顶鹤的腿夹住了。他们摘下套子，放飞了野鸭。在放飞丹顶鹤的时候，它蹲坐在水里扇动着翅膀，怎么也飞不起来。没办法，巡滩人只好把它抱回工棚，像饲养孔雀那样上心，体贴入微地呵护，丹顶鹤适应了人前人后的照顾，放松了紧张的情绪，时不时嗷嗷地招呼饲养它的郭翠华，好像在说：谢谢！谢谢！

当郭翠华将它抱起来的时候，它那对宝石般晶莹剔透的漂亮眼睛，紧紧盯着她的眼睛一眨一眨的，甚是可爱动人。就像吃奶的婴儿一样，那么专注、逗人喜欢。

赵明亮被它的一举一动迷住了，情不自禁将它抱入怀中，抚摸它漂亮的羽毛。它像懂他的心思，用嘴鸹住他的袖管一扯一扯的，始终不愿意放下，乐得明亮哈哈大笑："丹顶鹤跟孔雀一样，是人类最早接近的鸟。因为它和龟的寿命较长，所以被人们誉为吉祥、富贵、长寿的象征。它们是很有灵性的，感情也很细腻，你们要多多关照它呀！"

"嗯，放心吧！"郭翠华咧着嘴笑。

"哎，我们给它起个名字好不好？"明亮像想起了什么。

"好哇！取个什么名字？"大家凑上前来。

"它头顶红冠，就叫它红红吧！"明亮脱口而出。

"好，就叫它红红。"大家齐声召唤着它。

"嗷嗷……"丹顶鹤认下了红红这个名字。

"赵总，它答应了！"郭翠华很是高兴。

"是呀，它这是跟你混熟了，你没看它对你很专注吗？"明亮开心地说。

"赵总，红红就由我专门护理好了，我会认真爱护它的。"翠华提出了要求。

"好，女孩子细心，就由翠华护理吧！"明亮同意了翠华的要求。

郭翠华一抱起红红，它好像有了依赖似的，将头在翠华的胸前蹭来蹭去，还用嘴鹐她的衣领，那种亲热的劲儿好像她们相处很久又好长时间不见，今天又得以相见，是格外亲热。

经翠华像爱护小孩子一样的精心护理，红红折断的腿慢慢地痊愈了，那只脚也敢着地了。翠华乐得抱起了它，贴着它的脸亲吻起来。一路小跑到工棚，冲着明亮大喊起来："赵总，你快出来看，红红能双脚着地了。"

"我看看。"明亮跑到了屋外。

"你看！赵总，红红好得真快。"翠华高兴地把红红放在了地上。

"嘿，真了不得，这多亏你的护理，要不然不会好得这么快。"明亮抱起来红红。

"赵总，你看它跟你多亲，眼睛一眨不眨地盯着你，像要跟你说话呢！"翠华笑看着明亮和红红。

"红红，你好了吗？我们都为你高兴，你是人们最喜欢的吉祥鸟，跟你在一起会给我们带来吉祥的。来，让大家亲近亲近你。"明亮把它交给身边的人。

明亮说出的"吉祥"两个字，惹来大家一阵好奇，都想沾沾它吉祥的喜气。

巡滩的人们爱不释手，争着抢着给它换药、喂食、梳洗羽毛，让丹顶鹤跟人更加熟悉。

不久后，红红的伤痊愈。它一颠一颠跟在翠华和巡滩人后面慢跑、追逐，像小孩子学走路一样一时不得闲，人们走到哪里，它就跟到哪里，终于可以飞跃、滑翔。

赵明亮抚摸着它的红冠，兴奋地对它说："红红，怎么样？着急归队了吧！我知道你舍不得大家，可你招引得同伴天天在我们头上盘旋，它们着急你是不是？"

"噢噢……"红红应答着。

"那好，你回归大部队吧！"赵明亮抱起了它。

明亮把它抱到一个高坡处，怜爱地把脸贴着它的脸，用手轻拂它那诱人的红冠，很不情愿地高高举起，把它抛向空中："你回归大自然去，回归集体生活吧！"

"红红，再回来呀，再见！"大家向它大声地喊。

红红很不情愿地嗷嗷了两声，绕着大家盘旋了两圈，难舍难分地嗷嗷呼喊着。那声音有些委婉不舍，又有些情意绵绵，它低头俯瞰、轻声细语，与大家道别。这一幕让大家动容。望着它盘旋的身影，大家有着完成重大任务般的释怀与轻松。

"日落西山红霞飞，战士打靶把营归把营归……"大家一边走一边高兴地唱着歌，回到了驻地。

有一天，巡滩队员正要出发照常巡视，基建人员准备好碱蓬草，正要前往盐碱地栽种，一群丹顶鹤鱼贯而来，嗷嗷在房前屋后翻飞、盘旋，衬托在蓝天白云之下煞是光鲜亮丽，让人惊愕不已。

就见一只丹顶鹤离开鹤群，独自飘落到工棚的窗前，展动着翅膀，昂头高鸣，像在寻找着谁。明亮和翠华一出现在它的面前，它就挺起脖颈、甩动着红冠、不住扇动双翼，一下子冲着他俩而来，让他俩惊诧地脱口而出："红红，红红……"

明亮急忙将它抱起，它把脖颈紧贴在他的胸前，嘴叼着他的衣襟，还不停低声嗷嗷地呢喃着，像是絮语，又似倾诉，更像在道别，大家一齐围拢过来跟它亲近。

"我感觉它是跟我们道别来了。"明亮脱口而出。

"对！你看，它们大队伍都集合完毕了，就等出发了！"翠华指着天空的鹤群。

"可不是嘛，平时哪有这么大的鹤群哪？"大家仰望着天空。

"红红真是有情有义呀！临走了还不忘跟我们打个招呼，也不知道它飞去的湿地是哪里。"明亮有些不舍。

"赵总，它这么一走什么时候能回来呀？"翠华有些难过。

"明年开春的时候,它还会回来的,丹顶鹤是恋旧的,它不会忘记我们红海滩的。"明亮对丹顶鹤怀有很深的情感。

"那它飞回来,咱们这里的标志就是工棚了?"翠华突然提出标志的事。

"对了!"明亮一高蹿到屋子里。

翠华说起标志本是无意,可明亮却听得有心,这一下子提醒了他,正是给红红戴标志环的好时机。他抱起红红来就冲进了屋里,把准备好的标志环轻轻戴在它的腿上,不无兴奋地对红红说:"咱们的湿地就是你的家园,我们每年都想见到你。也请你把这里的信息带给你更多的同伴,让它们来领略这里的风光,也让你们飞去的栖息地研究人员,知道我们这片湿地的存在。"

"赵总,红红去的地方,那里的人们能知道我们红海滩吗?"翠华好奇地问道。

"一定会的。他们看到我们标志环的地址、名字、日期,也会把有他们地址、名字、日期的标志环给它戴上,我们就知道它的回归路线、国度、栖息的地方。"明亮很有信心地说。

"红红,那你就作为不同湿地的信息员吧!"翠华高兴地拍拍红红的身子。

"好了,你们看,它们大队伍有些着急了,我们欢送红红入队出发吧!"明亮将红红举过头顶,把它抛向了空中。

"红红,再见了!"翠华向它频频地招手。

"再见了,红红……"大家一起向红红喊着。

大家目送着红红扇动着翅膀,它画了一个弧形,绕场一周,鸣叫了两声，一个翻腾折返，冲向人们的头顶静止展翼，送给大家一阵凉爽，随即直上云端入列。

一支庞大的鹤群，在空中拉起了几道白线，错落有致、动作整齐，云里雾里地隐没着，追着祥云飞去……

十、花花吃毒肉

一天中午，大家排着队正在打饭，就见大家喜欢的花花，像疯了一样拱翻了它的两个孩子，吓得两只小狗崽不时哀鸣。大家好生奇怪，心疼地抱起小狗哄着，拿起掉在地上的肉块来喂小狗，花花愤怒地扑向喂肉的那只手，把肉打翻在地，它用爪子按着肉呜呜叫着不放。

大家以为花花是为肉贪吃呢，打完饭的人不自觉挑出一块肉扔给它。没想到，它疯了一样扑翻了每个人的饭碗，守在锅旁呜呜地吼着，吓得分菜的厨师不敢靠前，打饭的人更是远远地躲着。

没办法，厨师只得去找赵总，知道花花最听他的话了，想让赵总哄走花花完事。明亮一听火了，这还了得，影响大家吃饭不说，耽误下午干活儿怎么办？他气哼哼地走到花花面前。刚要发怒，被翠华拦住了："赵总，你先别发火。你看它……"

"看什么，就给它惯得不知怎么好了，我非管教管教它不可！"明亮发火了。

"赵总，你看它……"翠华正要说什么。

"看什么看，你躲开！"明亮推开了翠华。

翠华急忙转过身子，刚要去拦他，就见明亮一步上去，冲着花花狠狠踢了一脚。花花翻滚起来，怯怯地夹着尾巴向后面躲去。

明亮朝着厨师、员工喊道:"快打饭吧,下午还有活儿呢!"

"哎……"大家赶紧忙乎打饭。

就在这时,花花走到它的两只宝宝跟前,用它湿润的鼻子亲吻着小狗,伸出粉红的舌头,舔净狗宝宝身上的污垢,然后泪水长流。突然,花花撞开人群,一边流泪,一边凄惨地哀叫,它长嗥了一声。

大家根本没去理会花花的举动,又聚到锅前,有说有笑地打起饭来。

明亮的气根本没消,他回头瞪着呜咽哀鸣的花花。花花两腿夹着尾巴,趴在地上把被打翻在地的肉菜吃了,又把小狗要吃的肉吃光,接着呜咽摇晃起来,它流着泪水,嘴里呜呜地叫着,不时流淌着白沫子,一步三晃地走向了明亮,哀怨地倒在他的眼前,浑身抽搐起来。

明亮这才明白过来,声嘶力竭地喊道:"停!立即放下碗筷,不准吃菜,菜里有毒!"

大家被赵明亮的喊声镇住了,齐刷刷放下碗筷。原地站定,不敢动弹,眼睛死死盯着菜碗。

赵明亮大声喊道:"和鸣!"

"到!"方和鸣从屋里跑了出来。

"快!快救花花,到市里畜牧站,是中毒,快洗胃!"明亮急切地喊道。

"是,我马上就去!"和鸣立马发动了轿车。

"厨师,今天的肉是怎么回事?"明亮瞪大了眼睛。

"是巡山人员捡的五只死野鸭,好像被人下饵料毒死的。不过,我处理得挺干净的,所有的内脏全掏空扔了。只把肉炖了萝卜片子,我想不会有事的。"

"不会有事？花花已经倒下了！今后，凡是死的、未经检疫的肉，一律不准吃。听明白了吗？"明亮下了死令。

"知道了！"

"好了，赶紧重新炒菜，你们把剩下的菜集中掩埋，埋深一点！"明亮大声吼着。

和鸣驾车飞也似的走了。全场人一下子愣住了，你看看我，我看看你，都很后怕。明亮的大脑是一片空白，两眼直勾勾地盯着啥事不知的狗宝宝，眼泪顿时滚落下来。

他弯腰抱起两只狗宝宝，一个人默默地走回屋里，难过之情涌上心头。花花那些可爱的画面一一出现在他的眼前：

花花雨夜闯入他的简易房，一副失魂落魄的样子，依偎在他身旁的草堆，浑身上下抖动着；他在山上摔伤，它拼命上山喊醒自己，又飞奔下山喊人救命，那种焦急的神情，让人终生难忘；它兢兢业业看门、护院、巡山，驱赶偷猎者，不求回报；从不争抢食物，默默回避谦让，深得大家的喜欢；它拽着自己奔向芦苇荡，第一个跳下水去，不顾性命，救起落水的翠华。今天，为了救大家的生命，它竟自己试吃毒肉……一幕幕的画面在他的面前回闪，他再也控制不住自己的情感，号啕大哭起来。

"花花，我对不起你，我怎么就不懂你对人的情感呢？花花，我错了，你给我一次机会，你一定要活着给我回来，我改……"

"赵总，你不要太自责了，这是意外。"翠华走了进来。

"不，是我太不懂花花了。"明亮哭着说。

"我只是感觉有点不对，也没敢拦你。"翠华也哭了。

"都是我为了工期，连它的反常都没看出来，我知道花花的嗅觉灵敏，知道它能闻出有毒的气味，可我却忽略了，要了它的命。"明亮泪流不止。

"可我是因为它救了我的命，所以想拦你……"翠华说不下去了。

明亮扪心自问：花花这么忠心于大家，我们为什么没把它像人一样同等对待？世界上有那么多关于狗的动人故事，可人们为什么无动于衷？

一个村庄的老人养了一只大黄狗，它一天到晚在老人的身前身后忙乎着。一看到它脖子上挂着一个小筐，一准是老人需要的酱油、醋、盐之类的东西，筐里放着钱和一张字条，大黄狗就会按照老人的要求买回老人要的东西。它给老人带来了欢乐，消除了寂寞，与老人相依为命。

一天，老人病倒了，他再也没有爬起来。当村民掩埋老人的时候，大黄狗疯了似的跳进了坟坑，不让人们掩埋老人。当人们把它抱出来的时候，它不断地悲鸣着，双眼不住地流淌着泪水。它白天为老人看护着老宅，晚间守护在老人的坟地旁。村里的邻居很是感动，把它领回家，喂它吃的，可它不改初衷，依然是白天守门，夜间护坟，直到病死在老人的坟前。邻居们痛惜大黄狗忠于主人的那片真情，把它掩埋在老人的坟旁，让它永远陪伴着老人。

还有一只宠物狗，每当公共汽车停站的时候，它都会跳上汽车寻找自己的主人，天天如此。人们被它的精神感动了，纷纷伸出援手，在报纸和电视上帮助寻找它的主人。也不知道它的主人是良心发现，还是被这只狗的忠诚所感动，终于出来认领了。只见它呜呜哭诉，两只前爪紧紧抱着主人难过的样子，让在场的人无不感动。

你说，人这是怎么了，爱宠物的时候对它像对自己孩子那样亲，抱着、玩着、闹着、乐着，感受着它给自己带来的欢乐；可不爱的时候，随手就把它给丢弃了，让它在街头巷尾、村头野外，无家可归地四处流浪。

人心都是肉长的，怎么就这么狠心让它四处流浪，当初像孩子一样喜欢的时候，怎么就不想想它是一个生命，可不能随意丢弃，是有豢养责任的。看来，人们说是要爱护动物，保护动物，可还是有很大的距离的，我赵明亮就是这样的人……

这时，外面一阵骚动扰乱了赵明亮的思绪。

大家一直没有顾得上吃饭，在等方总的车回来，一看方总的车返回来了，呼呼啦啦上前："方总，怎么样……"

"大家不要挤，花花做了洗胃处理，命是保住了，我们再慢慢观察吧！"和鸣言语略带轻松。

"和鸣，花花不会有事吧？我心里……"明亮跑了过来。

"就现在看不会有生命危险，就怕有后遗症。"和鸣不无担心地说。

"不管怎么样，想尽一切办法也要确保它康复。"明亮很是难受地说。

"来，花花……"翠华哭着把花花抱了起来。

明亮从翠华手里抱起了花花。就见它的眼角挂着泪花，嘴慢慢抵向明亮的怀中，耷拉着耳朵，两眼微闭，一副很委屈的样子。

这让明亮的心里更加难受。他的两眼湿润了，爱抚地轻拍着它的后背，像哄孩子一样地颠着："花花，花花……对不起，我错了！你救了大家生命，换回了一个血的教训。今后，我们一定要更加爱护动物，保护动物。我再也不会犯这样的错误了。"

他把花花安顿在自己的床边，用手轻抚它的身体，一刻不离地守护着它，生怕花花再有个三长两短的。

十天后，花花终于站起来了。它还像以前一样精神抖擞，人前人后地跑来跑去。大家兴奋地抱着它、亲吻它、逗着它，跟它一起疯闹。

赵明亮也终于放下心来。

"同志们，这次花花的教训非常深刻，也说明一个很重要的问题：虽然我们是在保护动物，保护自然环境，可我们骨子里还没有真正挂上号，只是流于表皮，我就是其中一个。花花几次救了我们，那么善解人意，可我们为什么没拿花花像人一样爱？这说明我们心里还没有真正跟它们融合在一起，做出的事情就是一个表面现象，这个差距太大了。你们想，花花为救我们，它快急疯了的那一刻，我们怎么就没去问一个为什么？它为什么这么反常，它从来没去抢食吃呀！相反，我却狠狠踢了它一脚。"明亮说不下去了。

会场上一片肃静，回想起那一幕大家都很难过。倒是花花轻松愉快，它带着两个孩子在座椅中穿来穿去，还不时仰起头看看这看看那，一点没有记恨大家的意思，还向台上的明亮投来亲切的目光。

明亮越发感到惭愧："同志们，我们得到了一次大的警醒。我决定在我们园区最醒目处，为花花建一个塑像，让人们知道花花救人的动人故事，去传播给更多的人。让更多的人去感知自然界中动物的善意，更加爱它们，让人与动物永远和谐相处。"

"好！"

大家的掌声淹没了明亮说话的声音，花花和它的两个宝宝汪汪地叫着，两种声音融汇在一起，形成和谐的氛围……

很快，花花的塑像雕刻完毕。一个生动、鲜活的形象矗立在公园的中心广场，吸引游客们驻足观看。

赵明亮也借此机会，邀请了市、区及周边乡镇的领导、新闻媒体，广泛宣传花花"忠义"之举：为了保护所有的员工和它狗宝宝的生命，它冒死吃下了有毒的野鸭肉，它舍己救人的行为感动着所有人。

现场发起了爱动物、人与动物和谐共处的宣言，又对投放毒饵、残害动物的行径进行谴责、批判，追查残害鸟类、破坏环境的不法行为，扩大了人们对动物世界的认知、反省，形成对人赖以生存的自然环境保护、滋养青山绿水的共识。

人们敬仰花花的壮举，更对雕像基座的"忠义"故事印象深刻：

忠义自古两依依，

人犬相处称为奇。

而今花花染忠义，

绽放生命喜交集。

十一、白天鹅救黑额雁

冬天就要来了，人们正做着过冬的准备。

远处的山林披挂着多彩的霓裳：枫叶红得耀眼，晚霞般地跳动在墨绿的松林之中，显得更加红火；橘黄的橡树掩映在林中，它不温不火，带着深秋的气息；墨绿的松树是林中的主色，它遇霜遇雪愈加沉稳，挺拔苍翠。

候鸟，也一批跟着一批向南迁徙了。

一天，明亮接到山林候鸟守护站的电话：有几只金雕每天都飞到简易房的窗前守着，其中有一只脚上还戴着标志环。天越来越冷了，其他的鸟都南飞了。我们怕它们赶上暴风雪天，就赶它们走，可怎么赶也赶不走，也不知道是怎么回事。

明亮猛然想起放飞的金雕，是不是它回来找我呀？他撂下手中的活儿，驱车返回文化中心，急忙来到了候鸟守护站。

快走到候鸟守护站院门的时候，老远发现有三只金雕蹲在守护站的窗台上一动不动。他急忙扬了扬手，就见一只金雕立即从窗台上跳了下来，展动着它宽大的翅膀，急急地迎上前来，一下子跳到明亮扬起的胳膊上，不停地扇动着两翼。那种亲密的眼神儿，上上下下蹭摸着，左左右右地打量着，尖尖的利嘴叼着明亮的衣领，像在帮他整理衣衫，展露出凶狠猛禽别样的温情。那两只惊慌的小金雕，远远地飞到树杈上，不停地扇动着翅膀，做着向下俯冲的姿势。

这时候，就听金雕一声呼叫，那两只小金雕急速飞下。闭合了两翼，扬起脖颈，眨动着温和的眼睛，围着明亮前前后后转悠。

明亮这才明白，这是金雕领着孩子来认亲的。如果见不到自己，它们很可能会一直守在这里。那就耽误了它们南飞的时间，要是在北方的冰天雪地里越冬，生存会出问题的。明亮抚摸着这一家三口，被金雕的情感深深打动着。

他进屋取出为候鸟准备的肉食，让它们一家三口饱餐了一顿。又为小金雕戴上了标志环，拥抱着它们一家三口，来到一处空旷坡地："谢谢你们一家三口来看望我。每年秋天我都会等着你们回来的，这里就是你们的家，一定不要越门而过哟！现在寒流就要来了，你们赶紧随大家庭去南方越冬吧！别耽误你们的行程，咱们就此道别。再见，再见！"

明亮一只一只给它们送上蓝天，他很是不舍地望着它们飞翔。它们滑翔的速度非常快，一个展翼就插入云端，不见了踪影。明亮正凝望的时候，就见云端深处，突然画出一道弧线，它们一家三口并排着俯冲下来，眼瞅着就到明亮的眼前，它们又来了一个急转回旋，重入云端。高超的飞行技巧不断地在他的视线里腾越，带给明亮许多的遐想……

他急忙向它们挥动着手臂，告诉它们：走吧，走吧！

它们这才穿透一个又一个云层，向南方渐渐地隐去，直到看不到它们一点点的踪影……

接近傍晚，西伯利亚的寒流突袭而来。

西北风呼呼地刮起来了，黑洞洞的乌云罩住了整个山野。大片的雪花随风劲舞，把一个黑洞洞的天空扯开了一条条缝隙，慢慢透出一束束刺眼的光亮；天地间，渐渐铺排着一个颜色，漫天的白雪笼罩着大地……一夜的暴风雪，把整个大地都给染白了。

明亮很是庆幸金雕一家三口，这么及时地躲过了这一场暴风雪。这要是真赶上风雪的肆虐，别说是一般小鸟难逃性命，就是强悍的雄鹰也会被折磨得死去活来。虽然，候鸟救护站能提供必要的食物，可骤降的气温，封盖的冰雪严寒，很难让鸟有藏身之处。

明亮不自觉地看向窗外，心里盘算着马上建一个滞留候鸟场地的问题。建一个什么样的场地，鸟怎么才能知道这里是救护站呢？

他望着一片白茫茫的大地，四处覆盖着厚雪。

这里分不出冰河、溪流、碱蓬草，唯有栈桥、芦苇荡高高突起，远处的山林堆积着厚厚的雪；只有松树还露出那么丁点的绿，告知人们青山的存在。白茫茫的厚雪抚平了沟沟坎坎，抹平了冰河、草甸，在一片白的世界里，有三个黑点非常扎眼，明亮不由得专注起来……

只见这三个黑点越来越清晰，它们扇动着翅膀，嗷嗷鸣叫着，可始终飞不起来。

怎么回事？明亮急忙穿上衣服，准备出去看个究竟，是不是黑额雁遇到麻烦了？它被一夜的冰雪给冻住了？不行，我得前去看看。

他刚要推门出去，就见天空一只白天鹅鸣叫一声，一群白天鹅从天而降，慢慢落到黑额雁周围。白天鹅围着黑额雁，抻长脖子向它啄去，翅膀扇动的雪雾飘浮起来，把黑额雁罩在其中难以分辨。

怎么回事，白天鹅想把黑额雁啄死？这怎么行，我要立即去解救它。

明亮迅速推门而出，急忙向这群白天鹅和黑额雁飞奔而去。

越跑看得越清晰：白天鹅啄得冰雪飞溅，一会儿工夫，一只黑额雁被冻住的身前身后的冰雪被啄开了，它从冰雪中拽出了身子，在雪地上扑扇。又有几只白天鹅向另外两只黑额雁奔去，那两只黑额雁也是被冰雪冻住了全身，脚蹼牢牢地卡在冰层里，使它们的身体不得伸展。

白天鹅围着另外两只黑额雁，开始身前身后凿冰。不大一会儿工夫，那两只黑额雁也脱了身。它们又分别凑上黑额雁跟前，用利嘴去啄它们脚蹼上的冰。那认真劲儿就像在觅食一样，非常用心。两只黑额雁相继在原地弹跳、腾跃起来。白天鹅又分别用嘴去梳理黑额雁羽毛上的冰雪，把它们身上的冰碴全部梳理干净，围着黑额雁扇动翅膀，欢天喜地庆贺起来。

赵明亮被这一幕惊呆了：这是鸟的世界吗？怎么会有这样深厚的友爱，无私援助的精神？我们人类还讲个同族同宗的类别，讲个利益相关的关系，才有可能会伸出援手。

可鸟类却没有这些考虑，它们不计代价地冲上来，去拯救不相干的生命。这是什么精神？是看生命高于一切的精神。只有对生命的尊重，对生命的挚爱，才会让生命绽放出更加绚丽的色彩，白天鹅就是在演绎生命可贵的颂歌……

白天鹅完成了自己的使命，围着黑额雁齐鸣。像是劝说它们不要再单独行动了，赶紧脱离这危险的境地，又像在动员黑额雁与它们同行，回到大家庭中来。

接着白天鹅欢跳起来，扇动起翅膀腾空跃起，绕着黑额雁转来转去，一直不肯离开。这时，一只黑额雁像明白了个中的利害关系，它在雪地扇动起了翅膀，随即腾空而起。白天鹅迅速在天空中拉起了一条白线，向南方飞去。另外两只黑额雁似乎也终于想通了，一个一个腾空跃起，迅速地扇动起翅膀，向天空那条白线快速追去。

远远望去，这条奇妙白线搭配着黑点，黑白分明，非常有意思，又非常耐人寻味，这是一个有趣的景观……

人们不禁会问道，这条白线的末端缀上的黑点，在淡淡的白云下面镶上一个非常明显的标记：它是一个逗号吗？不，后面又补充了两个黑点，那是一个完美的鸟类相互协助的破折号，它拨动着无休止音符在跳动，奏响着一支高亢的协奏曲，响彻整个天空，是那么激越，那么震撼，延续着一种温润，传递着一种友爱，延伸一个相互依存、生命共存的篇章……

明亮的眼睛湿润了。

自然界奏响着多少美好的乐章，一次次在我们的面前展演，震撼着我们的心灵，教诲着人们：发扬友爱，关爱他人，尊重生命，珍爱生灵。

动物世界尚且如此，人类世界该当何为？几百上千年的战争、杀戮，无休止的争夺，为了一己私利，不顾及他人生命。人类应该放弃战争，放弃杀戮，放弃一切敌视和仇恨，去珍爱人世间的每一个生命。让生命之花，绽放出应有的光芒去闪耀世界……

十二、吃水别忘打井人

冬去春来，山野、沟岔完全换了绿装。

经过几年的保护，成百上千只松鼠在林中荡来跳去；十几种常驻的鸟奏响悦耳的音乐，一群群喜鹊喳喳地欢笑，弹拨出不一样的音符；赛鸽在天空中翱翔着，衬托着蓝天的清澈、绿野的葱茏；穿梭于树丛之中的狐狸，会给人额外的惊喜，它们家族又添新丁，出现不少新面孔，让人喜出望外。

碱蓬草像红霞一样濡染着碱滩，朝霞一片，姹紫嫣红。

嫩绿的芦苇荡芦苇飘动摇曳，与红海滩相映成趣。丹顶鹤、野鸭、鸳鸯、黑额雁……点墨于红绿色彩之中，煞是惊艳，加上花花故事的传播，这里成了人们踏青、观光、感受美好情感的好去处。

　　为了更方便游客观光、游览，保护好湿地、芦苇荡、红海滩，公园设计了便捷的木栈道、栈桥、观景台、游船码头、服务中心、文化广场、鸟类博物馆；还举办摄影展、美术展、书法展、民俗表演、赛鸽比赛、保护鸟类交流……让人们欣赏美景、陶醉于自然，同时领略民族文化，传播保护环境、人与动物的感人故事。游览、聚会、参观、现场会……爆红了红海滩，赵明亮成了远近闻名的企业家。

　　明亮不改初衷，依然扩大山林保护范围，延伸自然美景，给人们以山清水秀、景色宜人的秀美景致，让更多人纷至沓来，给繁多的候鸟一个完美的迁徙地。他就是苛待着自己，让自己远离优越的环境，依然居住在当初的老房子里，还美其名曰：温故而知新。

　　"赵总，你让我们在漂亮的办公区里办公，你却窝在这个老地方，一天到晚忙忙碌碌的，你这是几个意思？"赵营长不满意了。

　　"营长，其实吧，忙碌是一种幸福，它会让你忘掉没必要的烦恼。再说了，我宁可身上受苦，也不愿意脸上受热。"明亮脸上掠过一丝阴云。

　　"怎么不愿意脸上受热？"赵营长不明白明亮话的意思。

　　"营长，你就别逼他了，他担心……"和鸣说了个半截话。

　　"你怎么老说半截话，有什么话不能当面说的，说给大家听听！"赵营长有些急了。

　　"营长，是这么回事……"和鸣把昨天有些群众硬闯保护区，明亮与他们及时交流沟通，事情得到圆满解决的过程，给大家重复了一遍。

　　原来，昨天上午有几个人闯进野鸭的保护区打野鸭，与前来制止的巡护员发生了争执。他们不但不走，还说这里自古就是当地老百姓的。为什么今天都成为个人的？海边被承包了成为个人的，看海的人驱赶老百姓不让赶海，不准民众踏进他们承包的海边半步。上山网鸟不让，看山的说是他们个人承包的，谁私自网鸟要处以罚款五百元。到芦苇塘抓蟹不让，说是个人承包的，如果闯入承包区就要被罚款。盐碱滩打野鸭又不让，说是你们个人的……

现在怎么都成为个人的了，究竟是什么社会？旧社会这些自然环境还是大众的，怎么社会主义的今天都成了私有财产了！现在人的差距怎么会这样大呢？有的人是花天酒地、住豪华房；有的人是住房困难，为吃穿发愁；有的人是大把赚钱，挥霍无度；有的人给人打工，常年不给工钱，这是怎么了？

赵明亮听了这些人的发问，并没有感到太大的震惊。相反，倒是感觉有人能提出不同的想法和意见，是社会的一大进步，是推动社会发展完善最有力的动因。他笑着询问这几个人的家里近况如何，在住房、就业、工资、生活等方面比改革开放之前有变化吗？

得到的回答是有大的变化，比改革开放之前那是强多了：人均住房面积增加了，不用全家挤在一铺炕上；吃的花样、品种全了，可以经常改换口味了；一切票证不用了，物质是很丰富了；出行方便了，交通四通八达了；干活儿的工钱属于中不溜，解决日常生活开销没问题；生活质量提高了，精神上没有什么负担；业余文化娱乐活动丰富了，人的精神状态好多了；就是觉得有些人富得可怕，自己同他们差距太大了……

经过赵明亮一番改革开放前后的对比，这些人的情绪有了很大的和缓。赵明亮知道他们不满的就是社会上不公的现象。因此，他列举了中国今天社会的巨大的发展、变化，一座城市前后对比，一个乡镇的前后变迁，一个国家与世界其他国家的比较，让大家看到中国翻天覆地的变化。这是邓小平改革开放政策的功绩，他给中国人民带来了实实在在的实惠。

"我们不能享受了党和政府带来的实惠还在骂娘！这也是一种不公道，也是一种不公平，咱不能颠倒是非，不能昧着良心说瞎话。以前吃肉都要肉票，那时候我们吃上一口肉是多难哪！为了能让菜里多点油水，我到不要票证的北京买肥肉。因为全国只有北京不要肉票，买肉不限制，外地人在北京买肉要限量，一次只卖半斤。我一天轮换几个地方，排了二十几次队，才买上了十几斤肥肉。现在我们缺肉吗？现在是物质很大的丰富。

"我们要辩证地去看问题，社会巨大进步的同时，也会泥沙俱下。历史上任何时候都是光明和黑暗并存的，并不是每天都阳光普照，也有黑夜和阴雨连绵；社会上，出现了一些我们不愿意看到的腐败问题，但它不代表社会的主流。有些人手中有了点权力就营私舞弊、贪赃枉法；雇主与雇工不平等、同工不同酬等社会现象时有发生。

"这是大潮涌动中的沉渣，主要原因是我们不注重人的思想教育。追钱逐利成了某些人的生活目标，必然会出现腐败。道德的底线逐渐被打破，就会出现我们不愿意看到的丑恶现象。

"在教育方面，有的大学看什么赚钱就多招什么专业，热门学科不断扩招，不管社会的需求，不讲社会均衡的需要、岗位的配置，什么赚钱多眼睛就盯到哪儿，使有的大学变成文凭的批发部。有的企业为了多赚钱，一窝蜂拥向利润好的产业，造成产能过剩，企业不得不关停或倒闭。有的企业为了一己私利，见利忘义，不择手段地生产假冒伪劣产品，坑害消费者，受到了法律的制裁。医药行业有的医院医生为了钱，收受红包无所忌惮、见死不救屡有发生。追究根源，就是少了信仰，没有发挥出信仰教育的力量。以钱作为主导，人的心里必然长草，还是无序疯长。所以说，出现这些现象，我们既不能无动于衷也不能害怕，而是要正确地面对，去积极主动纠正，让正确的思想回归。

"像国家的土地、山林、海洋、海滩、滩涂、草原、荒漠……要保护、要治理、要开发，这是国家的责任，也是每个公民的责任，我们该注意环境治理和保护了。

"国家要调动个体的财力和资金来保护、治理、开发，这是国家和时代的需要……在国家大开发、大发展中，必然会出现以破坏环境为代价的赚钱。党和政府已经看到了环境遭到严重破坏的后果，这是要杜绝那些见了利益就一哄而上，拉大帮、起大哄，追群逐利地圈地，倒地卖地，无度地房地产开发。现在，就要铲除这滋生腐败的温床。要实现这个目标，就要人人都遵守法纪，不能去践踏和违背法律，谁要越雷池半步，就应受到法律的严惩。

"我们中国的今天，就是要重新归位：为民众着想，为环境着想，为生态着想，这样我们才会有一个美好的未来。

"私营企业家财富的积累，大都是靠自己辛苦的努力，凭个人的才能和智慧得来的。他们为国家和社会做出了非常大的贡献，为社会解决了就业的难题，也增加了国家和社会的财富，帮助国家和政府来加速城乡一体化进程；我们要尊重靠劳动致富的精神，要有公平竞争、积极创新的意识，而不是仇富，否则就会阻碍国家和社会的发展和进步。

"如果你们生活、工作出现了问题，需要我的帮助，我这里有保护自然环境、保护动物的工作岗位，你们随时可以加入我的队伍；咱们为了祖祖辈辈留下的这份家业，也为了我们的子孙后代着想，让这个家园更加美丽。"

赵明亮又把保护山林、盐碱滩、芦苇荡、野鸭、黑额雁、丹顶鹤等动物与破坏山林、滥捕滥杀，自然生态恶化，人与自然不和谐的利害关系做了讲解：

"为什么我们内蒙古草原上的很多野驴跑到蒙古国去了？为什么东北森林的一些东北虎都跑到俄罗斯境内去了？为什么我们镜泊湖的鱼都游到俄罗斯水域那一侧？为什么我们周边沿海的很多鱼向别国海洋那边游？原因是我们不保护大自然，乱砍、滥伐、滥捕、乱开垦，让好端端的草原荒漠化了，让丰茂的山林光秃了，让港湾渔船林立、马达轰鸣，船比鱼还多了，让打鱼的网扣越来越小，成了绝户网，那鱼能不躲着我们吗？

"人跟动物的本能也是一样的，也想要好的环境，好的生活条件。连动物都知道需要好的环境，咱们人不是一样想往好的地方去吗！别国经济越好，科技越发达，高端人才越奔向那里，而作为科技前沿，聚拢的人才越多，他们的科技就越发达；我们多少人才跑到人家的国家不回来了？这也无可厚非，我们没有创造出好的环境和条件，就留不住这些宝贵的人才。

"现在，我们逐渐明白了这些道理，在抓紧经济建设，发展科技生产力的同时，也在改变我们的生存环境和自然环境。

"现在，那些野驴从蒙古国跑回内蒙古来了，因为我们注意保护草原了，减少沙漠化，有了野驴的生存环境；东北虎也从俄罗斯回到大兴安岭了，因为我们杜绝乱砍滥伐，严格实施保护动物的条例，东北虎可以自由出入两国边境；镜泊湖的鱼也敢游回到我们这一侧了，因为我们有了休渔期，严禁用绝户网捕捞，鱼生活的周期加长了；乌苏里江的鱼也敢到我们一侧产卵了，因为鱼也知道我们这边安全了……

"我们那些海外学者也争先恐后返回国内，因为我们提供了好的生活环境和好的工作条件；还有外国技术专家愿意应聘到我国工作，因为我们国家的生活条件、物质基础有了大的改善，科学技术水平有很大的提升，也开始抓环境治理，工资条件也比较优越。这些，都是因为我们的环境改善了，相应的条件具备，一个稳定、和谐、舒畅的生活环境是多么重要！

"今天，我们看到西方资本主义的吸引力和影响力，正在历史性地下降。这有利于我们中国的发展，我们要抓住这个难得的历史机遇，遵循邓小平同志的思路走下去。要争分夺秒地抢时间来发展自己国家的经济建设，这多好哇！

"邓小平同志的思想是何等正确！他提出中国在世界上不当头，各国有自己的国情，不能照搬照抄，要先把中国自己的事情办好。要'不扛旗，韬光养晦，不当头'，让中国人民的日子富起来。他不搞一刀切，不搞一窝蜂，让社会多元化；可以是集体经济，也可以是个体经济，只要老百姓能富起来就是好经济；敢放手敢试验，敢让四个特区先走一步看看；他从农村开始解决温饱，再到城市快速发展经济；我们的经济飞速进步了，科技上来了，我们的日子富起来了，成为世界的神话；他不搞终身制带头退休，为国家领导干部树立了榜样……我们能忘记他老人家的恩德吗？不能！我们要记住他的好才是呀！

"一个民族只有强盛了，才能掌握自己的命运，才有能力保卫自己的国家。否则，它是没有资格享受和平的。瞅着人家眼色行事的民族，终究要受到人家牵制，经济和意识形态都会受到人家控制，很少有自己的话语权。只有掌握了自己命运的民族，才会活得不卑不亢。没有保卫和平的力量，奢谈和平就是对中华民族的犯罪。

"我们有幸生活在这样的时代，让我们赶上了经济发展的快速期，也让我们赶上享受美好生活的过程。一些西方资本主义国家恨不得中国一下子垮台才好，可中国的快速发展让他们震惊。就连西方国家的媒体也高度评价邓小平的改革开放，是世界经济发展引擎的设计师，是中国历史上卓越的领导人，是世界伟大的贡献者。"

这些群众，被赵明亮翔实的数据和真情实例说服了。他们认可了这位经理，对他心悦诚服，并表示愿意加入这个保护自然、保护鸟类的行动中来。

十三、红红传喜讯

赵明亮与打野鸭人的交谈、沟通，使自己思想也有一个很大的提升，深深感到思想教育的重要性，也看到一个经理人和领导所不能忽视的思想教育问题。

明亮对他们一系列的发问和发自内心回答的过程，让自己也受到了一次深刻的教育。他把自己的企业行为与他们提出的问题相比较，逐一对号检查，特别是承包人剥削工人、拖欠工资、虐待雇工等现象。他在脑海里不断地提醒自己：

不能迷失方向，不能迷失自己，不能只追求个人利益而忽略大家的利益；你要让大家生活越来越好，而不能让穷困潦倒的人越来越多；人不能麻木不仁，思想不能贫瘠，思想贫瘠则经济也会贫瘠；我们要留得住热心我们事业的人，去创造和谐的工作环境；不能对不起下属员工，要严格要求自己，要有共同致富的观念；不能因富而忘乎所以，因富而骄淫奢侈，因富而炫耀富有，因富而产生堕落；要有勤俭持家，过苦日子的思想……

"你就为这个而待在简易房里？这就是你的逻辑：过苦日子，与职工打成一片，再吃点忆苦饭？让我们说你是无产阶级革命领导人，你就满意了？"赵营长说起了气话。

"营长，人的思想境界高低，与我们经济环境有着直接的关系。我们生活条件好了，境界要随着提升，而不是追求过分的奢华，去降低思想境界的标准。我们要时时警醒自己，要关注我们身边的人，去关心、爱护、帮助他们……"明亮说得很是中肯。

"这倒是，我同意你的观点。我们事业发展了，生活水平提高了，有能力帮助别人了，一定不要忘记那些没工作，生活在最低水平线以下的群体，这些我们要时时记在心里。但不是住在简易房里，就说明你的境界高了。而是应该让眼界更开阔，脚踏实地一步一个脚印地实干才行！"赵营长说道。

"我这样严格要求自己不能算错吧！再说，我上了楼，花花它们怎么办？我舍不得离开它们，它们念旧哇！"明亮又说出一条不离开的理由。

"这好办哪，你每天过来跟它们玩玩，跟它们亲近亲近不就得了。怎么能把偌大的园区撂了，再说你刚才说的这么重要的道理，也应该在例会上给大家上上课，也要给大家提高提高思想觉悟。让大家的眼界有所开阔是不是？你要有统揽全局的高度，而不是蹲在低处往上看，这不符合你老总的身份，来人一看成何体统，对不对？"赵营长说道。

"赵总，听人劝吃饱饭。严格要求自己我们不反对，可我们现在毕竟家大业大，你还蹲在老棚子里，哪像个老总的样子嘛！你上个台阶好不好？"沈队长也插了话。

"好，营长刚才说的上课的问题很重要，一个统一的思想有利于我们的事业取得成功。我接受你们的意见，明天就搬到那边办公。晚间，可是我和花花在一起待的时间，你们不得占用。"明亮心里还不是很情愿的。

"行了,你们也不要劝了，他还有一个心思呢！"和鸣又捅出一句话。

"还有什么心思？一块说说看嘛！"赵营长追问起来。

"他呀，就想站在鸟活动的最前沿，及时观察、研究鸟的迁徙，食物环境、植物生长、鸟的繁殖、人和鸟交流。还有一个最让他放心不下的事……"和鸣又留了半句话。

"你呀！这个毛病真不好，总愿留个半截话……"赵营长盯着和鸣的眼睛。

"做了标志环的红红，还有其他做了标志环的鸟，一旦回来找老家，这不是没有了方向标志物了……"和鸣揭开了谜底。

"和鸣说得对，鸟是念旧的，一发现物是人非，它们会飞走的。我们要留住它们，还要给它们留下一个美好的家园。"明亮说出了心里话。

"这好办，我们在这里留专人看管，再把房子内部装修一下，也作为鸟类食物发放站、调查研究的前沿所，行吧？"赵营长想出了可行的方案。

"行，就按营长的意见办。"明亮妥协了。

就在这时，外面闹闹嚷嚷，员工们都聚集于此，发出了惊讶的欢呼声。

明亮以为发生了什么大事件，赶紧跑出门外。

顿时，他被眼前的一幕惊住了：

他给上了标志环的红红，领着几只小丹顶鹤飞回来了，正在门前场地引颈高歌，它走向明亮和翠华，急切地扇动着翅膀鸣叫着，像是说：我回来了！那几只小鹤怯生生地不敢靠前，远远躲着人群在那儿嗷嗷地叫唤。不知妈妈认识的是何方人物，干吗特意跑到这里来？

明亮激动地抱起红红，亲吻着它、抚摸着它，那几只小鹤吓得直抖翅膀，生怕妈妈出现意外。红红嗷的一声呼唤，小鹤顿时安静下来，围着明亮身前身后转悠。乐得明亮急忙放下红红，来亲近小丹顶鹤。

红红高兴地抻长脖子、抖动红冠、展翅啼鸣，明晃晃的银光在它的腿上一闪一闪的，吸引了明亮的目光。

他定睛一看：一个新的标志环清晰可见，"菁菁"两个字跃入眼帘。

明亮又急忙抱起红红，仔仔细细端详着这两个字。清清晰晰、真真切切，他的眼睛顿时模糊了，泪水吧嗒吧嗒滴在红红的脸颊。

红红温顺地用嘴鸽着他的衣角，好像在说：别激动，我不是给你联系上了吗？你赶紧找她去呀！

明亮激动地双手不停地颤抖着，轻轻地抚摸着它。又一次把脸贴向红红：谢谢！谢谢你找到了她。他再也憋不住了，大声地喊道："找到了，找到了！"

"找到什么了？"大家惊诧地围拢过来。

"赵总，找到什么了？"翠华抱起了红红。

"你看，红红的标志环……"明亮激动地说不出话。

"对呀，又多出一个新的标志环……"翠华愣怔着。

"她是菁菁，菁菁……"明亮嘴里呢喃着。

"菁菁？"大家听后是一头雾水。

"啊，菁菁有消息了？"和鸣拨开人群挤了进来。

"你看，菁菁她终于出现了！"明亮两眼泪花。

"赵总，先别激动。呀！真是菁菁出现了！红红，我们得感谢你呀！你传递了菁菁的信息，这说明菁菁也在做保护鸟类的工作，那里正是红红的迁徙地——日本北海道？"和鸣自言自语。

"方总，你俩说的菁菁，是不是赵总的那个……"赵营长明白了过来。

"对，就是他朝思暮想的那个人！"和鸣很是兴奋。

"噢……"大家听明白后一阵欢呼。

明亮目不转睛地看着红红：这是它对我们的一种感恩和回报吗？还是传达另外一个湿地的信息，偶然把两地牵挂的人儿牵线搭桥连到了一起？不，红红不是单纯为了告诉我们那里美好湿地的存在，也不是单纯为了生存而去跨越国界，它是两地爱的使者，告诉我们那里有一样爱它们的人、营造美好环境的使者，那就是菁菁……明亮兴奋的心情难以抑制。

红红代表我们去寻觅，去探究世界有爱的领地。这些也正是当今动物专家对动物行为学研究的一个重要课题。我们也要加入这个研究的行列，要加大研究力度，扩大我们工作的范围。

明亮深深地感到：在自然界中，一切生命都按照自己的规律生长，其结果就是和谐。

红红看着大家的高兴劲儿，领着小鹤也齐声高鸣，不停地扇动翅膀，跳起圈圈舞。

和鸣乐得不知怎么好了，抱起了红红跳起舞来，大家拍起巴掌给他们伴舞。一场人鹤齐欢的动人情景，成了人们茶余饭后的话题。

"哎呀，简直是神话了，怎么还有这么巧的事？"

"可不是嘛，你说赵总的女朋友失去联系那么多年了，都不知道在哪儿刮旋风呢！哎，让丹顶鹤给联系上了，这不神了吗？"

"鹤是最有灵性、通人性的。它们也讲回报的，它那叫知遇之恩！"

"所以，人与动物要和谐相处嘛！"大家也说起了时髦的话。

明亮也借题发挥："营长、和鸣，你们说这老房子多重要，它是鸟回家的标记，如果没有这个标记，红红上哪儿去找我？"

"这倒也是，不过咱房子在这儿就可以了，我得安排人把这里好好装修一番，不能让别人感觉这里太寒酸了。你呢，也别老黏糊在这里，可以两面兼顾地跑跑，可不能耽误咱们事业的发展哪！"赵营长委婉地劝说着。

"赵总,你不要找这个牵强附会的借口了,你的形象就是公司的形象。要我说,你当务之急是研究菁菁的准确地址,从红红去的北海道栖息的地方下手,头拱地也要把菁菁挖出来!"和鸣很是急切。

"赵总,你还是去日本北海道一趟,就像咱们这个丹顶鹤栖息地一样,你到那儿一打听没有人会不知道的。你不解决这个问题,我们都觉得闹心!"小四川开始起哄。

"对对对,不能耽搁了。这也就是你吧!要搁我身上非急疯了不可。"沈队长也来了一句。

"哎,我说我的哥呀!你看大家急的,把你手中的工作放一放行不行?我跟你大半辈子了,就这个事让人闹心上火。你赶紧把这个烦心的事,抖搂明白了行不行?"和鸣急切地说。

"对,赵总,人生大事,可别耽误了!"房东大哥说得诚恳。

"不是我不想抖搂明白,而是菁菁一点准确信息也没有。她是成家没成家,是单身没单身?我贸然闯入,一旦让人家难堪那多不好!"明亮有些顾虑。

"什么难堪不难堪的,一见面她是成家也好不成家也罢,就全明白了。她成家,我们就死了这份心思,都快五十岁的人了,我们帮你张罗赶紧成家;她单着,你把她追回来结了婚,不就结了。省得我们老婆孩子不敢往这里领,就怕你触景生情!"和鸣心里有些酸酸的。

"对,赵总,赶早不赶晚,你抓紧安排行程吧!"赵营长督促着。

"那,那我给你订机票啦?"小四川着急地问道。

"哎哎,打住,打住!我心里有数,这么多年都等了,还差这么一锅间？当务之急是把服务中心设施全部上齐了，游览、展览、接待、住宿、演出，搞活泛点，再聚点人气。大家记住：我们自然生态保护区的宗旨，就是要建成低碳绿色的景区，咱们这里海风强劲，可以风力发电，可以太阳能取暖、照明、洗澡……这些基建的扫尾工作，抓紧时间完工，咱们各负其责不得有误。"明亮吩咐道。

"你的责任，就是把菁菁的事情搞明白就行了！"和鸣扔出了一句。

"行了行了，你又来了……"赵明亮假装生气。

十四、莫斯科找妈妈

赵明亮虽然嘴上说不着急，不差一锅间的时间，可他的内心比谁都着急。

他对鸟栖息地的地质、地貌、环境、植被、食物、水质、空气、生存条件等，基本做了较翔实的记录和研究。那么，鸟在其他湿地的生活环境又是如何的呢？还有鸟的流行病的防治，它对人类的疾病传染及预防，也是一项新的课题，这绝不能忽视。

人与鸟交流得越多，相互感染疾病的可能性就越大，这就像人注射的水痘、乙肝等预防针一样，也要给鸟撒预防药物饵料，让它们及时得到疾病的防控，这才是真正的和谐共处。赵明亮在准备做一次探访、研究、交流，回访鸟迁徙其他湿地的计划。

刚好红红从北海道飞回来，又有对魂牵梦萦的菁菁的牵挂，这个探访行程就将提前。

明亮的脑海里形成了一整套规划：丹顶鹤去的湿地是日本北海道，第一个课题就去研究那里的生存环境，了解那里人们保护环境的方式、方法。

鹰隼类、白天鹅、黑天鹅、黑额雁，它们迁徙地是俄罗斯东西伯利亚南部的贝加尔湖，那里十分静谧，远离人群，是鸟类栖息的天堂。这个课题是对原始生态给鸟最佳生活环境的探秘，来比较人类维护下的湿地、山林与原始生态的差别。

计划一出就要付诸行动，他召集了研究人员开始整理各种数据、资料、考察目标、行程路线、与对方交换保护成果等。大家正在紧锣密鼓地积极搜集鸟的栖息地资料的时候，研究室的门被敲响了。

"叔叔，我听说你们准备探访鸟回迁的栖息地，是吗？"小中苏问道。

"是呀，该去探访它们那些栖息地了。"明亮解释说。

"叔叔，那我跟你去俄罗斯吧，我想妈妈呀！"小中苏掉下了眼泪。

"别哭，别哭，叔叔答应你。看你，都是当爸爸的人了，还哭鼻子？"明亮极力安慰他。

"叔叔，快三十年了，我至今不知道妈妈在哪里。开始，还能见到妈妈的只言片语，后来的信里只是妹妹的小脚印，再后来连信也断了。我都结婚有孩子了，爸爸还孤身一人，他在等我妈妈、妹妹呀！我们心里多憋屈，多苦哇，都快想疯啦！叔叔，我等不及了，我要跟你去俄罗斯，无论如何也要见到妈妈、妹妹呀……"小中苏难过地掉下了眼泪。

"小中苏，你别哭，这也是叔叔的一块心病，一见到你我心里就难受。这样，你们大家注意了，现在马上调整资料，改俄罗斯的贝加尔湖……"明亮吩咐着出行人员。

"别，叔叔，咱们直奔俄罗斯的首都莫斯科。我听说他们有个寻亲栏目，我一天也等不及了，妈妈那么大的岁数等不得呀！"小中苏说。

"叔叔明白，第一站先去莫斯科的电视台，咱们到寻亲栏目组，把寻找你妈妈的事办完，再考虑贝加尔湖鸟类考察的事，行吗？"明亮说出自己的行动计划。

"谢谢叔叔，谢谢叔叔！"小中苏一个劲儿地鞠躬。

"看你，像个孩子似的，跟叔叔还说谢谢。行了，你赶紧回家准备准备，咱们过些日子就直飞莫斯科。"明亮催促着小中苏。

"赵总，连鹰隼、白天鹅、黑天鹅都可以自由飞越国境，不能阻隔它们回飞老家湿地，可我们人类的政治阻隔，竟让亲人快三十年不得团聚。有多少人因为这个无情的阻隔，终生不得相见，连死的时候都闭不上眼。你看，小中苏内心的痛苦，迫切想见妈妈的愿望，让我心里也很难过，这种滋味……我们的世界，什么时候能像鸟一样自由走动啊？"和鸣心中有说不出的酸楚。

"人为的政治划线，让一个好好的家庭天各一方。现在苏联已经解体，各加盟共和国宣布独立，俄罗斯还是世界上领土面积最大的国家，也不知道嫂嫂现在居住在哪座城市。这次莫斯科之行能否顺利？"明亮有些担心。

"你积极争取吧！圆两地分隔人的梦，让哥嫂一家早早团聚，会梦想成真的。"和鸣倒是很有信心。

"对，我要下决心让他们尽早全家团聚。那我先给他们圆梦去了，这件事一直挂在我的心里。它无时无刻不在纠缠着我，让我不得安宁，我非把这块心病去除不可。现在公司的业务已经走向正轨，你跟赵营长就多操些心，大事小情就多跟营长商量商量……"明亮做外出前的交代。

"这还用说，我们会尽心尽力工作的，你放心地走吧！"和鸣坚定着明亮的决心。

"好吧，我对你们真是很放心，那就有劳各位了！"明亮的话充满信任。

"看你说的，都是一生的哥们儿了，还说外道话。来，哥们儿，拥抱一个！"

和鸣拥抱着明亮，两个人心里是暖暖的。

飞机场上，赵中苏的兴奋劲儿，带动了他年轻的妻子和幼小的孩子，他们是有说有笑。可站在一旁送行的赵明涛却是一脸的冷静，这跟他近三十年的期盼落空有关。

他很谨慎地叮嘱着明亮："明亮，这么多年中断联系，也不知道你嫂子现在具体情况。你这纯属大海捞针，一点头绪也没有。明亮，这让你费多大的心哪？"

"哥，分离这么多年，你们团圆的梦由我来圆。你别太过担心，你们就等我的好消息吧！"明亮的话与其说是给哥哥鼓劲儿，不如说是给自己鼓劲儿。

"如果遇到太大的麻烦事，你就停手别去难为自己，也算给小中苏一个交代了，我已经没有那么强烈的愿望了，你就见机行事吧！我们不会责怪你的，听见没有？"赵明涛又叮嘱着明亮。

"哥，看你说的，我跟小中苏的心情是一样的。你不知道，我无时无刻不牵挂着这件事，你就放心吧！我会尽我所能去办这件事的。"明亮很能理解哥哥此时此刻的心情。

明亮跟哥哥和公司来人一一握手话别，小中苏上下抛着儿子逗乐，又亲吻着儿子和妻子，根本没把寻人的难度当回事，更不可能像爸爸想得那么复杂，所以心情就比较轻松，还有点兴高采烈的样子。明亮和明涛都知道此行的难度，只不过没拿到面上说罢了，都愿意给小中苏一个微笑，来满足他心里的美好愿望。

飞机在跑道上慢慢地滑行着，一个飞快的加速顿时产生了巨大的轰鸣，充塞着耳鼓，强烈的颤动颠簸着全身。飞机一路攀升，让心脏有些不适，升到一定的高度之后才慢慢地平缓下来。

赵明亮此时此刻的心情就像飞机遇到气流颠簸的过程一样，很难平稳下来。窗外能看到整个机身托在云团之上，一大朵一大朵洁白的棉絮透明松软，像新疆棉花丰收的季节，一堆连着一堆的棉团绵延起伏，甚是壮观，洁白如雪……

莫斯科的国际机场，降落了来自中国的飞机。

赵明亮没做任何停留，带领赵中苏和几个研究人员，直奔俄罗斯国家电视台。

赵中苏也是做了几年的精心准备，把小时候跟妈妈学的俄语捡了起来，一天到晚搜寻俄罗斯的信息。他来到俄罗斯国家电视台根本不用俄语翻译，就直接对话，一点也不含糊："我们来自中国的旅顺。我的妈妈是苏联人，我的爸爸是中国人。他们是1967年因为政治原因分开的，开始还有些信件的往来，到后来两国关系逐渐恶化，也就中断了联系。我想通过你们电视台做一个寻亲广告,来寻找我的妈妈!"

"哦,中国旅顺,我们俄罗斯人太熟悉这个地方了。《旅顺口》这本书讲的就是你们的家乡,它记述的就是沙俄与日本之间的残酷战争。不过,这是两个帝国争夺你们家乡的故事,也可以说是侵略中国领土的战争。真是太巧了,你们来得真是时候,我们电视台一台刚刚设立一个中文名字叫《等着我》的寻亲栏目,帮助俄罗斯和其他国家、独联体国家寻找失散在异国的亲人。你说的这个政治原因,我们非常清楚,它造成了多少个家庭的分崩离析。今天,那段不堪回首、不该发生的历史令我们非常痛苦。纠正那段错误,让失散的亲人早日团聚,是我们创办这个寻亲栏目的目的。那些独联体的国家也做了转播,收视率很高,效果非常好,我想你们会不虚此行的。你们今天就可以录制、播出寻找妈妈的节目!"接待赵中苏的电视台导演一脸的兴奋,还时不时上下打量着赵中苏。

赵中苏别提多高兴了,他紧握叔叔的手左右摇晃着,两眼噙满了泪水。明亮心里也是特别激动,他拍着赵中苏的肩膀安慰他。此时此刻,他同样急切盼望着团聚那一时刻的到来。

他们跟随着电视台导演,来到了寻亲节目的录制现场。

现场的背景墙布置得温馨可人,人们拥抱言欢的情景,让赵中苏心中不禁涌起了一股暖流,眼泪在眼窝一个劲儿地打转。

导演一看,时机太好了,立即吩咐赵中苏走进录制现场,进入自己的角色。

赵中苏的哭泣声伴随着流畅的俄语而出:"妈妈、妹妹,我好想你们哪!我是中国旅顺的赵中苏,我的俄文名字叫瓦西里,我爸爸的名字叫赵明涛，妈妈的名字叫莎波诺娃，我那个没有见过面的妹妹，她的名字叫赵海英，俄文的名字叫谢柳莎。妈妈，近三十年的分隔，我们心里备受痛苦和煎熬，我无时无刻不在回想满洲里分离的那一刻，你艰难拖着怀孕的身子，说看完外公就回家，就一个星期，可你让我快等了三十年哪！我天天盼夜夜等啊，我想妈妈……妈妈，我不知道流了多少眼泪，有多少个夜晚，梦里与妈妈相见，醒来只能以泪洗面。妈妈，我今天来到了莫斯科，我想见到妈妈和妹妹，你们在哪里？我要见你们，妈妈、妹妹……"

赵中苏发自内心深处的哭声，感染着在场的每一个工作人员。随着赵中苏的诉说，他们也泪流不止。他思念妈妈的哭声，打动着每一个人心里最柔软的地方。没有过这样不幸的遭遇，没有这样人生坎坷的人，都能感同身受。直到节目录制完毕，他们也没能平复这揪心的一刻。

电视台的人纷纷走过来安慰着赵中苏。看赵中苏掩面而泣的样子，实在于心不忍，也期盼分离的一家人早日团聚。

俄罗斯国家电视台的寻亲节目当天就播出了，其他独联体国家也跟着转播。赵中苏第二天就来等候消息，电视台的导演知道他的急迫心情，就安慰他别担心，一定会找到妈妈的。这个寻亲节目是滚动播出，等节目播出一周后，一定会有好消息出现的，你就静候佳音吧！先放松一下紧张的情绪，游览一下莫斯科的风光，这也是你妈妈故乡的首都，也属于你外祖父的国度，你可千万不能错过呀！

经电视台导演的劝说，赵中苏紧绷的心略有放松。他在叔叔的陪同下，漫步在莫斯科的街头。

当走到莫斯科红场的时候，他们被俄罗斯民族风格建筑所吸引：宽广宏大的广场两侧，矗立着一座座尖耸直立的建筑，绿瓦红墙、棱角分明、尖圆有致、典雅大气；有的建筑顶端是圆形的盖顶，像古代战士的头盔，让人很有震撼、敬畏之感。听人介绍，俄罗斯民族自10世纪末接受基督教后，受到拜占庭的影响，把单一的木造结构与石造相融合，产生了一种别具一格的俄罗斯风情。

走着走着，赵明亮盯着一座尖耸直立顶楼上的五角红星不动了……

"叔叔，你是不是感觉这颗五角红星，跟咱旅顺胜利塔尖的五角红星有些相似？"小中苏先入为主地说起旅顺胜利塔的话题。

"其实，红星是苏联红军的象征，也是中国革命和奋斗的象征。她标志着苏联红军在第二次世界大战中摧枯拉朽的功绩，横扫了德国法西斯军队，攻克了柏林，苏联红军又挥师南下，消灭了盘踞在中国东北的日本关东军，加速了中国全境的解放。我敬仰红星照耀下的苏联红军，也崇敬红星照耀下为之奋斗的人们，我们中国工农红军就是在这闪闪红星的照耀下，取得了中国革命的胜利。她，在我心中有着无比的亲切感……"明亮道出内心的真情。

"叔叔，经你这么一说，这红星真是有着深刻的象征意义。"小中苏认真地瞅着这颗五角红星。

"就是这颗熟悉的五角红星，1966年'文化大革命'的时候，我们喊出口号：要摘下莫斯科红场上的这颗五角红星！"明亮的心情有些凝重。

"啊？为什么要摘下人家的五角红星啊？"小中苏有些纳闷。

"因为他们是苏联修正主义，沙俄时期侵占过我们一百五十万平方公里的土地，一直没有归还。那时我们就想，一定要当兵参战，打倒苏联修正主义！摘下莫斯科红场的这颗五角红星，夺回被沙俄侵占的土地。"明亮是一脸的认真。

"哈哈，你那是造反派的精神，很不切实际！"小中苏笑着说。

"一个时期的思潮，影响着一代年轻人的思想。不过，我对那一百五十万平方公里土地的问题，还是耿耿于怀的。"明亮说到这里皱起眉头。

寻亲栏目组一直没有消息。明亮为了不耽误贝加尔湖的考察，他带领考察人员，很快飞向了鸟回迁的栖息地，只留下小中苏一人在宾馆里等候。

十五、母子喜相逢

贝加尔湖是位于俄罗斯东西伯利亚南部、世界上年代最久远的湖泊，也是世界最深的湖。从飞机上鸟瞰，好像一轮弯月镶嵌在东西伯利亚的南缘，湖水宽阔、澄澈清冽、透明度达四十多米深，被誉为"西伯利亚的明珠"。两岸峭壁高耸、山林覆盖、满目葱茏。据介绍，这里蕴藏着地球全部淡水量的百分之二十，相当于北美洲五大湖水量的总和，超过波罗的海的水量。湖里生长着许多海洋生物：海豹、海螺、龙虾……它们是怎么从海洋来到这里，至今还是个谜，这里的海豹也是世界上唯一的淡水海豹。

湖水里生长着大批的动植物，物种丰富，拥有百余种世界濒临灭绝的特有动植物。由于它湖盆深邃，湖底有洞穴和裂缝，地底热气从这些洞穴和裂缝不断泄出，使附近水温保持在十摄氏度左右，此种"水底温泉"仅海洋才有。

明亮探查了这里的湖泊、沼泽、湿地……人迹罕至，它的古生物群落、完好的食物链、完整的自然环境、优越的地理条件，为天鹅及猛禽类的栖息提供了最大、少有的天然栖息空间。这要是大量人群安居于此，那将会严重破坏自然生态，这可是有百害而无一利，这是俄罗斯重点保护的自然生态区域。这里奔腾的流水、变幻莫测的风云、山花烂漫的原野、绮丽夺目的景色、碧绿的水花……从那么久远的世纪走来，让人从远古回味至今，使人思绪万千。明亮一行考察人员，利用天上、地上的现代交通工具，迅速深入当地政府和民间走访，很快完成了考察任务。

飞机钻出了云层，他们又回到了莫斯科的上空。考察的一行人刚刚返回莫斯科，还没等赵明亮向赵中苏介绍贝加尔湖的逸闻趣事，就听宾馆的服务人员喊道："瓦西里，接电话！"

赵中苏跑了过去。

"喂，瓦西里你好！我是电视台寻亲栏目组的。今晚，我们想再录一档寻亲节目，会让你惊喜和难忘的，请你马上赶到电视台。"电视台导演打来电话。

"嗯……好，我马上赶到。"赵中苏爽快地答应了。

明亮、小中苏和随行人员急忙赶到了电视台，就见录制现场挤满了观众。

电视导演把明亮、小中苏一行人让到嘉宾席，电视台的台长亲切地与他们一一握手："很高兴与你们见面，也希望见证瓦西里与妈妈团聚的一刻，我祝福您！"

"谢谢，我对你们热情的接待、真诚的努力，表示由衷的谢意。"赵中苏向台长深深地鞠了一躬。

"哎，不言谢。我们两个国家是世界上最友好的国家，又有你爸爸妈妈这样联姻的关系，我们期待这次的团聚。这一时刻的到来，会让几亿观众为之感动。我代表俄罗斯人民，也感谢你们！"台长紧紧握着赵中苏的手。

"现场观众朋友们，大家好！上一期的寻亲节目中，中国旅顺的朋友赵中苏，俄文名字叫瓦西里，在这里做了一期寻找妈妈、妹妹的节目。我们被他深切思念妈妈的情感所撼动，他深深感染着我们每一位电视观众。这些日子，关心的电话、信息二十四小时不断地涌来。这个深切思念妈妈的孩子，能见到日思夜想的妈妈吗？朋友们，这激动人心的一刻就要来到了！瓦西里，你看，谁来了……"主持人提高了嗓门，手指着上场的方向。

灯光聚焦，赵中苏和全场观众的目光也一齐聚集到那里。就见一位慈祥的老妈妈，被一位年轻貌美的年轻女人搀扶着走了进来。

赵中苏睁大着眼睛，急速在脑海里快速闪回小时候的点滴记忆：明澈的眼睛、温柔的目光、亲切的笑容、翕动的双唇……这熟悉、灵动的眸子，一脸慈祥的面庞，曾千万次在自己的眼前闪回，向他呼唤。他几步跑上前去，扑通跪下，两手像小时候一样搂着妈妈的双腿，泪流满面地哭道："妈妈，妈妈！我是瓦西里，我是瓦西里……"

"瓦西里……"莎波诺娃托起赵中苏的脸，在细细端详着。

"妈妈，我是瓦西里，我想你想得好苦哇！经常在梦中哭醒，整夜不能睡好觉。你说一个星期后回来，你一走就是近三十年哪！妈妈……"赵中苏摇着妈妈的腿痛哭。

"孩子，妈妈那是不得已说了谎话呀！"莎波诺娃哭泣着。

"妈妈，这些年我们一直在寻找您哪！"小中苏哭诉着。

"孩子，妈妈也想找你们哪！可世事难料，我们遇到这么多的政治波折，苏联又解体了，我们又划归独联体国家，四处奔波、难以相聚呀！"莎波诺娃为赵中苏抹着眼泪。

"妈妈，头些年有人来莫斯科，我和爸爸托人带信找你们，一直没有你们的下落，我们找你们找的好苦哇！"赵中苏为妈妈抹着眼泪。

"孩子，妈妈每天也是以泪洗面，妈妈已经搬了好几次家。现在，独联体国家又宣布独立，我们又各奔东西，你们上哪儿找我们。这些年，我们是一直不安稳哪……"莎波诺娃抱着赵中苏大哭了起来。

现场的观众无不掩面而泣，主持人也抹着眼泪，不忍心打断他们的诉说。

一旁站着的赵明亮和那位漂亮的年轻女人，一个劲儿地擦眼泪也没靠前，任凭他们拥抱拍打、哭诉。

莎波诺娃终于停下了哭声，拉着赵中苏的手，拽过来那位漂亮的年轻女人，对他介绍道："这是你的妹妹谢柳莎！"

"妹妹，对不起了……我没给妈妈尽孝，辛苦你了，谢谢妹妹！"赵中苏紧紧拥抱着妹妹。

"哥哥，我和妈妈好想你们……"谢柳莎哽咽着说。

赵中苏紧紧拥抱着妹妹。这时，他忽然想起了什么，拉着妈妈和妹妹的手，走到赵明亮的面前："妈妈，你记得我叔叔赵明亮吗？"

"怎么不记得，他那时刚念完中学，正赶上'文化大革命'，给家里添了不少的麻烦哪！"莎波诺娃苦笑着说。

"妈妈，叔叔也一直想念着你们，这次是他带我来莫斯科的。"赵中苏指着叔叔说。

"嫂嫂，你身体真好，还那么漂亮！"赵明亮有意缓和悲伤的气氛。

"我老了，不漂亮了！你侄女谢柳莎那叫漂亮。来，谢柳莎叫叔叔……"莎波诺娃赶紧拽过来谢柳莎。

"叔叔好！"谢柳莎急忙走上前来。

"哎，谢柳莎，你好！嫂嫂，我有这么一个漂亮的侄女，我该多骄傲哇！"明亮特意挑起欢乐的气氛。

"明亮，你就是会说话……"莎波诺娃抹了一把眼泪。

一场从悲伤到言欢的寻亲节目，感动着在场的每一个人。大家一会儿唏嘘不已，一会儿掌声雷动。

主持人走到台前："观众朋友们，近三十年的离别，今天终于重逢了！这是人间的离别之痛，是时代聚合之喜，让我们祝福天下所有离散的人，像他们一样：欢欢喜喜、团团圆圆、幸福美满、天长地久……"

一阵持久的掌声，结束了这一段激动人心、感人肺腑的寻亲节目。

电视台的台长、导演、摄像、工作人员和观众一起聚拢过来，纷纷跟他们握手、祝福。场面感人、热烈，人们久久不愿散去。

赵中苏和妈妈更是有说不完的话，唠不完的嗑，直到宾馆还是不得闲。

"妈妈，你还想爸爸吗？还想旅顺吗？"赵中苏迫不及待地提起了爸爸。

"孩子，你爸爸是妈妈所爱的人，我无时无刻不想着他。那个无情的政治分离，它绑架了我们的精神，分离了我们的骨肉，人们要活命只能天各一方。瓦西里，那是痛苦的抉择，不是你情我愿的事啊！"莎波诺娃想起伤心的往事泪流满面。

"妈妈，别哭了。是我不好，又勾起你伤心的事，咱们今天得以相见应该高兴才是。"小中苏安慰着妈妈。

"不哭了，说说你爸爸吧，他一个人单着吗？"莎波诺娃试问着。

"妈妈，爸爸一直守着我过。最苦的就是想妈妈和妹妹，他经常一个人念叨：我这一辈子太失败了，没能保住一个完整的家，对不起她们娘俩，让她们受苦了！这是我心里的一大愧疚，这份感情债，我这辈子是还不清了。"小中苏描述着爸爸。

"这不能怨你爸爸，那是残酷的阶级斗争给我们带来的痛苦。我跟你爸爸一样，心里也整天惦记着你爸爸和你，梦里相见抱头痛哭，醒来心里这个痛啊、苦哇！"莎波诺娃道出内心的苦楚。

"嫂子，现在好了，咱不是见面了吗？咱再也不分离了。你和我哥愿意在旅顺安度晚年，我给你们安排一个最温暖的窝，让嫂子、侄女过来一家团聚。现在，旅顺的山山水水不知道该有多美了！"明亮极力缓和过去带来的伤痛。

"啊，旅顺是我人生最难以忘却的美丽小城。它素雅恬淡，漫步在那山海相连、波光粼粼的港湾，身心会不由自主生出一丝丝的幸福感。这样的描述，不光是书本里写的美，也确确实实是我的心里感受，让你不自觉地想驻留此地。我恋着旅顺口……"莎波诺娃说到旅顺是一脸的幸福。

"妈妈，妈妈，你一直说旅顺多么美丽，我梦想着它的样子，很想看看妈妈坠入爱河的钟情之地。这下好了，叔叔和哥哥来接我们，咱们一家就要团聚了，就要见到近三十年没有谋面的爸爸。我爸爸他是个什么样子？"谢柳莎自言自语地提起了爸爸。

"哈哈，你见到了爸爸，就知道一位像妈妈一样慈祥的老人是多么可爱了。小中苏，咱先不把今天跟你妈妈、妹妹见面的消息透露给你爸爸，给他一个惊喜好不好？嫂子、谢柳莎，这样行吗？"明亮探询着大家。

"好。"他们一致同意。

"明亮，这次见到你，真是跟过去大不一样了。很稳重，有领导者的风范，不知道现在都忙些什么？"莎波诺娃瞅着明亮笑。

"妈妈，明亮叔叔现在是大老板了，是旅顺知名的企业家，他可了不得了……"小中苏称赞着叔叔。

"嫂子，你走了以后，我先是回农村务农两年，接着到部队当了六年文艺兵。从部队回到地方后，接着从事文艺工作，后来辞职去承包山林保护候鸟……"明亮叙述与嫂子分别后的情况。

"哦，就是每年迁徙到老铁山的候鸟？那应该好好保护了，再那样滥捕滥杀，那些候鸟会绝迹的，你干了一件大好事。"莎波诺娃瞪大着眼睛。

"嫂子，我念中学的时候真是不懂事，让嫂子没少操心。到部队得到了锻炼，开阔了眼界。回想嫂子给我说的苏联时期的错误政策，我越想越觉得有道理，我至今心里都十分佩服嫂子的眼光，你的话我一直铭记在心。"明亮诚恳地说。

"哎哟哟,我哪有那么高的水平。我只不过是把苏联过去的一些经验教训告诉给你,咱们别再重复苏联的错误,可中国还是发生了可怕的人为斗争,给国家造成多大的损失!"莎波诺娃痛心地说。

"是呀,这些错误的政策,被邓小平同志纠正过来了,让中国有了多么大的起色呀!"明亮称赞道。

"明亮,你一说邓小平,我心里太佩服他了。他是睿智的领导者,而且心胸宽广,不计个人恩怨,把中国引向正确的道路,他是多么的伟大。而斯大林逝世后,赫鲁晓夫把他彻底打翻在地。两相对比,真正看出邓小平的不平凡。"莎波诺娃感慨地说。

"嫂子,我们处在邓小平的时代,让我们更加昂扬奋发,心里有说不出的畅快!"明亮很是兴奋。

"你再看苏联,不抓经济发展,改成任何体制都没有用。"明亮点到了国家经济发展的要害。

"同样是二战后的国家,你像战败国德国狠抓经济富强了,人民生活水平提高了。而苏联老百姓的生活还在原地踏步,特权阶层和干部队伍腐败堕落,贪污腐化,将国家的财富据为己有。"莎波诺娃一针见血地说。

"嫂子,邓小平提出的改革开放,吸纳世界上任何国家、任何体制的长处为我所用,发展自己的经济,管好自己国家的事情。怎么样?中国有了一个大的改观吧!"明亮自豪地说。

"中国社会当今的进步不是一点小进步,而是阔步前进,真是让全世界刮目相看哪!"莎波诺娃兴奋地说。

"邓小平改革开放的方针，先是吸引外资、先进技术来中国建厂，吸收西方国家先进管理理念，再发展农村、城市经济，在十四个沿海城市设立经济试点，从东部向西部倾斜，使中国经济逐步好起来。"明亮很钦佩邓小平的战略思想。

"邓小平真是个了不起的人物，他的意志比钢铁还要坚强。如果没有这个坚强意志，哪能破除各种干扰抓经济。苏联就缺少邓小平这样的领导人，才使十五个加盟共和国纷纷独立，散了伙。"莎波诺娃称赞邓小平。

"社会主义和共产主义的目的，就是人民生活富裕、民主和自由。如果用教条主义束缚他们，墨守成规不发展，那就偏离了人类文明的康庄大道。"明亮直白地说。

"是呀，苏联的老百姓以为推倒了社会主义大厦，在上面盖上资本主义大楼，生活马上就好起来了，这是那么回事吗？"莎波诺娃质疑道。

"嫂子，中国没有改变社会主义性质，经济不是发展得很好嘛！苏联解体后，各加盟共和国独立了，现在的经济状况怎么样？"明亮关心嫂子现在的情况。

"你们这次来，去我们居住的城市看看，也就知道我们生活怎么样了。你们这次一定要到我家看看！"莎波诺娃提议着。

"行啊，嫂子，你们现在住在哪个城市？"明亮问。

"我刚从中国回到苏联的时候，是在列宁格勒市也就是现在的圣彼得堡市居住。后来，我爸爸思念老家，我们就回到土库曼巴希市了。"莎波诺娃说回国后的情况。

"哦，就是现在土库曼斯坦国的临海城市土库曼巴希市？"明亮问道。

"对对，苏联解体以后土库曼斯坦独立成一个国家。我们国家离中国的新疆维吾尔自治区比较近，到中国还是很方便的。"莎波诺娃面露笑容。

"好好，小中苏，咱们就随你妈妈去她的城市游览一下，也看看你妈妈和妹妹生活的家，好不好？"明亮高兴地说道。

"那是必须的，我这么远来到这里，就是想看看妈妈和妹妹这三十年是怎么生活的，好回去向爸爸汇报，要不拿什么跟爸爸说呀！"小中苏乐滋滋地说。

"好，那咱们明天就买机票去土库曼斯坦。"明亮拍着小中苏的肩头。

"好好，我们热烈欢迎你们来我们家做客。谢柳莎，你说怎么样？"莎波诺娃瞅着谢柳莎。

"太好了，哥哥和叔叔一行去看看我们居住的城市，我做你们的导游，我们那里也有不少旅游风景的。"谢柳莎满脸兴奋。

"好，咱们就这么定了，明天就飞向土库曼斯坦。"明亮握着莎波诺娃的手。

大家高兴地唠着家常，从中国的"文化大革命"开始，一直唠到改革开放的今天，又从苏联解体唠到土库曼斯坦的独立、土库曼巴希的经济发展和城市建设，越唠话越多，唠也唠不完……

十六、回归旅顺口

赵明亮一行人跟随莎波诺娃在莫斯科乘坐飞机，到土库曼斯坦国的临海城市土库曼巴希，这是一个重要的港口，也是很负盛名的旅游城市。这里平均海拔只有二十七米。土库曼斯坦大部分土地都是低地。平原多在海拔两百米以下，百分之八十被卡拉库姆大沙漠覆盖，是世界上最干旱的地区之一。农产品有棉花、小麦，是世界第五大石油、天然气生产国。

听了莎波诺娃、谢柳莎的介绍，明亮一行人对土库曼斯坦有了粗略的了解。加上俄罗斯近十天的生活、考察，再到土库曼巴希，那种强烈的异国情调就有所冲淡。

倒是记录着久远的历史文化、古老文明的历史博物馆、自然博物馆，吸引了他们的眼球。

这个国家在历史上经历过多个国家、民族的入侵，像古代的突厥人、蒙古人都曾占领、统治过，萨满教和拜火教对人们的宗教观念产生了一定的影响，至今还留有遗迹。

赵中苏没了观光、旅游的兴致，他惦记着家中爸爸那份焦急等待的心情。刚过一个星期，他就催促妈妈赶紧整理行装，好早日与爸爸见面。

其实，莎波诺娃打莫斯科回来，趁着他们游玩的当口儿，就已经着手办理回中国的各种手续。

小中苏一提出回旅顺，她们就准备好行装出发了。

飞机途经乌鲁木齐降落在北京机场。

赵明亮陪着嫂子、谢柳莎游览了北京的故宫、天坛、颐和园、北海公园、天安门广场等地。赵中苏在电话里先向爸爸报告说有了好消息，让他不要着急，回去跟他细细禀告；跟妻子、孩子电话热聊，让妻子和叔叔公司安排人员、车辆早做迎接准备，好给妈妈和妹妹一个惊喜。

大连机场像往日一样人头攒动，候机大厅播音喇叭不时播报飞机起降的信息。赵明涛安稳地坐在椅子上没动，倒是儿媳妇抱着孙子走来走去地忙叨，左顾右盼的急切神情，不免让他心里一番好笑。

这时候，播音喇叭响了："北京到大连14时50分的航班已经抵达大连机场，请迎接亲友的旅客，做好接机准备。"

赵中苏的妻儿已经挤到了人群前面。方和鸣跟几位漂亮的小姐，手持鲜花也走上前来。方和鸣左顾右盼，一回头发现赵明涛坐在那里，急忙回转身打招呼："大哥，你也来接赵总啊？"

"嘿，儿媳妇、孙子缠我非来不可。还说莫斯科那面有了好消息，我也想快点知道，这不跟着来了。"赵明涛不紧不慢地说。

"好，今晚我们旅游服务中心酒店备好两桌酒席，咱们一块为赵总接风洗尘！"和鸣高兴地邀请大哥。

"嘿，你别赵总赵总的，都是哥们儿弟兄，这么称呼多生分哪！再说，我扛不了热闹，心里嫌乎乱，我就不跟着掺和了。"赵明涛委婉谢绝了。

"方总，赵总出来了！"手持鲜花的小姐向方和鸣招手。

就见赵明亮一行款款走向行李传送带旁，还向和鸣这边招手致意。他们身旁站着一位外国老妈妈和一位漂亮的年轻女人，他们相互之间无拘无束、喜笑颜开地说着话。

和鸣愣住了，难道是嫂子和侄女也回来了？别说，还真挺像，别让大哥一个人干坐着没事人似的："大哥，大哥，咱们一块到出站口看看，别在这儿干坐着！"

"嘿，不就是从莫斯科回来吗？有什么大惊小怪的，现在到国外就跟出差没什么两样，看把你兴奋的。"赵明涛有几分埋怨。

"不是，不一样！"和鸣说话有点结巴了。

"有什么不一样，你说说？"赵明涛瞅着和鸣觉得好笑。

"不一样，大哥，你看……赵总和小中苏跟谁在一起，你瞪大眼睛好好看看！"和鸣推了赵明涛一下。

赵明涛漫不经心地向里面望去，发现明亮和小中苏身旁站着一位外国的老妈妈，还有一位漂亮的年轻女人。他眼睛突然瞪大了，心怦怦地乱跳起来：是莎波诺娃和谢柳莎吗？他揉着模糊的眼睛，也向出站口挤去。

两位手持鲜花的小姐，向赵明亮大声喊道："赵总，我们欢迎你凯旋！"

"哎，这鲜花要送给我们最思念、最可亲的亲人。来，献给她们！"明亮手指两位外国女人。

"欢迎你们，欢迎你们来做客！"

"她们不是来做客，是回家。这是我嫂子，这是我侄女。哎，和鸣，快过来见我嫂子和侄女！"明亮招呼和鸣。

"嫂子，我是和鸣啊！你还记得我吗？我们一直想着你呀！"和鸣有些激动。

"明亮，他是你那个同班同学吧？记得常到咱家玩，是他吗？"莎波诺娃的记忆有些模糊。

"对，就是他。跟我能皮到一块，现在，是我们公司的副总，有两把刷子。"明亮笑着说。

"妈妈，这是你的儿媳妇，这是你的孙子。妹妹，这是你的嫂子，他是你的侄子……"小中苏把妻子和儿子拉向妈妈跟妹妹面前。

"妈妈……"小中苏的妻子迎上前来。

"姑姑……"小中苏的儿子奶声奶气地喊着。

赵中苏的妻子和儿子分别扑向莎波诺娃、谢柳莎，他们紧紧拥抱着，亲切交谈着。站在一旁的赵明涛，泪水已经模糊了眼睛，他再也控制不住自己的感情，大声地喊道："莎波诺娃、谢柳莎……"

在场的人一下子静了下来，纷纷给这位白发苍苍的老人让出了空间。只见，这位中国的老人和外国的老妈妈相拥在一起，放声痛哭，老泪纵横。

赵明涛泪流满面地说："莎波诺娃，我给你寄多少信，怎么一封没回？"

"苏联社会正动荡不安，十几个独联体国家正在闹独立，我只能回老家土库曼斯坦，一切都在不稳定中。我没有一个固定的地址，你们的信我收不到，我也没法写信哪！"莎波诺娃有些哀伤。

"是是，多事之秋，什么事都让我们赶上了。唉，总算见面了……"赵明涛理解了。

"明涛，你头发全白了，看出你心里不知对我们有多少牵挂呀！"莎波诺娃泪眼婆娑地望着赵明涛。

"焦心哪，你不是一样吗？我们心里承受的压力……嘿，别说这些了。"赵明涛抹了一把眼泪。

"哎，谢柳莎，快叫爸爸！"莎波诺娃急忙喊谢柳莎。

"爸爸……"谢柳莎跑到爸爸跟前。

"哎,谢柳莎,爸爸真对不住你呀!"赵明涛说出歉意的话。

"爸爸,别这么说,是这个时代造成的,我们普通老百姓没有回天之力呀!"谢柳莎理解老人内心的痛苦。

"孩子,爸爸和你们再也不分离了。"赵明涛搂着谢柳莎。

"对,咱们永远不分离。哥哥、嫂嫂、谢柳莎,我们上车接着唠!"赵明亮招呼着大家。

"哎……"大家走向迎接的车队。

"走滨海大道,出发!"明亮发出了指令。

车队直接奔上去旅顺的北路,沿着滨海大道缓缓地行进着。

一眼望不到边的大海很快展现在他们的眼前:浪花一个接一个追逐着跑向岸边,像在欢迎久别回归的亲人,不时发出哗哗的欢呼声。

莎波诺娃睁大着眼睛,寻找着年轻时的记忆:夏家河细细的沙滩,海水浅且距离长,没有惊涛骇浪,没有鲨鱼出没,齐腰的水深刚刚好,初学乍练者蜂拥而至,这里是游泳、消夏、疗养、度假的好去处。赵明涛为了教会她游泳,曾骑车载她几十里的路程,从来没觉得这段路长,甜言蜜语之间就到了双岛湾、小黑石、大黑石等海岸边,什么下小线、拉小网,垂钓黑鱼、黄鱼、大棒鱼……特别是明涛脸对脸的温情,手把手的教,心里那个甜,那种瞬间、那种滋味,比吃鱼美多了。

"你在想什么?"赵明涛瞅着莎波诺娃笑。

"我在想咱们在这海边游泳、钓鱼、玩耍……是多美的时光啊!"莎波诺娃有几分感慨。

"行,失去的时光我们给它补回来,不能再让它失去了。"赵明涛脱口而出。

"我们老了,给谢柳莎多一些幸福时光吧!"莎波诺娃有些气馁。

"幸福时光不分年龄大小,在于心里感觉。我们从今天开始,一大家子人要快快乐乐在一起……"他深情地握紧莎波诺娃的手。

"嗯,我这些年无时无刻不在想你呀!"莎波诺娃有些激动。

"唉,我何尝不是这样?你看我都老成什么样子,这是愁苦磨成的模样。我们总算相聚了,这比什么都重要。"赵明涛安慰着莎波诺娃。

车驶进了旅顺羊头洼开发区。笔直的马路、林立的楼房、宽阔的工厂、安静的学校、繁忙的码头,没有了过去的痕迹。

"这里是什么地方?"莎波诺娃有些茫然。

"这是咱们经常来的羊头洼,现在已经是轮渡码头。刚才路过的地方就是开发区,有多所大学搬迁到这里,有多家工厂在这里建分厂,还有新建工厂,咱们家乡的人都成了城镇人口,开始经营第三产业,不再耕种土地了。"赵明涛介绍说。

"我说怎么不认识了,连那座山都没了,我上哪儿找咱那个老家呀!"莎波诺娃吃惊地说。

"对,咱家乡的乡亲们都住楼房了,那座山下就是咱赶海的地方。现在,把山炸平填海了,沙滩加高成了码头,你上哪儿找那座山?"赵明涛笑着说。

"这变化也太大了,过去的影子都没了。"莎波诺娃不住地摇着头。

"不过,咱城里的住房、街区、公园、纪念塔、博物馆、动物园、军港、老虎尾……还跟你走时一样,没有太大的变化,你照样能找到咱家过去的房子。"赵明涛说着莎波诺娃熟悉的旅顺老街区。

"旅顺市内没大的变化，这是为什么？"莎波诺娃有些疑惑。

"因为是军港，不能增加人口，不能对外开放。"赵明涛说出了缘由。

"那，我是外籍人，还能回去吗？"莎波诺娃不放心地问道。

"没关系的，民政部门有我们成家时的备案，这又是动荡年代造成的分离。再说了，像我们这样的婚姻关系，现在都不是问题的。"赵明涛笑着说。

车开进了文化中心。欧式的别墅，明窗绿瓦；林荫小路，鲜花锦簇，使人仿佛身临一座花园。

"这是什么地方，这么优雅肃静？"莎波诺娃很是惊奇。

"你没看那两幅标语：爱鸟护鸟是职责，爱山护林是本分。这是明亮为保护鸟类、保护山林不被破坏承包的山林。这是他所建的文化中心，怎么样？"赵明涛问。

"真不错！看来社会主义国家是彻底打破了单一的公有制，也给了私有制空间，去改变贫困、落后的面貌，也保护了青山绿水。"莎波诺娃有些兴奋。

"这是邓小平倡导的改革开放政策，近三十年的大发展，给老百姓带来了实惠。"赵明涛为之自豪。

"我在国外听说了邓小平，他真了不起，让中国发生了翻天覆地的大变化。"莎波诺娃赞叹着。

文化中心热闹起来了。为了莎波诺娃、谢柳莎的到来，举行了欢迎仪式。

赵明亮把公司的规划、发展、目标向嫂子、侄女做了介绍，期盼她们永久居留、永不分离，并邀请谢柳莎加入公司团队，壮大他们的阵容，致力于开发国外旅游观光的游客。

舒畅痛快的酒宴把一个离散近三十年的家庭聚合了、安稳了……

十七、重温逝去的岁月

人的一辈子，总是悲一阵子、喜一阵子，聚一阵子、散一阵子，青春一阵子、沧桑一阵子，幼稚一阵子、成熟一阵子，艰辛一阵子、幸福一阵子。不管哪一阵子，只要一阵子接一阵子去努力去奋斗，就会成为一阵子又一阵子回味无穷的乐趣。

赵明亮看着哥哥一家团聚，心里涌起一阵子又一阵子的欢乐。赵明涛一家人欢天喜地，住进了赵明亮准备的别墅。他为的就是弥补嫂子、侄女漂泊在外的亏欠，也让嫂子安度晚年。

莎波诺娃不知道有多么激动，她听说旅顺还保有原来的风貌，就要亲自为谢柳莎导游。她们漫步街头，莎波诺娃带着谢柳莎一同回顾自己热恋过的旅顺口，寻觅自己过去的足迹和这里的每一个景点、街区、广场、商店……

"这是旅顺新市区，典雅庄重，你看，周围的火炬树是这里的一大特色。中苏友谊塔掩映在火炬树之中，是象征苏联红军与中国军队高举火炬打败日本侵略者，高奏中苏友好的凯歌……"莎波诺娃一脸的骄傲。

"妈妈，你给我哥哥起的中苏这个名字，也是寓意中苏友好结晶的意思？"谢柳莎调皮地问了一句。

"我和你爸爸的愿望是好的，可却给咱家带来了麻烦，愣说你爸爸是忠于苏联，多可恶的政治斗争！"莎波诺娃很是生气。

"把人们美好的愿望全打碎了，分离了近三十年！"

"我至今不明白，为什么是政治让我们一次次分离和聚合？中苏友好的时候，我跟你爸结合了；中苏翻脸的时候，我们分离了；苏联解体的时候，我们再一次分离；今天又一次聚合……能不能有一天，政治不去左右我们的生活，不给人们带来那么多的变数，人们能安安稳稳、自由自在地过日子？"莎波诺娃说。

"妈妈，很多国家、政治团体都说给人们以民主、自由与幸福，可他们说的和做的完全是两回事，为了自己政治团体的利益，他们要割裂开不同观点去人为划线，逼迫你就范。反之，你就被伤害，就被迫分离。"谢柳莎分析说。

"世界上互相征战、厮杀、争夺的例子太多，血腥味太浓，不外乎是为了一己私利。为什么不能停止这些无休止的暴力，去充分发挥人的聪明才智，用美好生活去改变人的思想，统一人的意志？中国邓小平提出的改革开放政策就深得民心。他告诉世界：好的经济政策和经济发展，会消弭很多矛盾和仇恨，给人们带来福祉，带来欣欣向荣。"莎波诺娃说到中国经济政策。

"妈妈的见解真好，中国经济发展了，不仅给中国带来了万众一心，还影响了全世界，这就是聪明才智、中国智慧。苏联过去想维持社会主义阵营，与西方以美国为首的资本主义阵营抗衡，以政治斗争相对垒，忽略以经济为主导。斗来斗去，怎么样？政治斗争完败于经济，最后是社会主义阵营彻底解体。还有美国，依靠自己强大的武力，动辄出兵颠覆看不惯的国家，搞颜色革命，把人家的坛坛罐罐打个稀碎。

到头来，他扶持的是形形色色的组织，这些组织的矛头全部朝向自己，跟美国的普世价值观叫板，更是可笑透顶。"谢柳莎说道。

"哎呀，姑娘，你分析得很对。政治斗争是没有什么好结果的，只有像邓小平那样，改善人们生活，始终抓住经济发展不放才会得到人民的拥戴。来，你看，那就是咱们的家，一座俄式的建筑，黑色的大斜坡铁皮屋顶，墙的拐角是红砖垒砌，粉刷白白的墙面、高耸的烟囱、厚厚的墙体、拱形的门廊、圆形的廊柱，一看就是俄式风格。"莎波诺娃介绍起住过的房子。

"我爸爸还住在这里？"谢柳莎很关心爸爸。

"是呀！你爸爸总是期待我们突然闯进这个家。所以，他一直守在这里。"莎波诺娃有些不好受。

"真难为我爸爸了。"谢柳莎理解了分别之苦。

"你叔叔为了缓解你爸爸的内心痛苦，在开发区准备了别墅房。为的是让你爸爸离开那个思念的环境，可他还是眷恋我们俩生活过的地方。"莎波诺娃说得很深情。

"我爸爸真是个好爸爸，多重感情啊！"谢柳莎羡慕爸爸和妈妈。

"是呀，你爸爸是妈妈一生的最爱。"莎波诺娃很是满足。

"妈妈，咱家这些街道太干净了。你看周围一尘不染的街区，很像一个疗养地，还有松树、火炬树，那是……"谢柳莎手指着一座塔。

"哦，这是中苏友谊塔。你看那些飞翔的白色鸽子，是和平友谊的象征，这周围一圈火炬树，是照亮黑暗的一片火炬，去迎接着美好的明天。"莎波诺娃说得兴奋。

"哎，妈妈，你讲得真好。"谢柳莎不住地点着头。

"嘿，那是你爸爸说给我听的。你看，对面就是历史博物馆，古香古色、富有内涵。这里陈列着从青铜器时代到现代一个又一个的文物，那里还有著名的吐鲁番木乃伊，你爸爸经常给我讲解，带我参观。"莎波诺娃兴奋了起来。

"博物馆的后面是个大花园，松树、火炬树、槐树下铺就鹅卵石路面，太有特色了，让人能沉下心来品味着久远的味道。"谢柳莎眯着眼睛。

"你看，这边就是动物园，它虽然不是很大，历史还是很长的，动物也齐全。周围的火炬树、松柏、梧桐树，透着一种厚重感，说明它历史也不短。"莎波诺娃津津乐道。

"妈妈，你对这里也太熟悉了，还能讲得头头是道。"谢柳莎夸奖妈妈。

"这都是你爸爸给我讲的，我俩漫步的每一个地方，都有着生动的故事。这里不是一般的地方。"莎波诺娃重温着旅顺的故事。

"我知道，旅顺是兵家必争的古战场。"谢柳莎抢先说道。

"对，你看那些古老欧式、日式的房屋，那曾经是沙俄和日本侵占旅顺时留下的遗迹，那里留下很多中国人的痛苦……"莎波诺娃指着沙俄和日本所留下的建筑。

"从鸦片战争时期开始，清朝政府腐败，旅顺就没有一天安宁过，受着侵略者的奴役……"谢柳莎开始说起旅顺的过去。

"哎，你什么时候开始关注旅顺口了？"莎波诺娃有些吃惊。

"旅顺是爸爸的故乡，妈妈热恋的地方，也是孕育哥哥和我的土地，我不关注谁关注？"谢柳莎说得很认真。

"好，你的根就要扎在这里。你看，这是体育场，它紧邻海边，还有游泳、跳水的赛场，真是别具一格，很有特色。"莎波诺娃指着海边的体育场。

"这里真是幽静深邃，连体育场周边的门楼、墙垛、老槐树，都透着沧桑古朴。哎，妈妈，那是什么塔？"谢柳莎好奇地问道。

"啊，是胜利塔。为纪念苏联红军南下解放了东北。国家领导人宋庆龄亲自到这里举行了奠基仪式，竖起了永久性的纪念塔。你看顶端的五角红星放射的光芒，寓意中苏友谊光耀世界。"莎波诺娃两眼放着明亮的光。

"妈妈，这纪念塔的结构是很有讲究的，吸收的是莫斯科广场周边尖屋顶的模式。"谢柳莎看得很仔细。

"你别说，我怎么没有发现呢？"莎波诺娃也心有所悟。

"妈妈，你看这里铺就的鹅卵石就是告诉人们：大浪磨砺了多少沧桑故事，周边的火炬树、翠柏衬托着庄严神圣，意思是不要忘记历史，旅顺不容许任何的侵犯！"谢柳莎头头是道地分析。

"哎呀，孩子，我还没看出你有这么大的学问。"莎波诺娃笑了。

"那是，我是旅顺人嘛！"谢柳莎也笑了。

"好好，你是旅顺人。哎，那就是大名鼎鼎的军港老虎尾，也称狮子口。我跟你爸爸每天上下班，都路过这里。晚上散步的时候，也来到这里。这里发生过震惊世界的旅顺大屠杀，日军让一个好端端的旅顺城人烟灭绝；还发生了沙俄与日本争夺旅顺的血战，双方死伤惨重，沙俄向日本投降了，从此，日本开始了对旅顺及东北的奴役……"莎波诺娃盯着军港。

"是，它的故事真是很沉重。"谢柳莎叹了口气。

"孩子，你知道它的历史，再漫步这个海岸边，现在是一种什么感觉？"莎波诺娃问道。

"我能感到威武神圣、苦涩坚强，我们要前事不忘后事之师。旅顺口是中国半个近代史，知耻而后勇，当今要更加努力。"谢柳莎发出一番感慨。

"哪来的这些感慨？"莎波诺娃很是惊讶。

"当我知道爸爸是旅顺人，我也是旅顺人的时候，就开始关注旅顺的过去和今天。它苦难的过去，坚强的今天，让我深深爱上了旅顺口。"谢柳莎目光炯炯。

"好孩子，妈妈爱上了旅顺，是因为喜欢上了你爸和这个静静的港湾；你深爱旅顺，是因为这里是你的故乡。妈妈没白养你，谢谢你了！"莎波诺娃很是知足。

"看你说的，我得谢谢妈妈。你给我留下旅顺这个根，我才能深深扎在这片土地上。谢谢妈！"谢柳莎撒娇似的搂住妈妈的脖子。

"你看，站在这里能看到修造船厂，那个船坞有一百多年的历史。是沙俄侵占旅顺时期建造的。后来，北海舰队旅顺基地坐落在这儿，这里就成了海军的修造船厂。你的外祖父是援助中国的工程师，我跟你外祖母一同来到这里工作。你爸爸和我又都在一个车间上班，两人很快相爱了。这里有我和你爸的甜蜜爱情故事。"莎波诺娃眼睛里闪着甜蜜的光。

"我看书中讲述，日本在甲午战争入侵旅顺屠城时，这片海边和修造船厂的那个水泡被染红，尸体遍地，满城空巷，死亡人数达两万多人。日本同沙俄的旅顺争夺战，日本死亡人数近三万人，沙俄也有两万人。后面白玉山的表忠塔，是日本战胜沙俄为纪念死亡将士而修建的。"谢柳莎眼望着白玉山塔。

"对，你对旅顺的过去还真是有所了解。"莎波诺娃很欣赏女儿。

"看看山坡、街巷的那些欧式古建筑，街灯、路标、远处的航标造型，都保留着欧式的风情，有着异国的情调，更加深了我对旅顺被掠夺的历史的认识。"谢柳莎从古老印记得出了结论。

"你知道旅顺的过去真是不少，以后再慢慢深入了解吧！时间长着呢，咱们到苏军烈士陵园去一趟。"莎波诺娃督促着女儿。

在苏军烈士陵园门前广场上，矗立着一座恢宏壮观的苏军纪念塔。这是1953年，旅大（大连市旧称）人民捐款在斯大林广场（现人民广场）修建的，后来整体迁移于此。

纪念塔的主体是一尊高5米、身披斗篷、威武的苏军战士铜像，他头戴钢盔，手握钢枪，胸佩斯大林格勒战役勋章、攻克柏林勋章、战胜日本法西斯勋章。他目光炯炯、飒爽英姿，身后是为中国东北解放而牺牲的将士，他们列队整齐、阵容浩荡，掩映在苍松翠柏之中。

墓碑是俄式风格，庄重洗练、沉稳肃穆，一张张椭圆形的烤瓷人像，镶嵌在墓碑的上方。告诉人们他们是一代血气方刚的战士，冲锋陷阵在所不惜的勇士，为了世界反法西斯战争，为了中国人民抗击日本军国主义的侵略，他们抛头颅、洒热血，长眠于此。

这里只是苏联三个方面军在东北各战场阵亡的33000名烈士中的一部分，只有1323座墓碑，安葬着2030人，还有支援中国的工程技术人员，包括谢柳莎的外婆，他们永远长眠在旅顺的土地上。中国人民不会忘记这段历史，不会忘记他们自我牺牲的精神。陵园里的松柏修剪一新，彩色石子甬道铺排整齐，水泥地面干净整洁，墓碑前摆放的一束束鲜花说明这里经常有人来纪念、追思。

"孩子，你看长眠在这里的苏军烈士，有多少人来缅怀他们。过去，我和你外祖父、外祖母跟随军工技术人员，每年到这里凭吊。现在是旅顺人民来为他们凭吊、扫墓；今天是我俩来凭吊苏军烈士，还为你外祖母来献花，我心里得到了很大的慰藉。"莎波诺娃心里很是满足。

"妈妈，苏军战士为中国人民解放事业而捐躯，应该得到中国人民的尊重、敬仰。这才能体现两国风雨同舟的友谊，让人们永远铭记这段历史吧！"谢柳莎诚恳说道。

"孩子，你真把自己置身于旅顺啦？"莎波诺娃问道。

"妈妈，我彻底爱上了旅顺，这里的故事太多，我要好好爱这片土地。"谢柳莎说出了心里话。

"好，孩子，这妈妈就放心了，不用妈妈再说什么，咱给烈士们和你外祖母敬献鲜花吧！"莎波诺娃走上前去。

"哎，妈妈，我外祖父将来是不是也应该跟外祖母葬在一起呀？"谢柳莎突然想到。

"是，等我们安稳了以后，把你外祖父的遗骨迁移过来。"莎波诺娃早就想好了此事。

谢柳莎在母亲的导引下，庄重地献了鲜花，虔诚地三鞠躬；绕着一排排顶戴五角红星的墓碑行了注目礼，完成了妈妈和自己的夙愿。

"妈妈，毗邻这里的墓地是不是沙俄时期的阵亡俄军？"谢柳莎问道。

"那正是沙俄与日本在1904年为争夺东北和旅顺口阵亡的俄军，有一万几千具遗骸迁葬在沙俄公墓。也有日本帮助修建的墓地，他们争夺时是互相厮杀，可阵亡后却互相祭奠……"莎波诺娃说道。

"这说明日本与沙俄两个帝国主义国家的目的是相同的，侵略和瓜分中国领土的目的是一致的，都想多占领一些地盘。他们合伙抢夺、狼狈为奸，在攻占北京、天津时，沙俄就是从旅顺直接开拔到北京的，日本同沙俄一起前往掠夺，他们是多么一致，而在抢夺东北和旅顺就各怀鬼胎，互相攻打。妈妈，你看这座日本为沙俄修建墓碑的铭文：'为了沙皇、祖国和信仰而英勇献身的旅顺口的保卫者永垂不朽！'让人看了恶心，这两个帝国主义是同样不可饶恕的！"谢柳莎一针见血地点到要害。

"孩子，看来你对沙俄、日本侵略中国的那段历史，有着很深的了解，你不愧是旅顺人哪！"沙波诺娃很钦佩谢柳莎。

"苏联军队为了中国的解放事业做出了牺牲，在苏联的卫国战争中，中国军人也参加了保卫战，做了无私的奉献，这都值得尊重、敬仰；沙俄侵害、掠夺中国，只能让中国人民唾弃！"谢柳莎旗帜鲜明地说道。

"孩子，你看，这是苏军战地医院赫德洛娃护士长的墓碑，她长得多么漂亮。你再看碑文这句话：'你的明亮眸子，永远闪烁在我们的记忆之中。'这里充满亲情和友情，也有着浪漫和梦幻。"莎波诺娃称颂这位护士长。

"妈妈，这是苏联红军驻旅顺口支队司令员祖巴诺夫中校。瓷像中的眼神凝重、双唇紧闭，有叱咤风云的英姿，他1953年在旅顺去世。

这碑文看出他的妻女是多么悲伤:'安息吧,亲爱的朋友,父亲,我们抱恨你的英年早逝,我们将永远怀念你,永远!总有狂风在你的墓地上呼呼作响,可你在我们心中永远得到温暖。安息吧,亲爱的。对失去你的悲痛心情我们无言以对……妻女及友人泣立。'"谢柳莎看着,眼泪流下来了。

"孩子,谁站在这里都会忍不住落泪的,何况是他的妻子和女儿?"莎波诺娃也流下了眼泪。

"为了中国人民彻底解放,他们的自我牺牲精神很值得敬佩。"谢柳莎抹去眼泪。

"孩子……"莎波诺娃轻轻拍着谢柳莎的肩膀。

"妈妈,这个是犹太人的墓区,这里长眠一个俄罗斯的小男孩。这是他爸妈给他留下的墓志铭:'你在这里安息,你曾经说过,告别俄罗斯踏上异国的土地之后保证按期健康地返回,但是在去中国东北的路上你遭到了不幸。当你患病卧床时,没有谁能帮助你。亲爱的,你最终没能战胜令人恐惧的死亡,永远告别了亲爱的爸爸妈妈,让俄罗斯民族的灵魂来接纳你,而我用满洲里的碑石为你树碑,作为永久的纪念。'"谢柳莎声音开始哽咽。

"作为他的爸爸妈妈,那时是多么无奈和悲伤,我们给这个孩子献上一束花,让他安息吧!"莎波诺娃虔诚地献上一束花。

"你们的灵魂,早日魂归故里吧!"谢柳莎祈祷着。

逝者已长去,生者何悲戚?让敬仰、感激、亲情和友情,永恒于这座苏军烈士陵园吧!

经过游览,谢柳莎对这里进一步加深了了解,更加深爱旅顺口了。

十八、天赐机缘相聚首

夏秋交接，也是红海滩最佳旅游季，因为河蟹开始上市了，追逐蟹黄美食文化的游客闻风而动。南来北往的游客纷至沓来，熙熙攘攘、好不热闹。

国内外游客把这个旅游景区周边的第三产业拉动起来了，纪念品、食品、饭店、旅店的生意非常火爆。老百姓得到了实惠，维护红海滩保护区，爱鸟、护鸟、保护环境、保护芦苇荡，成了人们的自觉行动。

赵明亮腾出更多的时间，一门心思研究鸟类迁徙的专题。他向大学的鸟类专家请教，也与国外鸟类专家网上交流，自己建设关于鸟的网站，向人们介绍丹顶鹤、黑嘴鸥、野鸭、鸳鸯、东方白鹳、白肩雕、金雕、白尾海雕、虎头海雕等鸟类的分布、生活习性、食物、栖息地等的信息。

他还关注日本北海道的湿地，鸟类的数量、种类、信息、保护状况。这与他思念菁菁，想搜寻菁菁的信息不无关系，却始终没有关于她的一点消息。

这一天，省、市的领导相继来了电话，说一个国外动植物专家代表团要来中国考察。他们推荐旅顺老铁山、红海滩保护区，让赵明亮做准备，给他们提供保护候鸟、湿地的一些经验、方法以及将来的规划等。

赵明亮在心里盘算应该讲点什么：从一小赶黄懒子、照黄懒子，到部队的狩猎队打熊瞎子、打野猪；到回到地方保护候鸟，从树上摔下被花花救了一命，花花又救了所有员工的命，再到后来他们救了丹顶鹤红红，红红万里传递信息……就从自身的经历说起吧！

就在这时，方和鸣急匆匆跑了进来："明亮，参观团已经来了。咱们这里是他们来中国的第一站，直接乘坐飞机过来的。"

"这么快，我还没理出头绪呢！"明亮心里没底。

"你经历的照鸟、网麻雀、打野猪、打熊瞎子、熊瞎子救崽、花花救我们……这些感人的故事，要我讲也能讲两个小时，何况你亲身经历，不把他们眼泪讲下来才怪呢！国内外的考察团有个百十来号人，已经在文化中心整齐就座。市里领导让我赶紧喊你过去，赶快走吧！"和鸣催促起来。

赵明亮的构思与和鸣的想法不谋而合，让他的心里格外踏实。讲自己的亲身经历不用打草稿，张口就可以来。

他神闲气定地走进了会场，省里领导向来宾介绍了赵明亮，他迎着掌声走上了讲台："各位来宾，女士们，先生们，大家下午好！"

赵明亮开场白一出，就自然贯穿鸟、捕猎的经历："多年的风俗习惯，网鸟是解决肉食不足的困难，零星小肉带来生活的改善；打小的时候，踏着夜色星辰，加入了捕鸟的大军；参军入伍，习惯性地网麻雀来改善生活；捕猎狍子、熊瞎子，母熊为了保护小熊，迎着枪口、挡着子弹，那愤怒的吼声、眼神，让人不寒而栗；捕猎野猪，那凶猛的公猪为了保护族群不被猎杀，主动向猎手发起攻击，差点要了猎手的命……

"回想这一段人与动物的相互对立，深深刺痛着狩猎人的内心世界：紧握的枪与弱势的动物去博弈、残杀，结局是动物慢慢绝迹；胜利的狩猎者却成了孤家寡人，他们失去了鸟的协奏曲，没有了在草原、山林中多姿多彩的身影，没有了灵动跳跃的风景线。是花花拯救了我们的生命，也拯救了我们的心灵。

"我们开始扪心自问：母熊绝望的眼神、野猪愤怒的吼叫、花花哀鸣的呼喊……我们还能熟视无睹吗？我们有什么理由不与动物和谐共处，有什么理由中断它们鸣奏的天籁，有什么理由去破坏它们栖息的山林、湿地？剥夺它们栖息的家园，也就是破坏了我们生存的美好自然环境……

"今天，我们尝到了人与动物和谐相处的甜头，我们的游客欣赏了动物的美、大自然的美，蓝天碧水、天人合一，给人们带来了无穷的乐趣，也给我们子孙后代留下了一笔宝贵财富。

"我站在这个讲台上，也代表我们这个保护动物的群体，内心深处真诚向被剥夺生命的母熊、野猪、大雁、狍子、野鸡、野兔、黄懒子真心忏悔。为了弥补以往的过错，为了动物的美好家园，也是人类的美好家园，我们要继续努力，请大家关注我们的行动吧！"

掌声经久不息，眼泪湿润着代表们的眼睛。人的忏悔，动物与人类真诚的融合，勾画出一幅多么美好的图景。

世界动植物专家们走上前来与赵明亮拥抱，与他紧紧地握手，传递着一个信息：人与动物的和谐是当今保护大自然、大环境的永久命题，不容忽视、不容怠慢，是全世界统一的呼声，快快行动起来吧！

又一个女士走上前来，赵明亮愣住了。

她泣不成声的样子，那熟悉的手势、亲切的眉眼，紧紧抱住明亮的瞬间，敲打明亮后背的动作，这不是……

赵明亮多年憋在心中的痛苦，霎时间得到了爆发："你是菁菁，你是菁菁？"

"我是菁菁，我是菁菁！"菁菁不住拍打着明亮的后背。

"你让我等得好苦哇！怎么让我俩在这里相见？"明亮掉下了眼泪。

"你怎么这么狠心，当兵走了两年，不给我只言片语的信，你太狠心了！"菁菁诉说着。

"啊，你没收到我的信？"明亮瞪大了眼睛。

"让我苦等了两年，残酷的阶级斗争，逼得我妈妈把我带到日本，我更没有了你的信息。"菁菁伤痛不已。

"哦，我明白了。菁菁，我错怪了你，对不起！"明亮紧紧拥抱着她。

"你错怪了我？"菁菁好生奇怪。

没等明亮和菁菁把话说完，方和鸣兴奋地向来宾做了介绍：

"来宾们、朋友们，这是我们赵总经理和他爱恋、离别快三十年的爱人潘菁菁，他们彼此之间苦苦追寻、日思夜想，今天他们终于久别重逢了！

"人的一生中，有好多人因为现实而改变了人生轨迹，甚至是重打鼓另开张，改弦易辙，可赵明亮就是不透亮，不管谁劝谁说，他就是一根筋守着，不知道他打的什么主意，心里像有根定海神针。不管沧海变迁、人事更迭，他心中始终有一个坚定的信念：潘菁菁一定会出现……

"他们搭的'七夕鹊桥'出现了，就是动物与人融合之桥，我们的'白娘子和许仙'相见了！我为他们忠贞、纯洁的爱情深深感动，也为多次劝说赵明亮抛弃幻想、另寻佳偶而汗颜。我们差点让他们错过重逢的机会，险些耽误了他们今天的牵手！这真是'十年修得同船渡，百年修得共枕眠'。让我们祝福这二位有情人，喜结良缘吧……"

文化中心顿时响起了雷鸣般的掌声。在场的人听到方和鸣的讲述，无不为之动容，都愿为这段忠贞爱情掬一捧热泪。大家共同祝愿他们的重逢，祝福二人修得正果！

此时此刻，方和鸣在台上的一番激情感慨，赵明亮和潘菁菁一句也没听进去。

两人只顾相互倾诉，沉浸在无比的幸福与开心之中……大家祝愿他们永远幸福、永不分离。

送走来宾，本来潘菁菁是随团进行下一个行程的，她的故事感动了全团成员，大家珍惜他们快三十年离别的重逢，一致同意菁菁留下来，细致整理赵明亮这个团队的故事。菁菁很是感激，也很珍惜这次难得的机会。

她像初恋的小姑娘似的，高兴地牵着明亮的手，还轻轻地摇动着，一脸的甜蜜、幸福。明亮更是乐得不能自已，两眼眯成一条线，看哪儿都是乐，看谁都开心。

两人你瞅着我，我瞅着你，看不够笑不完："菁菁，咱俩去看看红红吧！"

"你说的是不是戴标志环的丹顶鹤？"菁菁的反应很快。

"是呀！是它第一时间让我知道了你的信息，当我看到它脚上写着'菁菁'二字的标志环的时候，我那颗心都快蹦出来了！"明亮形容当时的心情。

"说得好听，你怎么不立即乘飞机飞到北海道？"菁菁假装嗔怪。

"我正要订机票，小中苏哭着要去莫斯科找妈妈，你说……"明亮说到找嫂子的事。

"哦，就是找莎波诺娃？"菁菁对小中苏妈妈还有印象。

"是呀，她们母子近三十年不得相见，你说……"明亮一副为难的样子。

"我理解，那他找到妈妈了吗？"菁菁很是关心。

"去了半个多月，在莫斯科国家电视台寻亲栏目现场，终于让他们母子相逢。"明亮说到这里很是高兴。

"那你嫂嫂怀的孩子……"菁菁提到莎波诺娃临走时怀孕的事。

"就是小中苏的妹妹谢柳莎，他们相聚那抱头痛哭的场面，感动着在场的所有人。"明亮说得一脸的兴奋。

"别说他们相见时激动、流泪，当我看到红红脚上写着'明亮'两个字的标志环，我激动得抱着红红走来走去，眼泪是止不住地流，那种心情是……"菁菁两眼挂满了泪花。

"菁菁……"明亮紧紧抱住了菁菁。

"我心里就一个念头：不能再等了，马上订机票去找明亮。谁想，世界动植物组织来电话，要我参加世界各国保护动物的考察。我一听还有去中国的行程，下决心要见到你，不管你现在情况如何，你的家庭、妻子、孩子……"说到这里，菁菁眼睛泪水盈盈。

"菁菁，我现在还是一个人单着。我始终坚定一个信念：你会等着我的，我不能违背今生非菁菁不娶的承诺！"明亮握住菁菁的手。

"谢谢你对我的信任……"菁菁激动着。

菁菁一颗悬着的心放下了，她睁大着眼睛端详着明亮，这是一个多么好的男人哪！这时明亮的眼睛，却掠过一丝不安，菁菁这多年是一个人单过吗？

菁菁像读懂了明亮的心思，开口说道："我苦苦等了你两年，没办法才跟妈妈去了日本。心里那个苦哇！我的结……"

"你结婚了？"明亮打断了她的话。

"我结什么婚哪！我的结局——只能独身了！"菁菁瞪着明亮。

"吓了我一跳，你要结婚，我就成了傻汉子等不来傻老婆了！"明亮高兴地开着玩笑。

"你就是个傻汉子嘛！我问你，在部队为什么不给我写信？"菁菁生气了。

"我还正想问你呢！给你写了那么多信，为什么一封不回？"明亮也开始较劲儿。

"你给我写信，信封写我的名字？"菁菁惊愕着。

"我信是写给李智仁，把给你的信装在他的信封里，让他转交给你。"明亮解释着。

"你怎么就不直接写给我？"菁菁气愤起来。

"当时，我给你写信非被别人拆开不可。人家说咱俩学校时候早恋，这不是不打自招吗？"明亮分辩着。

"这坏就坏在李智仁的身上，你真能找个好人，怪不得……"菁菁欲言又止。

"怎么回事，他……"明亮明白了这里的原因。

"好了，不说他了，给咱俩耽误了这么多年。不管怎么说，咱俩终于见面了，这个结局是好的。"菁菁开始宽慰明亮。

"菁菁，你不说，我也得让李智仁给我交代明白，这是什么哥们儿？"

明亮气愤不已。

"行了，事情已经过去这么多年了。其实他也不算错，他也有追求我的权利吧？"菁菁浅浅地流露了几句。

"什么，他追你？他知道我心里只有你，也知道你心里只有我。他插进一杠子，想干什么？"明亮气得直跺脚。

"也不知道怎么了，他那时对我的追求非常强烈，我家的门槛都快被他踩平了。我躲着他，心里非常害怕。那时抓阶级斗争又紧，他出身好又是粉厂厂长。你说我能躲到哪儿去？加上陈芳菲、李洪彬出事，借着我舅舅来中国找我妈妈的机会，我远走日本，才摆脱了他的纠缠。"菁菁说出这些如释重负。

明亮把菁菁紧紧搂在怀里，心里真正理解了菁菁当时的难处。那个满脑袋瓜子刻着阶级斗争的年代，就算咬钢嚼铁的男人也不敢声张，更别说还有日本海外关系的女孩子了。做到菁菁这样，真是难能可贵。明亮紧紧搂着菁菁，生怕一松手她就跑了似的。

"难为你了，你做到这一步已经很不容易了。我等到今天，值了！"明亮鼻子一酸，眼泪下来了。

"明亮……"菁菁为明亮擦眼泪。

明亮牵着菁菁的手，沐浴着红海滩斑斓的阳光，穿梭于游览的人群之中，走向婆娑摇曳的芦苇塘。

静静的浅滩，水像镜子一样闪闪烁烁。野鸭、鸳鸯在水上凫着，划出一道道水线，丹顶鹤的红冠在水里探着，高高的秀腿一抬一抬很是优雅。

明亮朝着丹顶鹤呼喊了一声："红红……"

"嗷嗷……"红红回应着。

"红红，来！"明亮向红红招手。

"嗷！"红红贴着水面抖起翅膀飞了过来。

明亮接住红红，把红红递给了菁菁。红红展动着翅膀，高兴地拥抱着菁菁。

菁菁把脸贴向红红："谢谢你，让我们得以相聚……"

红红"嗷"的一声叫，像是回应菁菁的亲热，又像在召唤自己的同伴。只见，三只小鹤扑棱棱飞了过来，围着明亮和菁菁鸣叫着。

"菁菁，这就是红红从北海道带回来的三只小鹤。"明亮亲近着小鹤。

"我知道，红红孵化小鹤的时候，我一直盯着守候它，生怕它出现意外。"菁菁抚摸着小鹤。

"你看多好，它们一家四口亲亲热热的，让人看了都眼热。"明亮很是羡慕。

"是呀，如果天下都像红红一家那样幸福，那该有多好哇！达到这一步才叫天下大同呢，可现在世界上还有多少人不得团圆……"菁菁心情一下子低沉起来。

"菁菁，天下大同的事咱顾不过来，在咱能力范围的事那是一定要管的。等咱俩结婚的时候，就把你爸妈接回来跟咱一起过，你看行吗？"明亮瞅着菁菁。

"明亮，谢谢你，知我心的人只有你了。"菁菁扑到明亮的怀里。

"看你说的，你还想有几个知你心的人哪？也就我吧！傻乎乎等啊等啊，都快白了头。"明亮似嗔怪又甜美地说。

"拉倒吧，没有我这个傻女人，你等一辈子也是白等，你知足吧！"菁菁抿着嘴乐。

"这倒是，傻男子碰上傻女人，咱俩傻一块啦！"明亮笑得很开心。

"明亮，你记得我给你讲过黑龙江一个遗孤小樱子的事吗，她养父母委托我们到日本以后帮助联系她的妈妈和亲人。我们经过多方查找，终于在大阪找到了她的妈妈……"菁菁一脸的高兴。

"小樱子找到妈妈了，那她可以回到妈妈身边了？"明亮跟着高兴。

"小樱子见到妈妈那个乐呀，可她妈妈却一点也不高兴，还冷冷地扔过一句话：你没死呀！我看你还是回你的养父母身边，回你的中国去吧！我这里养活不了你。"菁菁低下了头。

"她妈妈怎么能这样？再怎么困难，小樱子也是她的亲生骨肉哇！"明亮有些气愤。

"小樱子又哭着回到了中国。过了几年后，她妈妈来信要她去日本，说自己瘫痪在床，需要小樱子去照料她。"菁菁皱着眉头。

"小樱子不能去，像这样狠心的妈妈，连个野兽都不如。掐死了她的哥哥，还要掐死她，自己却逃命回了日本，像这样的人，就不要搭理她！"明亮憋着火气。

"可她的养父母再三劝她说：'你妈妈毕竟是生养你的母亲，她有一千个错，可她给了你生命。你尽到做儿女的孝道，对得起她，你这辈子良心会得到安宁的。快去她的身边吧！'"菁菁说得动情。

"她的养父母说得也对，不能像小樱子的亲生母亲那样无情无义。尽到儿女的孝道是我们中华传统美德，应该去。"明亮也跟着软下心来。

"小樱子最终去了日本亲妈的身边，为妈妈端屎端尿，一直做到了养老送终。她妈妈临死前说：孩子，你养父母比我好，我死后你还是回到你养父母身边吧！你那儿有一大家子亲人哪！"菁菁掉下了眼泪。

"小樱子是好样的，她回到中国了吗？"明亮很关心小樱子。

"小樱子尽了孝心回到养父母身边。她说：我的善良都是跟养父母学来的，我对养父母更要尽到孝心。"

"你说，从开拓团逃难到集体自杀，到她妈妈冷冰冰的无情，再到她养父母善良之举，人与人之间的对比真是太鲜明了。"明亮宽慰地说。

"这正像一位日本人所说：这要是中国成千上万的遗孤留在日本，那是绝不可能的。为什么？因为日本军人会当场把你杀掉，做到斩草除根。"菁菁脸上露出无望的表情。

"行了！菁菁，你不要难过了。我们打小就接受了中华文化的熏陶，要更加珍惜仁爱这个传统美德。"明亮瞅着菁菁。

"我不能理解的是，中国人帮助日本抚养了那么多的遗孤，日本政府没有道一声谢谢。还有那些援助遗孤的日本组织，他们要求这些遗孤：少说中国话，少与中国联系，不要让人知道他们不是地道的日本人，去疏远中国，抵制中国。这些遗孤回到日本大都是靠日本政府救济生活，也很难回馈帮助自己的养父母。一旦有了立身之本，他们还是不忘养育之情的。最近，遗孤们成立了一个探望中国养父母访华团，几次探访中国，我真为他们高兴，他们心里还是惦记着养父母对他们的养育之恩……"菁菁高兴地抹着眼泪。

"菁菁，这说明大部分日本遗孤还是有良知的。只要他们在日本过得好，我想，他们的养父母会为他们高兴的。"明亮安慰着菁菁。

"哎，明亮，最近我看到一个日本传记作家，专门搜集、整理日本侵略中国老兵的遗言，其中一个老兵的遗言，我看后更加痛恨日本侵略者……"菁菁一脸的愤怒。

"他说什么了，让你这么愤怒？"明亮追问着。

菁菁细述了这个日本老兵的故事：

"这个老兵在侵略中国的时候，他亲手杀了二十多个中国无辜老百姓，强奸了十七个中国妇女，其中还有少女，然后将这些女人全部刺死。战败回到日本后，他每天惶惶不可终日，精神几乎崩溃，每天眼前出现的全是那些死者愤怒的眼神。他无法躲藏也无法回避，整个人都疯掉了，被当局送进精神病院治疗，又送去北海道疗养，好不容易回到了常人状态。接着，他在医学院学了牙医专业，还成了家，生了女儿杞子。他为了摆脱过去的阴影就全家搬迁到美国。可没想到的是，接下来发生的事，让他认定了因果报应……

"到了美国以后，他原以为就永远甩掉了噩梦，从此以后会平平安安、阖家幸福。让他高兴的事接踵而至：他的女儿结婚了，接着女儿生下了一对小宝宝，这个小家可以说是其乐融融。在这个时候，让人意想不到的噩梦开始了：先是妻子无缘无故失踪了；接着，女儿、女婿去泰国旅游，一家四口在水上划船，无风无浪的情况下翻了船，四口之家全部死亡。这个老兵痛不欲生，感到在接受罪恶的惩罚：侵略中国，屠戮成瘾，所以自己才会遭到报应，这是心灵的撕咬，精神的摧残。"

"菁菁，凡是有罪恶的人，都有一种负罪感。像日本屠杀中国人这种罪恶行径，难逃谴责，这种精神折磨一天也逃脱不了，会伴随他们终生。"明亮斩钉截铁地说。

"这个日本老兵临终的时候，留下了这个遗嘱：始以罪恶开始，得以报应为终！"菁菁长长舒了一口气。

这时，红红和小鹤鸣叫着，好像提醒他俩：你俩亲热交谈，怎么忘记了我们一家子，把我们晾在一边啦。

"哈哈，菁菁，你看红红一家子急的，都提出抗议了！"明亮弯下身子。

"来，我来亲亲你们……"菁菁亲吻着红红和小鹤。

"行了，咱们回去吧！看看方和鸣余下的事情安排得怎么样。"明亮站起了身子。

"嗯，听你的……"菁菁松开了手。

"红红，我们抽时间再来看你们，好吗？"明亮轻轻拍了一下红红。

"嗷……"红红和小鹤一同回应着，好像听明白了明亮的话。

"谢谢红红，我们俩很幸福，你们一家子也很幸福，我明天还会来看你们的！"菁菁弯下身子抚摸着小鹤。

红红拥着小鹤一同欢送着明亮和菁菁。他俩一边走一边回头招手，红红和小鹤一直"嗷嗷"地回应着。

此时的红海滩风是劲的，从他俩身边掠过；云是淡的，变换不同颜色；而情是真的，留在他俩的心窝，欢唱他俩心中温暖的歌。

明亮和菁菁一回到房间，就如胶似漆地甜蜜着，没有言语胜似言语，一切皆在不言中。这时，一个响亮的声音止住了两人即将升温的火山喷发。

"报告！"方和鸣大喊一声，立在了门口。

"进来！"明亮急忙抻了抻衣服。

"报告哥哥、嫂嫂，晚宴邀请的人员通知完毕。除了高层参加外，我还通知跟菁菁熟悉的职工，你们还有什么指示？"和鸣一脸严肃的样子，逗得菁菁哈哈直乐。

"这样，和鸣，所有职工全部参加，所有的家属、孩子都邀请到位。咱们今天是家庭大聚会，大家好好乐和乐和！哎，别忘了我爸爸、妈妈，哥哥、嫂子一家！"明亮又补充一些要求。

"是！"

和鸣刚要转身走，明亮又喊上了："顺便给李智仁打个电话，就说老同学潘菁菁回来了，邀请他前来聚会。还有，让他把给菁菁的东西带来！"

"明亮，你这是干什么？你可别……"菁菁开始紧张起来。

"菁菁，你尽管放心，我不会做出出格的事。主要是让他来见证我们相聚的一刻，也让他来祝福我俩，我们总算走到了一起。有一个幸福、美满的栖息地，你不用再飞走了！"明亮喜笑颜开。

明亮轻松幽默的样子，减轻了菁菁的一些心理负担。

不过，耽搁他们近三十年相聚的欠债，这哪是一件小事？明亮能放过李智仁吗？菁菁还是半信半疑。

十九、四方亲人俱开颜

夜晚的文化中心，华灯璀璨、霓虹闪烁。这里既有喜宴的艳丽色彩，又有温情蜜意的浪漫，让人看了舒心不已，心情备感愉悦。加上公司职工家属、孩子们的烘托，宴会厅更加喜气洋洋、热闹非凡。

唯有李智仁有些不自在，一直惴惴不安，让明亮看了有些好笑。

他急忙迎了上去："大律师，我们好长时间不见了。怎么样，一向可好？"一听就是客套话。

"赵总，托你的福，马马虎虎混呗，哪像你轰轰烈烈，生意红火，又添喜事！"李智仁把话题领上正路。

"这得感谢你的关照。方总，快请菁菁过来，见见多年不谋面的老同学。咱们的团聚可不容易呀！来来，大律师快请坐！"明亮按下李智仁的肩头。

菁菁跟方和鸣的孩子正说着话，听李智仁来了，急忙风风火火跑了过来。

只见她画着淡妆、长发披肩，一身晚宴礼服的装束，将她衬托得更加温文尔雅、落落大方。

"老同学，你好！"菁菁优雅、热情地伸出手。

"你好！菁菁，真是久违了！转眼过去快三十年了，你还是那么青春靓丽，你看我都有白头发了。哟，你的孩子都这么大了……"

"哦，这是和鸣的孩子。我要结婚，孩子也该这么大了。"菁菁浅浅一笑，弄得李智仁一个大红脸。

"是，耽误了，耽误了……"李智仁用一句含糊话搪塞过去。

赵明亮一看李智仁尴尬的样子，急忙把话岔到职工家属身上："大家请随便哪！公司成立这么长的时间，没能邀请大家聚聚，很是抱歉。今天，我算正式宣布，逢年过节，从领导到员工的家属，一律参加公司的聚会。大家团结一心成就我们的事业，好不好？"

"好！"这一声叫好把宴会厅热闹的氛围推向了高潮。

赵明亮不失时机地调节气氛，一边吆喝各桌开始倒酒，一边把菁菁引荐给自己的战友和同事们。

"这是我在部队时的赵营长，她是我爱人潘菁菁。"明亮向赵营长介绍道。

"赵营长，您好！"菁菁与他亲切地握手。

"您好，明亮等您都快白了头了。"赵营长开心起来。

"这是沈队长、小四川、黄师傅、韩师傅、小明、小强，这是长白山的房东大哥……"明亮一一做了介绍。

"你们好！"菁菁与他们亲切地握手。

"这些人还用我介绍吗？"明亮指着王良大队长一行村里人。

"哎呀，我太想念你们了。大队长……"菁菁流下了眼泪。

"现在人家是街道干部了。"明亮提示道。

"街道……干部好！哎哟，方秀英、陈福利、杨丽、侯军，你们好吗？"菁菁与他们一个个握手拥抱。

"别哭，今天是个大喜的日子，咱们把过去的不愉快全部忘掉，好不好？"王良安慰着菁菁。

"哎……"菁菁抹去了眼泪。

"菁菁，你看这些人都是谁？"明亮把菁菁拉到爸爸、妈妈和哥哥一家人的面前。

"大叔、大婶，你们好！"菁菁伸出去的手被明亮挡了回去。

"哎，怎么还叫大叔、大婶，该改口了！"明亮提示着菁菁。

"对，爸爸、妈妈，你们好！"菁菁响亮地喊了一声，并深深地鞠了一躬。

"你好，菁菁！"明亮爸妈高兴地握着菁菁的手。

"好，好……"大家鼓起掌来。

"菁菁，你认识这些人吗？"明亮一脸堆笑。

"大哥、嫂嫂莎波诺娃、小中苏,这……"菁菁在谢柳莎和小中苏的家人面前愣住了。

"这是我的侄女谢柳莎,这是小中苏的妻子和儿子……"明亮赶紧介绍起来。

"婶婶好!"小中苏夫妻俩上前问好。

"你们好,看你们一家三口多好哇!"菁菁很是羡慕小中苏的三口之家。

"婶婶好!"谢柳莎迎上前来。

"谢柳莎,你好,看你多漂亮啊!"菁菁握着谢柳莎的手。

"你看,俺的侄子、侄媳妇、侄女,改口可比你快多了,都叫婶婶了,哈哈……"明亮很是开心。

"看把你乐的。小中苏,阿姨……不,婶婶说一定会回来,这不回来了吗?"菁菁轻轻抱起了小中苏的孩子。

"婶婶,我叔叔从部队回来的时候,我把你放飞老胡子的事一说,他难过了很长时间。我还说,要替叔叔去北海道找菁菁婶婶呢!可我先让叔叔带我去莫斯科找妈妈……"小中苏解释着。

"这是应该的,你妈妈多不容易呀!嫂子,我见到你特别高兴,我们终于团圆了。"菁菁深有感触。

"哎呀,菁菁,你还能认出我这个老太婆呀?"莎波诺娃很开心。

"那哪能认不出哇!你在我心里是一位美丽的女神,我心里牢牢记得。"菁菁笑着说。

"你们看,菁菁把我美化的呀!"莎波诺娃笑了起来。

"奶奶,您就是漂亮。"小中苏的儿子亲了菁菁一口。

"哎哟，你这么会说话呀！"菁菁回亲了孩子一下。

"菁菁，咱们今天终于团聚在一起。以后，我们一定去日本北海道，去见见你的爸妈，一并把他们接回旅顺，咱们来个大团圆，好不好？"明涛打了个圆场。

"哥哥，我已经跟菁菁说好了，过几天就把她爸妈接回来。对了，你也得尽快把嫂嫂的家搬过来呀！"明亮高兴地说。

"我过几天就去土库曼斯坦，咱们要越快越好。"赵明涛瞅着菁菁笑。

"菁菁，这一位还用我介绍吗？他是我'文革'时那个救命……"明亮故意卖个关子。

"我想起来了，是送你赛鸽的师傅杨洪喜。喜哥你好！"菁菁亲切地握着喜哥的手。

"菁菁，我们终于相见了。让我祝福你们，祝你俩幸福！"喜哥满脸堆笑。

"谢谢喜哥的祝福！"菁菁笑得很开心。

明亮介绍完毕，立即吩咐方和鸣主持宴会开始，和鸣拍着巴掌喊道："各桌都坐好了，请把酒杯倒满。好，我受赵总的委托宣布：今天的大团圆宴会，正式开始！"

现场发出了热烈的掌声，方和鸣示意大家静一静，又接着说道："今天是个大喜的日子！我们迎来了世界动植物专家代表团的专访，受到了一致的称赞和好评。特别是赵总今天的报告，受到了动植物专家们的高度评价。这是对我们保护动物的首肯，也是对我们保护自然环境的首肯，更是对我们今天事业的肯定！"

宴会厅又掀起一阵热烈的掌声。

"我再向大家报告一个好消息,就是这次世界动植物专家代表团有一个专家,她是我们的同乡、老同学、好知己,她就是潘菁菁,让我们以热烈的掌声欢迎她!"

大家把目光投向了潘菁菁。

菁菁满面春风地站了起来,微笑着向大家招手致意:"谢谢大家!有幸跟随世界动植物专家团回到家乡,我既激动又感慨:家乡变化太大了,山水保护得非常好,让我既熟悉又陌生;我看到了经济快速发展的家乡,又看到我熟悉的青山绿水,我见到了亲爱的家乡父老,又结识了为保护自然环境、保护鸟类的同人。我爱这里的山山水水,我爱家乡,我爱你们!我要永远跟你们在一起,谢谢大家!"菁菁流下了激动的热泪。

"下面,我们请赵总给大家讲几句话,掌声欢迎!"和鸣请出明亮。

"今天真是个大喜的日子,它非同一般,值得庆贺。一是,我们的事业得到了社会及世界动植物专家们的认可和称赞。二是,我们的队伍又增加了一名专家人才潘菁菁,她刚才表态要永远跟我们在一起,就是说她回到家乡不走了!三是,我们今天的团聚是事业的团聚、好友的团聚、离别的团聚,为了这个团聚,让我们共同举起酒杯,干杯!"

大家在明亮的提议下,共同举杯同饮。

李智仁有些愧疚地瞅着赵明亮和潘菁菁,他端起酒杯很难为情地站了起来:"明亮、菁菁,我先自罚三杯酒……"

李智仁端起酒杯一个接一个干了三杯,就见他的两眼开始充血,脸也红了起来。

俗话说得好，酒能壮人胆，平时不敢说的话，敢说了；平时不敢做的事，敢做了；平时不敢暴露的隐私，敢亮相了；平时不肯承认的错误，也敢低头认错了。

李智仁就是这样的人。

"明亮、菁菁，我知道这一天迟早会来的。明亮刚才说的团聚，我听了很不是滋味，是我的过错耽误了你们的团聚。菁菁去日本跟我有关，是我紧追不舍地爱恋她，吓跑了菁菁。明亮问我菁菁的信息，我说没有，我是怕明亮联系上菁菁，我做的事就露馅了。菁菁，明亮让我把礼物带给你，这是明亮两年时间给你写的信，我原封不动地保存着。今天，我把它交给你，对不起了……"

李智仁泪流满面，他低垂着头等着受罚的样子，明亮看了有些不忍，他扶李智仁坐下。

他对着菁菁说："菁菁，你把礼物收好，做个念想吧！这是我两年时间跟你说的话和我的思念之苦。好了，智仁，这一页就算翻过去了！我和菁菁快三十年的苦苦思念，回想起来，还是蛮有曲折味道的嘛！我俩会更加珍惜、相爱的。菁菁，你说是不是？"

尽管菁菁有思想准备，可见到明亮两年时间给自己写的信，还是抑制不住自己的情感。一下子扑进了明亮的怀里，泣不成声地说："对不起，明亮，你知道我当时是多么恨你：一个言而无信的人，我今生今世再也不想见到你！可我还是想弄明白，你为什么要这样做，今天……"

"菁菁，你打你骂，是我一个人的错，不怪明亮，我赔罪了！"李智仁跪下了。

"你干什么智仁，快起来！"明亮急忙把他扶了起来。

李智仁这一举动，把宴会厅的目光都集中到了这里。

明亮急忙站了起来："大家继续呀！你看我们老同学见面激动的，鼻涕一把眼泪一把的，太投入了，像演戏似的，跟演员一点不差。"

"哈哈……"明亮的话引逗得大家哄堂大笑。

"我们这是高兴的眼泪、激动的眼泪、幸福的眼泪，大家要与我们一同高兴。举起杯子，干！"明亮提议着。

"干！"大家又开始热闹起来。

菁菁知道自己有些失态，一边控制自己的情绪，一边抹着眼泪，轻轻拉着明亮的手说："对不起，明亮，这杯酒我敬你。"

"别价，咱慢点喝，别喝醉了！"明亮劝着菁菁。

"你喝不喝？我今天特别高兴，有你这样信守诺言的男人，我知足了。大家见证了咱俩快三十年离别重逢的一刻，咱俩干了这杯酒！"菁菁掏心窝的话，感动了同桌的人。

"行，干！"明亮端起酒杯一碰干了。

大家你来我往地敬酒碰杯，热闹的气氛是一浪高过一浪。不知道家属什么时候领着孩子走了，也不知道李智仁什么时候溜了，更不知道职工什么时候散的伙。

不管怎么说，明亮处事的风格还是令人钦佩的。今天遇到李智仁的事，叫谁都会把握不好，可他的观点是：人生要学会享受幸福，痛苦就会少点；宽容多点，仇恨就会少点；在一起浪漫多点，枯燥就会少点；欢乐多点，烦恼就会少点。这个信条使他化解了很多矛盾。

明亮搀着菁菁歪歪扭扭地走着，可一点也没有偏离方向。他房间号记得清清楚楚，门开得非常溜道。方和鸣看他俩顺当地进了房间，才高兴地返回宴会厅。

二十、激情燃烧的时刻

俗话说得好：酒不醉人人自醉。这在明亮和菁菁身上有了充分的体现。

明亮和菁菁紧紧地相拥着，他们对时间是惜时如金、分秒必争，难以抑制地黏着。唇贴着唇，心连着心，身牵着情，意唤着魂；两人是上下齐动、协调统一；脚下踢甩着鞋子，双手急速地宽衣解带……

菁菁飘逸的披肩发，缀着水珠；白皙的脖颈，衬托着清秀灵动的面庞；紧致的双臂，精美、细长的手娇嫩光洁；均匀修长的双腿，像丹顶鹤那样娇立隽永；一双粉嫩的双脚，粗细相间、弹动轻盈、撩人心弦。

明亮激动不已的心浪，一波一波地滚动着。

明亮已不是三十年前的小牛犊子，敢冲敢撞、不怵深浅、冒失胆大、不服不屑，而是刚毅透着坚强，稳重托着老成。炯炯刚毅的眼神，让你飘忽不定的思绪，一下子就沉稳下来，你要托付终身的人选，顿时尘埃落定。

菁菁是心花怒放，瞬间打开了一切心理闭锁。

两人发出尘封已久的心声：

"我终于等到了今天，我想就这样拥抱着你，永远不想分开。"明亮沉醉地说道。

"苦苦守候的滋味好受吗？咱们总算没枉费煎熬的日子，明亮……

我一刻也不想松手，怕一松手就失去了你。"菁菁把明亮搂得更紧。

明亮得到菁菁深爱的传递，立即挽起有力的臂膀，轻轻托起她柔软的身子，将她平放在床上，任凭唇舌在菁菁润滑的肌肤上游动。生平最激烈的奔涌，心花怒放，激情燃烧不休……快三十年的离别相逢了，苦苦的思恋实现了，相悦的激流汇合了，压抑的情感喷发了。

这是人生最美好的时刻、最幸福的瞬间、最圆满的契合……

"明亮，每当我痛苦思念你的时候，你知道我内心自怨自怜什么吗？"菁菁问道。

"我知道，怨恨我为什么不找你，怜惜自己不该傻等，是吧？"明亮回答菁菁的提问。

"不，怨我们两人一句承诺，怜惜我们失去快三十年的美好时光，你说值吗？"菁菁追问明亮。

"我感觉值得。这是一个人的诚信，没有诚信哪有人之交往，没有诚信就缺少人之互通，没有诚信社会就会静止不前了。昨天的一句承诺，换来我们今天更加甜蜜、倍加珍惜，任何人都体会不到这里的甘甜。如果像西方那种恋爱观，恋得起放得下，哪有我们这种回味无穷的感觉。你说是不是？"明亮反问。

"你真是这么想的？"菁菁追问了一句。

"菁菁，这可能是中国传统文化植根我脑海里太深。咱俩曾经议论过大洋马那种欢愉，它是传续后代的动物本能的亢奋。我俩的亢奋是专一的，大洋马是不专一的，这是人与动物本质的区别。我俩就要信守承诺，不能逾越这个道德底线，破除我俩尊奉的信条，否则人与动物有什么区别？我俩苦苦守候快三十年干吗？"明亮越说越激动。

"明亮……"菁菁为明亮的话感动着。

菁菁紧紧搂着明亮的脖子,被他那种诚恳执着、专一坚守的态度,深深感动着:"我等得值了,你真是一个好男人。我太幸运了,你的话会让我受用终生的……"

"菁菁,咱俩今天的重逢,还真是要感谢红红。我一直想知道,红红是怎么跟你联系上的?"明亮问起了红红。

"说起来真是很奇怪。有一天,我看见一群丹顶鹤飞过来了,我想知道那片湿地的食物链能否保证鹤群的食用,就前去观看。当我走进鹤群的时候,大批丹顶鹤都飞离了我的身边,唯有红红站在那里没动,还一步一步走向了我,抬头向我鸣叫……"菁菁神情专注地说。

"你靠近它了?"明亮着急地问。

"我一看它的举动有些特别,就慢慢靠近了它。红红好像认识我似的,高抬它的双腿,大声地向我呼唤,我一下子被它腿上闪亮的标志环吸引住了。"菁菁瞪大眼睛说。

"那是我给它戴的标志环。"明亮抢先说道。

"我赶紧抱起红红,它乖顺地鹐着我的衣角。我猛然发现标志环上'明亮'两个字,我的心激烈地跳动着,这难道是我的明亮……"菁菁说到这里有些控制不住自己的情感。

"菁菁……"明亮轻轻抚摸着菁菁。

"我再一看,还有'旅顺'两个字,那一定是我的明亮。我泪流满面,亲吻着红红,红红不断鹐着我的衣角,好像在安慰我。"菁菁抹了一把眼泪。

"红红很通人性的。"明亮插上一句。

"红红很通人性，可有的人不懂人情冷暖，冷了我的心。"菁菁愤恨地说。

"你是说我？我理解你当时的心情。"明亮小声地说。

"我当时是又想你又恨你，还不知道你组成了家庭没有，干脆给红红戴上我的标志环，让它告诉你我的方位，好让你来寻找我。谁想，你根本没理睬我，我就厚着脸皮来了。"菁菁说得挺难过。

"我不是没腾出时间吗？"明亮不好意思地说。

"不管怎么说，你的心比我的心硬。可没想到你一直等我等到今天，还是让我好爱你呀！"菁菁拥吻着明亮。

"菁菁，我想你，不知道内心里流了多少眼泪。特别是在长白山修水电站的时候，我站在二道江的岸边，一边喊着菁菁一边哭，内心那个苦哇！当我见到红红带来了你信息的一刻，我简直……"明亮难以抑制自己的情感。

"明亮，我今天真正知道了你的心，你从来没有忘记我，还是小时候钟情我的明亮。"菁菁很踏实地拥在明亮的怀里。

"菁菁，我们要感谢红红千里传递信息，这就像过去说的鸿雁传书一样，很值得我们人生回味的。"明亮紧紧握住菁菁的手。

"是呀！动物世界是多么可爱，咱们要把保护动物、保护大自然的工作，永远进行到底。"菁菁专注地瞅着明亮。

"我一直不明白，你是怎么爱上了保护鸟类这项工作？"明亮对菁菁护鸟工作产生好奇。

"刚到北海道的时候，偶然的一个机会，发现湿地这么多的丹顶鹤，让我很是兴奋。后来听说了这群丹顶鹤跟一个老奶奶的动人故事。"菁菁绘声绘色。

在一个大雪纷飞的日子里,一只丹顶鹤孤独地在雪地里找食吃,它形单影只很是可怜。在四处一片白茫茫的厚雪地里,要想从覆盖的大雪中找到吃的东西,这只能是等死呀!

这时候,一个小姑娘端着簸箕走到丹顶鹤的面前,簸箕里放了一些玉米和高粱之类的粮食,这下子可救了掉队的丹顶鹤,它活了下来。于是,小姑娘每天来喂它,丹顶鹤就跟小姑娘亲近起来,跟随小姑娘来到她的家。其实,小姑娘的家很穷,吃了上顿没下顿,可她宁肯自己不吃饭,也要喂饱丹顶鹤。

春天来了,丹顶鹤就要飞走了。可它在小姑娘家的房前屋后飞呀飞,恋恋不舍地绕哇绕,就是不肯离去。小姑娘像看透了丹顶鹤的心思,向它高声喊道:"你走吧,去你的家族那里吧!要是有什么难处可以飞回来,好吗?"

丹顶鹤好像明白了小姑娘的喊话,它鸣叫几声,又转了几圈飞走了。

又是一个大雪纷飞的季节。一群丹顶鹤鱼贯而来,纷纷落到小姑娘家的院子里,一起鸣叫,把小姑娘呼唤了出来。

"哎呀,你终于回来了,还带来了这么多的同伴,太好了!"

小姑娘高兴,可家里人发愁了:这么多的丹顶鹤,冰天雪地的,咱们吃粮都成问题,可拿什么喂它们哪!

小姑娘兴高采烈地说:"你们不用担心,我去动员各家各户都来伸伸援手,就不信帮不了丹顶鹤过冬!"

小姑娘挨家挨户地劝说,得到了各家各户的响应。大家轮流出来喂食,让丹顶鹤度过了冰雪寒天。

这个小村庄的上游有个温泉，河水四季温热。在一片白茫茫的冰雪大地上，唯有小河烟雾缭绕，薄霭渺渺，润化着溪流两边的苇丛、荆棘。鹤群在流水中嬉戏，红冠探水，展翅高鸣。一串串雾凇掩映着溪流，荆棘和芦苇的绒球球衬托着雪野。鹤群黑白身影的穿梭，形成了一道迷人的景致，造就了雪野上一个传奇。

冰雪融化了，大地返青了。丹顶鹤却迟迟不舍得离开，它们挨家挨户地鸣叫、跳舞。似芭蕾舞一样的鹤群，惊得家家户户的村民出来围观。

一会儿，它们长啸天空齐声合唱，双翼舒展翩翩起舞；一会儿，它们引颈长鸣，红冠俏皮地晃动，踢动单腿金鸡独立，跃起双腿腾空大跨；一会儿，又收紧翅膀晃头摇尾，像跳桑巴舞似的轻松自如，逗人欢喜。这迷人的鹤舞，黑白相间的灵动，融通至诚的爱……在这个小乡村中驻留着。

从此，这里被人们称为鹤居村。

如今，这里吸引了大批的游客、摄影爱好者。人们纷至沓来，给小村庄经济带来了繁荣，成为北海道冬季的一道迷人的风景线。

那个小姑娘，现在已经成了九十三岁的老奶奶了。她依然痴情不改，爱鹤如己，成为北海道的佳话。

"这个故事感动了我。我以前伤害了那么多的黄懒子，看到老奶奶心灵的美好，心里十分惭愧。同样的贫穷，出现的是不一样的情感。我要弥补以往的过失，要用余下的生命去好好爱这些生灵啊！"菁菁深情地说。

"菁菁，这个老奶奶一生爱鹤的故事，也深深地感动着我。我要和你一道，把余下的生命全部奉献给保护动物工作。"明亮坚定地说道。

尾　声

与明亮的重逢，让菁菁喜挂眉梢。

她像小孩子似的牵着明亮的手，寸步不离。一直牵着明亮的手来到日本北海道，又跟明亮一道把爸妈接回了旅顺。

两位老人终于盼到了有情人的重逢，了却了他们一直悬而不定的心，也等到了他们期待已久的孩子们的婚礼，两位老人随着参加婚礼的人群，走进了婚礼现场。

明亮、菁菁盛大的婚礼在文化中心举行。

亲朋好友伴随着游客一起拥入，像是前来游园，又像前来庆贺，场面极其壮观，声势格外宏大。四处彩旗飘飘、锣鼓喧天、舞龙腾跃、秧歌走俏。丹顶鹤展翅滑翔、群鸭在红滩跃跳；花花和它的一对宝宝嘴叼着婚纱蹦蹦绕绕；红红和小鹤高声鸣叫，头前引路翅展摇摇；赛鸽在空中盘旋引道，庞大的队伍一齐鸣哨……

来宾们被这奇特的场景惊呆了，这是世界上仅有的婚礼：它的别致与任何婚礼不同，谁听说过，赛鸽在空中鸣哨开道，为新娘子导引的竟是丹顶鹤"红红"和三只小鹤，两只狗宝宝用嘴叼着婚纱摇摇摆摆，憨态可掬……

这一奇妙的登场，立刻轰动了婚礼现场，人们为这样奇特的策划而高声欢呼。这正是明亮策划的动因，要让更多的人来为人与动物的和谐喝彩、捧场，让更多的媒体争相报道：人与动物和谐的特殊婚庆，人的生活美好与生态美的自然结合，人们为保护大自然，保护动物的祥和美景，一个充满了爱的世界。

这里流传着婚礼主人公的动人故事：赵明亮风雨中邂逅流浪的花花，花花救下了为救金雕的主人，花花为了报答主人的爱，为拯救主人和大家的生命而不惜自己的生命；红红为了报答人们对它的爱，不远万里在北海道和红海滩之间传递信息，让有情人终成眷属……

精彩的现场伴随着精彩的故事，人与动物的美好愿景，在游览的人群中，在新闻媒体的报道下，向四面八方传递着……

文化广场的拱门前，人们迟迟不舍得走进婚礼殿堂。这不是喧宾夺主吗？可明亮和菁菁看着高兴，比自己办喜事还高兴。

就见红红领着小鹤，扇动着翅膀翩翩起舞、引颈高歌，它们的姿态透着雍容华贵、气宇轩昂。花花的一对狗宝宝不甘示弱，放下嘴叼着的婚纱，蹦跳到红红的身旁，直立欢叫，合掌迎宾。那一群赛鸽不知疲倦地盘旋着，吸引着来宾的目光……

这一幅融汇和谐的美景，绵延伸展到不同的方向……栈桥、流水、红滩、湿地、芦苇、高脚屋、丹顶鹤、天鹅……

蓝天白云，红滩绿水，海天一色，浑然一体，是那样静谧，那样动静有致，那样遥相呼应，那样欢欣悦然。

这画卷，越展越美丽，越展越鲜艳，越展越有味道……